전후 오키나와문학을 사유하는 방법

젠더, 에스닉, 그리고 내셔널 아이덴티티

전후 오키나와문학을 사유하는 방법

젠더, 에스닉, 그리고 내셔널 아이덴티티

초판 1쇄 발행 2020년 4월 20일

초판 2쇄 발행 2021년 10월 25일

지은이 손지연 **펴낸이** 박성모 **펴낸곳** 소명출판 **출판등록** 제13-522호

주소 서울시 서초구 서초중앙로6길 15, 2층

전화 02-585-7840 **팩스** 02-585-7848

전자우편 somyungbooks@daum.net **홈페이지** www.somyong.co.kr

값 23,000원

ISBN 979-11-5905-517-1 93830

이 저서는 2015년 정부(교육부)의 재원으로 한국연구재단의 지원을 받아 수행된 연구임

(NRF-2015S1A6A4A01014538)

전후 오키나와문학을 사유하는 방법

젠더, 에스닉, 그리고 내셔널 아이덴티티

CONTEMPLATING POST-WAR OKINAWA LITERATURE:
GENDER, ETHNIC, AND NATIONAL IDENTITY

손지연 지음

일러두기

1. 일본어를 한글로 표기할 때는 외래어표기법을 따랐다.
2. 한자어 표기는 일본에서 사용되는 글자체로 통일하였다.

책머리에

한국에서 왜 오키나와를 연구하는가? 혹은 왜 오키나와 연구를 한국에서 해야 하는가라는 질문을 던지고 그에 대한 답을 찾아 가는 과정은 나에게는 매우 뜻깊고 유익한 시간이었다. 전후 동아시아 체제의 모순이 집약된 오키나와로부터 출발해, 일본의 전후 문제를 거쳐 우리 안의 전쟁과 분단의 모순에 이르기까지 살펴보는 과정은, 오키나와 연구가 단순한 지역 연구에 국한되지 않으며, 동아시아 전후와 냉전을 관통해온 동아시아 체제의 모순을 읽어내기 위한 중요한 지렛대라는 사실을 다시금 강하게 환기시켜 주는 시간이기도 했다. 그것은 국가라는 이름의 폭력으로 지워졌던, 국가nation-state에 수렴되지 않는 다채롭고 풍부한 지역적 상상력을 내밀하게 그러나 매우 구체적이고 실체적으로 들여다볼 수 있도록 해준 오키나와문학 없이는 불가능한 일이었다.

이 책은 전후 오키나와 사회가 직면한 특수한 사정을 동아시아라는 동시성 안에서 파악하고 이를 젠더와 에스닉, 그리고 아이덴티티라는 세 층위의 스펙트럼을 통해 조명하고자 한 것이다. 이른바 동아시아의 동시성 안에서 오키나와, 오키나와문학을 어떻게 규명할 것인가는 그 자체로 만만치 않은 작업이다. 그런 의미에서 이 책은 본격적인 오키나와 연구서라기보다 한 '한국인' '여성' 연구자가 오키나와, 오키나와문학과 어떻게 만나고 어떤 식의 사유를 거쳐 지금 현재의 문제의식에 이르게 되었는지를 보여주는, 어쩌면 고민의 흔적만 가득 담아낸 것에 불과할지 모른다.

오키나와와 나의 '인연'이라는 지극히 개인적인 히스토리를 고백하자면, 오키나와문학을 처음 접한 것은 지금으로부터 20여 년 전인 1990년대 후반 나고야名古屋대학에 유학하던 시절로 거슬러 올라간다. 지금은 일본 대학이나 대학원에 지원하는 유학생 수도 많이 줄었다고 하는데, 90년대만 하더라도 대학원의 경우 정원의 반 이상을 유학생들이 차지했다. 아마도 그 무렵부터 문학부에 지원하는 학생들 수가 격감했고 국문학과를 폐지하자는 목소리도 심심치 않게 있었던 것으로 기억한다. 그 결원을 다양한 국적의 외국인 유학생들이 메우게 되면서 일본문학을 다양한 시각에서 읽어내는 연구가 등장하기 시작했다. 때마침 포스트콜로니얼 연구 붐을 타고 제국주의, 식민지, 젠더, 마이너리티 문제에 대한 관심이 높아지던 때라 일본(본토) 중심의 견고화된 틀, 정전화를 깨는 순기능도 있었던 듯하다. 나고야대학에도 한국, 중국, 타이완, 인도, 타이 등 실로 다양한 국적의 유학생이 재학하고 있었다. 그 가운데 추 훼이추朱恵足(현 중싱中興대학 교수)라는 타이완 친구가 있었는데, 오에 겐자부로大江健三郎로 석사학위를 받고 오키나와로 시야를 옮겨 메도루마 슌目取真俊 연구로 박사학위를 받았다. 수업 시간에 그 친구가 하는 발표를 들으면서 오키나와에 대한 여러 정보를 익혔던 것 같다. 당시 공부가 많이 부족했음에도 오에 겐자부로에서 메도루마 슌으로, 그것도 타이완의 입장에서 오키나와를 바라보는 것이 얼마나 의미 있는 일인지 다양한 국적의 유학생들이 둘러 앉아 진지하게 토론했던 기억은 어제의 일처럼 생생하다.

오키나와문학에 관심을 갖게 된 경위에 대한 설명이 다소 길어졌는데, 본격적으로 연구하게 된 것은 귀국 후인 2008년 무렵으로, 오키나와

문학 관련 연구로 한국연구재단의 지원을 받게 되면서부터다. 이후 다양한 오키나와 작품들을 한국어로 번역 · 소개하고, 작가와 사상가, 연구자들과의 만남, 현지답사가 거듭될수록 오키나와문학이 담고 있는 무한한 가능성에 매료되어 갔다.

이 책에 총 15편의 논문을 새롭게 다듬어 수록하였는데, 이 중에는 지금으로부터 10여 년 전에 쓴 논문도 있고 불과 한두 달 전에 쓴 논문도 포함되어 있다. 그야말로 10여 년 이상을 오키나와문학 하나에 매달려온 셈이다.

이 짧지 않은 시간을 지치지 않고 힘을 낼 수 있었던 것은 오키나와 안에서 지금도 꾸준히 작품이 간행되고 있고, 의미 있는 연구도 계속해서 나오고 있으며, 무엇보다 한국 내에서도 오키나와문학에 대한 관심이 조금씩 생겨나고 연구의 필요성이 공유되고 있기 때문이다. 이러한 오키나와문학 연구의 현장 분위기가 조금이나마 전달될 수 있도록 이 책 5부에 사토 이즈미佐藤泉 선생과의 대담을 수록해 두었다. 최근 저자가 재직하고 있는 경희대학교에 '글로벌 류큐 · 오키나와 연구소'를 설립할 수 있었던 것도 이러한 분위기에 힘입은 바 크다. 본 연구소의 첫 번째 총서로 이 책을 기획한 것은 동아시아를 바라보는 생산적이고도 비판적인 창의 역할을 다름 아닌 오키나와문학이 활짝 열어 줄 수 있을 것으로 기대하기 때문이다.

끝으로 이 책에서 비중 있게 다루고 있는 작가와 그들의 작품세계를 간략하게 소개하는 것으로 머리말을 갈음하고자 한다. 우선 90세를 훌쩍 넘긴 고령의 나이에도 작품에 대한 열정을 단 한 순간도 게을리하지 않고 여전히 현역 작가로 활약하고 있는 작가 오시로 다쓰히로大城立裕. 오시로 다쓰히로의 문학세계는 오키나와의 굴곡진 역사를 매우 선명하게 재현해 왔다. 제국의 일원인 동시에 제국의 억압과 차별의 당사자라는 점, 제2차 세계대전 이후 미국이라는 새로운 제국의 질서가 구체적이고 현실적인 억압과 차별로 작동한 지역이라는 점, 식민주의의 단절과 연속, 동화同化와 이화異化라는 자기분열 속에 자리한다는 점 등을 대단히 섬세하고 성찰적인 필치로 그려내고 있다. 이 책에서 가장 많은 지면을 차지한 작가이다.

그리고 일상에 내재한 폭력에 맞선 저항이 과연 가능한지, 오키나와 전투沖縄戦를 매개로 실천적이고 구체적으로 파헤치고 있는 작가 메도루마 슌. 메도루마 슌의 이러한 폭력에 대한 예리한 통찰력과 성찰력은 제주 4 · 3이라든가 광주 5 · 18 문맥으로도 이어질 수 있다는 점에서 우리 한국문학과 공명하는 부분이 크고 깊다. 우치난추ウチナーンチュ, 야마톤추ヤマトンチュ, 가해자성, 피해자성, 배제와 차별, 점령, 미군기지, 성폭력, 조국복귀祖国復帰, 반복귀反復帰, 반기지反基地, 기억투쟁 등은 그의 작품세계를 관통하는 키워드다.

오키나와 여성 작가라는 타이틀로 소개되기 쉬운, 그러나 그보다는 표준어에 얽매이지 않고 자신의 목소리=시마고토바シマコトバ로 꾸준히 작품을 발표해 오고 있는 저력 있는 작가 사키야마 다미崎山多美. 사키야마의 작품세계는 일본 본토는 물론이고 오키나와 내 독자들에게도 쉽게 다가가기 어렵다고들 말한다. 그런데 그것은 단순히 시마고토바를 해석하고 못하고의 문제만은 아니다. 평론가나 연구자들은 사키야마 다미가 구사하는 낯선 언어 시마고토바를 이른바 '다미 고토바多美ことば'라는 표현에 빗대어 그 해독(번역) 불가능성을 이야기해왔다. 난해하다고들 말하면서 사키야마 다미 작품의 매력을 바로 그 부분에서 찾고 있는 것은 아이러니한 일이다. 나 역시 사키야마 작품을 번역하면서 번역 불가능한 것을 번역하는 듯한 어려움을 경험했는데, 지나고 보니 그것은 결코 언어의 문제가 아니라는 소박한 결론에 도달했다. 사키야마 다미가 발신하고자 하는 것은 시마고토바 그 자체라기보다 한국을 비롯한 동아시아 여러 나라와 오키나와의 공감대, 그리고 여성으로서, 마이너리티로서의 공감대라는 사실을 말이다.

아울러 이번 책에서는 미처 다루지 못했지만 오키나와 전투를 문학적 사유의 원점으로 삼아 말할 수 없는 신체들에게 목소리를 부여하고, 몫을 빼앗겨 버린 자들의 목소리를 재현하는 일에 그 누구보다 열심인 작가 오시로 사다토시大城貞俊. 증언불가능성에 끊임없이 도전하며 침묵과 암흑 속의 목소리들을 지금 우리가 사는 세계 속으로 불러들이고, 오키나와의 역사를 가장 가슴 아프게 끌어안으면서 그 안에서 동아시아의 평화와 연대를 상상하는 그의 희망찬 목소리에 귀 기울일 필요가 있다.

이 책은 이들 오키나와 작가가 던지고 있는 수많은 질문과 비판적 사유의 극히 일부만 다루었음을 고백한다. 이 수많은 질문과 비판적 사유에 이제 우리 한국 독자들이 응답할 차례다.

오키나와 전투로부터 75년,
4·3항쟁으로부터 72년이 되는 날
2020년 4월 3일 손지연 씀

차례

제1부

'경계'에 선 오키나와

변경의 기억들
오키나와인들에게 '8 · 15'란 무엇인가?

오키나와와 일본, 두 개의 패전 공간
'선험적 체험'과 '상상된 8 · 15'

변경의 기억들

오키나와인들에게 '8 · 15'란 무엇인가?

1. 두 개의 '종전' – '8 · 15'와 '6 · 23'

1945년 8월 15일 일본의 종전기념일이 만들어진 '신화'라는 사실은 이미 여러 연구에서 지적된 바 있다. 그중 『8월 15일의 신화八月十五日の神話』의 저자 사토 다쿠미佐藤卓己에 따르면, 매해 8월 15일이면 어김없이 등장하는 황거皇居 앞에 엎드려 통곡하는 청년, 부동의 자세로 슬픔을 애써 참고 있는 여자정신대원, 공장에서 기립한 상태로 고개를 숙이고 눈물 흘리고 있는 청년들의 모습은 사전에 촬영됐거나 합성 · 조작된 것이라고 한다. 특히 8월 15일과 16일 사이 『아사히신문朝日新聞』, 『홋카이도신문北海道新聞』 등을 통해 배포된 사진, 현장스케치, 인터뷰 등은 모두 조작되었을 가능성이 농후하다는 것이다.[1]

사토 다쿠미의 논점을 빌리자면, 옥음방송玉音放送 이후 국민 한 사람

1 佐藤卓己, 『八月十五日の神話 – 終戦記念日のメディア学』, ちくま新書, 2005, 17~32쪽.

한 사람이 느꼈을 다양한 반응 가운데 오로지 '슬픔'만을 강조하여 증폭시키고, 눈물이라는 감정에 호소한 획일화된 슬픔을 공유함으로써 전후 일본인을 하나로 결집시키려 한 것으로 이해할 수 있을 것이다.

반면 같은 일본이라 하더라도 오키나와의 '종전의 날終戦の日'은 8월 15일이 아니다. 오키나와의 경우 본토보다 5일 늦은 9월 7일 오키나와 수비군 대표가 항복문서에 조인하는 것으로 공식적인 종전을 맞았지만 이 날을 별도로 기념하거나 하지는 않는다. 대신 오키나와 수비군사령관 우시지마 미쓰루牛島満가 자결한 1945년 6월 23일을 '종전'의 의미를 담아 '위령의 날慰霊の日'이라는 이름으로 기념한다. 지금은 전쟁의 참상을 되새기고 평화를 기원하는 날로 정착되었으나, 본토의 '8·15'와 마찬가지로 어떤 시기에는 망각되고, 어떤 시기에는 본토의 '8·15'와 함께 기억되며, 또 어떤 시기에는 본토와 분리되어 홀로 미 점령하에 남겨진 1952년 4월 28일을 되새기는 '굴욕의 날屈辱の日'과 함께 호명되기도 한다.[2]

오키나와에서 기념되는 '6·23'은 언뜻 보기에는 본토의 '8·15'와 무관한 것처럼 보이지만 역사적 사실에 기반한 '전쟁이 종결된 날'이라는 하나의 의미로 수렴되지 않는다는 점에서 공통될 것이다. 그러나 일본 본토에 의한 오랜 차별의 역사, 나아가 오키나와인이 일본인, 일본 국민

---

2 이에 관해서는 후쿠마 요시아키(福間良明)의 「오키나와에 있어 '종전'의 균열(沖縄における'終戦'のゆらぎ)」(佐藤卓己·孫安石 編, 『東アジアの終戦記念日 －敗北と勝利のあいだ』, ちくま新書, 2007), 「오키나와에 있어 '종전의 날'(沖縄における「終戦の日」)」(川島真·貴志俊彦 編, 『資料で読む 世界の8月15日』, 山川出版社, 2008), 「전후 오키나와와 '종전의 기억'의 변용(戦後沖縄と「終戦の記憶」の変容)」(高井昌吏·谷本奈穂 編, 『メディア文化を社会学する －歴史·ジェンダー·ナショナリティ』, 世界思想社, 2009)에 자세하다.

과 다른 이질적 존재라는 것을 이 두 기념일의 불일치만큼 분명하게 보여주는 것은 없다고 하겠다.

이러한 서로 다른 '종전기념일'이 함의하는 바를 오키나와의 패전 혹은 전후 공간을 배경으로 한 증언, 기억, 체험담을 통해 구체적으로 살펴보고자 한다.

2. '옥음방송'이 없었던 오키나와의 '1945년 8월 15일'
— '집합적 기억'의 유무

일본과 오키나와의 전후戰後 사정을 압축적으로 보여주는 두 장의 사진으로 이야기를 시작해 보도록 하자. 첫 번째 사진(〈그림 1〉)은 천황의 옥음방송이 전파를 탄 1945년 8월 15일 당일의 일본 본토 광경이며, 두 번째 사진(〈그림 2〉)은 같은 날 비슷한 시각 오키나와 안에서 벌어진 광경이다.

첫 번째 사진은 1945년 8월 15일 정오, 폐허가 된 도쿄의 한 마을에서 연합국 측 포츠담선언을 수락한다는 천황의 옥음방송을 기립 자세로 경청하고 있는 민중을 포착한 것이다. 폐허가 된 마을을 배경으로 손수건으로 눈물을 훔치는 여성, 차마 고개를 들지 못하는 남성, 부모와 함께 슬퍼하는 아이의 모습이 담겨져 있다. 이들뿐만 아니라 같은 시각 전국 방방곡곡 남녀노소 할 것 없이 일본 국민은 온통 비통함에 젖었다. 황거 앞에는 수백 명이 운집해 무릎을 꿇고 자신들의 힘이 부족했음을 천황에게 사죄하며 통곡했다. 통곡은 멈추지 않은 채 그 다음 날까지 계속되었

〈그림 1〉 도쿄 요쓰야(四谷) 모처에서 옥음방송(玉音放送)을 경청하고 있는 주민들
『마이니치신문(毎日新聞)』, 1945.8.16

〈그림 2〉 1945년 8월 15일, 이시카와시(石川市)에서 개최된 제1회 주민대표회의 참석자들
沖縄タイムス社, 『沖縄の証言 – 激動の25年誌』(叢書わが沖縄 6), 沖縄タイムス社, 1971, 44쪽

다. 일본여성사 연구가로 잘 알려진 다카무레 이쓰에高群逸枝는 패전 다음 날인 8월 16일 자 일기에 다음과 같이 기록하고 있다.

> 어제 정오 전쟁 종결의 소칙(14일 자)을 들었다. 황공하게도 라디오를 통해 폐하가 친히 결의를 내려 주셨다. 황공하다. 아아, 3년 8개월 간의 싸움. 용감하게 싸웠지만 승리하지 못했다. 지금 소칙 취지를 듣고 깊은 고통을 누르고 감격하여 통곡한다. 엎드려 통곡할 뿐이다. 밤새 잠들지 못하고 통곡할 뿐. 아침도 통곡뿐. 잠시도 눈물이 멈추지 않는다. 깊은 고통의 눈물이다. 눈물 없는 눈물이다. 색이 없는 눈물이다. 이것은 무슨 의미의 고통인가. 우리는 아직 영문을 모른다. 그리고 괴로워한다. 46시간을 괴로워한다.[3]

일본의 패전 충격이 그대로 전해져 오는 글이다. 8월 15일 당일은 하루도 빠짐없이 기록해 오던 일기도 쓸 수 없었던지 동그라미만 표시한 채 공백으로 남겨져 있다. 연일 이어지는 공습경보, 그 뒤를 이어 굉음을 울리며 상공을 통과하는 전투기, 화염에 휩싸인 거리, 독일, 이탈리아 등 동맹국들의 잇단 항복, 거기다 소련까지 전쟁에 가세하면서 일본의 패색이 짙어졌지만 그래도 일본이 막상 패전하리라고는 아무도 예상하지 못했던 것이다. 8월 15일 당일을 묘사한 소설 속 상황도 크게 다르지 않다. 다음은 그 날을 묘사한 미야모토 유리코宮本百合子의 『반슈평야播州平野』의 일부이다.

---

3 加納実紀代, 『女たちの〈銃後〉』, インパクト出版会, 1995, 311쪽에서 재인용.

그제야 히로코(ひろ子)는 주위의 적막에 놀랐다. 대기는 8월의 한낮의 무더위로 이글거리고 있고 경작지도 산도 엄청난 열기에 휩싸여있다. 그런데 마을 안은 쥐 죽은 듯 고요했다. 적막함이 소리를 집어삼켰다. 히로코는 온 몸으로 그것을 느꼈다. 8월 15일 정오에서 오후 1시까지, 일본 전체가 삼엄한 고요 속으로 빠져 들어가고 있을 때 역사는 그 거대한 페이지를 소리 없이 넘기고 있었다. 도호쿠(東北)의 작은 시골 마을까지도 더위와 함께 응고시켰던 깊은 침묵이야말로 히로코 개인의 삶에 있어서도 고통을 수반한 혹독한 역사의 고뇌와 번민의 순간이 아니고 무엇이랴? 히로코는 온몸이 떨려오는 것을 억제하기 어려웠다.[4]

그 전날 밤까지 맹렬하게 이어지던 공습이 무슨 연유에서인지 뚝 멈추고 정오에 천황의 중대 발표가 있을 것이라는 예보대로 1945년 8월 15일 정오, 천황의 '옥음'이 라디오 전파를 탔다. 천황이 낭독한 항복 선언문은 전날 작성된 것으로 4분 30여 초의 짧은 분량이었지만 잡음이 섞이고 표현도 난해하여 뒤이은 아나운서의 해설방송까지 듣고서야 이해할 수 있었다고 한다. 8월 15일 정오에서 오후 1시까지 일본 전체가 고요히 침묵하고 있었다는 표현으로 미루어 보아 작품 속 인물들도 천황의 '옥음' 이후 이어진 해설방송까지 모두 들은 듯하다. 어찌되었든 8월의 한낮의 무더위와 함께 '고요', '적막', '침묵' 속으로 빠져든 히로코의 충격적인 하루는 다카무레 이쓰에의 공백으로 남겨진 일기장 속의 그날

4 宮本百合子, 『播州平野』, 河出書房, 1946.(『新潮日本文学(21) 宮本百合子集』, 新潮社, 1973, 242쪽)

과 정확하게 겹쳐진다. 이어지는 '눈물'과 '형언할 수 없는 안도감과 절망감', 그리고 일본이 반드시 이길 것이라며 해맑게 웃던 조카 신이치伸一의 표정이 '굴욕'감으로 변하자 곤혹스러워하는 히로코의 모습에서 하루아침에 패전 국민으로 전락한 일본인들의 복잡한 심경을 엿볼 수 있을 것이다.

앞서의 사토 다쿠미의 지적대로 당일 유포된 신문 속 사진과 기사가 설령 조작된 것이라 하더라도 패전을 전하는 천황의 옥음방송에 일본 사회가 느꼈을 충격과 슬픔은 상상하기 어렵지 않을 것이다. 무엇보다 이 옥음방송은 이후 일본(본토) 국민들로 하여금 '8 · 15 = 종전'이라는 국가 주도의 '집합적 기억'을 각인시키는 데에 결정적인 역할을 하게 된다.

그렇다면 이 운명의 날을 오키나와인들은 어떻게 받아 들였을까? 분명한 것은 앞의 두 장의 사진이 대변하듯이 오키나와의 '8월 15일'은 옥음방송의 충격과는 거리가 멀다는 것이다. 『반슈평야』에서 보듯이 일본 본토의 경우 도호쿠의 작은 시골 마을 구석구석까지 패전 소식이 전해졌던 반면, 3개월 동안 이어진 지상전으로 신문사와 방송국이 전멸한 오키나와에서는 옥음방송 청취 자체가 불가능했으며, 방송 청취는커녕 주민 대부분이 수용소에 격리되어 있어 외부 소식을 알 수 있는 통로가 완전히 차단되었기 때문이다.

그런데 공교롭게도 이 날은 오키나와 전역에 설치된 39개 수용소에서 선발된 128명의 주민대표가 오키나와 본도 중부에 위치한 최대 난민수용소 이시카와시石川市에 집결하는 날이었다. 전후 주민행정기구의 기초가 되는 오키나와자순회沖縄諮詢会, Okinawa Advisory Council[5]의 설립을 위해 미군부가 점령 후 처음으로 오키나와 주민대표들을 소집한 것이다.

두 번째 사진은 바로 이 날을 기록한 사진이다. 이들은 오키나와 전투가 종료된 이후 두 달 여간의 수용소 생활로 지친 기색이 역력했지만 서로의 안부를 묻는 등 회장 분위기는 기쁨과 감격으로 술렁였다고 한다. 그러나 감격적인 해후도 잠시, 일본이 포츠담선언을 수락했으며 곧 천황의 종전방송이 있을 것이라는 해군정부 부장관의 보고가 이어졌다.

> 이 회의를 계획한 시점까지만 하더라도 일본 정부가 평화를 위해 포츠담선언을 수락하고 전쟁을 종결하리라고는 예상하지 못했다. 종전으로 인해 오키나와의 부흥이 촉진될 수 있을 것이다. 일본이 포츠담선언 조항을 수락했다고 해서 제군이 걱정할 필요는 없다. 우리는 앞으로도 오키나와를 계속해서 보호할 것이며 부흥에 진력할 것이다. 제군은 부흥을 위한 나의 좋은 조력자이다. (…중략…) 오늘 아침 뉴스에 따르면 오늘 정오 천황의 종전방송이 있을 것인데 여기는 라디오가 없으므로 유감이지만 제군은 그 내용을 들을 수 없을 것이다. 그런데 군정 본부에서 상세하게 청취할 수 있으니 가능하면 제군에게 전하도록 하겠다. 제군은 포츠담선언이 어떤 것인지 아직 모르겠지만, 마리아나(マリアナ) 신문 호외를 통해 그것을 읽을 수 있게 될 것이다.[6]

5　1945년 8월 29일 미군 주도로 창설된 주민조직의 전신. 오키나와민정부(沖縄民政府)가 창설되기까지 미군정부와 오키나와 주민 간의 의사소통기구 역할을 했다.

6　沖縄タイムス社, 앞의 책, 44~45쪽.

위의 발언은 두 가지 사실을 노정한다. 하나는 이른바 '옥음을 통한 종전'이라는 전후 신화로부터 오키나와는 완벽하게 격리 · 배제되었다는 사실이고, 다른 하나는 천황의 옥음방송과 상관없이 오키나와의 '종전'은 완료되었으며 '8월 15일' 현재 이미 패전과 전후의 혼돈 속에 놓여 있었다는 사실이다. 오키나와인 가운데 패전 소식을 가장 먼저 접한 사람은 회의에 참석 중이던 주민대표들이었다. 그것도 천황의 옥음방송을 직접 접할 수 있었던 사람은 미군의 허가를 받아 본부에 방문했던 극히 소수에 불과했다. 시키야 다카노부志喜屋孝信, 도야마 세이켄当山正堅, 구시 고젠具志幸善 등 세 명만이 주민을 대표해 옥음방송을 청취할 수 있었다고 한다. 이들 역시 심한 잡음 때문에 기미가요君が代 멜로디만 선명히 들었고 그 다음은 분명히 천황 폐하의 방송이었지만 잘 알아들을 수 없었다고 한다. 일본의 패전 소식은 오키나와인들에게도 충격적이었지만 본토인들이 느꼈던 감정과는 분명 다른 것이었다. 아다니야 세료安谷屋正量와 나카소네 겐와仲曾根源和는 당시 회장 분위기를 다음과 같이 회고했다.

> 종전을 알고 나서 모두 조용해졌다. 그런데 지금까지 전화에 휩싸여 생명을 위협당하며 쇼크란 쇼크는 다 맛본 만큼 그 이상의 동요는 없었다. 이제 진절머리가 난다. 빨리 전쟁이 끝나면 그만이라는 생각이었다.[7]

이 선언[포츠담선언 – 인용자]이 오키나와를 일본으로부터 떼어 내는 재

7 위의 책, 45쪽.

료가 될 것이라고 우리는 생각했다. 그리고 내심 그렇게 되기를 기대하는 분위기였다. 당시의 심정은 아마도 요즘 사람들은 이해하지 못할 것이다. 역사적으로도 차별받고 전쟁 중에는 일본군에 의해 방공호(壕)에서 쫓겨나거나 스파이 혐의로 살해당한 사람도 있어 일본에 대한 반감이 강했다.[8]

일본의 패전을 강한 충격과 통곡 속에서 맞이했던 본토의 분위기와 상당히 다르다는 것을 감지할 수 있을 것이다. 그것은 참혹한 전쟁 공포로부터의 해방감, 일본군에 대한 배신감, 미군에 대한 기대감이 교차하는 복합적인 감정이었다. 그리고 본토인과 달리 있는 그대로 담담하게 받아들이고 있음을 확인할 수 있다. 물론 일본의 패전을 슬픔으로 받아들였던 오키나와인들도 적지 않았다. 일본의 포츠담선언 수락을 하루 앞둔 8월 13일 지넨知念 수용소에서는 이미 일본의 패전을 예감하며 일본으로의 복귀를 주장하는 이들이 등장하였다. 그 대표적인 인물이 나카요시 료코仲吉良光로, 그는 지넨지구 미군대장 앞으로, "대일강화対日講和 시, 오키나와가 일본의 일부로 남을 수 있도록 워싱턴 정부에 진언해 주기 바란다. 여기에는 논리도 이유도 필요치 않다. 오키나와인은 일본인이므로 자식이 부모의 집으로 돌아가는 것과 마찬가지로 인간의 자연스러운 감정이기 때문이다. 모쪼록 깊은 동정을 바란다"[9]라는 요지의 진정서를 제출한다. 나카요시의 복귀운동은 당시에는 지지를 얻지 못했지만 1950

---

8 위의 책, 45~46쪽.

9 原水爆禁止沖縄県協議会 共編, 『沖縄県祖国復帰運動史 – 民族分断十八年にわたる悲劇の記録』, 沖縄県祖国復帰協議会, 那覇 – 沖縄時事出版社, 1964, 18쪽.

년대에 이르러 대중적인 움직임으로 발전했다. '일본복귀촉진기성회日本復帰促進期成会'(1951), '오키나와제도조국복귀촉진협의회沖縄諸島祖国復帰促進協議会'(1953) 등이 잇달아 결성되고, 오키나와청년단협의회와 관공청노동조합협의회를 중심으로 한 '오키나와현조국복귀협의회沖縄県祖国復帰協議会'(1960)가 결성되면서 본격화되었다.

메이지기 이래 온갖 차별을 감수하며 일본인으로의 동화를 위해 애써온 오키나와인들에게 일본의 패전은 어쩌면 본토인 이상으로 충격적이고 절망적이었을지 모른다. 그러나 점령 상황에서 복귀문제를 언급하는 것은 일종의 터부였고, 전시 본토인 이상으로 적극적으로 전투에 참여한 오키나와를 미군정하에 내버려 둔 채 홀로 독립하려는 일본의 방침에 대한 분노와 배신감이 컸던 탓에 복귀 논의는 아직 시기상조였다. 분명한 것은 일본의 패전이 기정사실화된 '1945년 8월 15일'을 기점으로 오키나와의 운명은 일본 본토와 분리되어 포츠담선언을 주도한 연합국(사실상 미군)의 손에 전적으로 맡겨지게 되었다는 사실이다. 그리고 이 점을 누구보다 정확히 간파한 자들은 미군의 최측근에서 그들과 함께 일본의 패전을 목격한 오키나와 주민대표들이었다.

그리고 이시카와 주민수용소 내 일부 주민들도 천황의 옥음방송은 아니었지만『우루마신보ウルマ新報』[10]를 통해 소식을 접할 수 있었다. 당시 일본의 패전을 알리는 신문의 표제어가「갈망의 평화 드디어 도래!! 일

10 이후 가타카나 'ウルマ'를 히라가나 'うるま'로 바꾼『우루마신보(うるま新報)』에서 1951년 9월『류큐신보(琉球新報)』로 개제(改題)하여 오늘에 이른다.

본 조건을 수리渇望の平和愈々到来!!日本条件を受理」[11]라는 것에서 알 수 있듯, 이 신문은 1945년 7월, 미군 측 지원으로 간행되었기 때문에 미군의 입장을 대변하는 성격이 농후했으나 오키나와의 부흥을 약속한 미군에게 거는 오키나와인의 기대감도 없지는 않았을 듯하다.

그 외 대다수의 오키나와인들은 이 사실을 전혀 알지 못했다. 설령 알았다 하더라도 오키나와인과 일본 본토인이 감지하는 패전과 점령을 포함한 전후가 다를 수밖에 없었던 사정은 충분히 짐작하고도 남을 것이다.

3. '국가' 없는 '패전' 공간

1945년 8월 15일은 일본인에게는 패전의 날이고 조선인이나 타이완인에게는 해방의 날이다. 다시 말해 그것은 일본과 분리되어 조선인이나 타이완인이 원래의 고향(조국)으로 귀환하는 전혀 새로운 사태이자 피식민지 서사를 지워내고 새로운 민족 서사를 쓰는 일이기도 했다. 반면 일본인은 스스로를 '패전 국민'으로 자리매김함으로써 가해의 책임을 은폐하고 오로지 패전의 상실감과 허탈감을 위무하는 일에 몰두하게 된다.

그렇다면 연합군(미군)에 의해 이미 점령 상태에 놓여 있던 오키나와인의 경우는 어떠했을까? 이들은 패전을 위무하는 일도 해방을 기뻐하는 일도 불가능했다. 왜냐하면 고향땅은 일본과 미국 최후의 격전장으로

11 福間良明, 「沖縄における「終戦の日」」, 川島真・貴志俊彦 編, 앞의 책, 50쪽.

변모해 형태조차 알아볼 수 없을 정도로 초토화되었을 뿐 아니라 '우군'이라 믿었던 일본군으로부터 학살과 집단자결集団自決을 강요당하면서 일본이라는 국가가 더 이상 자신들을 보호해 주는 존재가 아님을 절실히 깨달았기 때문이다. 오키나와인의 경우 '패전'으로 모든 것을 잃었고 그 위에 '국가'마저 상실하게 된 것이다.

그런데 여기서 주의해야 할 것은 당시 오키나와인에게 있어 '국가'라는 개념이 반드시 '일본인'이나 '일본 국민'이라는 인식과 일치하는 것은 아니었다는 점이다. 요컨대 같은 오키나와인이라 하더라도 연령별, 세대별, 교육 정도에 따라 국가에 대한 인식이 다르며 무엇보다 황민화 교육을 받은 세대인지 아닌지에 따라 큰 차이를 보인다. 예컨대 '전중파戦中派'라 불리는 세대는 '15년 전쟁' 시기에 교육받은 세대로 황민화 교육의 영향을 가장 많이 받은 교육수준이 높은 집단이었다. 이들은 생활개선운동에서 요구되는 여러 생활도덕과 규율들을 철저히 내면화하였고, 전시동원체제하에서는 천황을 위해 목숨을 기꺼이 버릴 수 있는 일본인, 일본 국민이라는 인식이 강한 집단에 속한다.[12]

오키나와 사범학교 재학 중 철혈근황대鉄血勤皇隊의 일원으로 전투에 동원되었던 오타 마사히데大田昌秀가 여기에 해당한다. 그는 1945년 3월, 철혈근황사범대 지하야타이千早隊에 소속되어 도쿄로부터 수신한 전황을 2인 1조가 되어 방공호에 은신 중인 이토만糸満이나 구시찬具志頭 주민

12 강성현, 「'죽음'으로의 동원과 이에 대한 저항 가능성 – 오키나와 '집단자결'의 사례를 중심으로」, 정근식·주은우·김백영 편, 『경계의 섬, 오키나와 – 기억과 정체성』, 논형, 2008, 180쪽.

들에게 알리는 임무를 맡았다. 이후 우시지마 사령관이 자결하고 일본의 패색이 짙어지자 부대원 전원이 전장에 투입되어 대대적인 게릴라전을 수행한다. 무엇보다 곤혹스러웠던 것은 '스파이 소탕'이라는 이름으로 '대미협력자'를 색출하라는 지령이었다. 그것도 같은 '동포'로부터 말이다. 그러나 스파이라는 개념 자체가 모호한 상황에서 누가 스파이고 누가 우군인지 구별하기란 사실상 불가능했다. 설령 구별해 낸다 하더라도 그들은 다른 누구도 아닌 바로 자신의 부모이고 친구이고 이웃일 터였다. 나아가 스파이 색출에 동원되었다가 거꾸로 자신이 스파이로 지목되는 충격적인 상황과도 마주해야 했다. 이 밖에도 동굴이나 문중묘에 피난해 있는 주민들을 밖으로 내몰아 죽음에 이르게 하거나 집단자결을 강요하는 등 우군이어야 할 일본군이 오히려 잔혹한 행위를 서슴지 않았던 것은 이미 잘 알려진 사실이다.

당시의 정신적 트라우마를 오타는 이렇게 회고한다. "그만큼 충실하게 교육받고 전장에서 군과 함께 싸웠음에도 불구하고 스파이라는 소릴 들었을 때 받았던 쇼크는 상상 이상이었다. (…중략…) 패전 과정에서 기성의 가치관이 붕괴되어 사라지는 것을 바로 눈앞에서 목격했다. 우군병사들에게서 전혀 생각지 못했던 의심을 받았을 때 나는 싫든 좋든 오키나와인이라는 나 자신의 출신을 되묻지 않을 수 없었다"[13]라는 고백에서, 그가 왜 그토록 집요하게 오키나와 아이덴티티 문제에 파고들었는지 짐작할 수 있을 듯하다.

13　大田昌秀,『見える昭和と「見えない昭和」』, 那覇出版社, 1994, 196~197쪽.

반면 패전에도 불구하고 일본에 대한 변함없는 충성심을 강조함으로써 오키나와인을 '일본 국민'으로 견고하게 자리매김하려는 움직임도 포착된다.

> 연합군은 조선, 타이완, 오키나와 출신자를 일본군에서 분리하라고 명하였다. 타이완 출신자는 바로 제대했고, 조선 출신자는 태극기를 일본 군복에 달고 환성을 질렀다. 그러나 오키나와 출신자는 "우리는 어디까지나 일본군이며 그 어떤 불행이 있더라도 전우와 행동을 함께할 것"이라며 반대했다. (…중략…) 가비라(川平) 씨가 "오키나와인은 일본 국민이며 조선이나 타이완과 같은 취급을 받을 이유가 없다"라고 답하자 대장은 소리 내어 울었다고 한다. [대장은 - 인용자] "이들 오키나와 병사는 완벽한 일본군이었다. 일본 최후의 군인으로 국가에 봉사한 자들이다"라며 가비라 씨를 치켜세웠다.[14]

해방의 기쁨을 만끽하는 조선 출신 병사와 패전의 비통함에 젖은 일본인 대장의 상반된 모습, 그리고 기뻐하는 것인지 슬퍼하는 것인지 감정을 읽을 수 없지만 자신이 일본인임을 거듭 강조해야 하는 사태에 직면한 오키나와 출신 병사. 이들은 패전 직후 오키나와가 처한 특수한 상황을 잘 보여준다. 일본의 패전이 초래한 가장 큰 변화 중 하나는 조선·타이완/일본, 승전국/패전국, 적/동지, 자기/타자의 분할선이 다시 명료하게 구축된 것이라 할 수 있다. 주목할 것은 오키나와 출신 병사들을 대

14 沖縄タイムス社, 앞의 책, 53쪽.

표하여 가비라 조신川平朝申이 취한 행동과 발언이다. 그는 자신이 조선인이나 타이완인과 다른 '일본 국민'이라는 점을 일본군 대위에게 강하게 어필한다. 이 안에는 조선이나 타이완은 '일본'이 아니고 오키나와는 '일본'이라는 오키나와인의 오랜 암묵적 인식이 전제되어 있으며,[15] 나아가 오키나와 역시 조선이나 타이완과 마찬가지로 메이지 시기 강제 병합된 식민지임에도 불구하고 '류큐인'은 원래부터 일본민족이므로 '류큐처분琉球処分'은 일본민족의 통일이라는 제국주의적 발상을 상기시킨다.[16] 일본군 대위가 오키나와 병사들을 '완벽한 일본군', '일본 최후의 군인'이라며 치켜세우고 감격의 눈물을 흘린 것도 그 때문이다.

그런데 이들보다 윗세대의 경우 국가에 대한 인식은 비교적 유동적이다. 이들은 '15년 전쟁' 이전 평시에는 생활개선운동을 통해 오키나와인의 황민화 및 본토 동화를 주도했으며 오키나와 전투 시에는 미군의 포로가 되는 것을 수치로 여겨 극단적인 선택도 마다하지 않았다. 그러나 반대로 미군에 투항하거나 협력하는 이들도 적지 않았으며 이 가운데 일부는 저항조직을 꾸려 일본군에 대항하기도 했다. 패전에 따른 상실감이나 허탈감 또한 황민화 교육을 철저히 내면화한 세대에 비해 훨씬 덜했다.[17] 오키나와 주민대표들이 이에 해당한다. 이들은 "일본정부 및 일

15 조선이나 타이완은 '일본'의 식민지 지배문제로, 오키나와와 아이누는 일본 내부의 지방사(地方史) 내지는 차별문제로 다루어 왔던 근래의 연구 경향 역시 이러한 인식이 반영된 것이라 하겠다. 小熊英二, 『〈日本人〉の境界 – 沖縄・アイヌ・台湾・朝鮮 植民地支配から復帰運動まで』, 新曜社, 1998, 5쪽.

16 林泉忠, 『「辺境東アジア」のアイデンティティ・ポリティクス – 沖縄・台湾・香港』, 明石書店, 2005, 41쪽.

17 강성현, 앞의 글, 182쪽.

본군과 밀접한 관계에 있는 인물은 바람직하지 않다"는 미군정부의 요청에 따라 대정익찬회大正翼賛会 관계자, 일본복귀를 주장하는 자, 가족 중 일본군 간부가 포함된 자들을 제외한 지역 지도자나 교육자 출신 엘리트층으로 구성되었으며, 일본의 패전을 '사이온蔡溫 시대'의 출발로 삼아 '제3의 황금시대', '신新 오키나와의 건설'을 구상하고자 했다.[18]

그 외에도 오키나와인 절대다수가 일본의 '패전'을 '국가 상실'이라는 단일한 문맥으로 연결시키지는 않았던 듯하다. 오키나와 전투와 관련한 수많은 증언, 체험담은 말할 것도 없고 소설 텍스트 안에서도 참혹한 전장에서 가까스로 살아남은 자들, 혹은 살아남기 위해 자신을 포함한 일본 본토와 미국(미군) 3자 관계가 복합적으로 작용하는 가운데 자신의 정체성을 유동적으로 모색해간 면면을 포착할 수 있다.[19] 그것은 무엇보다 스스로를 일본인, 일본 국민이라는 데에 한정하지 않음으로써 가능한 일이었다.

오카모토 게이토쿠岡本恵徳는 「수평축의 발상水平軸の発想」이라는 글에서 오키나와인에게 있어 '일본 국민'이라는 인식은 자명하게 구축된 것도 아니려니와 '애국심'이나 '충성심'과 일치하는 것도 아니라고 지적한다. 그 사이에는 여러 형태의 의식의 굴절이 존재하는데, 오키나와 전투에서 강력한 힘을 발휘했던 오키나와인의 '애국심'이나 '충성심' 또한 순수하게 '일본 국민'이라는 인식에서 발현되었다기보다 자신이 태어나고

---

18 大城将保, 『昭和史のなかの沖縄 ―ヤマト世とアメリカ世』, 岩波書店, 1989, 8~9쪽.

19 예컨대 가요 야스오(嘉陽安男)의 소설 「포로(捕虜)」(1966) 의 주인공 이시카와 사부로(石川三郎), 나가토 에키치(長堂英吉)의 소설 「가라마 텐트촌(我羅馬テント村)」(1973)에 등장하는 하테루마 유키치(波照間幸吉) 등의 인물유형은 미군의 이중성과 이에 포섭되어 가는 패전을 전후한 오키나와인의 굴절된 내면을 잘 보여준다.

자란 고향 오키나와를 지키고자 하는 향토애와 혼연일체가 되어 빚어낸 비극[20]이라며 다음과 같이 주장한다.

> 오키나와 전후 세대는 스스로를 일본 국민이기 이전에 오키나와인이라고 생각하는 경향이 강하다. 그것은 전후 세대뿐만이 아니라 태평양전쟁 이전의 이른바 '황민화 교육'을 받은 세대들도 마찬가지였다. 이들은 자신이 오키나와인이라는 것을 불가피하게 부정해야 하는 상황이었고 일본 국민으로 강제당하는 한편 스스로도 일본 국민으로 동화되고자 희구하고 노력했으나 결과적으로는 참혹한 전쟁에 휩쓸려 국가를 빼앗겼다. 그 때문에 국가라는 것과 자신 사이에서 어떤 종류의 격절(隔絶)을 느낄 수밖에 없었으리라. 혹은 의심 없는 전제로 믿어왔던 일본 국민이라는 의식을 갖지 못하게 되면서 오히려 오키나와인이라는 것을 강하게 의식하게 되었다고 할 수 있다. (…중략…) 오키나와 전투에서 '히메유리 부대'나 '철혈근황대' 등의 비극은 그곳이 그들이 나고 자란 토지 오키나와였기 때문에 생긴 비극이다. (…중략…) 메이지기 이래 오키나와 사람들에게는 무엇보다 오키나와인이라는 것이 전제가 되었고 일본 국민이라는 것은 결코 자명한 것이 아니었다. 따라서 일본 국민이 되려는 노력과 고향인 오키나와를 지켜야 한다는 결의가 이 오키나와 전투 속에 그야말로 혼연일체가 되어 녹아들었기에 그러한 비극이 현실이 된 것이라 생각한다.[21]

---

20 岡本恵徳, 「水平軸の發想」, 谷川健一 編, 『沖縄の思想』(叢書わが沖縄 6), 木耳社, 1970, 169쪽.

21 위의 책, 168~169쪽.

오키나와인의 '애국심'이나 '충성심'이 반드시 '일본 국민'이라는 것을 전제로 한 것이 아니라는 그의 지적은 오키나와 전투의 비극을 압축적으로 보여주는 집단자결 문제를 사유하는 데에도 매우 중요한 논점을 제공한다. 이를테면 주민들의 자발에 의한 옥쇄玉碎의 논리로 미화하거나 군의 강제성을 부각시키는 것으로 온전히 설명되지 않는 집단자결에 이르는 과정을 오키나와 내부의 특수한 '공동체의 생리'에서 찾고 있는 것이 그것이다.[22] 즉 오키나와 전투 당시 유사한 조건 속에서도 집단자결이라는 참극이 일어난 곳과 일어나지 않은 곳이 존재했던 것은, 집단자결 구조에 가해와 피해, 강제와 자발이라는 측면 이외에 오키나와 내부의 공동체 행위성이 상당 부분 개입되었기 때문이라는 것이다.[23] 역설적이지만 집단자결을 단행하거나 거부할 수 있는 원동력은 모두 자신이 일본인이 아닌 오키나와인임을 자각하는 것, 다시 말해 오키나와인이라는 강한 공동체 의식에서 비롯되었다는 것이다.

오키나와가 경험한 전쟁과 패전, 그리고 전후는 일본 본토와 비교했을 때 여러 의미에서 이질적이다. 가장 결정적인 차이는 오키나와인 스스로가 일본인, 일본 국민이라고 명확하게 인지했든 아니든 실체적으로 존재하던 '일본'이라는 '국가'가 사라지고 '일본 국민'이라는 자격마저 상실한 것이라 하겠다. 그것은 점령 초기부터 오키나와와 일본을 분리시키려는 미군의 치밀한 전략[24]과 오키나와를 희생시킴으로써 전쟁을 승리

---

22 위의 책, 173쪽.

23 이 집단자결의 구조와 메커니즘에 관해서는 앞서 언급한 오카모토 게이토쿠와 강성현의 글에 자세하다.

24 점령 초기부터 "오키나와인과 일본인이 육체적으로 유사함에도 불구하고 양자는 타인

로 이끌고 종국에는 패전의 책임을 회피하고자 했던 일본 정부가 공동으로 만들어낸 결과에 다름 아니다. 이때 미국(미군)과 일본이 의심 없이 공유한 것은 바로 '오키나와인은 일본인이 아니다'라는 사실이다. 그리고 앞서 오타 마사히데의 경우처럼 오키나와인 스스로도 자신이 일본인이 아니라는 것을 싫든 좋든 자각하지 않으면 안 되었다. 나아가 '일본인이 아닌 오키나와인'이길 원했던 새로운 점령자 미국(미군)의 '불순'한 의도와 일본(군)에 대한 '증오'의 기억이 맞물려 불가피하게 자신이 일본인임을 잊어야 하는 사태로 이어졌다.[25]

오키나와인이 경험한 패전 혹은 전후 체험 가운데 가장 아이러니한 것은 이처럼 '국가'가 존재하지 않는 상황에서 '국가'를 지키기 위해 전장의 한가운데로 내몰려야 했던 것이었다. 문제는 이 아이러니한 상황이 오키나와를 배제한 일본 본토만의 '8·15=종전'이라는 견고한 '집합적 기억'에 지탱되어 지금까지 여전히 계속되고 있다는 데에 있다.

이며, 오키나와는 일본에 의해 차별받고, 착취당해온 식민지"(沖縄タイムス社, 앞의 책, 93쪽)로 분류하고, '자파니(ジャパニ=일본군)'와 '오키나완(オキナワン=오키나와 주민)'을 확실하게 구분하고, 차이를 둠으로써 오키나와인으로 하여금 '미군=보호자·해방자'라는 이미지를 증폭시켜 간 것이 이에 해당한다.

25 도미야마 이치로(冨山一郎)는 일본군에 대한 증오의 기억이 훗날 반전 복귀라는 정치 주체의 헤게모니로, 또 조국을 위해 죽는다고 하는 강렬한 내셔널리즘으로 이어졌지만, '일본인임을 잊었던' 기억은 정치 주체로서는 발설되지 않는 기억으로 방치되었음을 지적하였다. 도미야마 이치로, 임성모 역, 『전장의 기억』, 이산, 2002, 122쪽.

4. 일본 안의 또 하나의 '8 · 15'

이상에서 살펴본 바와 같이 일본 본토에서 '종전의 날'로 기념되는 '1945년 8월 15일'은 오키나와와는 직접적인 관련이 없다. 굳이 의미를 찾자면 이 날은 미군정부와 오키나와 주민 간의 의사소통기구 역할을 담당하게 될 오키나와자순회 설립을 위한 첫 단계로 주민대표들을 소집한 날 정도가 될 것이다. 이후에도 이 날은 오키나와에서 별다른 의미를 갖지 못했다. '8 · 15'를 별도로 기념하는 일도 물론 없었다. 그러던 것이 1951년 무렵부터 '8 · 15'를 보도하는 신문 사설이나 기사가 보이기 시작한다.

후쿠마 요시아키福間良明에 따르면, '8 · 15'를 기념하는 사설 「종전의 날을 맞이하여「終戦の日」を迎えて」 · 「전몰자 위령과 평화희구戦没者慰霊と平和希求」(『沖縄タイムス』 1951.8.15 · 1952.8.15), 「추도식과 유족원호追悼式と遺族援護」(『琉球新報』 1952.8.15) 등의 논조가 '평화'와 '반전' 이외에도 귀속문제와 긴밀히 연결되며, 그 배경에는 샌프란시스코 강화조약 체결에 즈음한 오키나와 내 일본 '복귀' 열기가 자리하고 있다고 한다.[26]

이에 더하여 1952년 4월에 제정된 '원호법戦傷病者戦没者遺族等援護法'을 오키나와 주민들에게도 동일하게 적용시켜달라는 매우 현실적인 요청도 중요하게 작용하였다. 미군의 무차별적인 토지수탈에서 촉발된 '섬 전체 투쟁島ぐるみ闘争' 등 반미감정이 최고조에 달했던 당시 오키나와로

26 福間良明, 「沖縄における「終戦の日」」, 앞의 책, 46쪽.

서는 일본 본토로의 '복귀' 염원이 절실했고, 이를 위해서는 "본토와 함께 싸우고, 함께 패전했다"는 식의 논조를 통해서라도 '8 · 15'를 공유하고 본토와의 유대감을 강조할 수밖에 없는 사정이 자리하고 있었던 것이다.[27]

그런데 일본으로의 '복귀'가 실현되지 못한 채 미군의 통치가 20여 년 넘게 이어지자 '8 · 15'에 대한 논조에도 미묘한 변화가 보이기 시작한다. 1960년대에 이르면서 본토의 '8 · 15'와 함께 기억되기보다 전쟁의 참상을 되새기고 평화를 기원하는 날의 의미로서 자리매김해간 것이 그것이다. 특기할 만한 것은 이 무렵부터 오키나와 수비군사령관 우시지마 미쓰루가 자결한 '6월 23일'을 기념일로 호출하기 시작한 것이다. 이 날은 1950년 무렵 일본군의 조직적인 저항이 끝난 날이라는 상징적인 의미에서 '오키나와 종전의 날'로 언급되기도 했으나 기념일로 정착되지는 못하였고, 복귀운동이 고조되는 가운데 1962년부터 '위령의 날'이라는 이름으로 정식 기념일로 정착되어 오늘에 이르고 있다. 최근 일본의 우경화 움직임과 함께 부각되고 있는 '굴욕의 날=4 · 28'도 이때 함께 호명되었다.[28]

1969년 사토-닉슨佐藤-ニクソン회담에서 1972년 본토 복귀가 결정되

27 1951년 3월부터 4월에 걸쳐 오키나와청년연합회 주관으로 청년여론조사가 이루어졌는데 그 결과 일본복귀 지지가 86퍼센트, 신탁통치 지지가 7퍼센트, 독립 지지가 2퍼센트였다고 한다. 위의 책, 45쪽.

28 1952년 4월 28일, 샌프란시스코 강화조약이 발효된 지 61주년을 맞이한 2013년, 그 기념식에서 아베 정권은 4월 28일을 '주권 회복의 날'이라 명명하고 평화헌법을 개정하여 '진정한 독립'을 이뤄야 한다는 주장을 폈다. 같은 날 오키나와에서는 이에 항의하여 「4 · 28 정부 식전에 항의하는 '굴욕의 날' 오키나와 대회」를 개최하였다.

자 이들 기념일의 논조에 다시 변화가 감지된다. 그 이유는 본토로의 복귀가 실현된다하더라도 오키나와 내 미군기지와 핵은 그대로 존속시킬 것이라는 미국과 일본의 방침이 오키나와 주민들의 강한 반발을 불러일으켰기 때문이다. 이를 계기로 '반反복귀' 움직임과 함께 '4·28'의 의미를 새롭게 부여하고 기념일의 방향성을 '반전反戰'으로 향하게 하거나, '6·23'을 '반전'과 '평화'의 이미지로 고정·강화하는 경향을 보이게 된다.[29] 그럼에도 불구하고 1972년 5월 15일, 오키나와는 다시 일본으로 '복귀'되었고 이에 따라 기념일의 논조에도 변화가 불가피하였다. 그 대표적인 예가 '4·28'에 대한 논의가 급격히 줄고 이를 대신하여 '본토로 복귀한 날 5·15'를 기념하기 시작한 것이다.

이 복수複數의 기념일이 의미하는 바는 일본 본토의 구조적인 오키나와 차별을 단적으로 보여주는 것 외에 두 가지 측면에서 사유를 요한다. 하나는 '8·15=종전'이라는 전후 일본의 공적 담론에 대응하여 오키나와 내부에서도 다양한 형태로 '집단적 기억'을 창출해 왔다는 것, 다른 하나는 오키나와가 창출한 그 '집단적 기억'이 일본 본토의 그것과 변별력을 갖지 못하게 됨으로써 침략전쟁 책임을 은폐하고 회피하는 데에 역이

29 「복귀협의 새로운 기점 – 70년대 4·28, 그 방향(復帰協の新しい起点 – 七〇年代の4·28, その方向)」이라는 제목의 1970년 4월 28일 자 『오키나와타임스』에서는, 오키나와가 처한 작금의 "전쟁에 대한 공포와 불안"감을 드러내며, 이러한 불안을 불식시키기 위해서는 무엇보다 '4·28'을 "반전노선, 그리고 70년대 오키나와의 새로운 기점"으로 삼아야 할 것이라고 주장하였다. 또한 이듬해 『오키나와타임스』 6월 23일 자 사설에서는 「26주년 '위령의 날'(26年目の「慰霊の日」)」이라는 제목으로, '복귀'를 통해 '평화의 길'을 되찾을 수 있으리라는 기대와 달리 현 상황은 불안감만 증폭시키고 있음을 피력한 바 있다.

용될 우려가 있다는 점이다. 특히 '6 · 23'은 가해와 피해의 책임 구분이 모호한 '위령의 날'이라는 특성도 있어, 아시아 · 태평양 전쟁에서 '패배한 날'로 기억하지 않고, 본토의 종전기념일 '8 · 15'와 공감대를 형성하게 될 경우, 본토의 논리에 그대로 흡수 · 수렴되어 버릴 위험성도 내포하게 된다.

5. '8 · 15=종전'이라는 구도가 은폐해 온 것

일본의 전후가 '포츠담선언 수락 – 무조건 항복 – 연합군(미군) 점령'이라는 일련의 과정 속에서 시작되었다면, 오키나와의 전후는 미군의 전시 점령, 즉 '교전 중 점령'이라는 특수한 상황에서 출발하였다. 이러한 오키나와와 일본 본토의 전후의 차이는 '8 · 15'를 둘러싼 '기억' 혹은 '기념'의 장場에서도 여실히 드러난다.

이 글은 이 점에 착안하여 오키나와(인)는 일본(인)이 아니라는 오랜 차별의 역사 위에 지리적으로나 역사적으로 본토의 '변경'에 위치해 온 오키나와(인)에게 있어 '8 · 15'란 과연 어떤 의미로 다가왔을지 살펴보고자 한 것이다. '8 · 15 =종전'이라는 전후 일본의 '집합적 기억'이 제국의 지배하에 놓여 있던 수많은 피식민지(인)의 기억을 억압하고 배제하는 가운데 성립되었으리라는 점은 상상하기 어렵지 않지만, 그것이 거꾸로 '집합적 기억'의 '변경'으로 내몰렸던 피억압 주체들에게는 어떤 의미로 기억되고 기념되고 있는지에 대해서도 깊이있는 논의가 수반되어야 할 것이다.

최근 아베安倍晋三 총리 및 극우 성향의 정치인들의 망언이 잇따르고 있는 가운데 역사인식을 둘러싼 동아시아 국가 간의 갈등 또한 한층 증폭되는 양상으로 치달아 가고 있다. 이러한 일본의 우경화된 역사인식의 근간에는 '침략전쟁에서 패배한 날'이라는 역사적 사실을 부정한 '8·15=종전'이라는 구도가 견고하고 집요한 형태로 자리하고 있음은 말할 것도 없을 것이다. 그리고 이 국가 차원에서 제도화된 '8·15=종전'이라는 구도는 동아시아 각국의 무수한 역사적 균열을 은폐하고 삭제함으로써 성립될 수 있었을 것이다. '6·23'을 비롯한 오키나와의 기념일이 본토의 '8·15'만을 상대화하는 데에 그칠 것이 아니라, 동아시아 국가와의 긴밀한 관련성 안에서 보다 복합적으로 사유될 필요성은 바로 여기에 있다고 하겠다.

오키나와와 일본, 두 개의 패전 공간

'선험적 체험'과 '상상된 8 · 15'

1. '8 · 15=종전'이라는 공식의 해체

일본인들이 기념하는 '8월 15일'은 전승국=연합국(미군)과 패전국=일본 간에 전쟁을 끝낸다는 '종전' 합의가 이루어진 날과 무관하다.[1] 또한 같은 일본이라 하더라도 오키나와에서는 '8 · 15=종전'이라는 공식은 성립하지 않는다.

그렇다면 역사적 사실에 기반한 '종전의 날'을 지우고 새롭게 자신들만의 공적인 기억을 만들어낸 이유는 무엇이었을까? 한 가지 분명한 것은 매년 8월 15일만 되면 되풀이되고 있는 일본 총리 및 고위관료들의 야스쿠니 신사靖国神社 참배와 그로 인해 증폭되는 동아시아의 대립과 갈등에서 보듯, '8 · 15'가 단순히 일국의 '종전의 날'로 '기념'되는 데에 그

1 이에 관해서는, 사토 다쿠미의 「'8월 15일'의 신화화를 넘어서」에 자세하다. 佐藤卓己, 「「8月15日」の神話化を越えて」, 佐藤卓己・孫安石 編, 『東アジアの終戦記念日 ― 敗北と勝利のあいだ』, ちくま新書, 2007, 14~39쪽.

치는 것이 아니라는 사실이다. 오키나와 수비군사령관 우시지마 미쓰루牛島満가 자결한 1945년 6월 23일을 '종전'의 의미를 담아 '위령의 날慰霊の日'이라는 이름으로 기념하는 오키나와의 경우 역시 역사적 사실에 기반한 '전쟁이 종결된 날'이라는 하나의 의미로 수렴되지 않는다는 점에서 본토의 그것과 공통될 것이다. 자칫 일본 본토 중심의 역사 인식을 그대로 추인하는 오류를 끊임없이 경계하면서, 오키나와와 일본 본토가 각기 달리 '기억'하거나 '기념'하고 있는 '종전의 날'이 갖는 함의를 패전 혹은 전후 공간을 배경으로 한 소설을 통해 가늠해보고자 한다.

2. '교전 중 점령'이라는 상황

오카모토 게이토쿠岡本恵徳는 자신의 '패전' 기억을 다음과 같이 술회하고 있다.

> 나의 경우, 어느 쪽인가 하면 전쟁을 알지 못하는 세대에 속한다. 소학교 5학년에 패전을 맞았으므로 전쟁이라고 하면 '공복(空腹)'의 기억이며, 밤하늘을 불태웠던 공습의 화염이며, 말하자면 소년 시절 낚시놀이나 잠자리잡기 놀이와 같이 회상의 한 페이지와 같은 것이었다. 그런 의미에서 실제로 체험한 '전쟁'의 참상과는 조금 거리가 있다. 아마도 오사카(大阪)나 도쿄(東京)에서 공습을 겪은 세대들에 비하면 오키나와 먼 남쪽 끝에서 생활하던 나는 오

히려 전쟁과 멀리 격리되어 있었다고 말할 수 있을 것이다.[2]

당시 소학교(초등학교) 5학년이던 오키나와 소년 오카모토의 패전의 기억은, 각지의 파괴된 상흔과 전쟁의 비참함, 나아가 패전 국민으로서의 충격이나 아픔이 모두 같은 형태가 아니라는 점을 잘 보여주고 있다. 오카모토의 패전의 기억은 두 가지 상징적인 의미를 내포한다. 하나는 오키나와에 있어 패전이라는 사태는 전쟁 체험, 구체적으로는 오키나와 전투의 체험 여부와 밀접하게 관련이 있으며, 일본 본토의 경우 패전이라는 사태가 전쟁 경험과 직접적인 관련이 없음을 의미한다. 물론 일본 본토에서도 히로시마広島나 나가사키長崎의 참상은 말할 것도 없고 크고 작은 공습으로 도시가 폐허가 되기는 했으나 전쟁의 참상은 오키나와의 격렬한 지상전에 비할 바가 아니었다. 오키나와의 경우 오카모토처럼 지리적으로 격리되어 운 좋게 전쟁을 피해가기도 했지만 그것은 극히 예외적인 사례이고 주민 대부분이 참혹한 전장의 한가운데에 놓여 있었다.

또 다른 하나는 같은 오키나와인이라 하더라도 출신이나 지역, 성별, 연령에 따라 차이가 있으며, 여기에 미군의 포로가 된 시점이 언제인가에 따라서도 전쟁 체험이 각기 다르다는 것이다. 예컨대 미군의 상륙과 함께 점령지구로 지정된 곳은 1945년 4월 1일부터 점령이 시작되었으나, 오키나와 수비사령관 우시지마 미쓰루가 자결하는 6월 23일까지 크고 작은 게릴라전이 계속되어, 어떤 이는 전투가 본격화되는 4월 시점

2 岡本恵徳,「水平軸の發想」, 谷川健一 編,『沖縄の思想』(叢書わが沖縄 6), 木耳社, 1970, 165쪽.

에 포로가 되어 빠른 패전을 맞이하였고, 어떤 이는 방공호를 옮겨 다니며 은신하다 전투가 종료되는 6월 중순이 되어서야 전장에서 벗어날 수 있었다. 또 일본의 패전을 전혀 알지 못한 채 본도 북부 깊은 곳에 은신해 있다 10월이 되어서야 포로가 된 이들도 적지 않았다.

이른바 '철의 폭풍Typhoon of Steel'으로 비유되는 오키나와 전투에서 주목해야 할 점은 민간인 희생자가 더 많았다는 사실이다. 미군의 일본 본토 진공을 하루라도 늦추려던 일본 군부는 현지 주민을 '철혈근황대鐵血勤皇隊'[3]나 '히메유리 간호대ひめゆり看護隊'[4] 등에 총동원했으며, 적에 투항하거나 포로가 되기보다 '집단자결集団自決'을 강요했다.

오키나와 전투를 둘러싼 증언이나 기술 가운데 가장 비극적인 것은 일본군의 '옥쇄玉砕'의 강요와 이를 믿고 집단자결을 강행한 것이며, 극심한 기아와 부상에 신음하면서도 미군에 저항하다 극적으로 투항하여 포로가 되었다는 내용도 어렵지 않게 찾아볼 수 있다.

> 6월 말 Y씨의 아내와 여동생, 어머니가 그만 나고(名護) 근처까지 넘어가 미군의 포로가 되어 버렸다. 한 번에 가족 세 명을 잃게 된 Y씨는 망연자실했다. (…중략…) 남은 식량은 흑설탕 한 조각이었다. 그것을 아이들에게 먹여 가며 굶주림을 견디고 있었다. 그런데 운명은 Y씨 일가를 빗겨 가지 않았다.

---

3 오키나와 전투에 아직 징병 연령에 달하지 못한 14~17세 소년들을 학도병으로 동원한 것을 일컫는다.

4 오키나와 전투에서 종군간호부로 동원되었던 오키나와 사범여자부와 오키나와 현립 제1고등여학교 학생과 교직원을 통칭하는 말로, 총 297명이 출정하여 이 가운데 208명이 전사했다.

포로가 된지 3일째 되던 날 아내가 산으로 돌아왔다. 게다가 커다란 통조림과 한 통 가득 채운 죽을 선물로 들고 왔다. 가족들은 정신없이 죽을 들이켰다. (…중략…) 그리고는 아내가 "우리 이제 그만 항복합시다"라며 설득했다. "놀라지 말아요. 다이(田井) 씨 등 수많은 피난민들이 모여 있어요. 미군은 오키나와 인민을 죽이거나 해치지 않아요. 식량을 제공하며 보호하고 있어요. 전쟁은 미국의 승리로 끝난 듯해요."[5]

위의 인용문은 전후 『오키나와타임스沖縄タイムス』 문화사업 국장을 역임한 바 있는 야마자토 게이하루山里景春의 증언 중 일부이다. 일가가 함께 피난생활을 하던 'Y씨(=야마자토)' 가족 중 가장 먼저 패전을 맞이한 이는 3일 먼저 미군에게 끌려간 아내, 어머니, 여동생이었다. 그의 아내가 다시 산으로 돌아온 것은 젖먹이 아기에게 젖을 물리고 언제 굶어 죽을지 모르는 가족들에게 먹을 것을 가져다주기 위함이었다. 아내는 미군이 식량을 제공하고 주민을 보호하고 있으며, 전세도 미군의 승리로 기울었으니 이제 그만 항복하자고 남편을 설득한다. 그러나 남편은 우군에게 발각되면 그 자리에서 총살이라며 아내의 제의를 거절한다. 당시 오키나와 주민들이 가장 우려한 것은 'Y씨'처럼 '우군(일본군)'에게 스파이 혐의를 받아 살해당하는 것이었다.

어찌되었든 미군을 적대시하던 'Y씨'의 아내가 불과 며칠 사이에 미군을 '오키나와 인민'을 '보호'하는 존재라고 믿게 된 데에는 미군과 직접

5 沖縄タイムス社, 『沖縄の証言 - 激動の25年誌』, 沖縄タイムス社, 1971, 74~75쪽.

접촉한 경험이 크게 작용했다. 'Y씨'도 '우군'이 반격해 오면 다시 그쪽으로 되돌아가더라도 일단 아내의 말을 믿고 투항하기로 결심한다.

일본군의 조직적 저항이 끝나는 6월 하순 무렵은 하루에도 수천 명이나 되는 민간인과 군인이 투항하여 후방에 위치한 수용소(캠프)로 보내졌다. 그 결과 오키나와 안에는 수십 개의 군정지구가 세워졌으며 각 지구별로 40여 개의 민간인 수용소가 설치되었다. 수용소 안은 미군이 임명한 시장, 반장, CP, 경찰서장이 주민의 관리와 치안을 담당했고, 야간은 물론 낮에도 미군의 허가 없이는 다른 군정지구로 출입하지 못하게 하는 등[6] 엄격한 통제와 감시하에 놓여 있었다. 포로가 된 이들은 HBT, 카키라 불리는 육군 전투복을 착용하고, K레이션, C레이션이라 불리는 전투식량인 치즈, 잼, 햄, 비스킷, 초콜릿 등은 물론 커피며 쥬스, 추잉껌, 담배 등의 기호품도 맛볼 수 있었다. 그 대신 미군에게 노동력을 제공해야 했다. 주로 캠프 건설이나 비행장, 도로정비 등 미군기지 건설에 동원되었으며, 군수물자를 내리고 정리하거나 사체 매몰 작업에 이르기까지 크고 작은 단순노동에 시달려야 했다.

1945년 10월 30일부터 이듬해 4월까지 미군의 지시에 따라 수용소에서 원거주지로 주민들의 이동이 완료되었다. 이로써 오키나와는 미군의 완전한 점령하에 놓이게 되었다.

---

6 통행금지가 해제되는 것은 1947년 3월이며, 야간 통행금지는 이듬해인 1948년 3월이 되어서야 해제되었다. 宮城悦二郎,『沖縄占領の27年間 − アメリカ軍政と文化の受容』(岩波ブックレット NO.268), 岩波書店, 1992, 11쪽.

1945년 6월. 우치나(ウチナ) 종전. 그 해 12월, 본도 북부 오우라(大浦)에서의 수개월 간의 포로수용소 생활을 보낸 후, 해방되어 각각의 마을로 호송되는 군용트럭에 올라탄 주민들 사이에 섞여 엄마 품에 안긴 내가 있다. 운전석에서 하얀 이를 드러내고 밝게 웃는 흑인병사 바로 옆에 앉은 두 살이 채 안된 나는, 그 흑인병사를 향해 페페 군인, 페페 군인이라 외치며 떨어져 앉으려 했다고 한다.[7]

비록 훗날 어머니로부터 전해들은 패전 풍경이지만 두 살도 채 안 된 어린아이가 느꼈을 이방인에 대한 두려움과 이질감은 충분히 전달되어 온다.

일본 본토와 다른 오키나와만의 특수한 패전 경험이라고 하면 이렇듯 미군과의 직접적인 접촉의 유무를 들 수 있을 것이다. 다시 말해 본토의 경우 1945년 8월 15일 천황의 패전 선언이 있기 전까지 미군과 마주칠 일이 거의 없었던 반면, 오키나와의 경우 4월 상륙 시점부터 이미 미군과 밀도 높게 접촉하고 그들과 함께 패전을 맞았다는 데에 큰 차이가 있다고 하겠다.

7 玉木一兵,「沖縄の言葉と身体の復権」,『新沖縄文学』66冬季号, 沖縄タイムス社, 1985, 88쪽. 여기서 '페페'란 더럽고 불결하다는 의미의 유아어다.

3. '선험적 체험'으로서의 패전

가요 야스오嘉陽安男의 소설 「포로捕虜」(1966) 속 주인공 이시카와 사부로石川三郎도 전투 막바지인 6월 중순경 미군에 투항하여 종전을 맞았다. 하와이로 향하는 포로수송선 안에서 미군에게 짐승보다 못한 대우를 받기도 했지만 그의 상처를 치유해주고 새로운 생명을 부여해준 자 역시 미군이었다.

> 포로들은 진흙이 묻지 않은 하카마(袴)를 입고 한껏 들떠 있었다. 정말로 죽음의 공포로부터 해방되었다는 안도감이 그들을 한없이 들뜨게 했다. 그들은 이렇게 기쁨을 표출하는 것을 통해 살아 있음을 확인했다. 몇 번이고 정렬하라는 미군의 고성이 있었지만 그때뿐 한 줄로 정렬된 줄은 금방 무너졌다. (…중략…) 여자들이 하는 것처럼 젖가슴 주변을 손바닥으로 움켜잡는 버릇도 그 무렵 생겼다. 생명의 확실함을 육체의 볼륨감으로 측정하는 것이었다. 빈틈없이 빡빡 밀어버린 머리카락은 다시 자라나기 시작했고, 겨드랑이 털과 음모의 생장도 비밀스러운 감동을 가져다주었다. 부끄러웠던 소년 시절을 다시 느껴 보기라도 하듯, 그는 양식변기에 걸터앉아 하릴없이 음모를 만지작거리고 있었다.[8]

패전의 상실감 따위는 사선을 막 넘은 이시카와 사부로에게는 부차

---

8 嘉陽安男, 「捕虜」, 『新沖縄文学』 創刊号, 1966.(沖縄文学全集編集委員会, 『沖縄文学全集』 7, 国書刊行会, 1990, 139~140쪽)

적인 문제였다. 그에게 일본의 패망은 '상실'이기보다 새로운 '생명'과 '육체'의 성장을 의미하는 기쁨이자 축복이었다. 『오키나와의 증언 – 격동의 25년지沖縄の証言-激動の25年誌』에 따르면, 당시 포로들의 하와이행이 결정된 것은 6월 초로, 가데나嘉手納 근방의 포로수용소에서 오키나와 방위대원이 탈주한 사건을 계기로 포로를 전방으로부터 격리시키고 나아가 일본 본토 진공 시 포로교환을 위한 전략이었다고 한다. 이때 오키나와 출신 포로 약 1천 5백 명이 하와이로 보내졌고, 나머지 포로들은 야카屋嘉 수용소로 이동한 뒤 6월 말경 출항하게 된다.[9]

당시의 증언대로 소설 속 이시카와 사부로 역시 하카마 한 장만 걸친 채 수많은 포로들 사이에 섞여 환희에 차 있었다. 무엇보다 벌거벗겨진 채로 머리에서 발끝까지 제모당하는 수모도 불식시킬 만큼 이시카와 사부로를 흥분시켰던 것은 '더 이상 죽지 않아도 된다'고 하는 죽음의 공포로부터의 해방감이었다. 그리고 그것을 담보해 주는 유일한 존재는 바로 오키나와인의 유일한 '보호자'이자 '해방자'로 부상한 미군이었다.

그런데 여기서 중요한 것은 누구로부터의 '보호'이고 누구로부터의 '해방'인가 하는 문제이다. 왜냐하면 전투원은 물론이고 비전투원인 오키나와 주민들에게도 미군의 존재는 분명 '적'이었기 때문이다. 나미히라 쓰네오波平恒男는 이 애매모호한 상황에 대한 답을, "오키나와 사람들은 미국을 일본(본토)과의 대비를 통해, 보다 정확하게 말하면 자신을 포함한 3자 관계를 통해 조망해 왔다는 것, 그리고 때로는 환상을 품고 때로

9 沖縄タイムス社, 앞의 책, 56 · 60쪽 참조.

는 환멸하면서 이방의 권력과 문화에 대해 싫든 좋든 밀도 높은 접촉을 할 수밖에 없었다는 것"[10]에서 찾고 있다. 요컨대 전장에서 살아남은 오키나와인들은 자신을 포함한 3자 관계 속에서 미군을 '해방자'로 간주하였는데, 그것은 '우군'이라 믿었던 일본군에 대한 배신감과 그에 비해 상대적으로 자신들에게 호의적이었던 미군에 대한 호감이 복합적으로 작용한 결과라는 것이다. 이에 더하여 점령 초기부터 일본군='자파니ジャパニ'와 오키나와 주민='오키나완オキナワン'을 확실하게 구분하고 차이를 둔 미군의 치밀한 전략이 상승작용을 일으켜 '미군=보호자 · 해방자'라는 이미지를 증폭시켜 간 것이다.[11]

나가토 에이키치長堂英吉의 소설 「가라마 텐트촌我羅馬テント村」(1973)은 앞서 언급한 '야마자토=Y씨'나 이시카와 사부로와 같이 미군에 투항하여 포로가 된 이후의 정황을 엿볼 수 있어 흥미롭다.

소설은 '교전 중 점령'이라는 오키나와만의 특수한 패전 공간을 무대로 하고 있다. 이곳은 '가라마 텐트촌'이라 이름 붙여진 섬 최대의 난민촌이다. 전쟁이 끝난 지 일 년 가까이 지나고 있지만 아직 섬 곳곳에서 투항하지 않은 일본 수비군과 민간인의 저항이 계속되고 있어 완전한 패전-

10 波平恒男, 「大城立祐の文学にみる沖縄人の戦後」, 『現代思想 戦後東アジアとアメリカの存在』(臨時増刊号) 29-9, 青土社, 2001, 129쪽.

11 오키나와 상륙을 앞둔 미군은 사전에 철저하게 전장과 점령지의 비전투원 관리, 보호를 위해 많은 군정요원을 양성하여 각 부대에 배치하였다. 또한 오키나와의 역사, 정치, 경제, 문화, 인종적 특징, 자연 등 일본 측 정보를 취합해 만든 『류큐열도에 관한 민사 핸드북(Civil Affairs Handbook, Ryukyu Islands)』(1944), 『군정요람』 등을 작성하여 효율적인 주민 관리에 만전을 기하였다. 이들의 임무는 민간인이 전투에 방해가 되지 않도록 '보호'하는 역할과 점령지구에서는 전시 국제법규에 의거해 난민의 최소한의 인권을 보장해 주며 주민들의 경제, 사회를 전쟁 전 수준으로 유지하도록 도와주는 일이었다.

점령 상황이라고 말하기 어렵다. 지난해 가을 난민캠프로 지정된 이래 전쟁에서 부상당하거나 포로가 된 주로 섬 남부 지역 사람들이 몰려들어 밭 한가운데까지 텐트가 들어차 마을 안은 빈터라곤 찾아 볼 수 없었다. 인구 5백이 될까 말까 했던 작은 해안 마을이 지금은 인구 2만을 넘어서고 있다. 거기다 패전 직후까지 전투에 지친 병사들이 휴식 차 머물던 보양지保養地였던 탓에 대낮에도 미군들이 거리를 배회하며 여자들을 추행하거나 성폭행하는 일이 끊이지 않았다. 또 부족한 식량이나 물자를 구하기 위해 유자철선有刺鉄線으로 둘러싸인 군정부대 안으로 숨어들어오는 일본군과 민간인 때문에 총성이 울리는 일도 빈번했다. 이번 달만 해도 세 명이 체포되고 한 명이 사살되었다. 미군 장교에 의해 사살된 이는 평소 "극히 친미적 성향의 소유자"[12]라 알려진 하테루마 유키치波照間幸吉였다. 그의 어린 아들 다케루たける는 아버지를 잃고 텐트에 홀로 남겨졌다 아사하고 만다.

그가 미군의 총에 사살되던 바로 그 시각 민정캠프에서 1킬로 정도 떨어진 텐트촌에서는 새 생명이 태어났다. 미군에게 성폭행당한 고제이呉勢의 딸 사요サヨ가 출산한 것이다. 이제 막 태어난 아기는 지친 듯 축 늘어져 있었으나 자신이 살아있음을 증명이라도 하듯 힘없는 울음소리를 내었다. 그러나 고제이는 눈도 제대로 뜨지 못한 손자(손녀)를 물이 담긴 욕조 속으로 다시 밀어 넣어 버린다. 그녀 역시 수차례 미군에게 성폭행당한 아픈 기억을 갖고 있기 때문이다.

---

12 長堂英吉,「我羅馬テント村」,『新沖縄文学』24, 1973.(中野重治 他,『さまざまな8・15』(コレクション 戦争と文学9), 集英社, 2012, 146쪽)

이 연쇄적 비극이 환기시키는 것 중 하나는 미국의 폭력적이고 지배적인 점령 시스템이다. 주지하는 바와 같이 오키나와의 점령 형태는 연합국 총사령부하 간접 점령이었던 본토와 달리, 미국(미군)의 직접통치였다. 그것도 오키나와 전투가 육해군합동작전이었던 탓에 상륙 후부터 군정 명령 계통에 혼선이 있었고, 전후 급속한 미군 동원해제와 재편성으로 군정요원이 감원되고 예산이 대폭 삭감되는 등 군정이 제대로 이루어지지 않았다. 우여곡절 끝에 1946년 4월 26일 오키나와민정부沖縄民政府가 창설되었지만 오키나와자순회沖縄諮詢会에서 논의했던 것과 전혀 다른 방향으로 전개되었다.

자순회에서는 주민의 자치권 보장을 전제로 중앙정부를 모델로 한 대통령제나 의원내각제, 류큐왕부 합의제 등을 구상하였으나 모두 묵살되고 미군의 의도대로 전쟁 전 '현청県庁' 체제를 그대로 유지하고 명칭만 '정부'로 바꾼 형식적인 것에 불과했다.[13] 당시 군정부의 표현을 빌리자면, "현 상황은 전쟁 상태이며, 오키나와 주민에게 자치는 없다. 강화조약 체결까지는 미군은 고양이, 오키나와는 쥐다. 쥐는 고양이가 허락하는 범위 안에서만 놀 수 있다. 고양이와 쥐는 지금은 서로 좋은 친구지만, 고양이의 생각이 바뀌기라도 하면 곤란해진다. 쥐가 고양이에게 덤벼들지 못하도록 하는 기구는 오키나와 주민이 운영하기 쉬운 전쟁 전 기구가 가장 안전하다"[14]며, 점령과 피점령의 경계선을 분명하게 그었다. 이로써 미국식 민주주의를 도입한 '류큐공화국琉球共和国' 건설의 꿈은 모두

13 大城将保, 『昭和史のなかの沖縄 ―ヤマト世とアメリカ世』, 岩波書店, 1989, 14쪽.
14 위의 책, 15쪽.

사라졌다. 여기에 일본 본토 점령에만 주력하고 오키나와는 시야 밖이었던 연합국군최고사령관 맥아더의 인식도 한몫하여 패전 직후부터 1948년 무렵까지 오키나와는 '신에게 버림받은 섬', '바위산', '쓰레기 산', '악의 소굴', '태평양의 시베리아' 등으로 불리며 철저히 내버려졌다.[15]

일본의 패전이 오키나와 독립의 기회가 될 것이라는 기대감 내지는 미국이 오키나와의 '부흥'을 가져다 줄 것이라는 믿음이 깨지기까지는 그리 오래 걸리지 않았다. '친미 성향'의 하테루마 유키치라는 캐릭터는 미군의 이중성과 이에 포섭된 패전 직후의 오키나와인의 굴절된 내면을 잘 보여준다.

> 그런데 이렇게 일본군을 두려워하는 소심한 남자[하테루마 유키치 – 인용자]가 미군에 대해서만큼은 매우 대담하고 솔직하다. 그 무능한 얼굴을 숨기고 갖은 수단을 동원해 담배를 훔치거나 껌을 받아낸다. 급기야 유자철선 장벽까지 넘어 들어가는 접근을 시도한다. 그 이상한 소심함과 과감한 사이에 어떤 것이 자리하고 있는지 아는 사람은 아무도 없다. 무엇이 이 남자로 하여금 무모한 광기를 발휘하게 하여 은색 유자철선 저 너머로 달려가게 했는지 (…중략…) 아마도 미국이라는 마음씨 좋은 넉넉하고 거대한 포용력과 상냥함 같은 것을 무능한 그에게 걸맞는 그 커다란 코로 발 빠르게 감지하고 콧속에서 제멋대로 증식시켰으리라. 나아가 설마 저들이 정말로 총부리를 겨누어 쏠 리 없다는 어리광에 가까운 심정을 분비시켰을지 모른다.[16]

15 宮城悦二郎, 앞의 책, 18쪽.
16 長堂英吉, 앞의 책, 157쪽.

하테루마 유키치가 미군에게 보였던 태도는 자신의 손자(손녀)를 살해하는 극단적인 방법으로 반미 감정을 표출했던 고제이의 그것과는 분명 다르다. 고제이의 경우 '오키나와(여성) vs. 미국(미군)'이라는 이항대립 구도를 통해 미군에 대한 강한 반감을 드러내었던 반면, 하테루마는 그 사이에 두려운 존재 '일본군'을 개입시켜 그에 비해 마음씨 좋고 상냥하고 포용력 있어 보이는 미군에게 어리광에 가까운 무한한 호감을 보인다. 결국 믿었던 미군에게 총살당하는 예기치 못한 결과를 초래하지만 중요한 것은 그것이 친미든 반미든 오키나와 주민 개개인이 미군과의 직접적인 접촉을 통해 체득한 것이라는 점이다.

그런 의미에서 하테루마의 죽음은 한편으로는 박애정신과 휴머니즘으로 무장하고 오키나와를 기만한 미국이 초래한 비극이자, 다른 한편으로는 '일본인이 아닌 오키나와인'이길 원했던 새로운 점령자 미군의 불순한 의도를 너무도 정확히 꿰뚫어 보았던 오키나와인 스스로가 빚어낸 참극이라 말할 수 있을 것이다.

4. '상상된 8·15' ―「전쟁과 한 여자」 속 패전 공간

앞서 살펴본 오키나와의 패전 혹은 전후 공간을 배경으로 한 두 편의 소설은, 실체적으로 존재하지 않는 '8·15'에 대한 일본 본토의 '집합적 기억' 내지는 '신화'를 보기 좋게 해체한다. 이는 일본의 패전을 격한 눈물과 통곡 속에서 맞았던 본토의 미디어와 연동하지 않으며 거꾸로 아무렇지도 않은 듯 변함없는 일상 속에서 담담하게 패전을 맞았던 일본 본토 소설과 비교해 볼 때 더욱 명료하다.

사카구치 안고坂口安吾의 소설 「전쟁과 한 여자戦争と一人の女」(1946)는 오키나와와 본토의 이러한 패전 경험의 차이를 단적으로 보여주는 흥미로운 소설이다. 대략의 줄거리는, 아시아 · 태평양 전쟁 말기 무분별하게 성을 탐닉하는 매춘부 여자와 그녀의 제안대로 함께 살기로 한 허무주의에 빠진 소설가의 기묘한 동거 이야기 정도로 요약할 수 있다.

소설 속 현재는 1945년 8월 15일 정오, 천황의 '옥음玉音'이 라디오 전파를 타던 바로 그 날, 그 시각이다.

> "전쟁이 끝났어."
>
> "그런 의미야?"
>
> 여자는 라디오 소리가 잘 들리지 않았던 모양이다.
>
> "싱겁게 끝났네. 나도 드디어 때가 왔다고 정말 각오하고 있었다구. 어때 살아서 전쟁을 끝낸 당신의 감상은?"
>
> "어리석었지."
>
> "뭐야. 당신은 전쟁을 즐겼었잖아."
>
> (…중략…)
>
> "정말 전쟁이 끝난 거야?"
>
> "정말이지."
>
> "진짜?"
>
> 여자는 일어나 이웃집으로 갔다. 한 시간 정도 이웃 집 이곳저곳을 돌고

와서는

"우리 온천이나 가요."

"걸어가야 되잖아. 아직 나가면 안 돼."

"일본은 어떻게 될까?

"어떻게 되든 상관없어. 어차피 다 불타버렸는데 뭐. 향긋한 홍차 한잔 어때?"[17]

무엇보다 일본인으로 하여금 패전을 실감케 했던 것은 잡음이 섞이고 난해한 표현도 그렇지만 처음 듣는 게다가 알아듣기 힘들 정도로 쇠약한 '인간' 히로히토裕仁의 육성이 아니었을까 한다. 소설 속 여자 역시 천황의 옥음방송을 잘 알아듣지 못한 듯 정말 전쟁이 끝난 것인지 재차 확인한다. 남자 주인공 노무라野村는 몇 번이고 되묻는 여자의 질문에 전쟁이 싱겁게 끝났다며 무심히 받아 넘긴다. 그리고 온천을 가자거나 홍차를 마시자는 등 전시와 변함없는 일상적인 대화를 이어간다.

이 두 남녀의 무덤덤한 반응은 황거 앞에 운집해 무릎을 꿇고 자신들의 힘이 부족했음을 천황에게 사죄하며 통곡하거나, 폐허가 된 마을을 배경으로 손수건으로 쉴 새 없이 눈물을 훔치는 장면이라든가, 하루아침에 패전 국민으로 전락한 데 따른 복잡한 심경을 표출했던 여느 일본인들과는 사뭇 달라 보인다. 나아가 참혹한 전쟁의 공포로부터의 해방감, 일본군에 대한 배신감, 미군에 대한 기대감이 교차하는 복합적인 감정을

17 坂口安吾, 「戦争と一人の女」, 『新生』(臨時増刊号-小説特集号) 1, 1946.10.(山本武利 編, 『占領期雑誌資料大系』 文学編 II, 岩波書店, 2010, 129~130쪽)

표출했던 오키나와인의 경우와 비교해 볼 때 더욱 이질적이다. 그러나 격한 눈물과 통곡 속에서 맞았건 평소와 다름없는 일상 속에서 담담하게 맞았건, 패전 혹은 종전에 대한 실감이 결여되거나 부재한 점은 여느 일본인들과 동일하다고 할 수 있다. 이미 일본의 패색이 짙었지만 그래도 막상 패전하리라고는 아무도 예상하지 못했고, 일상에도 별다른 변화가 없었기 때문에 패전으로 전쟁이 모두 끝났다는 사실은 이 옥음방송을 통해 간접적으로 체험할 수밖에 없었다. 이로써 이른바 '옥음을 통한 종전'이 구축된 것이다.

일본 본토인이 경험한 전쟁과 패전, 그리고 전후는 오키나와인과 비교했을 때 여러 의미에서 이질적이다. 가장 결정적인 차이는 오키나와인과 같이 생존을 건 '실체적' 패전을 경험해 보지 못한 데에서 찾을 수 있을 것이다.

소설에는 이러한 '실체적' 패전을 대신하여 서사적 '상상력'으로 채우고 있는 정황이 곳곳에서 포착된다. 일본이 패전하든 말든 전쟁이 끝나든 말든 노무라에게 있어 가장 절실했던 문제는 "전쟁이 끝날 때까지"라는 단서를 달았던 여자와의 동거를 끝내느냐 마느냐에 있었다. 비록 여자와 "정상적인 애정의 기쁨"[18]을 느끼지 못했지만 무력하고 권태로운 전쟁 상황에서 여자와의 섹스만이 유일한 즐거움이자 탈출구였다. 그리고 여자 역시 이 모든 것을 알면서도 노무라와의 섹스를 즐긴다.

흥미로운 것은 노무라는 자유롭게 성性을 탐닉하고 즐기지만, 정작 그

18 위의 책, 122쪽.

의 성적 유희 대상인 여자는 '불감증'이라는 것이다. "창부 생활에서 비롯된 습성이기도 하겠지만 성질이 본래 음란하고 분방하여 육욕肉慾이나 식욕과 마찬가지로 갈증을 풀기라도 하듯 다른 남자의 살을 찾아 헤매"[19]지만 실은 여자는 쾌락으로서의 성을 사전에 봉쇄당해 버린 상태라는 것이다. 바꿔 말하면 노무라=남성만이 성을 즐길 수 있는 주체가 된다.

쾌락으로서의 성을 완벽하게 차단당해 버린 여자는 전쟁을 즐기는 것으로 자신의 결여된 성적 욕망을 충족시킨다.

> 여자는 전쟁을 좋아했다. 식량이 부족하다거나 유희가 결핍되었다면 여자는 전쟁을 저주했겠지만, 사람들이 넌더리 치며 저주하는 폭격까지, 여자는 몹시도 전쟁을 사랑했다. (…중략…) 폭격이 시작되면 허둥지둥 방공호로 뛰어갔을 테지만, 떨면서도 공포를 즐기고 그 충족감으로 기질적으로 고갈된 부분을 채웠다. (…중략…) 육체적으로 결여되어 있는 쾌감을 이것으로 충족시키려는 듯, 그 때문인지 여자는 바람도 피지 않았다. 바람피는 것보다 폭격당하는 쪽에 훨씬 더 큰 매력을 느끼고 있는 듯했다. 그것은 노무라의 눈에도 역력하게 보일 정도여서 며칠 간 공습경보가 울리지 않으면 여자는 눈에 띄게 초조해 했다.[20]

여자에게 있어 섹스보다 매력적인 것은 바로 전쟁이라는 비일상적 상황이었다. 폭격과 공습경보에 무한한 희열을 느끼는 그녀는 어쩔 수

19 위의 책, 123쪽.
20 위의 책, 123~124쪽.

없는 "공습空襲 국가의 여자"[21]인 것이다. 여기서 여자의 성性은 일본의 전시 상황을 상징하는 동시에 얼마 안 있어 패전과 함께 미군의 점령하에 놓이게 될 운명을 암시한다.

아직 도래하지 않았지만 "적이 상륙해 사방이 점령되어 전쟁이 일어난다면 얼마간의 짐을 챙겨 여자와 둘이 자전거에 싣고 산 속으로 도망가는 자신의 모습을 진지하게 생각"하기도 하고, "도중에 동포 패잔병에게 강탈당하거나 여자가 강간당하는 것까지 걱정"[22]하기도 한다. 중요한 것은 적이 상륙하거나 여자가 강간당할지 모른다는 노무라의 걱정이나 염려가 아직 일어나지 않은 '헛된 공상'에 불과하다는 것이다.

이러한 차이를 더욱 극명하게 보여 주는 것은 일본 정부가 패전 직후 발 빠르게 미군으로부터 자국 여성의 성을 보호하려는 움직임을 보였던 것을 들 수 있다.

패전 선언으로부터 불과 3일 후인 1945년 8월 18일, 점령군의 진주로 일본 여성들이 점령군에게 강간당할지 모른다는 공포감과 일본 여성의 정조를 지킨다는 명목으로 경찰청 및 화류계 업자 대표들이 모여 점령군 병사를 위한 위안시설 설립에 합의했다. 이에 따라 이른바 '전후처리의 국가적 긴급 시설'이 속속 들어섰다.[23] 그 다른 한편에서는 남성 지

21 위의 책, 126쪽.

22 위의 책, 128쪽.

23 점령군의 대부분을 차지했던 미군 측도 이를 적극 지지했다. 같은 해 8월 26일에는 화류계 대표가 RAA(recreation and amusement association) 설립을 발표하고 대대적인 모집에 들어갔으며, 바로 다음 날 RAA시설로는 처음으로 오모리(大盛) 해안에 '고마치조노(小町園)'가 들어섰다.

식인들을 중심으로 전후 일본인 여성의 정조문제가 논의되기도 하였다. 예컨대 「전쟁과 한 여자」보다 두 달 앞서 기쿠치 간菊池寛의 「정조에 대하여貞操について」와 무샤노코지 사네아쓰武者小路実篤의 「미망인에 대하여未亡人について」(『りべらる』 1-6, 太虛堂書房, 1946.8.1)라는 제목의 글이 나란히 게재되었는데, 이 안에는 전쟁으로 급증한 '미망인'과 그녀들의 '정조문제'를 둘러싼 남성 지식인들의 고민이 투영되어 있다.

기쿠치 간의 경우 "전후의 정조문제의 중심은 미망인 문제일 것"이라고 전제한 뒤, "전쟁 중에는 미망인들이 부당하게 도덕을 강요받았"으나, 이제는 "가능하면 결혼해야 할 것"이며 "아이가 있는 미망인도 사정이 허락하는 한 결혼해야 할 것"[24]이라고 주장한다. 아마도 전후 여성(미망인)의 재혼을 폭넓게 인정하는 가운데 전전-전시를 관통하는 정조관념에도 새로운 조정이 불가피했던 듯하다.

이어서 "일본 처자들의 진주군 상대 정사情事문제"를 거론하며 일본인 여성이 패전으로 자신감을 상실한 일본인 남성을 뒤로하고 진주군 병사와 연애에 몰두하는 경향이나 매춘부로 전락하는 사태에 대한 우려를 표명한다. 즉, 이것은 "패전의 결과 여성이 일본 남성에게 신뢰를 잃게 한 하나의 현상"이자, 어떠한 경우에도 일본 여성은 순수해야 하며 매음은 "일본 여성의 수치"라는 것이다.[25]

주목해야 할 것은 일본인 여성과 '진주군(미군)' 간의 '정사문제'를 언

---

24 菊池寛, 「貞操について」, 『りべらる』 1-6, 太虛堂書房, 1946.8.1.(山本武利 編, 앞의 책, 209쪽)

25 위의 책, 209쪽.

급한 부분은 모두 GHQ/SCAP 사전검열[26]에 걸려 삭제되었다는 것이다. 삭제된 이유는 "점령군 장병과 일본인 여성과의 친밀한 관계묘사"[27]가 검열법에 위배되었기 때문이라고 한다. 이후 점령 기간 내내 패전국 일본(본토) 여성의 '정조'를 둘러싼 '점령국 남성'과 '피점령국 남성' 사이의 힘겨루기는 계속되었다.

여기서 다시 한번 환기해야 할 것은, 1945년 8월 15일, 천황의 옥음 방송으로 일본의 패전이 공고화된 지금 현재, 고제이 모녀로 대변되듯 오키나와 여성의 성은 미군에 의해 '이미 유린당했거나 유린당하고 있는 현재진행형'이라는 것이고, 일본 본토 여성의 성은 언제일지 모르지만 유린당할지 모른다는 '아직 일어나지 않은 상상력'에 지나지 않는다는 사실이다.

---

26 위의 책, 209~210쪽. 미 점령군은 1945년 9월 19일부터 1949년 10월 24일까지 신문, 잡지, 서적 등을 대상으로 대대적인 검열에 들어간다. '프레스 코드'라 불리는 이 검열은 모두 10개 항목으로 구성되어 있으며 그중에서도 GHQ에 대한 비판이나 원폭에 대한 보도가 엄격하게 금지되었다고 한다. 기쿠치 간의 글은, CCD(Civil Censorship Detachment, 민간검열국)가 작성한 '프레스 코드' 위반 처분 이유 일람표 여섯 번째 조항 '점령군 장병과 일본인 여성 간의 친밀한 관계를 묘사한 것'에 위배되었던 듯하다. 조정민, 『만들어진 점령서사』, 산지니, 2009, 125쪽 참조.

27 山本武利 編, 앞의 책, 208쪽.

5. 서로 다른 '전쟁이 종결된 날'의 함의

오키나와에서 기념되는 '6 · 23'은 언뜻 보기에는 본토의 '8 · 15'와 무관한 것처럼 보이지만 역사적 사실에 기반한 '전쟁이 종결된 날'이라는 하나의 의미로 수렴되지 않는다는 점에서 둘의 기념일은 공통될 것이다. 그러나 거꾸로 일본에 의한 오랜 차별의 역사, 나아가 오키나와인이 일본인, 일본국민과 다른 이질적 존재라는 것을 이 두 기념일의 불일치만큼 분명하게 보여주는 것은 없다고 하겠다.

지금까지 살펴본 소설에서도 오키나와와 일본 본토가 기억하거나 기념하고 있는 '종전의 날'이 갖는 함의가 서로 다르다는 것을 확인할 수 있었다. 특히 미군의 전시 점령, 즉 '교전 중 점령'이라는 오키나와의 특수한 패전 공간과 '선험적 체험'으로서의 오키나와인의 패전 경험을 오키나와처럼 격렬했던 지상전도 없었으며 미군과 접촉할 일도 거의 없었던 일본 본토인들의 그것과 대비시켜 보고자 하였다. 그 결과, 일본의 전후는 '교전 중 점령'이라는 오키나와와 달리 '포츠담선언 수락→무조건 항복→연합군(미군) 점령'이라는 전혀 다른 과정 속에서 시작되었고, 이로 인해 소설 양상도 오키나와와 전혀 다르게 전개되고 있음을 알 수 있었다. '실체적' 패전을 경험하지 못한 대신 이를 서사적 '상상력'으로 채우고 있는 것은 그 좋은 예라고 하겠다. 즉, 오키나와 여성의 성이 이미 미군에 의해 온전히 점령당한 상태라면, 일본 본토 여성의 성은 '점령'을 예감 혹은 상상하며 '점령군'으로부터 '보호'되어야 될 대상으로 설정되고 있으며, 아울러 패전국 · 일본 남성과의 관계에 있어서도 일본 여성의 성은 전전-전시와 구분되는 새로운 조정이 불가피한 상황이었다. 여기서 여성의 성적 위기가 상징하는 것은 이미 점령 중인 오키나와 여성의 성이나 오키나와의 위기상황은 철저히 간과되거나 은폐된 채, 오로지 일본 본토의 위기만을 상정한 것임은 말할 것도 없을 것이다.

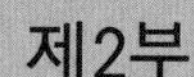

제2부

아이덴티티 교착의 장

일본과 미국, 그리고 오키나와 사이

'일본인' 되기의 역설
「구넨보」·「멸망해가는 류큐 여인의 수기」

패전 전후 제국/오키나와 청년의
중국체험과 마이너리티 인식
오시로 다쓰히로의 『아침, 상하이에 서다』

'미군' 표상과 오키나와계 미국인 '2세'라는 설정

마이너리티 언어에서 에스닉 언어로,
'우치나구치'의 전략성

'일본인' 되기의 역설

「구넨보」·「멸망해가는 류큐 여인의 수기」

1. '오키나와인'이라는 물음

류큐대학琉球大学의 한 교수는 오키나와 아이덴티티에 관한 흥미로운 조사결과를 발표했다.[1] 이 안에서 두 가지 시사적인 질문을 던지고 있는데, 하나는 "만약 스포츠 경기에서 오키나와 팀과 일본인 팀이 대결할 경우 어느 팀을 응원할 것인가?"라는 질문이고, 다른 하나는 "자신을 오키나와인, 일본인 중 어느 쪽이라고 생각하는가?"라는 질문이다. 전자의 질문에는 정치라든가 경제, 사회적 이슈와 상관없이 오키나와 팀을 응원하겠다는 답변이 가장 많은 94.1퍼센트가 나왔고, 후자의 질문에는 '오키나와인'이라는 답변이 30.3퍼센트, '일본인'이라는 답변이 28.6퍼센트, 양쪽 모두에 해당한다는 답변이 40.1퍼센트가 나왔다. 이를 통해 논자는 오

1 林泉忠,「沖縄住民のアイデンティティ調査(2005~2007年)」,『政策科学·国際関係論集』11, 琉球大学法文学部, 2009, 120~122쪽. 이 글에서 인용한 수치는 2006년도 조사결과이다.

키나와 주민의 향토에 대한 애착심이 매우 높다는 것과 오키나와 주민의 아이덴티티 구조가 매우 복합적이라는 결론을 내리고 있다.

위의 조사 결과는 복합적 아이덴티티를 보여주는 것 이외에도 오키나와가 여전히 일본사회 내에서 '이질적인' 존재로 남아 있으며, 근대 일본의 역사는 '이질적인 것'을 포섭하거나, 배제, 동화해 가는 과정을 통해 구축되어 왔음을 여실히 드러내 주는 사례라고 할 수 있다.

오키나와의 굴곡진 역사는 현재 오키나와의 두 가지 전혀 다른 표상을 통해서도 확인할 수 있다. 하나는, 일본 본토와 다른 문화, 따뜻하고 이국적인 풍치로 일본 최고의 관광지로 각광받고 있는 것이며, 다른 하나는, 일본 전국토의 0.6퍼센트에 지나지 않는 오키나와에 일본 내 미군기지의 70퍼센트가 집중되어 있다는 사실이다. 이는 바꿔 말하면, 고도경제성장과 도시화의 병폐가 초래한 인간소외 현상과 환경오염, 현대인의 스트레스를 치유해주는 관광도시의 이미지로 구축되어 온 오키나와의 표상이 일본과의 관련뿐만 아니라, 근·현대 역사를 관통하면서 남긴 동아시아의 전쟁과 폭력의 상흔傷痕 안에서 설명되어져야 함을 의미한다.

이 글에서는 근·현대 일본이 안고 있는 다양한 층위의 논의들을 '일본'이면서 동시에 '이국異国'인 '오키나와'를 매개로 하여 풀어가고자 한다. 전후에 집중된 오키나와문학 연구의 한계를 극복하고자 '류큐처분琉球處分' 이후 청일전쟁을 거쳐 동화시기에 이르기까지의 역사를 거시적으로 파악하고, 급변하는 시대의 흐름에 따라 '류큐인'이라든가 '오키나와인'이라는 개념 및 아이덴티티가 어떻게 형성되고 변화해 가는지 살펴보도록 하겠다.

2. 류큐 · 오키나와라는 아이덴티티의 발견

— '류큐처분'에서 '동화시기'까지

류큐처분기 이후의 오키나와인의 아이덴티티를 살펴보기에 앞서 전근대시기, 즉 고古류큐와 근세近世 류큐인들은 스스로를 어떻게 인식하고 있었는가에 대해 간략하게 언급하기로 한다.

우선, 고류큐 시대로, 15세기 후반부터 1609년 일본의 지방 다이묘大名였던 사쓰마薩摩가 침략하기 전까지의 시기를 일컫는다. 15세기 후반 무렵에는 쇼신尙眞왕이 아지按司들을 모두 슈리首里에 안주하도록 하는 정책을 펼침으로써 정권을 중앙으로 집중시켰다. 이 시기는 해외무역도 활발하여 류큐왕국의 황금시대라고 불린다. 16세기 이후 무역을 통한 번영은 점차 쇠퇴해 갔지만, 그 사회적 기반은 사쓰마가 침입하기 전까지 지속되었다. 이 시기의 류큐(인) 아이덴티티는 왕권 유지와 계승을 위해 일본에 기울거나 중국에 기울었던 지배계층의 논리에 의해 지탱되었으며, 대부분의 류큐인은 촌락 단위의 마을 공동체 의식이라든가 종교 의식 이외의 타민족과 자신들을 구별할 만한 뚜렷한 아이덴티티를 갖지 못했다.

근세 류큐는 1609년 사쓰마의 침략으로 시작된다. 이로써 한 · 중 · 일 삼국과 무역을 하면서 독자적 영역을 구축해 온 류큐왕국은 사쓰마의 지배와 중국과의 조공책봉관계를 유지하는 이른바 '일지양속日支兩屬' 상태에 놓이게 된다. 사쓰마의 류큐 침략은 무엇보다 경제적 수탈과 류큐를 경유한 중계무역의 활성화를 위한 목적이 컸으므로, 왕권을 그대로 유지하게 하는 것은 물론, 종래의 풍속이나 관습, 중국과의 조공책봉관계 및 중국력 사용을 권장하였다. "당시의 오키나와인은 자신이 일본인인지, 아니면 중국인인지 잘 모르고 있었다. 이런 식으로 그들을 애매한 위치에 자리매김하는 것이 밀무역을 하기에 적격이었다"[2]라는 이하 후유伊波普猷의 지적은, 일본으로의 동화를 경제적 목적에 제한하고 그 이외의 다른 부분에 대해서는 일본과의 경계(차이)를 명확히 하고자 했던 사쓰마의 지배 방침을 정확히 포착한 것이라고 할 수 있다.[3]

한층 복잡해진 류큐의 정세는 메이지유신明治維新(1868)을 계기로 일변한다. 메이지 정부는 1872년 폐번치현廃藩置県을 단행하는 과정에서 류큐 왕권을 그대로 유지하면서 류큐번藩을 두었고, 그로부터 7년 후인 1879년에는 마쓰다 미치유키松田道之를 처분관으로 파견하여 류큐번을 폐지하고 오키나와현県을 설치한다. 대일본 제국으로 완전히 편입되었음을 알리는 이른바 '류큐처분'은, 근세 이후의 류큐 · 오키나와사史의 획을 긋는 커다란 분기점을 이룬다. 이 시기의 메이지 정부의 방침은 "구관을 존속시켜 구旧지배계급을 안정시키고 달래는 것"[4]이 최우선이었다. 오키나와 현지 관료와 주민들의 태업 및 불복종 등 소극적인 저항이 계속되자 지배계층을 중심으로 한 반일 저항 세력을 엄단하는 한편, 류큐 관료들의 반발을 잠재우기 위한 구관온존旧慣溫存 정책을 동시에 시행하였다. 사상적으로는 구체제의 부활을 지지하는 반일 · 친중세력인 '완고

2 服部四郎 · 仲宗根政善 · 外間守善 編, 『伊波普猷全集』 2, 平凡社, 1974, 417쪽.

3 이러한 '일본인'과 '류큐인' 사이의 경계 짓기는, 이후 근현대사를 관통하면서 오키나와인에 대한 일본 본토인의 뿌리 깊은 차별의식을 양산하게 된다.

4 大田昌秀, 『沖縄の民衆意識』, 弘文堂新社, 1967, 95쪽.

당頑固党'[5]과 메이지 정부의 새로운 체제에 순응하는 친일세력인 '개화당開化党'으로 분열되어 이데올로기의 각축을 벌였다. 그러나 청일전쟁을 기점으로 더 이상 중국의 지원을 기대할 수 없게 되자 오키나와 내부에서도 신지도층을 중심으로 한 일본으로의 동화 움직임이 확산되었다.

이후 20세기에 들어서면서 근대 일본의 세력이 동아시아로 점차 확대해 감에 따라 식민지 구도에도 커다란 변동이 일었다. 이 시기의 오키나와인은 스스로를 근대 일본에 의해 식민지화된 사람들과 구분하고, 동시에 일본인과 동등한 위치에 자리매김해야 하는 이중의 상황에 놓여 있었다. 앞서 언급한 바와 같이 류큐처분 이후 청일전쟁을 거치기 전까지는 '류큐인' 혹은 '오키나와인'이라고 규정할 수 있는 범주는 명확하지 않았다. 그 이유는 민족적 아이덴티티가 미처 형성되기 전에 외세의 지배를 받았던 오키나와 역사의 특수성에서 찾을 수 있으며, 수많은 섬들로 이루어진 지리적 특성과 상이한 언어, 신분격차로 인해 공통분모를 갖기 어려웠던 점 등도 영향을 미쳤을 것으로 보인다. 어찌되었든 '류큐' 혹은 '오키나와'를 하나의 범주로 지속적으로 호명함으로써 오키나와 아이덴티티를 형성하게 되는 것은 역설적이게도 일본의 동화정책이 본격화되면서부터라고 할 수 있다.

5 '완고당'은 다시 중국과의 관계만을 중시하자는 '구로토(黑党)'와 중국과 일본 모두 중시하자는 이른바 '일지양속'을 주장하는 '시로토(白党)'로 양분된다.

3. '일본인'으로의 편입 — 야마시로 세이추의 「구넨보」

오키나와 최초의 근대소설로 알려진 야마시로 세이추山城正忠[6]의 「구넨보九年母」(1911)[7]는 청일전쟁하의 혼란한 사회상을 배경으로 하고 있다. 여기에 중국과 일본을 둘러싼 이데올로기의 각축, 군자금을 둘러싼 사기사건[8] 등의 사실적인 소재를 도입하여 오키나와 아이덴티티에 대한 고민의 흔적을 남기고 있다.

소설은 "조선의 남부지방에 동학당 폭도가 내란을 일으킨 것을 계기로 청일 양국 병사가 전쟁을 시작했다는 소문"[9]이 무성하던 1894년(메이지27) 무렵의 오키나와 나하那覇를 배경으로 하고 있다.

> 아무튼 유사 이래의 큰 전쟁이었기 때문에 국내의 소란이 끊이지 않았다. 특히 오래전부터 마루고시(丸腰)라고 하여 무기를 지니지 않았던 류큐 사람들은 놀란 눈으로 상황을 바라보고 있었다. 그때까지만 해도 아직 도민(島民)

---

6 야마시로 세이추(山城正忠, 1884~1949) : 나하시 출신의 가인(歌人)이자 소설가. 도쿄에서 신시사(新詩社) 동인으로 활약. 대표작으로는, 「구넨보」, 「쓰루오카라고 불리는 남자(鶴岡という男)」 등의 소설과 희곡 「간센(冠船)」이 있다.

7 구넨보(クネンボ)는 이국적 풍미가 나는 귤과의 과일이다. 중국이 원산지로 오키나와를 경유해 일본으로 유입되어 예로부터 하이쿠나 단가에 자주 등장했는데 지금은 거의 찾아 볼 수 없다.

8 야마노조 하지메(山之城一)라는 사람이 자신이 청국의 이홍장(李鴻章)의 밀사라고 속여 수구파의 돈을 가로 챈 '야마시로 사건(山城事件)'을 가리킨다.

9 山城正忠, 「九年母」, 『ホトトギス』 14-11, 1911.6(야마시로 세이추, 손지연 역, 「구넨보」, 『오키나와 문학의 이해』, 김재용·손지연 공편, 역락, 2017, 16쪽).

의 풍속 80퍼센트는 예전 그대로였다.[10]

일본의 한 현으로 편입된 지 15년이 흘렀지만 구관온존 정책으로 섬 주민의 생활양식이나 풍속은 이전과 크게 다를 것이 없었다. 그러던 마을에 유사 이래의 큰 전쟁인 청일전쟁을 기점으로 변화가 일기 시작한다. 예로부터 류큐왕국은 지배계급인 사족士族='사무레士·サムレー'들도 칼을 차지 않았다는 '비무非武의 나라'였음을 상기할 때, 칼과 무기로 무장한 일본군이 동시대 류큐인들에게 '야마토 짐승'으로 비춰졌던 것도 무리는 아니었을 것이다.

소설 곳곳에 청일전쟁으로 혼란에 빠진 사회상이 묘사되어 있다. 일본의 승리와 중국(청국)의 패배가 확실시되는 가운데 거의 매일 밤 '전쟁환등회戦争幻灯会'가 열렸으며, 학생들 사이에서는 청국에 대한 적개심을 일깨우는 군가가 유행하고, 신사神社에서는 출정하는 아들의 '무운장구武運長久'를 기원하는 행사가 하루가 멀다 하고 열렸다. 다른 한편에서는 청국의 승리를 믿는 사람들의 입을 통해 청국 함대가 오키나와로 곧 들어올 것이라는 소문이 퍼져 마을 전체가 우왕좌왕하고, 중학사범학교 교사와 학생들로 구성된 류큐조직琉球組을 비롯한 각종 의용대들이 우후죽순처럼 생겨났다. 구마모토熊本 부대 병사들은 대낮부터 술에 취해 젊은 여자들을 찾아 헤매고, 유곽에는 불량배들이 날뛰며, 무덤 주변은 남녀의 밀회 장소가 된 지 오래다. 사상적으로도 신구新旧 세대의 충돌, 이를테면

---

10 위의 책, 17쪽.

'시로토白党'[11]와 '구로토黒党'[12]의 갈등이 표면화된다. 성 아랫마을에 사는 지체 높은 사무레士 계급이나, N마을 S마을 유학자들이 모여 조직한 구로토는 제갈공명과 같은 군사軍師를 낳은 중국이 일본에 패배할 리 없다고 주장한다. 이와 달리 관리나 백성들 사이에서 이름 난 선각자나 신교육을 받은 젊은 사람들이 가세한 시로토는 '겐우元寇의 난' 등의 역사를 들먹이며 야마토 사무라이의 용감함을 칭송하고 중국의 전멸을 예언한다. 작가 야마시로는 '중국적인 것'과 '일본적인 것'의 가치가 혼재하고 길항하는 상황을 네 명의 인물, 즉 소년 세이치政一, 교장 호소카와 시게루細川茂, 탐정 요코타横田, 오쿠시마奥島 노인에 빗대어 표현하고 있다.

주인공은 세이치라는 13세 소년으로, 선조 대대로 이어 온 이름 있는 칠기상인 마쓰다松田 가문의 장남이다. 소년은 어느 날 우연히 자신의 집에 세 들어 사는 미야자키宮崎에서 부임한 교장 호소카와 시게루의 방안을 엿보게 되고, 그가 거액의 지폐를 숨겨 놓은 사실을 알게 된다. 이 거금은 바로 청국에 군자금을 대준다는 명목으로 오쿠시마 노인으로부터 사취한 것이다. 소년은 이 사실을 '야마토'에서 온 탐정 요코타에게 알려 사건 해결의 실마리를 제공해 준다. 본토에서 부임한 호소카와 교장은 '국민교육(황민화교육)'에 진력하고 '전쟁강화회戦争講話会'에도 적극적으로 참여하는 등 식민지배자의 전형적인 모습을 하고 있으며, 다른 한편으로

---

11 소수지만 일본 신정부에 협력하는 세력을 시로토(白党) 혹은 개화당(開化党)이라고 일컬음.

12 류큐처분기부터 존재하던 반야마토(反大和), 친청파(親清国派)가 단합하여 신정부에 저항하는 큰 세력을 이룸. 이들은 구로토(黒党) 혹은 완고당(頑固党)으로 불렸으며 슈리의 고급 사족이 이끌었다.

는 친중파의 군자금을 빼돌려 사취하는 이중적 성향을 가진 인물이다. 결국 사기 혐의로 체포되어 나가사키長崎로 송환된다.

골수 친중파인 오쿠시마 노인은 젊은 시절 북경 유학을 마친 양명학 학자로, 류큐번 시대에는 '삼사관三士官'까지 지낸 엘리트이다. 폐번치현 후에는 재야에 은둔하며 '한운야학閑雲野鶴'이라는 중국식 현판을 내걸고 제자 육성에 힘쓰는데 그마저 새로운 시대의 조류인 '야마토大和 학문'에 밀려나게 된다. 그러다 청일전쟁 발발과 함께 마을로 내려와 '이시마쿠라토石枕党'를 조직하는 등 친중 성향을 노골화한다. 중국에 대한 과도한 집념으로 인해 '구로토' 동지들로부터도 외면당하고, 마지막에는 오키나와 미소년을 '구넨보'로 꾀어 강제로 중국사상을 고취시키고 '남색男色'을 즐긴다는 소문에 휩싸여 돌이킬 수 없는 길을 걷게 된다.

일본인 탐정 요코타는 소년 세이치가 마음을 열어 보인 유일한 존재로, 호소카와 교장의 비리를 고발하고 처벌하는 주체적인 인물이다. 즉 교장이 '추악한 야마토인'이라면 요코타는 교장의 비리를 폭로하고 징계하는 '정의로운 야마토인'으로 묘사되고 있다. 이처럼 교장과 탐정을 대하는 소년의 상반된 모습에서 '야마토=일본인'에 대한 오키나와인의 반감과 기대감이 공존하고 있음을 읽을 수 있다. 그런데 작가 야마시로 세이추는, 교장의 비리를 처벌하는 '정의로운 야마토인' 요코타 탐정마저 미소년을 유곽으로 유인해 성적으로 농락하는 '추악한 야마토인'으로 평가절하함으로써 '오키나와' 소년 세이치가 잠시나마 가졌던 '야마토'에 대한 '기대감'을 '반감'으로 반전시킨다.

「구넨보」 안에는 류큐처분 직후에 나타났던 반일논리가 청일전쟁 이후 점차 동화의 논리로 기울어 가는 과정이 잘 나타나있다. 당시 오키나와에는 현제縣制의 시행과 함께 기류인寄留人이라고 불리는 다른 현에서 건너온 외래자가 상업이나 관직 등에서 우위를 독점했으며, 빈곤과 이질적인 문화, 풍속 등으로 차별의 온상이 되었다. 오키나와 지식인들이 풍속이나 관습의 내지화, 표준어 장려, 단발斷髮과 같은 일상생활에서의 동화에 진력했던 것도 자신들이 일본인과의 경쟁에서 살아남는 길은 우선 외형적으로라도 그들과 같아지는 것이라고 생각했기 때문이다. 세이치에게 머리를 짧게 자르지 않으면 일본인이 아니라며 요즘 유행하는 일본식 머리모양으로 바꿀 것을 강요하는 아버지나, 교장에게 아들 세이치를 도쿄로 데려가 교육시켜 줄 것을 부탁하는 어머니의 모습에서 본토에 대한 오키나와인의 동경과 열망을 엿볼 수 있다. 다른 한편에서는 "백수건달이라도 '내지인內地人'이라면 모두 위대하다고 생각"[13]하는 풍조를 비난하는 목소리도 있었다. 민권론자 도야마 규조当山久三는 "오키나와는 가고시마鹿児島의 쓰레기장이 아니다"[14]라며 일본 본토에서 적응하지 못하고 건너온 하위층 일본인들이 오키나와에서는 쉽게 관직에 오르는 것에 대한 불만을 표출하기도 했다.

중요한 것은 반일이나 친일동화의 논리가 '오키나와인'이라는 내셔널 아이덴티티에 기반한 것이라기보다 지난 백 년간의 사쓰마 지배를 통해 축적된 반일감정의 표출이거나, 권력세습과 기득권 유지를 위한 지배

13 大田昌秀, 앞의 책, 104쪽.
14 위의 책, 104쪽.

계층의 논리[15]를 그대로 전유하는 방식으로 지탱된 부분이 컸다는 점이다. 예컨대 '내지'라면 무분별하게 동경하는 이들과 달리 단발을 거부한다거나 교장의 비리를 파헤침으로써 소극적이나마 오키나와 고유의 아이덴티티를 지키고자 한 소년 세이치가 전자의 경우라고 하면, '오키나와적인 것'(류큐색)을 지우거나 '중국적인 것'을 경멸하고 '내지'를 동경하는 것으로 스스로를 '일본인'의 위치에 자리매김하고자 한 세이치의 부모나 마을사람들은 후자에 해당한다고 할 수 있다. 마찬가지로, 오키나와 사회를 리드해 가는 교장과 탐정은 '성인' 주체로서 지배국 일본을 표상하며, 아직 미성숙하지만 무비판적으로 일본으로 기울어가는 동시대의 분위기에 제동을 거는 '소년'은 오키나와를 대변한다. 흥미로운 것은 청일전쟁에서 패색이 짙었던 중국을 시대착오적이고 진부한 '노인'으로 표상하고 있는 점이다. 이 오쿠시마 노인은 미성숙한 소년의 성적 욕망을 억압하고 은폐했다는 점에서 일본인 탐정과 공범을 이루고 있다. 더 나아가 이 억압되고 은폐된 소년의 성적 욕망은 곧 중국과 일본 사이에서 이중으로 억압되어 온 오키나와인 아이덴티티를 비추는 거울임은 말할 것도 없을 것이다.

아오히가사青日傘, 후카아미가사深編笠, 시마게타島下駄, 가와조리革草履, 겟바쓰結髮, 잔기리ザンギリ 등 일본식 머리모양과 복장을 한 여러 계층의 사람들이 모여들어 '반역자'라며 오쿠시마 노인을 향해 맹렬한 비난을

15 1896년 일본과의 '동화'를 전면에 내세우며 오키나와의 자치권을 주장했던 '공동회(公同会)운동'의 예에서 보듯이, 오타 조후(太田朝敷)를 비롯한 지배계층에게 있어 오키나와 아이덴티티란, 권력세습을 위한 전략적 성격이 컸으며 친일을 표방한 맹목적인 동화주의는 그것을 이루기 위한 수단에 지나지 않았다.

퍼붓는 마지막 장면은, 청일전쟁을 기점으로 중국에서 일본으로 힘의 재편이 완료되었음을 의미한다. 이로써 대부분의 오키나와인은 일본으로의 동화를 기정사실로 받아들이고 스스로를 '동화되어야 할 주체'로 설정하게 된다. 그러나 '오키나와적인 것'을 버리고 '일본적인 것'에 동화해 갈수록, 완전한 '일본인'이 되고자 하는 욕망이 강해질수록 오히려 '오키나와인'이라는 범주는 더욱 선명해지는 역설을 낳게 된다. 오키나와인이 직면한 이러한 역설적 상황은 일본 제국의 동화정책이 본격화되는 1930년대를 기점으로 하여 한층 더 부각되어 나타난다.

4. '일본인' 되기의 역설

– 구시 후사코의 「멸망해가는 류큐 여인의 수기」

1932년 6월 『부인공론婦人公論』에 발표된 여성 작가 구시 후사코久志富佐子[16]의 「멸망해가는 류큐 여인의 수기滅びゆく琉球女の手記」(이하 「수기」로 표기함)를 둘러싼 논쟁은 근대 일본 제국에 병합된 이후 위기에 빠진 오키나와인의 아이덴티티를 여실히 보여준다.

「수기」는 제목에서 알 수 있듯이, '멸망해가는 고도滅びゆく孤島' 오키나와를 배경으로 작가 자신의 경험을 기술한 자전적 소설이다. 줄거리는

16 구시 후사코(久志富佐子, 1903(?)~1986) : 슈리시(首里市) 출신으로 폐번치현 직후 류큐번 고위관리직에 있던 조부의 몰락과 부친의 사업 실패로 부모를 따라 나하로 이주하여 제1고등여학교를 졸업한다. 상경하여 초등학교 교원을 지냈으며 결혼 후에는 나고야(名古屋)에서 생활한다.

크게 류큐 출신으로 도쿄에 거주하는 화자인 '나'가 잠시 고향에 다녀오는 길인 동향 친구와 해후하는 장면, 그리고 친구와 헤어져 도쿄에서 크게 성공한 '숙부'를 찾는 장면으로 이루어져 있다. 이 안에는 경제적 궁핍으로 피폐해진 생활, 일자리 부족으로 인한 오키나와 밖으로의 노동력 이주, 류큐 고유의 풍속과 관습을 야만시하고 '생활개선'을 솔선해 가는 '류큐인'의 실상이 피력되어 있다.

실제로 1900년을 전후하여 오키나와에도 징병제와 토지정리, 조세제도 등이 타 현과 동일하게 적용되었고 1920년에 이르러 부현제府県制, 시정촌제市町村制 및 선거법의 특례가 모두 철폐되어 제도상으로도 다른 부현과 동등해졌다. 적어도 표면상으로는 일본으로의 통합이 완료되었다고 할 수 있다. 그러나 일상생활에서 느끼는 차별은 여전히 광범위하게 존재했으며, 오키나와 출신이라는 것만으로도 부당한 대우와 편견에서 자유롭지 못했다. 여기에 제1차 세계대전 이후 불어 닥친 경제 불황과 세계 설탕시장 가격의 폭락으로 오키나와 경제는 사실상 파탄에 빠졌다. 이른바 '소철지옥蘇鉄地獄'[17] 이라는 말이 대변해 주듯이 농촌의 피폐함은 극에 달했고 본토나 해외로 일자리를 찾아 떠나가는 이주 노동자들이 속출했다. 오키나와 안에 남아 있는 이들은 물론이고 오키나와 밖으로 떠나간 이들이 당면한 과제는 사회적, 문화적, 경제적 차이에서 오는 편견과 차별을 극복하는 것이었다. 그 가운데에서도 오키나와의 후진성, 예

17 1920~30년대 세계적인 설탕 가격 폭락과 흉작까지 겹쳐 소철로 연명하던 시기를 일컬음. 극심한 기아로 인해 독성을 제거하지 않은 소철을 먹고 사망에 이른 이들이 많았다고 한다.

컨대 낙후된 관습, 낮은 취학율, 저열한 위생 상태, 방언 사용 등과 같이 일상적인 모든 부분을 개선하여 일본으로의 동화, 즉 완전한 '일본인'이 되는 것이 궁극적인 목표였다.[18]

「수기」에 등장하는 '숙부'는 그 전형적인 인물이라고 할 수 있다. 숙부는 빈손으로 오키나와를 떠나 도쿄 한복판에 여러 개의 지점을 거느린 사업가로 성공했지만, '류큐인'이라는 사실이 알려지면 만사에 좋을 일이 없다며 지난 20여 년을 '류큐인의 류자'도 꺼내지 않고 자신의 출신을 철저히 숨겨 왔다. 오랫동안 행방불명인줄 알았던 숙부가 잠시 고향을 찾기도 했지만 정신이 온전치 못한 고령의 할머니에 병든 아버지, 집 나간 형수 대신 손자를 맡아 키우는 새어머니 등 가족의 비참한 삶을 목격하고는 호적까지 다른 현으로 옮기고 발길을 완전히 끊는다. 출세하기 위해 오키나와 출신임을 숨겨왔던 숙부가 이번에는 고생해서 이룬 사업을 지키기 위해 또 다시 고향을 부정하려는 것이다. '나'는 오키나와 출신임을 숨기고 '내지'에서 성공한 숙부와 아직도 궁핍한 생활에서 벗어나지 못하고 입신출세한 숙부를 동경하는 고향 친척들의 모습을 떠올리며 몰락해 가는 류큐인에 대한 감회를 토로한다.

조선인이나 타이완인처럼 자신들의 풍속습관을 있는 그대로 드러내면서

---

18 도미야마 이치로(冨山一郎)에 따르면, 생활개선운동은 오키나와어, 맨발, 돼지변소(豚便所), 분묘, 센코쓰(洗骨), 오키나와식 이름, 점(占), 유타(ユタ), 오키나와식 복장과 음주, 모아소비(毛遊), 자비센(蛇皮線) 등 일상생활 세부에까지 미쳤으며, 불식해야 할 전통과 관습으로 규제해 갔다고 한다. 도미야마 이치로, 임성모 역, 『전장의 기억』, 이산, 2002, 45 · 55쪽.

> 내지에서 생활할 수 있는 대담함을 류큐 인텔리들에게선 찾아 볼 수 없다. 항상 버섯처럼 한 곳에 모여 있으려고 한다. (…중략…) 류큐의 많은 노래 가운데에는 비통한 마음을 쥐어짜는 애조(哀調)가 서려 있다. 그렇지 않으면 난센스한 가사와 자포자기한 재즈를 닮은 가사가 조화를 이루어 완성된다. 몇백 년 이래의 피억압민족에게 쌓였던 감정이 이러한 예술을 만들어 낸 것일지 모른다. 나는 이런 석양이 지는 풍경을 좋아한다. 이 몰락의 미(美)를 닮은 내 마음 속에 침잠되어 있는 그 어떤 것을 동경한다.[19]

위의 인용문은 같은 피억압민족인 조선인이나 타이완인의 경우와는 또 다른 오키나와 역사만이 갖는 특수한 사정을 짐작하게 한다. 이 안에는 조선이나 타이완은 일본이 아니고 오키나와나 아이누는 일본이라는 동시대의 암묵적 인식이 전제되어 있다. 이것은 오키나와도 조선이나 타이완과 마찬가지로 메이지 시기 강제로 병합된 식민지였음에도 불구하고, 류큐인은 원래부터 일본민족이므로 '류큐처분'은 '일본민족의 통일'이며 '국민국가형성을 위한 불가결한 작업'이라고 주장해 온 제국주의자들의 발상과도 상통한다.[20]

「수기」의 화자 '나'가 말하는 자신들의 풍속습관을 있는 그대로 드러내지 못하는 류큐 인텔리들의 비극 또한 스스로가 '일본인'이라는 것을 주지하고, '오키나와=일본인'이라는 것을 거듭 입증해야 하는 데에서 출

19 久志富佐子, 『婦人公論』, 1932.6.(沖縄文学全集編集委員会, 『沖縄文学全集』 6, 国書刊行会, 1993, 97쪽, 102쪽)

20 林泉忠, 『「辺境東アジア」のアイデンティティ・ポリティクス—沖縄・台湾・香港』, 明石書店, 2005, 41쪽.

발할 것이다. 이 점은 오키나와와 타이완에 이어 일본 제국에 새롭게 편입된 조선을 마이너리티 문제로 인식하고, 식민지배가 수반하는 뿌리 깊은 차별에 깊이 공감하면서도, 다른 한편으로는 타이완이나 조선과 거리를 두고 싶어 했던 당시 오키나와 지식인들의 이중적 인식을 통해 더욱 분명해 진다. 1903년에 있었던 '인류관人類館사건'[21]에 대해 기술하고 있는『류큐신보琉球新報』사설에 주목해 보자.

> 나는 일본 제국에 이처럼 냉혹하고 탐욕스러운 국민이 있다는 것이 부끄럽다. 그들이 다른 지방의 색다른 풍속을 진열하지 않고 특별히 타이완의 생번(生蕃), 홋카이도의 아이누(アイヌ) 등과 함께 오키나와현 사람을 골랐다는 것은 곧 우리를 생번이나 아이누와 동일하게 보았다는 의미다. 우리에 대한 모욕이 어찌 이보다 클 것인가.[22]

오키나와를 타이완 생번이나 홋카이도 아이누와 동급으로 취급하는 것에 강한 불만을 제기하며 인류관을 즉각 중지할 것을 요구하고 있다. 이는 일본 제국의 식민주의적 시각을 그대로 내면화하여 조선, 타이완, 아이누 등 타민족을 거꾸로 차별하는 논리적 모순을 보여주는 지점이라고 할 수 있다. 1910년 한국병합 직후 "류큐는 장남, 타이완은 차남, 조선은 삼남"[23]임을 상기시키며 오키나와인에 대한 차별의 부당함을 토

---

21 오사카에서 개최된 내국권업박람회에서 조선을 비롯해 홋카이도 아이누, 타이완 원주민, 오키나와, 중국(지나), 인도 등 11개국 총 32명의 남녀를 각 나라별로 전시한 것을 이른다.

22 『琉球新報』, 1903[메이지 36].4.2.

23 比嘉春潮, 『比嘉春潮全集』 5, 沖縄タイムス社, 1973, 192쪽.

로했던 히가 슌초比嘉春潮의 타민족에 대한 인식 또한 오키나와를 대표하는 『류큐신보』의 논조와 그리 멀지 않은 지점에 있다고 할 수 있을 것이다. 이처럼 오키나와 지식인들이 조선, 타이완, 아이누 등을 열등 민족으로 구분하고 이들과 다름을 강조하는 방식으로 '오키나와인=일본인'임을 증명하는 데에 진력한 것은 본토와의 차별에 대응하는 가장 현실적인 방법이 바로 일본으로의 '동화'라고 생각했기 때문이다.

일본의 어떤 면에 동화될 것인가를 생각할 때, 그것은 주로 역사나 언어와 같은 문화적 측면이었으며, 일본 문화를 '본토인'보다 더 적극적으로 체화하는 것이 진정한 '일본인'으로 거듭나는 길이라고 여겼다. 오키나와의 역사, 문화가 갖는 독자성을 강조하고, 그 독자성의 뿌리로 오키나와의 비非국가적 성격을 상찬했던 가와카미 하지메河上肇가 지도자층으로부터 강한 비판을 받았던 이른바 '설화舌禍사건'(1911)[24]은 그 좋은 예라고 할 수 있다. 또한 오키나와어 폐지운동에 대한 비판적 견해를 제시한 야나기 무네요시柳宗悅를 위시한 일본민예협회와, 일본 본토와의 차별을 극복하기 위한 방안의 하나로 일상생활에서의 필요를 주장하며 오키나와어 폐지운동을 주도해 간 오키나와 출신 지식인들의 논리가 대조를 이루며 첨예하게 맞붙었던 '방언논쟁'(1940)을 통해서도 동화에 대한 오키나와인

24 당시 교토제국대학 교수였던 가와카미 하지메가 오키나와현교육회의 초청으로 '신시대가 온다(新時代が來る)'라는 제목의 강연을 하였는데, 그 가운데 오키나와의 역사, 문화가 갖는 독자성을 강조하고, 그 독자성의 뿌리로 오키나와의 비국가적 성격을 상찬하고 기대한다는 취지의 발언이 문제가 되었다. 이에 대해 『류큐신보』를 위시한 오키나와 언론은 가와카미를 강하게 비판하며 충군애국의 국가주의를 상찬하고 일본에 대한 전면적 신봉을 강조하였다.

의 열망이 얼마나 컸는지 엿볼 수 있다. 일본 본토 출신 지식인들이 오키나와 역사와 문화가 갖는 고유성과 독자성을 상찬한 데 대한 오키나와 측의 반발과 비판이라는 동일한 구조가 30여 년의 시차를 두고 반복되고 있는 것이다. 이 마이너리티 오키나와인의 초조와 우려가 빚어낸 동화 열망은 구시 후사코의 「수기」 간행을 둘러싼 공방을 통해 다시금 표면화된다.

「수기」가 『부인공론』에 게재된 직후, 작가는 재경在京 오키나와현학생회 대표와 현인회, 그리고 작가의 실제 숙부로부터 격렬한 항의를 받는다. 이에 이듬해 7월 「『멸망해가는 류큐 여인의 수기』에 대한 석명문『滅びゆく琉球女の手記』についての釈明文」(이하 「석명문」으로 표기함)이라는 제목의 글을 동 잡지에 게재하기에 이른다. 이들의 항의 내용을 작가의 「석명문」에 의거해 정리해 보면 다음과 같다.

첫째, '숙부'라는 인물로 인해 오키나와 전체가 오키나와를 비하하고, 출신을 은폐하는 사람들로 오해받을 소지가 있으므로 사죄하라. 둘째, 오키나와를 야만스럽고 피폐하게 묘사하는 것은 오키나와 출신자의 취직난과 결혼문제에 영향을 줄 수 있다. 셋째, 오키나와인을 '아이누'와 '조선인'과 동일시해서는 곤란하다. 가능한 오키나와 밖으로는 고향의 풍속습관을 '위장'하도록 노력하고, 오키나와 안에서는 풍속습관 개량을 소리 높여 주장해야 한다.

첫 번째 항의에 대해 작가는 "오키나와 현민 전체가 출세하면 저런[숙부 – 인용자] 인물처럼 된다"[25]라고 쓴 바 없으므로 사과의 여지가 없다고

---

25 久志富佐子, 앞의 책, 102쪽.

잘라 말했다. 그리고 두 번째 문제제기에 대해서는, 취직이 어려운 것은 바로 그런 오키나와인의 비굴한 태도 때문이 아닌가, 오히려 차별대우하는 "자본가 양반"들한테 맞서는 것이 어떻겠느냐고 응수한다. 또한, 서로 다른 풍속을 뭉그려뜨려 비하하거나 배척할 것이 아니라 독자적으로 발달해온 문화의 다양성을 존중해야 한다는 의견을 제시한다. 마지막으로 '민족'이라는 단어에 대해 거부감을 느꼈다는 오키나와현학생회 대표의 발언에 대해서는, "요즘 같은 시대에 아이누 인종이다, 조선인이다, 야마토 민족이다, 이렇게 애써 단계를 만들어 그 가운데 몇 번째 우위에 든다고 우월감"[26]을 갖는 사람도 있는데, 그러한 발상 자체를 공감할 수 없다며 다음과 같이 비판한다.

> 대표 여러분께서는 우리를 차별대우하고 모욕한다고 말씀하시지만, 그 말을 그대로 뒤집어 생각하면 아이누나 조선 사람들에게 인종적 차별을 가하는 것이 아닌가 합니다. 제가 생각하기에는 오키나와인이 아이누 인종이면 어떻고, 야마토 민족이면 어떻습니까. 어느 쪽이든 경우에 따라서는 다소 비뚤어진 부분이 있더라도 인간으로서의 가치는 물론 본질적으로도 아무런 차이 없는 모두 같은 동양인이라고 믿습니다.[27]

여기서 차별로부터 벗어나기 위해 '오키나와인'이 '아이누 인종'이나 '조선인'과 다름을 주장하는 것은 거꾸로 그들을 차별하는 결과를 초래한

26 위의 책, 102쪽.
27 위의 책, 102쪽.

다는 구시 후사코의 예리한 지적은, 앞서 언급한 히가 슌초를 비롯한 동시대 오키나와 지식인들의 주의주장과 대조를 이룬다. 또한 일본과의 동질성을 강조하는 한편, 일본과의 차이성을 현재화시키면서 그들과 구별되는 '개성個性'을 간직한 오키나와인이기를 바랐던 이하 후유의 사고와도 구별된다. 일본과의 동질성을 강조하는 것이, 일본이라는 국민국가에 적극적으로 가담하는 형태로 오키나와 아이덴티티를 모색한 것이라고 하면, 일본과의 차이성을 부각시키는 것은, 오키나와의 우수성을 입증함으로써 '오키나와 내셔널리즘'[28]을 창출하고자 한 것이라고 할 수 있다.

중요한 것은 이때의 오키나와인의 우수성을 입증하는 일은 곧 같은 조상을 가진 일본인의 우수성을 뒷받침해 주는 것이기도 했다는 점이다. 즉 언뜻 모순된 것처럼 보이는 이 두 가지 논리가 결과적으로 국가주의를 침투시키기 위한 일본 제국주의의 논리와 표리를 이루며 동화 정책을 견고하게 떠받치고 있는 것이다. 그렇다면 「수기」의 작가 구시 후사코와 「수기」를 읽고 반론을 제기한 사람들 사이에서 생기는 균열은 어디에서 비롯된 것일까. 그 원인 가운데 하나로 오키나와 사회 내부가 안고 있는 오래된 계층 간의 대립과 갈등, 즉 지배계층士族과 일반 민중 사이의 계급적 병폐를 지적할 수 있을 것이다. 구시는 이들 지배계층을 오키나와 민중의 희생을 등에 업고 기득권 유지에만 연연한 세력으로 규정하고 부정한다. 특히 '류큐 인텔리' 계층의 무비판적인 동화주의에 대한 작가의 강

28 오구마 에이지는 오키나와의 '민족적' 아이덴티티를 창조한 대표적 인물로 이하 후유를 꼽았다. 小熊英二, 『「日本人」の境界 – 沖縄・アイヌ・台湾・朝鮮 植民地支配から復帰運動まで』, 新曜社, 1998, 280쪽.

한 불만은, '사회적 지위에 오르신 분 · 지위가 있는 분', '신분이 낮은 자 · 배움이 없는 자無学者 · 교양이 없는 여자'라는 식의 우회적 표현을 통해 극대화된다.

작가 구시 후사코는 「수기」에 대한 강한 비판에 대응하는 과정에서 자신이 본토와의 차별에 더하여 오키나와 안에서도 사회적인 면에서나 성적인 면에서 차별을 감수해야 하는 이중의 마이너리티라는 것을 명확하게 인지한 듯하다. 반면, 오키나와현학생회 및 현인회의 경우는, 자신이 그토록 부정하고자 하는 오키나와인이라는 사실이 타민족과의 차이를 통해서 오히려 가시화되는 역설을 노정한다. 그러나 무비판적 '동화'를 경계하는 쪽이든 완전한 '동화'를 주장하는 쪽이든 '우리 오키나와인'이라는 집단적 주체가 부각되는 양상은 분명해 보인다.

5. 동화시기 이후 류큐 · 오키나와 아이덴티티의 향방

류큐 · 오키나와 아이덴티티의 형성에 있어 가장 두드러진 특징은 각각의 시대에 따라 끊임없이 변화하고 유동한다는 점이다. 그 과정에서 의도치 않게 직면하게 되는 여러 역설적 상황은 이후 일본 제국의 동화정책이 본격화되면서 더욱 두드러진다. 구시 후사코의 「수기」를 둘러싼 오키나와 내부의 '항의'와 '석명'이라는 일련의 과정은 오로지 타민족과의 차이를 통해서만 가시화되는 오키나와 아이덴티티의 한계를 분명하게 보여주었다.

오키나와와 일본 사이를 아슬아슬하게 왕복하던 아이덴티티 문제는 제2차 세계대전 당시 일본 내 유일한 지상전을 경험하고 오랜 미군 점령의 역사를 거치면서 한층 더 복잡한 양상을 보이게 된다. 미국이라는 새로운 변수가 개입되면서 '일본인'이면서 '일본인'이 아닌 존재, 그렇다고 미국인도 아닌 그 어느 쪽에도 속하지 않는 '경계'의 위치에서 자신의 아이덴티티를 또 다시 새롭게 모색해야 하는 상황에 놓이게 된 것이다.

앞으로 살펴보겠지만, '복귀' 이후의 오키나와 아이덴티티를 둘러싼 공방은 그 어느 시기보다 치열한 양상으로 표출된다. 그 가운데 '복귀'와 '반복귀'를 둘러싼 논쟁은 '류큐처분' 이후 현재에 이르기까지 여러 차례 귀속변경을 거듭해 온 오키나와 아이덴티티의 혼전을 집약적으로 보여준다. 또한 오키나와 전통(토착)문화에 대한 애착과 자부심이 고조되는 현상을 지적할 수 있는데, 그 이면에는 (지역)문화의 다양성을 내세워 현대 오키나와 사회의 병폐를 은폐하려는 일본 본토와 오키나와 사이의 암묵적 합의가 작동하고 있음을 포착할 수 있을 것이다.

패전 전후 제국/오키나와 청년의 중국체험과 마이너리티 인식

오시로 다쓰히로의 『아침, 상하이에 서다』

1. 『아침, 상하이에 서다』의 집필 배경

전후 오키나와문학을 대표하는 작가 오시로 다쓰히로大城立裕는 '오키나와인은 누구인가', '일본인은 누구인가'라는 근원적 물음을 던지고 이에 대한 답을 찾고자 부단히 노력해 온 것으로 잘 알려져 있다. 그의 노력이 시사적인 것은 이것이 단순히 오키나와, 오키나와인 내부만의 문제가 아니라 우리를 포함한 동아시아의 식민지적 상황, 그 안에서도 직접적인 차별과 폭력에 노출된 마이너리티, 마이너리티 간 문제와 직결된 사안임을 분명하게 보여주기 때문이다.

오시로 다쓰히로의 『아침, 상하이에 서다朝, 上海に立ちつくす』(講談社, 1983)[1]는, 1943년 봄, 17세의 나이에 오키나와 현비 장학생으로 동아동

1 이 작품의 원고는 1973년에 완성되었고, 그로부터 10여 년 후인 1983년 고단샤(講談社)에서 간행되었다. 1988년 중앙공론사(中央公論社) 중앙문고판과 2002년 『오시로

문서원東亜同文書院에 입학해, 패전 이듬해인 1946년 봄 귀국하기까지 2년간의 실제 경험을 바탕으로 하고 있다. 작가 자신의 분신인 오키나와 출신 주인공 지나 마사유키知名雅行를 중심으로, 동아동문서원에서 함께 생활했던 선후배들과 중국인 인물들이 대거 등장한다. 주요인물로는, 본토 도쿄 출신 오다織田, 일본인으로 살아가지만 조선독립의 꿈을 버리지 않는 가나이金井, 징병검사 전 홀연히 적지로 모습을 감춰버린 타이완 출신 양梁, 가나이와 연인관계로 발전 중인 본토 출신 오기시마荻島 선배의 딸 다에코多恵子, 지나와 오다에게 연모의 정을 품고 있는 중국인 간호사 범숙영范淑英, 국민당원일 것으로 추정되는 범숙영의 오빠 범경광范景光 등이 있다. 젊은 청춘남녀의 학업과 연애가 어우러진 청춘소설의 형태를 띠고 있지만 그 내용은 결코 밝지 않다. 훗날 작가 오시로는 이 시절의 경험이 트라우마로 남아있다고 고백하였지만,[2] 그와 동시에 문학세계로 이끈 동력이 되었음도 밝히고 있다. 무엇보다 오키나와 출신이라는 '특수한 위치', '중국의 잃어버린 영토'에 '류큐'가 포함된다는 사실 등을 자각하는 한편, "일본과 중국이라는 국제관계, 일본 속의 내지와 식민지의 관계 그 안에 던져진 '오키나와'의 위치—이들이 하나의 끈으로 연결되지 않는

다쓰히로 전집』 제7권에도 수록되었다.

2 「'타자'라는 것」이라는 제목의 작가 후기에서 오시로는 전후 뜻하지 않게 '침략자'로 내몰리게 된 데에 불편한 심기를 고백하며, 다케우치 요시미(竹内好)의 다음과 같은 글에서 큰 위안을 받았다고 밝히고 있다. "국가가 침략행위로 나아갈 때, 정부기관이 그것으로부터 자유로울 수는 없을 것이다. 그렇다고 정부기관만을 침략자로 호명하는 것도 부당할 것이다. 이른바 동아동문서원은 국가와의 일체화를 환영한 나머지 복잡한 전통을 짊어지게 되었다." 竹内好, 「東亜同文会と東亜同文書院」, 『日本とアジア』, 筑摩書房, 1966.(大城立裕, 「「他者」ということ」, 大城立裕全集編集委員会, 『大城立裕全集』 7, 勉誠出版, 2002, 409쪽)

국제관계"[3]를 인식하는 계기가 되었음은 분명해 보인다.

이 소설이 특히 흥미로운 것은 그것이 저항적이든 타협적이든 제국 대対 마이너리티라는 이항대립적이고 일면적인 묘사방식과 거리를 두고 여러 겹의 마이너리티성이 복잡하게 얽힌 마이너리티 간의 차이를 끊임없이 환기시키며 그 내면으로 파고들어 가려는 시도를 하고 있기 때문이다. 그러나 아쉽게도 기존의 연구에서는 그러한 부분을 제대로 짚어내지 못하고 있는 듯하다.

오키나와문학 평론가로 잘 알려진 오카모토 게이토쿠岡本恵徳는 이 작품이 오키나와 아이덴티티에 천착해 온 기존의 오시로 문학과 달리 '오키나와'에 대한 '집착'이 부재하다는 점을 지적하며, 그것이 오히려 오시로 문학의 새로운 가능성을 열었다고 평가하였다. 그런데 과연 이 작품이 오카모토의 주장대로 "자기 확인"이라는 모티브보다 "과거를 과거로 객관화하는 방법"[4]을 선택한 것일까. 이 같은 주장에 선뜻 동의하기 어렵다. 왜냐하면 작가 자신 혹은 주인공 지나라는 캐릭터는 오카모토가 지적하듯, "오키나와와 분명한 선을 긋고 일본인 의식에 완전히 포위되었던 과거를 확인"[5]하는 양태로 나타나기보다 오히려 동문서원 시절에는 미처 인지하지 못했으나 당시의 체험이 훗날 오시로 문학의 기반이 된

---

3 大城立裕,『朝, 上海に立ちつくす』, 講談社, 1983.(『大城立裕全集』7, 勉誠出版, 2002, 408쪽)

4 예컨대, 이 작품은 지금까지의 오시로의 "오키나와에 대한 집착을 모티브로 삼은 작품"과 변별되며, 이 점이 오히려 "자전적 요소가 농후한 작품"을 탈피하여 "교양소설적인 청춘소설"로서 소설의 완성도를 높였다고 평가하였다. 岡本恵徳,「文学的状況の現在 –『朝, 上海に立ちつくす』をめぐって」,『新沖縄文学』59, 1984, 109쪽.

5 위의 책, 109쪽.

성찰적 자기인식과 깊이 연동되어 있음을 스스로 확인하고 발견해 가는 양태를 띠고 있는 것으로 보이기 때문이다.

다케야마 우메노리武山梅乗의 논의는 이러한 오카모토의 시각과 거리를 둔 듯 보이나, 소설 저변에 흐르는 오시로의 중층적 마이너리티 인식에까지 접근하지 못하고 있는 것은 마찬가지이며, 가노 마사나오鹿野政直의 경우 작가의 분신으로서 오키나와 출신 주인공 지나의 갈등을 부각시키고 있으나 본격적인 텍스트론이라고 보기는 어렵다.[6] 본 주제의 관심과 근접한 논의로는, 제국-오키나와 간 권력구도를 젠더 불균형(성적 도착)을 통해 조명한 신조 이쿠오新城郁夫의 「대동아라는 도착 – 오시로 다쓰오 『아침, 상하이에 서다』」를 들 수 있다.[7]

이 글에서는 청년시절 중국체험이 전후 오시로 문학의 기반이 된 성찰적 자기인식과 깊이 연동되어 있음을 밝히고, 그것이 가능했던 것은 동아동문서원 시절 식민지 조선, 중국, 타이완 등의 마이너리티와의 접촉 · 교류라는 점을 지적해 가고자 한다. 특히 전후 오키나와문학에서 조선, 조선인이 등장하는 일은 그리 낯설지 않지만 이 소설만큼 심도 있게 묘사한 경우는 드물다는 것을 환기시키고, '패전'을 기점으로 부각되어 나타나는 오키나와와 일본, 조선, 중국, 타이완 등 피식민지 민족 간, 더 나아가 마이너리티와 마이너리티 사이에 존재하는 미세한 차이와 균열에 주목하고자 한다.

---

6 武山梅乗, 『不穏でユーモラスなアイコンたち』, 品文社, 2013; 鹿野政直, 「異化 · 同化 · 自立 – 大城立裕の文学と思想」, 『占領下を生きる』(鹿野政直思想史論集 3 – 沖縄 1), 岩波書店, 2008.

7 新城郁夫, 「大東亜という倒錯 – 大城立裕『朝, 上海に立ちつくす』」, 『沖縄を聞く』, みすず書房, 2010.

2. 이율배반적 징후들 — 동아동문서원과 오시로=지나, 그리고 중국

소설의 무대이자 동아동문서원(이하, 동문서원으로 약칭)이 자리한 상하이는 근대 일본의 정신사에서 빼놓을 수 없는 상징적인 장소이다. 서구와의 접촉이 용이한 것은 물론 아시아로 진입하는 관문이었으며, 특히 1920년대부터 패전 전후까지는 언제 전쟁에 휩쓸릴지 모르는 위험이 존재하기는 했으나, 전쟁으로 일체의 자유를 억압당하던 일본에 비하면 자유로운 공기를 향유할 수 있는 특별한 공간으로 기능했다. 동문서원은 이러한 상하이의 자유로운 분위기를 살려 '중일친선', '중일우호협력', '중일집협輯協', '중일협화제휴' 등을 표방하며 1901년에 설립되었다. 일본 각 현 및 오키나와, 조선, 타이완 등지에서 공비 유학생으로 선발해 1946년 패전으로 폐교되기까지 약 5천여 명의 졸업생을 배출했다. 문제는 전쟁 말기 각종 대륙침략정책에 학생들을 동원시킴으로써 설립 당초의 취지를 거꾸로 거슬러 '중국의 적敵'의 입장에 서게 했다는 점이다.

다양한 민족, 지역 출신의 학우들과 어울리며 상하이의 자유로운 공기를 만끽하고 중국어 회화에 매진하던 청년이 학교라는 울타리 밖으로 한발만 내딛으면 그곳은 중공中共과 신사군新四軍이 지배하는 '접적지구接敵地區'가 펼쳐진다. 이러한 시대상을 반영하듯, 중국어를 구사할 수 있다는 이유로 총으로 무장시켜 군미수매軍米收買 통역이나 정보기관 번역요원으로 동원되었던 주인공 지나의 혼란한 심경이 소설 곳곳에 토로되어 있다.

'너는 학생이지 않은가. 학생이 어찌하여 가짜 병사가 되었는가!'[8]

"일본군과 국민정부는 무엇 때문에 싸우는 걸까요?" (…중략…) 그러나 내지에 있을 때는 생각해 보지 못한 의문이 지금 들게 된 것이다.[9]

그렇다 해도 자신은 아무것도 모른다. 모른 채 지금 이렇게 학문 밖 현장 한가운데 내던져져 있다. 거기다 무기까지 들고. 이 무기는 누구를 죽이기 위한 것일까.[10]

지나의 뇌리를 오늘 하루 동안 본 백성들의 얼굴이 매우 빠른 속도로 스쳐지나갔다. 그 안에 스파이가 있었다 하더라도 구분할 수 있을 리 없다. 게다가 그 스파이가 신사군과 국부군 양쪽에서 온 것이라면, 이 지구(地區)는 일본군에게 어떤 존재일까.[11]

이상의 인용문에서 알 수 있듯, 동문서원이 표방해 온 '중일친선'의 의미가 무엇인지 되묻지 않으면 안 되는 상황, '친선'과 '지배'의 공존이라는 이율배반적 상황이 주인공 지나의 혼란을 야기한 핵심이다. 그러나 학생을 앞세워 중국 백성을 압박해 가는 일본군에 대한 회의를 느끼면서도 다른 한편으로는 일본 제국의 마이너리티라는 유사한 입장에 있는 중

8 大城立裕, 『朝, 上海に立ちつくす』, 157쪽.
9 위의 책, 166쪽.
10 위의 책, 167쪽.
11 위의 책, 165쪽.

국인에 대한 공감이 현격히 결여되어 있고, 오시로 특유의 성찰적 시야도 발견되지 않는다. 이 점에 착목하여 그 이유를 생각해 보고자 한다.

우선 (조선 출신 등장인물의 경우와 달리) 중국과 관련해서 두드러지는 것은 '지나=오키나와인=일본인'이라는 의식이 강하게 확대되어 나타나는 점이다.

> "당신도 가나요?"
>
> "물론이죠. 일본인이니까."
>
> "일본인은 모두 군대에 가는 거로군요."
>
> "조선인도 타이완인도 가는 겁니다."
>
> 그래서 일본 내지인이라면 더더욱 그렇다, 라고 강조하고 싶은 기분이었다.[12]
>
> 지나 안에 일본인이라는 의식이 커져간다. 중국인의 시선이 쏠리다니 수치다. 다른 일본인이 본 것은 아닐까, 하는 걱정이 밀려왔다. 일본인의 수치라는 말이 머리를 스쳐지나갔다. '가하유揩油'[13]라는 말이 비참한 기분을 동반하며 울려 퍼진다. 차장의 반격에는 충분한 이유가 있다. 그 앞에서 상하이 말을 써 보고 싶었다는 등의 변명은 한 치의 이유도 되지 못한다고 생각한다. 경솔, 경박 – 지나의 등에서 목덜미로 자기혐오가 넘나든다. 배후에 자리한 무수한

12 위의 책, 221쪽.

13 '가하유'라는 중국어의 원래 뜻은 '기름을 짜다'라는 말인데, 변하여 '남을 속여 횡령하다'라는 의미로 사용됨.

시선을, 일본인을 지탄하는 시선을 의식하지 않을 수 없었기 때문이다.[14]

첫 번째 인용문은, 지나와 오다에게 연모의 정을 품고 있는 듯 보이는 중국인 간호사 범숙영과 지나의 대화 장면이다. 오다의 입대시기가 연기되었다는 소식에 기뻐하며 지나도 입대하는지 묻는 범숙영과 지나의 대화에서 전쟁 말기에 접어들어 일본인, 오키나와인, 조선인, 타이완인의 구별 없이 징병제가 시행되었음을 짐작할 수 있다.

그러나 지나는 스스로를 조선인이나 타이완인과 구별되는 일본인=내지인의 위치에 자리매김함으로써 그들과 다름을 피력한다. 이어지는 인용문에서도 지나는 스스로를 일본인의 위치에 자리매김하고 중국인을 상대화한다. 중국어에 서툴렀던 지나가 회화 연습 겸 차장에게 던진 말이 의도치 않게 중국인을 경멸하는 의미라는 것을 알게 되고, 주변에 있던 중국인 승객들의 시선이 자신에게 쏠리자 당황하는 장면에서, 상대에 대한 미안한 감정보다 중국인으로 하여금 경솔, 경박한 일본인이라는 인상을 갖게 한 데 대한 수치와 자기혐오가 앞서고 있음은 그 좋은 예라 할 수 있다.

다음 인용문에서는 동성애적 로맨티시즘이 가세하면서 중국에 대한 상상력이 일본 제국의 그것과 유사한 모습으로 증폭되고 있는 것을 확인할 수 있다.

---

14 大城立裕, 『朝, 上海に立ちつくす』, 198쪽.

5일째 되던 밤, 지나는 꿈을 꾸었다—황포강을 발동기선으로 거슬러 올라가고 있는데, 그는 선장이다. 조타실에 의연히 서서, 누렇게 더럽혀진 강을 노려보며 조타하고 있다. 그 옆에 서 있는 것은 오다 다카시(織田卓)다. (…중략…) 누렇게 더럽혀진 거품이 마침내 커다랗게 부풀어 올라 물결치며 해안 주변의 버드나무를 크게 흔들어댄다. 훌륭한 음모(陰毛)의 가로수여, 라고 지나가 소리쳐 본다. 지구의 음모여, 중국의 음모여, 황포강의 음모여. 그 소리에 응답하듯, 전후, 좌우에서 어마어마한 물고기 떼가 머리를 치켜든다. 물고기의 얼굴은 서원생이다. 사라진 얼굴들이 거기에 있었다. 하늘을 향해 입을 벌린다. 그것들이 여자의 성기가 되어 황포강의 정액을 마신다. 여자의 얼굴이 보인다. 서원생의 얼굴이 모두 여자의 얼굴이 된다. 보장(保長) 댁에서 식탁을 정리하던 아가씨가 있다. 내 것도 마신다, 무한히 있으니, 마셔라, 마셔라, 마셔! 지나는 소리 높여 외친다. 지나의 정액은 총성을 발하고, 지나는 기분 좋은 최후를 맞는다…….[15]

이를테면, 피식민국=중국을 상징하는 황포강이 식민국=동문서원 학생들의 정액으로 넘쳐흐르고, 그 안으로 빨려들어 간 학생들이 물고기의 입, 여자의 얼굴, 여자의 성기로 변신에 변신을 거듭하며 자신들의 정액을 빨아들인다는 다소 그로테스크한 설정이 그것이다. 이 장면은 오키나와와 일본 본토의 남성성(정액)이 뒤섞이며 혼연일체가 되고, 나아가 그것이 중국의 황포강을 배경으로 하고 있는 점에서 제국 일본의 '대동

15 위의 책, 168쪽.

아' 환상을 연상시킨다. 신조 이쿠오의 표현을 빌리자면, "이성애적 알레고리화의 파탄", "남성 동성 간의 수수授受적 관계의 과잉", 나아가 남성이라는 동일한 성性으로 응축된 '대동아'라는 지정도地政図, 그리고 그 정치적 비전의 도착성의 징후들이라고 할 만하다.[16]

지나(혹은 작가 자신)에게 발견되는 이상의 징후들은 그가 동문서원 입학과 함께 경험하게 되는 겹겹의 이율배반적 상황들에서 이미 예견되어진 것이었다. 예컨대, "일본과 중국은 동문동종同文同種이자 운명공동체로, 구미의 침략으로부터 중국을 보호하지 않으면 안 된다"[17]고 하는 대의명분과, 그것과 정면으로 충돌하는 "일본은 우리가 방위한다고 생각하는 사이에 침략자가 되어 버렸다"[18]고 하는 현실 사이에서 오는 괴리감이 그것이다. 이는 곧 일본 제국주의 자체가 안고 있는 이율배반성이기도 하고, 피지배=중국의 땅에서 지배=제국의 위치에 있으면서 우호와 친선을 실천하고, 그와 동시에 조선인, 타이완인과 마이너리티라는 동질감을 느껴야 했던 오키나와인의 이율배반적 상황과도 맞닿아 있다.

그러나 무엇보다 주인공 지나에게 중국, 중국인에 대한 공감이 결여될 수밖에 없었던 이유는 작가 오시로의 당시 중국 인식에서 엿볼 수 있을 듯하다. 동문서원 시절의 중국체험을 기록한 「중국과 나」라는 제목의 에세이에서 작가는 다음과 같이 말한다.

---

16 新城郁夫, 앞의 책, 133쪽.

17 大城立裕, 『朝, 上海に立ちつくす』, 204쪽.

18 위의 책, 279쪽.

오키나와 출신인 나는 동문서원에서 학업을 하는 조금은 특별한 경험을 했다. 당시 일본에서는 오키나와는 원래 중국이었다는 인식이 팽배했던 모양이다. 상하이로 도항하는 배 안에서 동기생이 "오키나와 출신이라면 중국어(シナ語)도 잘하겠군"이라고 말하거나, 오키나와 출신 학생이 중국어 성적이 좋으면 "역시"라며 당연하다는 듯한 얼굴을 했다. 중국 지리 교과서는 중국에서 출판된 것을 사용했는데, 그 안에 '중국의 잃어버린 영토'라는 항목 안에 '류큐'가 포함되어 있었다. 중국인과의 교제에서 내가 류큐 출신이라고 하면, "원래는 같은 조상에서 나온 것"이라며 환영했다. 그러나 그러한 재료를 수없이 모은다고 하더라도 나의 생활감각은 역시 일본인 그것일 수밖에 없었다.[19]

당시 많은 중국인들이 옛 류큐 시대를 떠올리며 오키나와에 친밀감을 표하는 것 자체에 거부감을 느끼고 있음을 알 수 있다. 그리고 그럴수록 중국과 거리를 두며 스스로가 '일본인'이라는 것을 자각하게 됨을 밝히고 있는데 이는 거꾸로 말하면 오키나와인이 일본인이 아니라는 의미이기도 할 것이다. 이렇듯 '중국=오키나와인=일본인'이라는 등식은 중국과 오키나와의 특수한 관계, 즉 류큐처분 이전의 옛 역사를 상기시키는 사태이자, 아이러니하지만 지나 스스로가 '오키나와인'은 '일본인'이 아님을 확인하는 사태이기도 했던 것이다.

19 大城立裕, 「中国と私」, 1973.(大城立裕全集編集委員会, 『大城立裕全集』 12, 勉誠出版, 2002, 375쪽)

3. 마이너리티 인식의 장場 — '식민지 조선'이라는 거울

지금부터 살펴볼 것은 '조선인'이면서 '일본인'이라는 데에서 오는 가나이의 미묘한 입장과, 그런 가나이의 내면 안으로 집요하게 파고드는 지나의 모습이다. 앞서 중국과의 관계에서 지나는 의식적이든, 무의식적이든 자신이 오키나와 출신임을 상기하는 일은 없었으며, 오히려 일본, 일본 내지인의 입장을 강조하는 형태로 나타났다. 반면, 가나이로 대표되는 식민지 조선 출신과의 관계에서는 지나 스스로가 마이너리티라는 사실을 자각하지 않으면 안 되는 계기로 작동한다.

소설에 등장하는 조선인 인물은 가나이를 포함해 다카노高野, 다카야마高山, 와다和田 등 총 네 명이다. 이들은 스스로 조선인이라는 의식을 가지고 있지만 그것을 표출하는 방식은 각각 다르게 나타난다. 주로 지나의 시선 혹은 가나이의 시선을 통해 묘사되는데, 이를 테면 지나의 시선에 비친 가나이는 조선 민족의 독립을 염원하지만, 다른 한편으로는 '일본인'이라는 인식하에 동시대를 대표하는 국가주의자 오카와 슈메이大川周明[20]의 저서를 탐독하는 등 '제국'과 '식민지' 사이에서 고뇌하는 어둡고 강한 성격의 인물로 비춰진다. 반면 다카노는 밝고 온화하며, 조선어 억양이 강한 탓에 지나로 하여금 항상 조선을 의식하게 하는 인물이다. 3기생 선배 다카야마는 같은 조선 출신 가나이로부터 "스스로는 조선인이라

---

20 오카와 슈메이(大川周明, 1886~1957) : 일본의 국수주의적 정치 이론가로, 1930년대 일본 정치를 지배했던 극우세력들에게 다대한 영향을 주었다. 제2차 세계대전 중에는 일본 정부의 대내적 선전활동을 기획했으며, 우익 주창자로 잘 알려진 기타 잇키(北一輝)와 함께 국가주의 단체인 유존샤(猶存社, 1918)를 만들기도 했다.

고 주장"하지만, "일면 강렬하게 일본인이 되고 싶어 하는"[21] 모순적 감정의 소유자라는 비판을 받는다. 또한 17살 때 조선독립운동에 뜻을 품고 상하이로 건너 왔다는 와다 소장은 중공 측 혹은 일본군 공작원일지 모른다는 이중삼중의 스파이라는 소문에 휩싸인다.

한편, 동문서원 학생들이 군장을 하고 일본군을 따라 군미수매 작업을 하던 중, 가나이의 소총이 폭발하는 사고가 발생한다. 그로 인해 본토 출신 오다가 부상을 입게 되고, 가나이는 조선 출신이라는 이유로 단순한 폭발사고가 아닐 것이라는 의심을 받게 된다. 가나이 역시 사고 직후 자신이 조선인이라는 사실을 가장 먼저 떠올린다. 이 사건이 계기가 되어 지나와 가나이는 속 깊은 대화를 나누게 되고, 지나는 스스로도 놀랄 만큼 가나이와의 강한 연대감을 발견한다.

> "폭발한 순간, 나는 내 자신이 조선인이라는 사실을 의식하지 않을 수 없더군. 그녀의 일이 머리를 스쳐지나갔어."
>
> "그게…… 절망적인 일인가?"
>
> "반드시 그렇다고는 할 수 없겠지. 다만 의식적인 거야. 이미지인 거지. 이런 걸 이해할 수 있을까?"
>
> "언제일진 모르지만 알게 될 때가 올 거라고 생각하네." 그렇게밖에 대답할 수 없었다.
>
> 가나이가 절망도 후회도 아니지만, 극도로 꺼림칙한 마음을 품고 있다는

21 大城立裕, 『朝, 上海に立ちつくす』, 194쪽.

걸 지나는 잘 알 것 같았다. 다만, 그러한 기분을 어떤 말로 설명해야 할지 알지 못했다.[22]

가나이의 마음 깊은 곳을 엿본 듯하여 지나는 침묵했다. 그리고는 자신의 경우는 어떤가 하고 생각했다. 병역도 징병연기 철폐도 당연한 것으로 단순하게 받아 들였다. 징병기피 같은 건 메이지 시대 오키나와에 있었다는 것을 옛 이야기에서나 들었지 지금은 생각지도 못할 일이다. 조선인에게 오키나와인이 어떻게 비춰질지 모르지만, 적어도 지나는 그런 어려운 것은 생각하지 않아도 되었다. 그런데 지나는 지금 가나이를 이해하려고 노력하고 있는 자신을 깨달았다. 너무나 잘 이해할 것 같은 기분이 들어 놀랐다. 이것은 오키나와 출신이기 때문에 그런 건지, 다른 일본인들도 그럴 수 있는 건지, 잘 모르겠지만, 뭔가 강한 연대감 같은 것을 느끼고 있는 자신을 발견했다.[23]

지나와 가나이의 연대감을 형성하는 기폭제가 다름 아닌 징병에 관한 대화라는 것은 상징하는 바가 크다. 징병기피는 자신이 일본인으로 인정받고 있는지, 아닌지를 확인하기 위한 하나의 수단이라는 가나이의 솔직한 속내에, 지나는 지금은 잊혀진 메이지 시대에나 있을 법한 이야기이지만 오키나와에도 징병을 기피했던 시절이 있었음을 떠올린다. 오키나와인이나 조선인이나 징병제 시행 이전에 황민화의 척도를 가늠하기 위한 사전 검증 작업을 거쳐야 했고, 시행 이후에도 일본 제국이 필요

22 위의 책, 193쪽.
23 위의 책, 195쪽.

로 하는 황민화, 즉 내면까지도 천황을 받드는 황민화에 대한 검증을 끊임없이 요구받았다는 점에서 공통된다.

징병에 회의적이던 가나이는 결과적으로 징병에 응해 일본군으로 복무하게 되고, 얼마 안 있어 일본의 패전으로 염원하던 해방을 맞게 된다. 그러나 지나의 눈에 비친 그의 표정은 그리 밝지 않다. 그런 그에게 본토 출신 오기시마荻島는 스스로의 힘으로 이룬 것이 아니기 때문일 거라며 조소 섞인 반응을 보이지만, 지나만큼은 마지막까지 그를 이해하려고 노력한다. 지나에게 조선 출신 가나이의 존재는 일본, 일본 내지의 틀 안에 갇혀 지금까지 보려고 하지 않았던 피차별 마이너리티로서의 자신의 모습을 투영하는 거울이었기 때문이다.

그렇기는 하지만 지나와 가나이는 같은 마이너리티의 틀 안에 두기 어렵다. 마찬가지로 일본 본토 출신 또한 마르크시스트부터 국수주의자까지 사상의 틀이 다양하여 하나로 묶을 수 없다. 이 글에서 미처 다루지 못했지만 오기시마를 위시한 본토 출신 인물들은 조선이나 타이완 출신에 대해서는 의심과 차별인식을 드러내 보이나, 오키나와 출신인 지나에게는 같은 제국의 일원이라는 사실에 별다른 의심을 보이지 않는다. 오히려 오키나와 출신이라는 이유로 가나이의 사상적 동향을 파악하거나, 조선인 및 중국인(통역)을 매개하는 역할이 부여된다. 흥미로운 것은 일본의 패전이 확정되면서 일본과 오키나와, 조선, 타이완의 서로 다른 '전후'를 예측하는 결말 부분이다.

드디어 독립했군, 이라고 지나는 제일 먼저 인사했지만, 가나이는 그에 대해 아아 한마디 던지곤 미소만 머금고 있었다. (…중략…) 조선은 오히려 앞으로 어렵게 되지 않을까, 그때 오다가 중얼거렸다.

"조선인 연맹 본부에 국기가 내걸렸다고 하더군. 언제 만들었는지 모르겠지만, 고다(幸田)가 그리 말하고 으스댔어."

"으스댔어?"

"나에겐 그리 보였어."

"그건 자네 열등감이겠지. 일전에 한 말이 들어맞았기 때문 아냐?"

"좋지도 않은 일을 다 기억하는군."

(…중략…)

그리곤 갑자기 생각이 난 듯, "어이, 류큐 깃발도 내거는 게 어때?"

"뭐야, 갑자기. 류큐 깃발 같은 건 있지도 않아."

"그럴리가. 자네가 갖고 있는 책에서 본 적이 있어. 세 개의 소용돌이무늬가 있는……"

"그건 왕가 문장이야."

"다시 부활하는 게 아닐까."

"농담하지 마. 이제 와서."

오키나와가 미군의 손에 넘어갔다는 걸 들은 것은 진강(鎭江)에서 초년병 교육을 한참 받고 있던 때였다. 그로부터 한 달 쯤 지나 역시 진강에서 지나가 중대근무에 임하고 있을 때 소속 대대 대부분은 양자강 입구에 있는 양중섬(揚中島)에서 토벌 작전을 벌이고 있었는데 그 지휘관 중 한 사람인 나카소네 견습사관이 전사했다는 보고가 있었고, 얼마 후 다른 사체 십구와 함께 나카소네 히로시(中宗根宏)의 유골이 진강에 상륙했다. 그 유골 호위에 지나가 선발되었다. 국부군을 충칭(重慶)까지 추격했다고 내지에 보도되었지만, 그 덧없음을 당시에는 아직 의식하지 못했다.[24]

일본군 제 13군은 군사령관 이하가 그 명을 받아 무장을 해제하였다. 일단 무장은 해제되었지만, 군비 일체를 접수하기까지는 앞으로 수 개월이 걸린다. 그 접수 업무 통역에 동문서원 학생들을 동원한 것이었다. 대동아전쟁이 시작되었을 때 조계(租界) 접수는 점령자의 국민으로서 통역에 징용되었고, 이번엔 패전 국민으로서 패전을 확인하기 위한 통역으로 동원된 것이다.[25]

일본과 오키나와의 '전후'의 차이는, 해방을 맞아 조선인들이 "조선인 연맹 본부에 국기"를 내걸었다는 이야기를 하며 지나에게도 "류큐 깃발"을 걸어 보라는 오다의 농담인지 진담인지 알 수 없는 발언과, 이를 어떻게 받아들여야 할지 난감해 하는 지나의 모습에서, 또 중국인을 향해 "전쟁은 우리의 책임이 아니지 않은가"[26]라며 당당하게 응수하는 제국 출신 오다를 불안하게 지켜봐야 하는 피차별 마이너리티 출신 지나의 모습에서 충분히 가늠할 수 있을 것이다.

24 위의 책, 267쪽.
25 위의 책, 268쪽.
26 위의 책, 298쪽.

4. 성찰적 자기서사의 완결이자 출발점으로서의 『아침, 상하이에 서다』

오키나와문학사상 첫 아쿠타가와상芥川賞 수상작으로 큰 주목을 받았던 『칵테일파티カクテル·パーティー』(1967)가 오키나와와 미국의 관계를 통해 전후 오키나와에 대한 사유의 깊이를 더했다고 하면, 그 이듬해에 간행된 『신의 섬神島』(1968)은 '미국'이라는 대상을 '본토'로 바꿔 넣으며 오키나와 아이덴티티 문제를 강하게 환기시켰다. 이 두 작품보다 간행 시기는 늦지만 『아침, 상하이에 서다』에서는, 전후 미국이나 본토와의 관계 이전의, 아시아 · 태평양 전쟁 말기를 전후한 시기로 무려 30여 년(작품의 완성은 1973년)이라는 세월을 거꾸로 거슬러 올라가 제국/오키나와와 중국, 조선, 타이완의 관계를 '내지'와 '식민지'의 관련성 안에서 (재)가늠하고자 하였다. 이 과정에서 오키나와를 제국과 식민지의 경계에 두고 피차별 마이너리티의 내면으로 집요하게 파고들어 가려는 모습이 부각되어 나타났다. 이를테면, 식민지 조선 출신 가나이가 징병기피를 통해 자신이 일본인으로 인정받고 있는지 아닌지를 확인하고 싶어 한다든가, 독립을 원하지만 다른 한편으로는 강하게 일본인이 되고 싶어 하는 모순적 감정을 예리하게 포착해 간 것이 그러하다. 그것이 가능했던 것은 피차별 마이너리티 간 인식의 공유, 즉 조선인이면서 일본인이라는 가나이의 미묘한 입장을 제국/오키나와인 지나의 입장에 끊임없이 투영시켜 보려는 시도가 있었기 때문일 것이다. 이때 중국, 중국인에 대한 성찰적 사유는 상당 부분 유보되어 있음을 알 수 있는데, 이는 작가 자신이 동문서원

시절 겪었던 이율배반적 상황과 깊은 관련이 있는 것으로 보인다. 또 당시 많은 중국인들이 옛 류큐 시대를 떠올리며 오키나와에 친밀감을 표시하는 것에 대한 거부감과 그런 중국과 거리를 두고 싶어 했던 심경이 복합적으로 작용한 듯하다.

그러나 동문서원 시절 충분히 사유하지 못했던 중국에 대한 인식은 『칵테일파티』의 중국인 인물 '쑨孫'을 통해 오키나와의 '원죄', 즉 일본의 마이너리티에 위치한 오키나와라도 중일전쟁을 거치며 형성된 중국과의 관계에 있어서는 오키나와도 틀림없는 '가해'의 위치에 자리한다는 사실을 분명히 한 바 있다. 그에 관한 보다 구체적인 사례들은 바로 아시아 · 태평양 전쟁 말기 일본군의 지배하에 있던 중국체험을 바탕으로 한 『아침, 상하이에 서다』 안에서 찾아야 할 것이다.

작가 오시로의 출세작이자 성찰적 자기서사의 출발점이라 할 수 있는 『칵테일파티』와 『신의 섬』에서 부각되는 것은 '가해'와 '피해'의 구도, 즉 '일본 · 미국 vs. 오키나와'의 대립이었다. 흥미로운 것은 이때 '가해'와 '피해'의 구도를 '오키나와=선'과 '일본 · 미국=악'이라는 이항대립으로 나누는 것이 아니라 피해자가 가해자가 될 수 있다는 전도된 상황을 설정함으로써 '가해'와 '피해'의 구도가 갖는 복잡성을 보여주려 한 점이다.

작가 인터뷰에서도 밝힌 바 있듯, 오시로가 두 작품에서 의도한 것은 "피해자와 가해자를 대립적으로 나눌 것이 아니라, 어느 쪽을 중시할 것인가"[27]의 문제였다. 예컨대, 『신의 섬』에서 오키나와 출신인 후텐마 젠

27 오시로 다쓰히로 · 김재용, 「작가와의 대담」, 『지구적 세계문학』 6, 글누림, 2015, 145쪽.

슈普天間全秀를 오키나와 전투 당시 '집단자결'에 일조한 인물로 묘사하고, 가해 주체인 일본군 출신 미야구치宮口 군조軍曹의 딸 도모코朋子가 나가사키 출신이라는 설정을 통해 본토의 원폭 피해를 상기시킨 것은 그 좋은 예이다. 다만, 나가사키 원폭에 대한 언급은 단순히 본토 역시 전쟁의 피해자라는 것을 말하고자 한 것이 아니라, 가해의 주체는 분명히 일본(군)이라는 것, 그렇기 때문에 그들로 하여금 오키나와(인)의 입장, 즉 피해 당사자의 고통을 공감하고 이해하도록 하기 위한 전략적 장치였음을 주의해서 볼 필요가 있다.

『칵테일파티』 안에도 역시 가해와 피해의 위치가 전도된 상황이 배치되어 있다. 점령군 미군에 의한 오키나와 소녀의 강간사건을 다루면서 주인공 '나'의 딸이자 피해자인 소녀가 오히려 가해자로 몰려 미군범죄 수사과에 체포되는 일이 발생한다는 설정이 그것이다. 이 사건을 계기로 주인공 '나'는 '친선'이나 '우정'이라는 가면 속에 숨겨진 미국과 오키나와의 불합리한 관계를 깨닫게 되고 그 기만성을 낱낱이 폭로한다. 또 하나 주의를 요하는 것은 국가 간 대립구도가 변화, 조정되어 가는 점이다. 즉 '오키나와 vs. 미국'의 구도가 '오키나와-일본-중국 vs. 미국'으로 바뀌어 가는 양상을 볼 수 있다. 주인공 '나'와 본토 출신 오가와, 그리고 중국인 쑨 씨 사이에 강간사건으로 상징되는 미국의 폭력적이고 기만적인 점령 시스템에 대항하는 공감대가 형성되는데, 이것은 점령국 미국에 의한 피해자라는 아시아적 연대의식을 공유함으로써 가능한 것이었다. 요컨대 중국인 쑨이 자신의 아내가 전시 일본군 헌병대에게 강간당한 피해자라는 사실을 고백하면서 주인공 '나'와의 연대감이 증폭되고, 중국인 쑨에 대한 '속죄' 의식을 자각하게 되는 장면이 그것이다.

> 쑨 선생. 나를 눈뜨게 한 사람은 바로 당신입니다. 나라에 속죄하는 일이나 내 딸의 속죄를 요구하는 일은 같은 것입니다. 이 모임에 와서야 그것을 깨달았다는 것이 한심하지만, 이 기회에 서로에게 불필요한 관용을 베풀지 않는 것이 우선되어야 하지 않을까요? 내가 고발하려는 것은 사실 미국인 한 사람의 죄가 아니라 칵테일파티 그 자체입니다.[28]

『칵테일파티』 후반부에 해당하는 장면에서 쑨을 향해 "내가 고발하려는 것은 사실 미국인 한 사람의 죄가 아니라 칵테일파티 그 자체"라는 '나'의 발언은 의미심장하다. 이 '속죄' 의식은 『신의 섬』에서도 반복적으로 등장하는데, 양심적 본토인에 속하는 도모코의 입을 빌려 표출된다. 그러나 정작 동문서원 시절에는 '속죄' 의식까지는 느끼지 못했던 것으로 보인다. 그로부터 30여 년이 지난 1973년 1월 1일 자 『류큐신보』에 게재한 「중국과 나」라는 에세이에서 그 일단을 엿볼 수 있다.

> 상하이에 가서 새삼 놀랐던 건, 일본군의 중국대륙 '침략'이 아직 끝나지 않았다는 것이다. 일본 내 보도를 통해, 충칭(重京)까지 진주했다고 알고 있었지만, 현지에서 실제상황을 접하고 보니 상하이 근교에도 국부군(国府軍)을 격퇴한 후 경비가 느슨한 틈을 타 신사군(新四軍)이 침투해 오고 있었다.

---

28 大城立裕, 「カクテル・パーティー」, 『新沖縄文学』 4, 1967.2.(오시로 다쓰히로, 손지연 역, 「칵테일파티」, 『오시로 다쓰히로 문학선집』, 글누림, 2016, 116쪽)

또 상하이 시내에서도 일본인들이 모이는 장소(예컨대 영화관)에 시한폭탄이 장착되는 등, 일본이 아직 실권을 장악하지 못한 상태였다. 전시 인플레는 쇼와 19년(1944) 1년간 무려 다섯 배나 물가가 급등하는 등 이루 말할 수 없이 파렴치한 상황이었다. 그런 경제 상황에서 일본인에게만 배급제의 시혜를 베풀었다. 그 다른 한편에서 오로지 '일지제휴(日支提携)'를 위해 중국어를 학습하고, 중국에 관한 배움을 쌓아가던 내가 상황을 거꾸로 뒤집어 보는 시야를 갖추게 된 것도 무리는 아니다. 동문서원의 원가(院歌)에는, 구미의 대(対) 중국침략을 경계하는 용어가 반복적으로 등장한다. 최근 소설을 쓰면서 필요한 자료를 도쿄에서 잔뜩 빌려 왔는데, 당시의 문헌을 보더라도 과연 중국 근대사의 최대 테마는 그것이라고 할 만했다.[29]

이야기를 다시 『아침, 상하이에 서다』로 되돌려 보면, 동문서원 체험이 작가로 하여금 "상황을 거꾸로 뒤집어 보는 시야를 갖추게 된 것"은 분명해 보이지만, 앞서 두 편의 소설과 달리 등장인물 그 누구에게서도 '속죄' 의식을 찾아볼 수 없었다. 작품의 배경이 되는 시기가 그러한 성찰적 사유가 형성되기 이전의 청춘시절이라는 점을 작가 자신이 충분히 고려하며 집필했기 때문이리라. 그럼에도 전후가 되어 각종 자료를 섭렵하며 당시의 사정을 객관화하는 시야가 확보된 이후에 쓰인 작품이니만큼 아무리 자전적 요소가 농후하다고 해도 당시의 경험이나 생각을 있는 그대로 재현하였다고 보기 어려운 추追체험, 추追사유의 흔적이 곳곳에서

29 大城立裕, 「中国と私」, 앞의 책, 374쪽.

발견된다. 이를테면 '일본(오키나와 포함) vs. 식민지 조선'의 대립구도에서 가해자의 위치에 조선인 가나이를 세움으로써 가해와 피해의 구도를 역전시키는 설정이 그러하다. 앞서 언급한 것처럼 가나이는 자신의 징병기피에 그치지 않고, 본토 출신 오다의 징병을 막기 위해 소총을 발사하여 부상을 입히게 되는데, 이 사건이 문제적인 것은 거듭 말하지만 "조선인이 가해자이고 내지인이 피해자"라는 역전된 구도에 있으며, 『칵테일파티』에서 미군에 의한 강간의 피해자인 '나'의 딸을 가해자로 설정한다거나, 『신의 섬』에서 '집단자결'을 직접 명령한 구旧일본군의 딸을 나가사키 원폭 피해자로 설정한 장면들을 상기시킨다는 데에 있다.

이렇게 볼 때, 이들 작품을 통해 작가 오시로가 보여 주고자 한 것은, '미국 vs. 오키나와', 혹은 '일본 본토 vs. 오키나와'의 관계, '일본(오키나와 포함) vs. 식민지 조선-중국'의 관계를 이항대립적으로 대치시키거나, 그 사이에 가로놓인 차별적 권력, 폭력을 폭로하는 데에 그치는 것이 아니라, 이러한 구도를 미세하게 꿰뚫어 봄으로써 마이너리티와 마이너리티 사이에 존재하는 미세한 차이와 균열을 읽어내고, 그것을 통해 오시로 문학, 더 나아가 오키나와 특유의 성찰적 자기인식에 이르는 방법을 모색하려는 데에 궁극적인 목적이 있었다고 할 수 있다.

작가 오시로는 1966년 공적인 일로 한국을 방문할 기회가 있었다고 한다. 동문서원 시절 조선인 동급생은 모두 세 명이었는데, 그중 한국 방문 시 가장 기대했던 것은 조선 출신 '가나이'와의 재회였다고 한다. 하지만 전해 온 소식은 그가 북한 노동당에 입당한 이력이 있다는 사실과 지금은 이미 사망했다는 것이었다. 아쉽게도 그와의 재회는 이루어지지 못했다. 그 외에도 타이완 출신 '양'이라는 인물은 두 명의 동급생을 모델로 하여 조합한 것인데, 한명은 양주에서 중공지구로 탈영하였지만 의도치 않게 스파이로 몰려 종전까지 감금되어 있어야 했으며, 다른 한명은 문화혁명 시 동문서원 출신이라는 이유로 박해를 받았지만, 이후 두 명 모두 각각 북경과 상하이에서 일본, 중국 관련 전문가로 큰 활약을 했다고 한다.[30]

일본의 패전과 함께 서로 다른 '전후'를 살아가게 된 동문서원 출신들, 그 가운데에서도 특히 조선, 타이완 출신자들의 행보에 오시로는 깊은 관심을 보인다. 이들과의 교류가 당시에는 인지하지 못했지만 자신의 사상을 형성하는 데 커다란 동력이 되었다는 고백을 새삼 거론하지 않더라도, 동문서원 시절 조선, 중국, 타이완 등의 마이너리티와의 접촉과 교류가 전후 오시로 문학의 기반이 된 성찰적 자기인식과 깊이 연동되어 있음은 어렵지 않게 간파할 수 있을 것이다.

무엇보다 동시대를 배경으로 본토 출신 작가들이 그리는 조선, 조선인의 이미지가 표피적이거나 왜곡된 상상력으로 점철된 것과 달리, 오시로를 비롯한 오키나와 출신 작가가 그리는 조선, 조선인의 이미지의 경우 우리의 시선에도 그리 낯설지 않은 것은 그들의 내면에 가깝게 다가가려는 작가의 노력, 그리고 같은 피차별 마이너리티라는 공감대에서 비롯된 것이 아닐까 한다.

30 大城立裕, 「「他者」ということ」, 앞의 책, 407쪽.

5. 패전, 서로 다른 '전후'의 예감

전후 오키나와문학의 기반이 된 오시로 다쓰히로 특유의 성찰적 자기인식은 청년시절 중국체험과 깊이 연동된다. 그리고 그것이 일본 제국의 피지배 민족이던 식민지 조선, 중국, 타이완 등의 마이너리티와의 접촉 · 교류에서 촉발된 것이라는 사실은 시사하는 바가 적지 않다.

작품의 배경이 된 시기는 일본의 패전이 임박한 아시아 · 태평양 전쟁 말기지만 오키나와의 마이너리티 인식은 이보다 한참 거슬러 올라간 1879년 '류큐처분'이라는 역사적 사실로부터 사유하지 않으면 안 된다. 요컨대 '류큐처분' 이후 청일전쟁을 기점으로 한 시기에는 중국에서 일본으로 힘의 재편이 완료되면서 오키나와인은 일본에 동화되어야 할 마이너리티 민족으로 전락하였고, 그 정도는 일본 제국의 동화정책이 본격화되면서 한층 더 두드러졌다. 그러나 '오키나와적인 것'을 버리고 일본으로의 완전한 '동화'를 욕망하면 할수록 '오키나와'라는 범주가 더욱 선명해지는 역설을 낳게 된다. 오키나와인 스스로도 식민지배가 수반하는 뿌리 깊은 차별과 조선, 중국, 타이완과 같은 피차별 마이너리티 민족이라는 점을 깊이 인식하지만, 이들 민족과의 차이를 끊임없이 확인하지 않으면 안 되는 인식의 한계 또한 노정한다. 『아침, 상하이에 서다』의 주인공 지나(작가 자신)가 소설이 전개되는 내내 피차별 마이너리티 민족과 거리를 두며 '오키나와인=일본인'이라는 점을 강조할 수밖에 없었던 이유이기도 하다.

앞서의 오카모토 게이토쿠의 지적대로 이 작품은 일견 기존의 오시로 문학과 달리 '오키나와'에 대한 '집착'이 부재한 것처럼 보인다. 그러나 소설을 반복해서 읽을수록 '오키나와'에 대한 '집착'이 부재한 것이 아니라, 전후 오키나와문학의 기반이 된 성찰적 자기인식의 원형을 이루는 소설이자 '오키나와'에 대한 작가의 의도된 '집착'이 자리하고 있음을 확인할 수 있었다. 일본과 미국의 대립구도 위에 오키나와와 중국을 대치시킴으로써 전후 위기에 빠진 오키나와 아이덴티티를 오시로 특유의 성찰적 사유로 풀어낸 『칵테일파티』라든가, 그와 같은 성찰력을 오키나와와 본토의 관계에서 풀어내고자 한 『신의 섬』 집필 이후에 집필된 작품이라는 점도 그러한 심증을 뒷받침한다.

여기에 더하여 또 하나 생각해 볼 수 있는 것은, 오키나와 전투 당시 중국에 체재하고 있어 오키나와의 비극을 함께 하지 못한 데에서 오는 작가 자신의 심적 부채감, 더 파고들어 가면 소설 속 지나가 그러했던 것처럼 학생 신분이긴 하지만 일본군의 일원으로 전쟁에 동원된 바 있는 과거 이력에 대한 일종의 자기변명이 내포되어 있음도 부정하기 어려울 듯하다. 그러나 여러 겹의 마이너리티성이 복잡하게 얽힌 마이너리티 간의 차이에 민감하게 반응하며 그 내면으로 집요하게 파고들어 가려는 성찰력만큼은 아무리 평가해도 지나침이 없을 것이다. 일본의 패전이 임박해 올수록 '오키나와인=일본인'이라는 범주는 불안정해진다. 오키나와 출신이나 본토 출신 모두 이에 공명하지 않으며, 오히려 오키나와와 조선의 연대감이 증폭되어 나타나는 소설의 마지막 장면은 곧 임박해 올 서로 다른 '전후'를 예감한 데에서 비롯된 것이리라.

얼마 전 저자는 오시로 다쓰히로 작품 가운데 「거북등 무덤龜甲墓」(1966), 「칵테일파티」, 「신의 섬」 세 편을 묶어 『오시로 다쓰히로 문학선집』을 간행했다. 작가는 한국 독자들에게 보내는 작가의 말에서 이 세 작품이 선정된 것은 "한국이기 때문에" 가능했던 것이며, "토속과 정치와 전쟁 – 그것도 일본 본토라든가 미국이라는 외부 세력에 대한 애증에 휘둘리면서 탄생한 테마라는 점에서 공통되기 때문"[31] 이라며 한국어 번역본 간행을 크게 반겨주었다. 『신의 섬』을 비롯한 작품을 일본 문단이 전혀 상대해 주지 않았다는 말은 작가 인터뷰 등에서 여러 차례 밝힌 바 있고, 실제로 아쿠타가와상을 수상한 『칵테일파티』를 제외한 다른 작품에 대한 논의는 작가의 작품 수에 비하면 턱없이 적은 편이다. 그런 와중에 한국 독자들에게 보내온 작가의 메시지 중 다음 구절이 특히 인상적으로 남는다.

> 오키나와와 야마토의 대립관계가 단순하지 않다는 것입니다. 사랑과 증오가 복잡하게 얽혀 있어 작가인 나 자신도 소설을 다시 읽기가 괴로웠습니다. 바로 그렇기 때문에 써야 했던 것이죠. 이것을 일본 문단이 전혀 상대해 주지 않았습니다. 그와 달리, 한국과 오키나와의 경우는 일본에 대응해 대치하는 구도가 공통된다고나 할까요. 그 진실을 일본인들이 이해하지 못한다고나 할까요. (지금도 여전히 변함이 없는 것 같습니다만) 요 십수 년간 몇몇 재일한국인으로부터 "오키나와는 왜 독립하지 않는 겁니까?"라는 질문을 받았습니다만, 그때마다 어떻게 대답해야 할지 몰랐는데 이 작품이 그에 대한 답변이 될 수 있을지 모르겠습니다.[32]

31 오시로 다쓰히로, 손지연 역, 「한국의 독자들에게」, 『오시로 다쓰히로 문학선집』, 글누림, 2016.

32 위의 책.

'오키나와'의 '야마토'를 향한 '사랑'과 '증오'의 복합적 감정, 일본 본토의 오키나와에 대한 여전한 무관심과 차별, "오키나와는 왜 독립하지 않는 겁니까?"라는 재일한국인의 곤혹스러운 물음 등은 1879년 '류큐처분' 이래 전후(패전) 70여 년을 관통하며 형성되어 온 피차별 마이너리티 오키나와인의 '지금' '여기'를 다시 한번 가늠하게 한다.

'미군' 표상과 오키나와계 미국인 '2세'라는 설정

1. '오키나와 vs. 미국'이라는 이항대립구도의 해체

오시로 다쓰히로 문학의 가장 큰 특징은 전후 오키나와와 미국의 관계를 말할 때, '오키나와 vs. 미국'이라는 이항대립구도에 매몰되지 않고, 전후 냉전체제 속에서 다시 등장하는 일본이라는 국민국가와의 긴밀한 관계성을 놓치지 않는다는 점에 있다.

그의 문단 데뷔작 「2세二世」(『沖縄文学』, 1957)에서의 '미군'은 명확한 점령자이지만 그 위치가 애매하다. 주인공을 '미군'으로 설정함으로써 오키나와가 '피점령' 상황이라는 점은 충분히 드러내었으나, 폭력적 점령 시스템에 대한 비판은 상당 부분 유보되어 있다. 이와 반대로 『칵테일파티カクテル·パーティー』(『文藝春秋』, 1967)에 등장하는 '미군'의 면면은 폭력적이고 억압적인 '점령자'의 모습 그 자체다. 그 피해 당사자는 물론 오키나와인(특히 여성)이다. 10여 년의 차이를 두고 간행되었지만, 두 작품 모두에

서 '미군'의 존재는 일본 본토와의 관계를 규정짓거나, 오키나와 아이덴티티의 향방을 가늠하는 데에 빼놓을 수 없는 전략적 수사라는 것을 발견할 수 있다. 이러한 문학적 특징은 복수複數의 미국, 미군의 이미지를 차단하고, 단일한 미국, 미군상像만을 상상 혹은 욕망한다는 점에서 한계로 볼 수도 있지만, 그보다는 오키나와가 처한 특수한 역사를 충실하게 반영한 문학적 수사 그 이상의 함의가 내포된 것으로 이해되어야 할 것이다.

'미 점령'이라는 현실을 테마로 한 문학텍스트는 한국에서나 일본에서나 어렵지 않게 접할 수 있지만, 오키나와문학의 경우는 '교전 중 점령'이라는 상황, 더 나아가 패전과 함께 '조국'마저 상실하게 되는 매우 특수한 사정들이 녹아들어 있어 여타 문학에서 보아왔던 미국 인식이나 미군 표상과 여러모로 변별될 듯하다.

2. '미군' 표상의 오키나와(적) 변용

오키나와문학에서 '미군'을 등장시킨 가장 빠른 시기의 작품은 1947년에 간행된 오키나와 전투의 기록과 증언을 담은 요시카와 나루미吉川成美의 『오키나와의 최후沖縄の最後』이다. 작가 자신의 자전적 요소가 강한 작품으로 1944년 일본군의 일원으로 오키나와 전투에 참전하여 미군의 포로가 되기까지의 과정을 담고 있다. 이때의 미군은 일본군과 달리 친절하고 호의적인 이미지로 표상된다. 이후 1950대에 들어서면 히메유리 학도대나 철혈근황대를 테마로 하여 오키나와 전투의 비참함을 폭로하는 데에 집중한다. 이시노 게이치로石野径一郎의 『히메유리의 탑ひめゆりの塔』(1950)은 그 대표적인 작품으로, 미군의 공격에 의한 '히메유리 학도대'의 '희생'이 부각되어 나타난다.

이와 유사한 주제로 나카소네 마사요시仲宗根政義의 『오키나와의 비극 – 히메유리 탑을 둘러싼 사람들의 수기沖縄の悲劇–姫百合の塔をめぐる人々の手記』(1951)가 있다. 미군이 상륙하기 전 함포공격 장면에서 시작되는 이 작품 역시 '히메유리 학도대'에 동원되었던 여학생들의 수기를 통해 오키나와 전투의 비극을 극대화시키고 있다. 이들 작품은 작가 자신의 체험이나 수기에 기댄 전쟁 증언 · 기록물에 가깝기 때문에 작품 내 미군의 위상을 가늠하기 어려운 측면이 있다.

그것이 가능해지는 것은 오시로 다쓰히로 등의 주도로 잡지 『신오키나와문학新沖縄文学』(1966)이 창간되면서부터라고 할 수 있다. 창간호에 게재된 가요 야스오嘉陽安男의 「포로捕虜」(1966) 3부작은 기존의 작품들에서 다루었던 오키나와 전투 체험을 주제로 하고 있으나, 단순히 전쟁의 비극을 그리는데 그치지 않고 전쟁이 초래한 심리적 트라우마를 보다 섬세하게 포착한다. 미군의 묘사 방식 또한 변별된다. 이를테면, 앞서의 작품들이 미군의 휴머니즘을 상찬한다거나 '적'으로서의 미군이라는 어느 한쪽에 치우친 일면적 묘사였다고 하면, 「포로」에 등장하는 미군의 경우는 '해방자'이기도 하고 '점령자'이기도 한 양가적 이미지가 혼재되어 나타난다.[1]

1 나미히라 쓰네오(波平恒男)는, 오키나와 전투에서 보여준 '해방자'로서의 미군의 이미지가 단순히 '일본군의 악행'과 상반된 모습에 의해서만 구축된 것이 아니라, 미군 자체

이때 소설의 무게중심은 미군의 존재가 '해방자'이냐 '점령자'이냐에 놓여 있다기보다, 소설 속 주인공 스스로가 느꼈던 '해방감' 쪽에 치우쳐 있다. '누구'로부터의 '해방'인가를 생각할 때 그 대상은 물론 일본 본토였으며, 여기에서 '오키나와 vs. 미국 vs. 일본'이라는 3자의 관계성이 부각되어 나타나기 시작한다. 이를 가늠할 수 있는 보다 본격적인 작품은 이듬해 1967년에 간행된 오시로의 『칵테일파티』라고 할 수 있다. 이 소설은 아쿠타가와상을 수상하면서 문학의 불모지였던 오키나와 문단에 커다란 활력을 불어 넣었으며, 무엇보다 미국의 폭력적이고 지배적인 점령 시스템에 대한 비판과 피해자인 동시에 가해자라는 역설적 자기인식을 포함한 오키나와인의 성찰적 글쓰기의 표본을 보여준 기념비적 작품이라고 평가할 수 있다.

일본 본토로의 '복귀'가 이루어진 1970년대에 들어서면 히가시 미네오東峰夫, 마타요시 에이키又吉栄喜 등 역량 있는 오키나와 출신 작가들이 대거 배출된다. 이에 따라 미군의 표상 또한 다양해졌다. 오시로 다쓰히로에 이어 두 번째 아쿠타가와상을 수상한 히가시 미네오는 『오키나와 소년オキナワの少年』(1971)을 통해 남성성이 발현되기 이전의, 아직 성에 눈뜨지 못한 '소년'을 주인공으로 하여 성산업으로 얼룩진 오키나와 사회의 암부가 미국의 파행적 점령정책에 기인한 것임을 폭로한다. 마타요시 에이키의 『조지가 사살한 멧돼지ジョージが射殺した猪』(1978), 「등의 협죽도

가 갖고 있던 '수준 높은 모럴'도 한몫했음을 지적하며, '구체적인 적'이 '구체적인 해방자'로 그 모습이 변화되기까지의 정황을 기술하고 있다. 波平恒男, 「大城立裕の文学にみる沖縄人の戦後」, 『現代思想戦後東アジアとアメリカの存在』, 青土社, 2001, 131쪽.

背の夾竹桃」(1981),「터너의 귀ターナーの耳」(2007) 등 베트남전쟁의 대리전장이 된 오키나와 사회를 반영한 작품의 경우는 겁 많고 나약한 보통 인간으로서의 미군의 모습을 묘사함으로써 강하고 폭력적인 모습의 미군상에 균열을 내었다. 오키나와와 미국 사이의 불평등한 관계를 전제로 하면서도 오키나와 내부에 존재하는 균열과 갈등을 포착하고 있어 마타요시 특유의 성찰적 시점이 돋보인다.[2]

이 외에도 나카하라 신中原晋의「은색 오토바이銀のオートバイ」(1977), 시모카와 히로시下川博의「로스앤젤레스에서 온 사랑의 편지ロスからの愛の手紙」(1978), 히가 슈키比嘉秀喜의「데부의 봉고를 타고デブのボンゴに揺られて」(1980) 등 1970년대 후반에서 80년대 작품에 이르면 보다 다양한 미군의 모습을 목격할 수 있다. 그 양상을 미군과 오키나와 여성의 관계에 초점을 맞춰 보면, 오키나와 여성은 더 이상 무력한 오키나와 남성의 딸이나 아내, 즉 미군에 의한 강간의 피해자이거나, 미군에게 몸을 파는 창부이거나 미군의 현지처로 살다 버려지는 존재로 그려지지 않는다. 미군과 대등한 연인관계이거나 부부관계로 발전한 모습으로 등장하고, 때로는 양다리를 걸치고 미국인 병사를 배신하기도 한다. 아울러 일본복귀 이전에는 보이지 않던 본토 출신 남성들이 작품 속에 보이기 시작한다. 본

2 곽형덕은, 마타요시 문학에 나타난 오키나와인과 미군 사이의 관계가 "민족 대 민족의 관계를 전제로 하면서도, 민족 내부의 균열과 갈등을 전면적으로 드러내는 방식으로 전개"되었음을 지적하고, "우치난추 간, 혹은 어린이 간, 허니(미군의 애인) 간, 미군 내의 인종 간 개인 간"이라고 할 수 있는 다양한 스펙트럼을 드러내고 있다고 지적한다.「마타요시 에이키 문학에 나타난 오키나와의 '공동체성' – "오키나와인" 주체의 자세를 묻다」,『제국의 폭력과 저항의 연대 4 · 3의 땅에서 오키나와문학을 보다』(제주 4 · 3 제67주년 기념 학술심포지엄 발제문), 제주대 탐라문화연구원, 25쪽.

토 출신 남성이 묘사되는 방식 또한 흥미로운데 대부분이 불륜상대이거나 사기성이 농후한 부정적인 이미지로 그려진다. 본토 출신 남성에 대한 부정적 인식은 전쟁을 직접 경험한 기성세대일수록 강하게 나타난다. 이것은 달리 말하면 미국의 영향력에서 벗어남과 동시에 일본 본토의 힘을 다시 감지하는 일이기도 했다. 미군 표상의 변화는 이러한 수많은 변수들이 작동하는 오키나와의 사회상을 발 빠르게 포착한 결과라고 할 수 있다.

지금부터 살펴볼 「2세」와 『칵테일파티』는 오시로 문학 가운데에서도 특유의 '타자'와의 관계성이 돋보이는 작품으로, '미군'을 조망하는 데에 있어 오키나와(적) 틀을 제시한 선구적 텍스트라 할 수 있다.

3. 오키나와계 미국인 '2세'라는 설정 — 「2세」

오시로의 문단 데뷔작인 「2세」는 1957년 11월 『오키나와문학沖縄文学』 2호에 게재되었다. 실제 오키나와 전투에서 형은 미군으로 동생은 철혈근황대로 전장에 나갔다 형제가 '적敵'으로 재회하는 기구한 이야기를 모티브로 하고 있다.[3] 소설의 큰 줄기는, 육군보병으로 오키나와 전투

3 문학 평론가 나카호도 마사노리(仲程昌徳)는, 「2세」의 모델이 분명하지 않다고 기술하고 있으며(仲程昌徳, 『アメリカのある風景 — 沖縄文学の一領域』, ニライ社, 2008, 43쪽), 사토하라 아키라(里原昭)는, 하와이 이민의 실태를 수기로 남긴 히가 타로(比嘉太郎)의 『어느 2세의 흔적(ある二世の轍)』을 언급하며 「2세」의 모델을 추론한 바 있다(里原昭, 『琉球弧の世界 — 大城立裕の文学』, 本処 あまみ庵, 1997, 127~132쪽). 그런

에 투입된 헨리 도마 세이치ヘンリー·当間盛一가 미국(군)과 오키나와(인) 사이에서 갈등을 겪다가 마침내 자신의 진정한 정체성을 확립해 간다는 내용이다.

주인공 헨리 도마는 부모의 미국(하와이) 이주로 그곳에서 태어나고 성장한 오키나와계 미국인 2세다. 헨리 도마와 달리 남동생 세이지盛次는 그가 6세가 되던 해에 오키나와에서 태어나 할머니의 뜻에 따라 부모 형제와 떨어져 줄곧 숙부의 손에서 자랐다. 헨리 도마가 동생을 처음 만난 것은 지금으로부터 5년 전, 그의 나이 15세, 동생은 10세 때였다. 오키나와에 홀로 남겨진 동생 세이지의 존재는 헨리 도마로 하여금 미군의 일원으로 오키나와 전투에 참전하면서 겪게 되는 혼란을 가중시키는 요인이 되며, 다른 2세와 달리 오키나와에 대한 연민과 애정, 때로는 수치심이 혼재한 중층적 아이덴티티를 갖는 인물로 형상화되고 있다.

소설 속 현재는 1945년 6월 23일, 오키나와 전투가 종식되고 얼마 되지 않은 때로, '전시 점령하' 오키나와다.

난민은 이곳에 모여 무너진 벽을 한 집, 돼지가 사라져 말라버린 돈사에

데 저자가 작가 오시로와 직접 교신한 결과, 형 헨리 도마의 모델은 따로 정하지 않았고, 동생의 모델은 아가리에 야스하루(東江康治) 씨라는 답을 들을 수 있었다. 작가가 류큐대학 재학 시절 친척집에서 하숙하던 때에 그에 관한 이야기를 접했으며, 소설 마지막 장면에 그 내용을 반영했다고 한다. 따라서 오키나와 출신 형제가 미군과 일본군으로 재회한다는 설정 이외의 것은 모두 작가의 상상력에 의한 것이라고 하겠다. 참고로 동생의 모델인 아가리에 야스하루는 미군정 시절 미국에 유학하여 교육심리학을 전공한다. 이후, 류큐대학 학장을 역임하고 메이오(名桜)대학을 창립하는 등 교육과 평화를 위해 헌신하다가 2015년에 사망하였다.

잡거했다. (…중략…) 마침 무언가 배급이 있는 모양으로 여자들이 무리지어 있었다. 그 무질서한 광경은 일대 장관을 이루었다.

(…중략…)

'무슨 돼지나 닭 같잖아!'

헨리 도마는 난민 무리를 내려다보며 눈살을 찌푸렸다. 그러나 이어서,

'그래도 이곳은 내 부모의 고향이다. 그들은 내 동포이고, 나는 그들을 사랑하고 있는 것이다.'[4]

그는 수용소에서 목격하는 오키나와 민중의 무질서, 비문명을 혐오했지만, 그것은 그의 오키나와에 대한 사랑과 공존했다. 동생과 적이 되어 싸우고 있는 비극도 그에게는 이미 "동생과 만나게 되면……"이라는 로맨틱한 장면으로 바뀌어 있었다.[5]

오키나와 주민 대부분은 미군의 포로가 되어 비참한 수용소 생활을 이어가고 있다. 미국의 선진문명의 혜택을 받은 헨리 도마의 눈에 비친 패전 직후의 오키나와 상황은 사람과 동물이 뒤엉켜 "잡거"하는 "무질서"한 "비문명" 그 자체지만, "부모의 고향"이자, "내 동포"이기 때문에 사랑하지 않을 수 없음을 말하고 있다. 더구나 그에게 있어 오키나와, 오키나와인은 '점령'해야 할 대상이기도 했지만, 다른 한편으로는 포용하고 껴

---

4 大城立裕, 「二世」, 『沖縄文学』 1-2, 1957.(大城立裕全集編集委員会, 『大城立裕全集』 9, 勉誠出版, 2002, 3쪽)

5 위의 책, 16쪽.

안아야 할 "부모의 고향"이자 유일한 혈육인 동생이 남겨진 또 하나의 "고국"이기도 했던 것이다. 점령군 미군의 일원이면서 피점령지를 고국으로 둔 데에서 그의 갈등은 파생된다. 이러한 2세라는 특수한 출신 배경을 놓칠 리 없는 미합중국 사령부는 그에게 오키나와와 미국을 매개하는 임무를 부여한다. 즉 "미국 시민 출신의 일본어를 말할 줄 아는 병사"[6]로서의 역할을 부여하고 그것은 어디까지나 "합중국 군인으로서의 자각"[7]과 미국에 대한 '충성심'을 바탕으로 한 것이어야 함을 강조한다.

한편, 헨리 도마가 관할하는 수용소 내에는 그가 마음을 터놓을 수 있는 유일한 상대이자 잘못하면 꾸짖기도 하는 선배 같은 존재가 있다. 동생 세이지의 행방을 알려달라는 개인적인 부탁을 하게 되면서 친분을 맺게 된 아라사키新崎라는 오키나와인이다. 나이가 40이라고 하는데 고생을 많이 한 탓인지 50세는 족히 되어 보이는 그는, 중국 전선에서 오른팔을 잃어 방위대로 착출되지 않고 비전투원 수용소에서 생활하고 있다. 소설 곳곳에는 헨리 도마가 스스로의 정체성을 되묻거나 확인하는 장면들이 펼쳐지는데, 주로 오키나와인 아라사키를 향해 있다.

> "나는, 오키나와인이에요. 일본인이에요. 내 형제들이, 그 안에서 고통받고 있는 방공호(壕) 안에, 수류탄이 던져지는 것을, 볼 수 있다고, 아라사키 씨, 생각합니까? 내가, 그 때, 어떤 기분이 들지, 아라사키 씨, 아십니까?"
>
> "알아요."

---

6 위의 책, 3쪽.

7 위의 책, 3쪽.

"모를걸요, 아라사키 씨는……"

"아라사키 씨, 역시, 당신은, 나를 보통의 미국인 병사처럼 생각하고 있군요."[8]

위의 상황은 미군의 오키나와 점령이 완료되었지만 아직 방공호에 남아 저항하는 주민들을 수류탄으로 폭파시켜 제압하겠다는 군의 결정에 헨리 도마가 깊은 고뇌에 빠진 모습을 묘사한 것이다. 같은 '오키나와인'이고 '일본인'이며 형제라는 점을 강조하며 군의 명령대로 수행하기 어려움을 토로하지만, 아라사키는 그의 진심을 완전히 믿지 못하는 눈치다. 무엇보다 아라사키에게 자신이 '보통의 미국인 병사'로 비춰지는 데에 심한 자괴감을 느낀다.

여기까지 보면, 헨리 도마의 정체성은 미국보다 오키나와 쪽으로 더 많이 기울어 있음을 알 수 있다. 이것은 같은 오키나와계 미국인 2세 출신 병사 존 야마시로ジョン山城와 비교해 보면 더욱 명확해진다. 존은 '미국 시민'이라는 말을 빈번히 입에 올리는 미국인 정체성을 완전하게 체화한 인물이다. 마을을 통과하며 오키나와 아이들에게 초콜릿이며 추잉껌을 장난삼아 던지는 미군 무리에 섞여 있어도 아무런 위화감이 없다. 이 장면을 목격한 헨리 도마가 "당신은 오키나와인이 아니오? 여기서 태어났다고 생각해 봐. 부끄럽지 않은가?"[9]라며 일침을 가하지만, 존은 "쓸데없

8 위의 책, 5쪽.

9 위의 책, 7쪽.

는 참견이야. 당신이 언제부터 미국 시민이 아니게 된 거지?"[10]라는 비아냥 섞인 말로 응수한다. 오키나와를 향한 존의 시선은 피점령자 오키나와인의 우위에 선 점령자 미군의 시선 그것이며, '합중국 군인으로서의 자각'을 체화한 '보통의 미국인 병사'의 모습에 다름 아니다.

실제로 헨리 도마나 존처럼 오키나와 전투에 파병된 2세 출신 미군이 많았으며, 이러한 상황은 문학 속에도 그대로 반영되어 오시로의 또 다른 작품 「역광 속에서逆光のなかで」(『新沖縄文学』, 1969)나 앞서 언급한 가요 야스오의 「포로」 등에도 2세 출신 미군이 등장한다. 이들 인물의 내면을 이해하기 위해서는 오키나와의 미국(하와이) 이민에 대한 역사적 배경을 알아둘 필요가 있다. 오키나와인의 하와이 이민의 역사는 메이지 시대로 거슬러 올라간다. 메이지 정부가 1905년부터 이듬해에 걸쳐 실시한 오키나와의 토지정리를 계기로 개인이 토지를 소유할 수 있게 되었고 보다 나은 생활을 위해 본토나 이민을 선택할 수 있게 되면서 오키나와의 이민의 역사가 시작되었다. 그것은 그 이전까지 오키나와 땅을 벗어날 수 없었던 이들에게 '해방'의 의미이도 했으며 징병을 피하기 위한 수단이 되기도 했다.

무엇보다 이민 1세의 특징은 본토의 차별을 경험한 데에서 오는 마이너리티 인식과 오키나와 전통(토착)문화를 고수하려는 의지가 강하게 나타나는 점에서 찾을 수 있다. 그 후 2세, 3세로 가면서 점차 미국식 문화에 익숙해지게 되고 1세에서는 찾아 볼 수 없는 미국인으로서의 사명감

10 위의 책, 8쪽.

을 갖게 되지만, 그와 동시에 오키나와인이라는 정체성에도 눈뜨게 된다. 일본어가 아닌 오키나와(류큐)어=우치나구치ウチナーグチ를 계승하고 오키나와 토착문화에 관심을 보이는 것 등이 그러하다.[11] 이렇듯 중층적 인식을 갖게 된 데에는 1세대의 영향이 컸던 것으로 보인다. 아이를 조부모에게 맡기고 부모만 하와이로 떠난다거나, 몇 년은 오키나와로 보내 전통문화를 익히게 하는 경우도 적지 않았다고 한다. 「2세」 속 세이지가 오키나와에 홀로 남겨지게 되는 설정도 그러한 사정과 무관하지 않을 것이다.

다시 이야기를 헨리 도마가 고뇌하는 장면들로 되돌려 보자.

> 그는[헨리 도마 – 인용자] 수용소에 들어온 이래 몇 번인가 머릿속으로 오키나와의 미래상을 그려보려고 애썼다. 그러나 무리였다. (…중략…) '데모크라시'라는 말이 교육을 위해 빈번히 동원되었다. 그러나 그것은 아직 그림자 같은 인상밖에 주지 않았다. 게다가 정치, 경제 체제가 장래에 어떤 영향을 미칠지 알 수 없었다. 세간에서는 [오키나와가 – 인용자] 미국이 될 것이라고 시끄럽게 떠들어댔지만 그는 그것도 믿지 않았다. 그렇다고 해서 이대로 일본으로 되돌려진다고 해도 그것이 어떤 모양새가 될지 마냥 순수하게 받아들이지는 못할 것 같다.[12]

헨리 도마 앞에 펼쳐진 점령하 오키나와의 상황은 매우 불안정하

11 里原昭, 앞의 책, 127~132쪽 참조.

12 大城立裕, 앞의 책, 13쪽.

다. 이대로 미국의 손에 넘어가게 될지, 다시 일본 본토로 되돌려질지 가늠하기 어려운 상황인 것이다. 그도 그럴 것이 당시 오키나와는 미군의 무차별적인 기지 건설과 주민들의 강제수용으로 몸살을 앓고 있었다. 1945년 4월, 오키나와에 상륙한 이후 이른바 '헤이그 육전법규Hague Regulation land warfare'를 빌미로 오키나와의 거의 모든 지역을 군사적 용도로 임의로 사용하였고, 토지를 헐값에 임대하거나, 군용지 일괄 매수를 겨냥한 '토지수용령'(1953.4), '프라이스 권고'(1956.6)를 잇달아 발표 · 시행하던 때였다. 이에 대한 오키나와 주민의 반발은 '섬 전체 투쟁島ぐるみ闘争'의 형태로 불거졌다. 점령 초기 잠시나마 희망을 걸었던 미군에 대한 기대감이 점차 절망으로 바뀌면서 일본 본토로 되돌아가자는 '조국복귀' 움직임이 불거지는 것도 1950년대의 일이다.[13]

위의 인용문은 바로 이러한 어수선하고 혼란한 사회 분위기를 반영한 것으로, 주인공 헨리를 앞세운 작가 오시로의 시대 인식에 주목할 필요가 있다. 즉 미국으로도, 일본 본토로도 그 어느 쪽으로 편입되더라도 오키나와의 미래에 대한 전망은 그리 밝지 않으리라는 것을 이미 예견한 듯하다. 그런데 이 작품이 쓰인 시점에는 이러한 정황이 가시화되었다

13 일본의 포츠담선언 수락을 하루 앞둔 1945년 8월 13일 지넨(知念) 수용소에서는 이미 일본의 패전을 예감하며 일본으로의 복귀를 주장하는 이들이 등장하였다. 그 대표적인 인물이 나카요시 료코(仲吉良光)인데, 그의 주장은 당시에는 지지를 얻지 못했지만 1950년대에 이르러 대중적인 움직임으로 발전했다. '일본복귀촉진기성회(日本復帰促進期成会)'(1951), '오키나와제도조국복귀촉진협의회(沖縄諸島祖国復帰促進協議会)'(1953) 등이 잇달아 결성되고, 오키나와청년단협의회와 관공청노동조합협의회를 중심으로 한 '오키나와현조국복귀협의회(沖縄県祖国復帰協議会)'(1960)가 결성되면서 본격화되었다.

하더라도, 소설 속 현재는 아직 일본 본토는 패전도 맞지 않았고, 오키나와는 전시 점령하라는 점을 상기할 필요가 있다. 헨리 도마가 대변하는 미군의 모습이 폭력적이거나 억압적인 점령군의 모습과 다른 것은 그런 연유다.

"미국은, 오키나와 민중을 살해하는 것은, 전혀 생각하지 않았다."[14]

"그래도 오키나와를 좋게 하기 위한 것입니다. 치안유지를 위해서도 필요할 테죠."[15]

"그것은 틀립니다. 그것은 군국주의. 이것은 민주주의예요……"[16]

다소 어눌해 보이는 어투로 헨리가 아라사키를 향해 자신을 포함한 미군의 입장을 대변하는 장면들이다. 앞서도 언급했지만 헨리 도마가 오키나와인 아라사키와 대화하는 장면은 모두 가타카나로 표기되어 있고 문장도 단문인 데다 쉼표도 많아서 일본어에 서툴다는 인상을 준다. 미군의 대対 오키나와 정책에 끊임없이 경계심을 갖는 아라사키의 '오해'를 풀어 주고 미군의 '선의'를 대변하려는 노력 또한 엿볼 수 있다. 아라사키는 이번 오키나와 전투에서 일본군의 배신을 몸소 겪은 인물로 본토도

14 大城立裕, 앞의 책, 6쪽.
15 위의 책, 9쪽.
16 위의 책, 9쪽.

믿지 않고, 새로운 점령자 미군에게도 온전히 마음을 열지 않은 상태다. 그렇지만 헨리 도마에게 만큼은 호의적이다.

한편, 헨리 도마는 아라사키에게 방공호에 남아 저항하는 오키나와 주민들을 설득하러 가자고 제안한다. 평소 같은 '오키나와인' '동포'라고 주장해 왔지만 아무래도 오키나와 주민들을 설득하기에는 2세인 자신보다 아라사키 쪽이 유효하리라는 판단에서다. 아라사키는 처음엔 그가 왜 군의 명령을 어기면서까지 방공호 주민들을 구출하려는지 의문을 품었지만, 그 안에 자신의 동생 세이지가 있을지 모른다는 기대감에서라는 생각에 미치자 선뜻 따라 나선다. 그런데 방공호에 이르기 전 우여곡절 끝에 동생 세이지와 재회하게 되는데, 막상 눈앞에서 비쩍 마른 초라한 모습의 동생을 대하자 헨리 도마는 생각지 못한 자신의 감정에 동요한다. 어린 시절 '추한' 모습의 할머니에게서 느꼈던 "육친이 아니었으면 좋겠다"라는 "원망이 수반된 공포"[17]를 동생 세이지에게서도 느낀 것이다. 헨리 도마가 스스로도 미처 예상치 못했던 복잡한 감정과 마주했다면 동생 세이지는 형에게 분명한 태도를 보인다. 그것은 자신의 할머니를 살해한 미군과 그 군에 소속된 형에 대한 원망이었다. 부상을 입었음에도 백인 군의관에게는 치료받지 않겠다고 버틸 정도로 강한 적대감을 표출한다.

오키나와의 후진성을 그대로 체화한 할머니와 동생을 부정하고 MP 초소 부근에서 고구마를 캐는 꾀죄죄한 주민들의 모습을 보는 것만으로

17 위의 책, 31쪽.

살의를 느끼기는 등, 가늠키 어려운 헨리 도마의 양가적 감정은 박애정신으로 무장한 미군의 이중성과 맞닿아 있다. 그렇다고 미군과의 일체감을 갖기도 어렵다. 동생 세이지와의 재회 이후, 오키나와인으로서도 미국인으로서도 온전한 자신의 자리가 없음을 깨닫고 극심한 고독감에 빠지지만 마지막 장면에서 비로소 자신의 정체성이 오키나와에 있음을 확신한다.

> 그림자는 헨리의 존재를 발견한 순간, 안쪽으로 사라졌다. 키가 큰 미군 병사 두 명과, 주민 여자가 한 명, 모두 세 명이 있는 것을 헨리는 확인했다.
>
> (…중략…)
>
> "God dem Jap!(제기랄. 쟈프놈)"
>
> 헨리는 있는 힘껏 눈을 부릅뜨고, 초점을 맞췄다. 두 명의 상대가 증오스럽게 그를 내려다보고 있었다.
>
> "Yah, I'm Japanese!(그렇다, 나는 일본인이다) And you are……(그리고 당신은……)"
>
> (…중략…)
>
> 헨리가 손을 흔들며 신호를 보내자, 여자는 몇 초 동안 응시하더니, 다시 머리카락을 흩날리며 뒤돌아섰다. 헨리는 여자의 얼굴을 보고 문득 할머니의 얼굴을 떠올렸다. 이렇게 생기지 않았을까, 하고.
>
> (…중략…) 정조를 지켜주었을 뿐만 아니라 동포로서의 친애의 정까지 표한 자신을 믿어주지 않는 데에 대한 슬픔 때문일는지 모른다.
>
> '사랑해 줄 테나, 사랑해 줄 테다…….'

헨리는 목이 아픈 것을 참으며, 또 다시 주체할 수 없이 쏟아져 내리는 눈물을 훔치며, 또 다시 여자의 뒤를 좇는다.[18]

위의 인용문은 두 명의 미군에게 겁탈당하기 직전의 오키나와 여성을 위기에서 구출하고 주체할 수 없는 눈물을 쏟으며 다시 길을 나서는 소설의 마지막 장면이다. 미군으로부터 '정조'를 지켜내고 '동포로서의 친애의 정'을 표하였음에도 자신을 믿어주지 않는 오키나와 여성에 대한 섭섭함을 토로하고 있다. 캠프 밖에서 마주친 동료 전우인 미군은 정작 그가 미군이라는 사실을 인지하지 못한다. 그런 그에게 헨리는 자신이 미군임을 밝히기보다 '일본인'이라고 당당히 응수한다. 미군의 입장에서는 그가 오키나와인이든 일본인이든 같은 '동양인'의 모습으로 비춰졌을 테고, 이를 간파하고 있는 헨리 역시 미군 앞에서 굳이 자신이 미국인임을 강조하지 않는다. 그러나 헨리의 정체성이 궁극적으로는 일본, 더 나아가 일본 본토와 구별되는 '오키나와'에 두고 있음은, 미군으로부터 오키나와 여자를 구해내고, 그 여자의 얼굴에서 그토록 부정하고 싶었던 가장 오키나와다운 토착 오키나와의 상징인 할머니의 얼굴을 겹쳐 떠올리는 것에서 충분히 짐작할 수 있을 것이다.

「2세」가 간행된 1950년대 중후반이라는 시대는 앞서 언급한 것처럼 미군의 폭력적 점령 시스템이 본격화되고 이에 따른 오키나와 주민의 고뇌와 반발이 깊어가던 매우 혼란한 시기였다. 작가 오시로가 훗날 작품

18 위의 책, 32~33쪽.

후기에서 밝히고 있듯, 당시 오키나와의 현실은 "한쪽 면만 잘라내기에는 너무도 복잡"했기 때문에 "'타자'와의 관계를 설정하는 것으로 '자신'을 드러내"[19]고자 한 것이다. 그 첫 시도가 바로 「2세」였다. 이때의 '타자'는 분명 폭력적 점령의 주체인 미국일 터인데, 작가는 단순히 '오키나와 vs. 미국'이라는 이항대립구도에 매몰되지 않는다. 오키나와계 미국인, '2세' '미군'이라는 설정을 통해 또 다른 '타자' 일본 본토에 대한 인식과도 피하지 않고 마주하려고 한다.

그런데 「2세」에서는 아직 '타자'로서의 일본을 제대로 분리해 내지 못한 듯하다. 오키나와 정체성을 체화한 동생 세이지가 '일본 국민'의 일원으로서 의심 없이 일본의 승전을 기원하고, '일본군'의 위치에서 미군으로 대변되는 형 헨리 도마와의 대결구도를 형성하는 데에 그치고 있기 때문이다. 형의 입장에서 동생을 더 사랑해 주겠노라 다짐하는 다소 애매한 결론을 내린 것과 맞닿아 있다. 이에 더하여 지적해 두고 싶은 것은, 「2세」에서의 미군은 명확한 '점령자'이지만 '2세'를 주인공으로 내세움으로써 그 위치를 모호하게 하는 결과를 낳았다는 점이다. 미국의 대対 오키나와 점령정책에 대한 비판 또한 상당 부분 유보되어 있다. 소설의 마지막 장면에서 미군에 의한 오키나와 여성의 강간을 미수에 그치게 한 설정은 그러한 추측을 가능케 한다. 이러한 모호한 지점들은 「2세」 간행으로부터 정확히 10년이 지나 발표한 『칵테일파티』에서 명확한 형태로 그 모습을 드러낸다.

---

19 大城立裕, 「著者のおぼえがき9 動く時間と動かない時間」, 『大城立裕全集』 9, 勉誠出版, 2002, 467쪽.

4. '오키나와 vs. 미국'이라는 구도가 현현顯現하는 것들
—『칵테일파티』

「2세」와 달리 『칵테일파티』에서 미군 표상을 파악하는 일은 어렵지 않다. 『칵테일파티』에 묘사되고 있는 미군은 박애정신과 친선으로 무장했던 '가면'과 '위선'이 벗겨진 명확한 '점령자'의 모습 그 자체이기 때문이다. 그리고 이를 거꾸로 뒤집으면 피점령자 오키나와인(특히 여성)의 모습이 된다. 이 '점령=가해=미군 vs. 피점령=피해=오키나와인'이라는 스테레오타입 대립구도가 소설에서 어떤 방식으로 형상화되는지 확인해 보도록 하자.

소설의 시대적 배경은 1963년으로 페리함대가 오키나와에 내항한 1853년으로부터 110년이 되는 해이다. 이를 기점으로 '미류친선米琉親善'을 공고히 하기 위한 각종 행사가 펼쳐진다. 오키나와 출신 주인공 '나'는 중국에 체류한 경험이 있는 엘리트로 미군을 비롯해 인터내셔널한 인맥과 친분을 자랑한다. '나'는 미군사관 미스터 밀러ミスター·ミラー를 비롯해, 중국인 변호사 쑨孫, 일본 본토 출신 신문기자 오가와小川 등과 친목을 도모하는 사이이다. 이들은 중국어 서클 멤버이면서, 미군기지 내에 있는 밀러의 자택에서 국제친선을 도모하기 위해 정기적으로 열리는 칵테일파티에도 빠지지 않고 참석하는 친밀한 사이이다.

소설의 구성은 크게 전장前章과 후장後章 두 파트로 나뉘어져 있다. 전장에서 미국과 오키나와, 일본, 중국을 대표하는 인물들의 두터운 친분관계를 통해 미국과 오키나와의 친선을 부각시켰다면, 후장에서는 주인공 딸이 미군 병사에게 강간당하는 사건을 설정하여 지금까지의 친선 분위기를 급반전시킨다. 이 과정에서 오시로는 미국의 폭력적이고 기만적인 점령 시스템에 갇혀있는 오키나와의 현실을 낱낱이 폭로한다. 본토 출신 오가와는 이 '친선'이나 '우정'이라는 가면 속에 숨겨진 미국과 오키나와의 불합리한 관계(권력구조)를 벗겨내는 데에 일정한 역할을 담당한다.

무엇보다 후장의 주요 모티브는 미군에 의한 오키나와 소녀의 강간 사건이다. 피해자는 주인공의 고교생 딸이고, 가해자는 미군 병사 로버트 할리스ロバート·ハリス다. 그는 주인공 '나'의 집에 하숙을 하던 미군 병사로, 평소 애인도 자주 드나들었고 딸을 비롯한 가족들과도 가깝게 지내던 사이였다. 전혀 예상치 못한 상황이었거니와 딸이 명백한 피해자임에도 불구하고 가해자를 쉽게 고소하지 못하고, 딸이 오히려 가해자를 벼랑으로 밀어 부상을 입혔다는 죄명으로 미군범죄수사과 CID(Counter Investigation Division)에 체포된다. 이에 분노한 주인공은 딸의 사건을 고소하기로 마음먹고 시에 있는 경찰서를 찾지만, 패전 이후 도처에서 발생하고 있는 강간사건에서 승소한 사례가 전무하고, 사건을 담당하는 류큐민정부琉球民政府 재판소의 경우 미군을 증인으로 소환할 수 있는 권한이 없는 데다 재판도 영어로 진행되기 때문에 고소 자체를 만류하는 실정이라는 답변을 듣고 절망한다. 그렇다면 가해자가 자발적으로 증인으로 나서게 하리라는 한 가닥 희망을 품고 주변에 도움을 요청하기로 한다. 먼저 가해자와 같은 미국인인 미스터 밀러에게 도움을 청하지만 거절당한다. 딸의 일은 개인적으로는 매우 불행한 일이지만 특별히 오키나와인이기 때문에 당한 것은 아니며, 자신이 그간 구축해 온 미국과 오키나와의 친선 관계를 무너뜨릴 수 없다는 이유에서다. 주인공 '나'는 자신과 친밀한 관계라고 믿었던 미스터 밀러의 반응에 강한 배신감을 느낀다. 이외에도 군 소속 미스터 모건ミスター・モーガン이 등장한다. 모건은 소설 전장 부분에 등장하는데 칵테일파티 도중 세 살 난 아들이 사라지자 오키나와인 가정부가 유괴한 것으로 오인하여 큰 소동을 일으킨 바 있다(이후 모건 부부는 이 여성을 고소한다).

정리하자면, 미군으로 등장하는 인물은 미스터 밀러, 미스터 모건, 로버트 할리스 총 세 명이며, 이들은 모두 힘과 권력을 지닌 점령국 미국을 상징한다. 그리고 이에 대항하는 인물로 주인공, 오가와, 쑨 씨가 등장한다. 이들은 각각 오키나와, 일본 본토, 중국을 대변한다. 이들의 관계가 개인적 차원에 그치는 것이 아니라 각각의 국가를 상징하는 대표성을 띠게 되는 것에 주목할 필요가 있다. 이를 뒷받침할 만한 내용은 작가의 『칵테일파티』 집필 동기에서 확인할 수 있다.

> 미류친선 파티는 그렇다하더라도 그 이면에 자리한 모순적인 비극, 차별을 놓쳐선 안 될 것이다. 다만 그것을 고발하는 데에 그친다면 너무 단순하다. (…중략…) 적어도 소설화하기 위해서는 다른 수가 있어야 했다. 이 난관을 돌파하는 데에 상당한 시간이 걸렸다. 「칵테일파티」를 집필하기 시작한 것이 1965년이므로 7, 8년이나 걸린 셈이다. 그러던 중 소박한 저항, 비판을 벗어날 수 있는 길은 '중국에서의 일본군'을 통해 자기비판을 하는 것임을 깨달았다. 이것은 커다란 발견이었다. 단순한 저항이 아니라 자신의 과거를 재단하고 그런 후에 미군지배의 부조리를 재단할 자격을 얻도록 하자라는 생각에

미쳤을 때 이것을 소설로 써보리라 마음먹었다. '미군에 의한 강간' 사건을 큰 모티브로 삼고자 한 것은 출발로서는 성공적이었다.[20]

이렇게 볼 때, 현 미국의 오키나와 지배에 대한 비판, 즉 '오키나와 vs. 미국'이라는 대립구도를 드러내는 것이 집필의 궁극적인 목적은 아니었음을 확인할 수 있을 것이다. 오키나와 역시 전쟁책임에서 자유롭지 않다는 사실을 통감해야 하며, 그에 대한 오키나와인의 진지한 성찰이 결여되어 있는 한, 그것은 "소박한 저항", "단순한 저항"에 불과하다는 주장이다. 그렇다면 그 대안으로 제시한 "자신의 과거를 재단"하고 "미군지배의 부조리를 재단할 자격"을 갖는다는 것은 어떤 의미일까?

우선 주인공 딸의 강간사건 이후의 전개에서 국가 간 대립구도의 조정이 눈에 띈다. 즉 '오키나와 vs. 미국'의 구도가 '오키나와-일본-중국 vs. 미국'으로 바뀌는 양상을 볼 수 있다. 로버트 할리스를 고소할 방법을 찾던 주인공이 다음으로 찾은 곳은 본토 출신 오가와였다. 오가와는 미스터 밀러와 달리 주인공에게 닥친 불행에 공감하며 도움을 주기로 한다.

오가와 씨가 자리에서 일어나 수첩을 가져와서 보여주며, "이것은 미류 친선회 멤버 리스트입니다. 예전에 페리 내항 110주년 기념행사 때 처음 조사한 것입니다만……"

"아." 당신은 한눈에 일행을 발견하고는 작게 탄성을 질렀다. "미스터 밀

20 大城立裕, 「『カクテル・パーティー』の誕生まで」, 岡本恵德 · 高橋敏夫 編, 『沖縄文学選』, 勉誠出版, 2003, 128쪽.

러의 이름이 있어요. 직업은 CIC!"

"그렇습니다. 그렇다면 당신도 이제야 이 사실을?"

(…중략…)

"당신은 상하이 학원에서 나는 북경에서 태어나 도쿄에 있는 외국어대학에서 배웠잖습니까. 그러나 미국 육군에서 중국어를 배웠다면 그 목적은 과연 뭘까요? 첩보, 선무(宣撫) 그 둘 중 하나일 가능성이 높은데요? 게다가 직업을 알리지 않은 건 왜일까요?"

(…중략…)

"승낙해 주시는 건가요?"

"미스터 밀러와 같은 태도일 거라고 생각하셨습니까?"[21]

주인공과 오가와가 의심 없이 공유하는 미스터 밀러의 숨겨진 정체는 둘의 연대감을 증폭시키기에 충분해 보인다. 둘은 의기투합하여 변호사인 쑨 씨를 찾아가 사건 해결을 위한 조언을 구한다. 쑨 씨가 가세하여 셋은 로버트 할리스가 입원한 병원을 찾아 자진해서 증인으로 출석해 줄 것을 요청하지만 보기 좋게 거절당한다. 오가와는 가해자의 거만한 태도에 분노하는 주인공의 감정을 조절하고 중재하는 역할을 마다하지 않는다.

주인공, 오가와, 쑨 씨와 미국인 로버트 할리스, 미스터 밀러, 미스터 모건의 대립은, 다시 말하면 점령국 미국에 의한 피해자라는 아시아(적) 연대

21 오시로 다쓰히로, 손지연 역, 「칵테일파티」, 『오시로 다쓰히로 문학선집』, 글누림, 2016, 84~86쪽.

의식을 공유함으로써 가능한 것이었다. 다음 인용문은 주인공 '나'가 딸의 사건에 도움을 주지 않았던 미스터 밀러에게 원망을 쏟아내는 장면이다.

— 원한을 잊고 친선에 힘쓰는 것 — 20년간의 노력이 바로 그것입니다. 그것을 당신이 파괴했어요.

— 나는 아닙니다. 오가와 씨도 아니지요. 로버트 할리스가 그것을 파괴했어요. 미스터 밀러가 파괴했어요. 미스터 모건이 파괴했어요.

밀러 — 미쳤군요. 친선의 논리라는 것을 모르는군요. 두 국민 간의 친선이라 해도 결국은 개인과 개인이 아닌가요? 증오도 마찬가지에요. 한편에서는 증오의 대결이 있기 마련이에요. 그것도 아주 많이요. 그런데 또 다른 한편에는 친선이 있어요. 우리는 그러한 친선관계를 가능한 한 많이 만들려고 해요. 인간관계도 마찬가지예요. 지금은 증오해도 언젠가 친선을 맺는다는 희망을 갖는 거죠.

— 가면이에요. 당신들은 그 친선이 마치 전부인 양 가면을 만들어요.

밀러 — 가면이 아닙니다. 진실입니다. 그 친선이 전부이길 바라는 소망이 담긴 진실입니다.

— 일단은 훌륭한 논리군요. 그러나 당신은 상처를 입은 적이 없으니, 그 논리에 아무런 파탄도 느끼지 못하는 것입니다. 한번 상처를 입어보면 그 상처를 증오하게 되는 것도 진실입니다. 그 진실을 은폐하려는 것은 역시 가면의 논리지요. 나는 그 논리의 기만을 고발하지 않을 수 없어요.[22]

---

22 위의 책, 113~114쪽.

딸의 사건을 단순히 개인의 일로 치부하려는 미스터 밀러와 국가 간 문제로 확대하려는 주인공 사이의 인식의 차이는 커 보인다. 주인공의 논리대로라면 위선과 가면으로 점철된 친선의 논리에서 배제되는 것은 미국뿐이다. 일본 본토나 중국의 경우는 오키나와 편에 서 있다.

그런데 이러한 구도의 다른 한편에서는 미국인 점령자에 대항하는 아시아인 동맹이 해제되어 아이덴티티의 균열로 이어지는 지점들도 발견할 수 있다. 예컨대 중국인 쑨 씨의 반응이 그것이다. 주인공과 오가와가 쑨 씨를 찾았을 때, 쑨 씨는 자신이 변호사 신분이긴 하나 중국인이므로 미군을 상대로 한 재판에서 승소를 기대하기 어렵다며 소극적인 자세를 취한다. 오가와는 그런 쑨 씨를 비겁하다고 몰아세우지만, 주인공의 입장에서 보면 쑨 씨와는 오가와가 알지 못하는 둘만의 연대감을 갖는 존재이다. 쑨 씨에게는 자신의 아내가 일본군에게 강간당한 충격적인 비하인드 스토리가 있기 때문이다. 그러나 딸이나 아내가 강간의 피해자라는 연대의식을 공유하는 순간, 주인공 '나' 자신 역시 과거 일본군의 일원으로서 전쟁에 가담한 가해자라는 책임에서 자유롭지 않기에 심각한 내적 균열을 피할 수 없게 된다. 그런 측면에서 중국인 쑨의 아내가 일본군, 더 직접적으로는 과거 일본군의 일원으로 침략전쟁을 수행한 오키나와인에 의해 강간당했을 수도 있다는 설정은 오키나와, 일본, 미국의 관계성을 조망하기 위한 작가의 치밀한 전략에서 비롯된 것임을 알 수 있다.

잘 알려진 것처럼 오시로는 이 소설로 아쿠타가와상을 수상하면서 오키나와 출신으로서는 처음으로 일본 본토의 주류 문단에 합류하는 쾌거를 이루었다. 때마침 오키나와 문단에서도 전후 문학의 방향성을 모색하던 터라 수상 소식에 "전전, 전후를 통틀어 처음 있는" 획기적인 사건이자 "메이지 이래의 꿈을 이루었다"[23]며 크게 환영했다고 한다. 일본 본토 문단에서는 오키나와의 정치 상황을 너무 민감하게 반영한 것이 아니냐를 두고 의견이 양분되었지만,[24] 정치적 상황을 완벽하게 배제한 선정은 아닌 듯 보인다.

그로부터 4년 후, 오시로의 뒤를 이어 히가시 미네오가 『오키나와 소년』으로 같은 상을 수상하는데, 이 작품 역시 미 점령하 오키나와 사회를 정면에서 다룬 것이었다. 오키나와의 본토 복귀가 얼마 남지 않은 상황임을 상기할 때, 비판적 시선이 돋보이는 이 두 작품에 대한 본토의 반응이 나쁠 리 없었을 듯하다. 작가 오시로가 의도했건 하지 않았건 『칵테일 파티』의 근간을 이루는 '오키나와 vs. 미국'이라는 구도가 소설 밖에서도 유효하게 작용했으리라는 점은 당시 오키나와를 둘러싼 사회 분위기로 미루어 보아 충분히 짐작할 수 있을 것이다.

오시로 다쓰히로는 2002년 간행된 자신의 전집 후기에서 "오키나와는 기지문제 때문에 큰일이라며 야마토 사람이 동정하면, 그런데 미국인과의 밝은 교제도 있어요, 라고 응수한다. 오키나와를 방문하는 사람이

---

23 本浜秀彦, 『カクテル・パーティー』作品解說, 岡本惠德・高橋敏夫 編, 앞의 책, 130쪽.

24 이를테면, 당시 심사를 맡았던 미시마 유키오(三島由紀夫)는 소설의 주인공이 매력이 없는 것은 물론 모든 문제를 정치라는 퍼즐 속에 녹여버렸다며 혹평하였고, 이와 반대로 오시로의 작품에 한 표 던졌던 후나바시 세이치(船橋聖一)는 오키나와의 정치 상황을 고려하여 선발한 것이 아니라며 애써 부정했다고 한다. 이러한 발언으로 미루어 볼 때, 이 작품이 당시 일본 본토 문단의 성향이나 흐름과 동떨어진 주제였던 것은 분명해 보인다. 위의 책, 130쪽.

의외로 평화롭다고 말하면, 이면에 비극이 숨겨져 있어요, 라고 응수한다. 그 양면을 동시에 끌어내려는 시도가 「칵테일파티」"[25] 라고 언급한 바 있다. 과연 그의 말대로 소설 속 미국인 등장인물의 면면은 동전의 양면처럼 오키나와인의 '밝은 교제'의 대상이 되었다가 '비극'을 유발하는 주체가 되기도 한다. 엄밀히 말해 작가 오시로가 『칵테일파티』를 통해 보여주고자 한 것은, 미국과 오키나와의 관계, 그 사이에 가로놓인 차별적 권력구도의 폭로에 있다기보다, 이러한 구도를 보다 보편화함으로써 성찰적 자기인식에 이르는 방법을 모색하는 데에 있었다고 할 수 있을 것이다. 또한, 미군의 존재는 좀처럼 파악하기 어려운 오키나와와 일본 본토의 관계를 보여주기 위한 중요한 장치로도 기능한다. 『칵테일파티』에 등장하는 인물들은 대부분이 정치적이며, 인물 하나하나가 작가의 치밀한 구상에 의해 전략적으로 배치되었다. 그 결과 다양한 미국, 미군의 이미지는 차단되고, 이 같은 스테레오타입의 이미지만 남게 된 것으로 보인다. 이후 오시로의 관심은 미국에서 완전히 벗어나 온전히 일본 본토, 혹은 오키나와 내부로 향하게 된다.

> 아쿠타가와상 수상 이후 처음으로 작품 의뢰를 받았는데 한 달에 백 장을 쓰기에는 시나리오 스타일로 쓰는 것이 좋겠다고 생각했다. 다행히 생각해 놓은 주제가 있어 「쇼리의 탈출」을 썼는데, 가벼운 것이 되고 말았다. (…중략…) 전후의 현실이라고 해도 정치적 접근은 의외로 내 성격과 맞지 않았다. 정치적

25 大城立裕, 「著者のおぼえがき9 動く時間と動かない時間」, 앞의 책, 468쪽.

> 접근으로 보이면서 그 저변에 토속을 감추지 못하는 태생적인 성향은 「역광 속에서」의 장례식 장면에서 드러내었다. 타자와의 관계를 묘사함에 있어서도 깊이 있는 토속을 읽어내고 싶었다. (…중략…) 「니라이카나이의 거리」에서는 미국과의 교제 방식에 밝은 면이 있음을 쓰고 싶었다. '기지 오키나와'라는 것이 어두운 면만 강조되던 시대였다. 오늘날과 같이 토속의 밝은 면은 인정받지 못했다. 「칵테일파티」가 미국과의 관련성을 썼다고 하면, 유사한 관계를 야마토와 관련해서 쓰고자 기획한 것인 「신의 섬」이다. 이것은 그러나 미국을 상대하는 것만큼 마음이 편하진 않았다. 이것을 연극으로 만들어 극단 세이하이(青俳)가 상연했는데, 1970년이라는 시대는 아직 "야마토에 대한 친근감과 위화감의 공존, 상극"이라는 것을 이해시키기엔 역부족이었다. 배우도 그렇고 도쿄 사람들에게도 말이다.[26]

『칵테일파티』 이후 집필한 「쇼리의 탈출ショーリーの脱出」(『文学界』, 1967), 「역광 속에서逆光のなかで」(『新沖縄文学』, 1969), 「니라이카나이의 거리ニライカナイの街」(『文藝春秋』, 1969) 이 세 작품은 오시로 문학에 있어 미군이 주요인물로 등장하는 사실상 마지막 작품이라 할 수 있다. 그것도 오키나와의 전통과 토속적 요소를 가미하여 가능한 정치적 문맥을 배제한 것으로 보인다. 특히 미국과의 관련성을 쓴 『칵테일파티』의 '야마토' 즉 일본 본토 버전이 바로 『신의 섬神島』(日本放送出版協会, 1974)이라는 위의 발언에서 작가의 관심이 미국에서 일본 본토로 그 자리를 옮겨 갔음을 간파할 수 있을

26 위의 책, 469~470쪽.

것이다. 이러한 변화는 오시로만 겪었던 것은 아니다. 오키나와문학 전반으로 볼 때도 미군에 대한 묘사는 점령기보다는 '복귀'를 전후한 1960년대 말에서 70년대에 집중되어 있으며, 70년대 말부터 눈에 띄게 줄다가 80년대 후반부터 자취를 거의 감추게 된다.[27]

어찌되었든 『칵테일파티』의 중심축을 이루는 '오키나와 vs. 미국'이라는 구도가 현현하는 또 다른 측면은 바로 이 전후 냉전체제 속에서 다시 등장하는 일본 국민국가의 존재에 다름 아니다.

5. 「2세」에서 『칵테일파티』로 — '미군' 표상의 (재)조정

오시로 다쓰히로가 그리는 '미군' 표상은 크게 일본 '복귀' 이전과 이후로 나눌 수 있다. 더 정확하게는 「2세」로 집필활동을 시작하는 1950년대 중후반과 『칵테일파티』로 아쿠타가와상을 수상하는 1960년대 후반을 경계로 나뉜다. 요컨대 「2세」에서의 미군은 명확한 점령자이지만 그 위치가 애매하다. 다시 말해, 폭력적 점령 시스템에 대한 비판이 상당 부분 유보되어 있음을 알 수 있다. 반면, 『칵테일파티』에서는 미국과 오키나와의 관계를 명확하게 규정함으로써 오키나와가 폭력적이고 억압적인 피점령 상황이라는 점을 충분히 드러내었다. 이처럼 미 점령하라는 동일한 상황에서 '미군' 표상에 커다란 차이를 보이는 것은 작가 오시로

27 岡本恵徳, 「沖縄小説のなかのアメリカ」, 『沖縄文学の情景』, ニライ社, 2000, 40쪽.

개인의 인식의 변화라기보다 급변하는 미일관계 속에서 오키나와의 위치 (재)조정이 불가피했기 때문인 것으로 보아야 할 것이다.

또 하나의 특징은 두 소설 공히 미국과 오키나와의 관계를 명확하게 규정한 것과 달리 오키나와와 일본 본토의 관계에 대한 판단(전망)은 유보되어 있다는 점이다. 그도 그럴 것이 1960년대 후반은 일본 본토로의 복귀 움직임이 가시화되어 가는 민감한 시기였고, 이후 전개될 본토와의 관계를 쉽사리 예측하기 어려웠기 때문이다. 그런데 그로부터 50여 년이 흐르고 있는 지금, 당시 유보했던 작가 오시로의 본토를 향한 우려와 경계의 목소리가 터져 나오고 있다. 오키나와를 배제한 미일안보체제 강화 움직임이 몰고 올 파장이 비단 오키나와 현민만의 문제가 아니라는 점을 충분히 인식한다면 오시로가 발신하는 작금의 목소리에 보다 깊은 관심과 주의를 기울여야 할 것이다.[28]

---

28 오시로의 미국을 향한 비판적 인식은 현재진행형으로 발화 중이다. 지난 2013년 4월, 아베(安倍晋三) 총리가 1952년을 기념하여 '주권회복의 날'을 개최한 것은 철저히 오키나와를 배제한 것이라며 불쾌감을 표출하고, 후텐마 기지 철거와 헤노코 이전을 단념할 것을 촉구하며 미국과 일본 본토를 향해 강한 비판을 쏟아내었다. 大城立裕,「生きなおす沖縄」,『世界(特輯 沖縄 何が起きているのか)』(臨時增刊號) 868, 2015, 14~20쪽.

마이너리티 언어에서 에스닉 언어로, '우치나구치'의 전략성

1. 우치나구치(방언)와 일본어(표준어) 사이

류큐 · 오키나와어는 본래 일본어와 같은 계열로 고대 일본어에서 갈라져 나왔다고 일컬어질 만큼 일본어와 관계가 깊다고 한다. 예컨대 고류큐 시대(12세기~1609) 국왕의 사적이나 명령을 새겨 넣은 금석문(1494), 사령서(1523), 가요집 『오모로소시おもろそうし』 등은 모두 일본 문자인 히라가나ひらがな로 표기되었으며, 근대에 접어들어서도 운문韻文이나 가극歌劇, 연극 등 공연물은 주로 오키나와어로, 소설이나 산문 등은 일본어로 표기했다고 한다. 그러던 것이 1879년(메이지 12) 메이지 정부에 의한 이른바 '류큐처분琉球処分' 이후 다른 부현府県과 마찬가지로 오키나와에도 '도쿄어'를 근간으로 하는 '표준어' 보급을 서두른다. 실제로 본토로부터 파견된 교사들이 수업하는데 통역을 써야 할 정도로 의사소통에 난항을 겪었으며, 이를 해소하기 위해 '류큐처분' 이듬해인 1880년 표준

어 보급을 위한 '회화전습소会話伝習所'를 설립하고 교재를 편찬하기도 했다.[1] 그러나 일본어가 오키나와어를 대신해 보편적이고 일상적인 언어로 자리잡기까지는 상당한 시간이 필요했다.

근대 지식인 이하 후유伊波普猷의 회고에 의하면 메이지 20년대(1890년대)까지만 하더라도 오키나와인들에게 일본어는 지금으로 말하면 영어를 구사하는 것만큼이나 어려운 일이었다고 한다.[2] 이를 타파하기 위한 본격적인 움직임이 1900년대 초 전국적 규모의 표준어교육 시책과 맞물리며 시작되었다. 1900년에 들어서면서 오키나와현 사범학교 교장을 비롯한 교원들 대부분이 본토 출신으로 채워졌으며, 이들이 양성한 표준어 구사자들이 교육현장에 배치되게 된다. 학교교육에 '방언패찰方言札'이 동원된 것도 이 무렵이라고 한다.[3]

1930년대 중일전쟁을 즈음하여 그 양상은 절정에 달하게 되는데, 이를테면 1937년(쇼와 11) 7월, 오키나와현하 교장회의에서 표준어장려기성회를 조직하여 다음과 같은 구체적인 방안을 제시한다. 그 내용은 학

---

1 屋嘉比収, 「「日本語」「日本民族」の編成でいかに翻弄されたか－沖縄の郷土史家・島袋全発の軌跡」, 古川ちかし・林珠雪・川口隆行 編, 『台湾・韓国・沖縄で日本語は何をしたのか－言語支配のもたらすもの』, 三元社, 2007, 155~156쪽 참조.

2 이하 후유가 오키나와현 심상중학교에 다니던 시절인 1894년에 현(県) 학무부장이자 중학교 교장을 겸임하던 고다마 기하치(児玉喜八)는 학생들을 향해 다음과 같이 발언했다고 한다. "여러분은 보통어조차 완전하게 구사하지 못하면서 영어까지 배워야 하는 가여운 처지에 있다. 즉 한 번에 두 개의 외국어를 습득해야 하는 꼴이므로 이것은 여러분에게도 상당히 무거운 짐이다. 나는 지금 그 무거운 짐 하나를 덜어주려고 한다. 지금부터 영어과를 폐지하려고 하니 그 힘을 다른 한쪽에 집중해 주기 바란다." 花田俊典, 「沖縄方言論争再考」, 『花田俊典教授著作集』, 九州大学国語国文学会, 1993, 16쪽.

3 近藤健一郎, 『方言札－ことばと身体』, 社会評論社, 2008, 38~47쪽 참조.

교교육에서 국어교육을 더욱 철저히 할 것, 표준어 사용 습득의 기회를 많이 제공할 것, 방언을 언어학적으로 설명하여 표준어 이해에 도움이 되도록 할 것, 라디오 설치를 권장할 것, 마을에 올리는 연극을 표준어로 하게 할 것 등으로 가정과 사회를 긴밀하게 연계해 간 정황을 엿볼 수 있다.[4] 이후 1940년 무렵이 되면 '가가호호 표준어家毎戸毎標準語', '가족 모두가 표준어一家揃って標準語'[5]라는 표어가 마을 곳곳에 나붙었다고 하니 표준어장려가 위에서 아래로 매우 조직적이고 광범위하게 이루어졌음을 짐작케 한다.

현재 오키나와 사회는 완벽하게 일본어로 통일되었지만(통일된 것처럼 보이지만) 정통 오키나와어 '우치나구치ウチナーグチ'도 어렵지 않게 포착할 수 있다. 그 표면적인 모습만 보면 일본어와 우치나구치의 갈등, 표준어와 방언의 갈등은 더 이상 없는 듯 보인다. 그렇다면 과연 두 언어 사이의 갈등은 완벽하게 해소된 것일까? 지난 2004년 오키나와의 한 어학원 광고물로 내걸린 "어머니가 올바른 일본어를 사용하면 아이의 국어 실력은 신장한다[母親が正しい日本語を使っていると, 子どもの国語力は伸びる]"라는 문구는 그런 점에서 시사하는 바가 적지 않다.[6] 또한 오시로 다쓰히로大城

---

4 花田俊典, 앞의 책, 21쪽.

5 柳宗悦,「国語問題に関し沖縄県学務部に答ふる書」,『月刊民芸』, 1940.3.(谷川健一 編,『わが沖縄 方言論争』(叢書 わが沖縄 二), 木耳社, 38쪽)

6 가와구치 다카유키는 '올바른 국어'로부터 '일본어 능력'이 아닌, '올바른 일본어'로부터 '국어 실력'이라는 어순에서, 특히 '어머니'라는 단어에서 일본이라는 국민국가(국민문화)의 내부에 오키나와라는 외부를 수렴하려는 수상쩍은 분위기를 감지한다. 그도 그럴 것이 '방언을 사용하는 여자는 품위 없다', '말투가 안 좋은 것은 어머니 탓', '세살부터 표준어, 말은 어머니의 혀로부터 세살 아이의 혼백으로' 등 전시 어머니의 역할과 언어(표준어) 교육을 연결시켜 강조한 표어를 상기시키기 때문이다. 川口隆行,「戦時

立裕, 히가시 미네오東峰夫, 사키야마 다미崎山多美, 오시로 사다토시大城貞俊, 메도루마 슌目取真俊 등 오키나와 출신 작가들이 오키나와어를 포기하지 않고 강하게 인식하는 것에서 지금 이 시대의 오키나와어가 갖는 의미를 추론해 볼 수 있을 듯하다.[7]

어찌되었든 메이지 시대부터 현재에 이르기까지 '도쿄어→보통어→표준어→공통어' 등 일본어를 이르는 용어의 변천사만큼이나 오키나와인에게 있어 일본어 사용은 단순치 않은 의미를 내포하고 있는 것으로 보인다. 아울러 '오키나와어', '오키나와 방언', '우치나구치', '야마토 우치나구치ヤマト·ウチナーグチ', '우치나 야마토구치ウチナーヤマトグチ', '시마고토바シマコトバ' 등 오키나와어를 지칭하는 용어의 함의에도 주의를 기울일 필요가 있을 것이다.[8]

を生きる－沖縄と「日本語」をめぐる断章」, 古川ちかし·林珠雪·川口隆行 編著, 앞의 책, 140·143쪽.

7 오시로 다쓰히로는 「근대 오키나와문학과 방언」이라는 제목의 글에서, 방언을 문학으로 표현하기 위해서는 우선 일본어에 숙달되어야 한다는 것과 방언표현은 곧 '문화전략'이라는 각오로 전략적으로 임해야 한다는 의견을 피력하였다(大城立裕, 「近代沖縄文学と方言」, 復帰25周年記念第3回「沖縄研究国際シンポジウム」実行委員会 編, 『世界につなぐ沖縄研究』, 復帰25周年記念第3回「沖縄研究国際シンポジウム」実行委員会, 2001, 209쪽). 또한, 작가 자신은 일찍이 '실험방언이 있는 한 풍토기(実験方言をもつある風土記)'라는 부제를 단 소설 「거북등 무덤(亀甲墓)」(1966)을 통해 시도한 바 있다. 오키나와 사회에 암묵적 금기로 작동해 온 오키나와어가 전후, 특히 복귀를 앞둔 시점에 어떤 방식으로 다시 호명되는지 주의를 요한다.

8 이를테면 오시로 다쓰히로가 문학작품에서 방언을 표현할 때, '발상의 근원'을 어디까지나 '방언'에 둘 것을 강조한 것에서 그 인식의 일단을 엿볼 수 있다. 즉 '우치나 야마토구치(ウチナーヤマトグチ)'와 일본어로 발상하고 그것을 방언으로 번역하는 '야마토 우치나구치(ヤマト·ウチナーグチ)'를 엄격히 구분하고 전자를 사용할 것을 권하고 있다. 松下優一, 「「沖縄方言」を書くことをめぐる政治学－作家·大城立裕の文体論とその社会的文脈」, 『人間と社会の探求』 70, 慶応義塾大学大学院社会学研究科,

이 글에서는 '일본어'를 '국어'로 강제해 간 제국의 언어정책에 마이너리티 언어 사용자인 오키나와인들이 어떻게 반응해 갔는지 크게 두 가지 논점을 통해 살펴보고자 한다.[9] 우선, 오키나와어가 겪어온 굴곡진 역사를 압축적으로 보여주는 1940년 오키나와 방언논쟁의 논점과 그 의미를 가늠해 보고, 이렇듯 방언으로 밀려난 마이너리티 언어의 표현전략을 야마시로 세이추의 「구넨보」와 지넨 세이신의 「인류관」을 통해 부각시켜 보고자 한다.

2. 오키나와어(방언) 존폐를 둘러싼 착종된 시선

1940년 오키나와어와 일본어를 둘러싼 상징적인 논쟁이 벌어진다. 오키나와 방언논쟁이 그것이다. 흥미로운 것은 오키나와어 폐지를 둘러싸고 본토 지식인과 오키나와현 당국이 상반된 주장을 하고 있는 점이다. 즉 민예관 관장 야나기 무네요시柳宗悦를 위시한 일본민예협회회원(의

2010, 59쪽.

9 이 주제와 관련한 논의로는, 제국의 언어 '일본어'를 둘러싼 역사, 정치학적 지형을 타이완, 한국, 오키나와라는 세 층위에서 논의한 『타이완 · 한국 · 오키나와에서 일본어는 무엇을 했는가 – 언어지배가 초래한 것』(三元社, 2007)이 있으며, 이 안에 수록된 야카비 오사무(屋嘉比収)와 가와구치 다카유키(川口隆行)의 논의로부터 많은 시사를 받았다. 또한, 도미야마 이치로(冨山一郎)의 『전장의 기억(戦場の記憶)』(日本経済評論社 増補版, 2006), 곤도 겐이치로(近藤健一郎)의 『방언패찰 – 말과 신체(方言札 – ことばと身体)』(社会評論社, 2008)와 오키나와어가 겪어온 굴곡진 역사를 문학 텍스트론으로 조명한 나카자토 이사오(仲里効)의 『슬픈 아열대의 언어지대(悲しき亜言語帯)』(未來社, 2012) 등이 참고가 되었다.

학박사, 도예가, 판화가, 평론가, 국제문화진흥회, 일본여행협회)이 표준어장려운동을 비판하고 오키나와 방언을 보호해야 한다고 주장하고, 오키나와현 관계자(경찰부장, 상공과장, 향토협회장, 관광협회 주사 등)는 삶의 질 차원에서나 실용성 측면에서나 오키나와어를 폐지하고 표준어를 채택해야 한다는 반대 의견을 피력한 것이다.

이 '야나기 · 일본민예협회회원 vs. 오키나와현 관계자'의 대립은 단순히 오키나와어 존폐를 둘러싼 의견 차이가 아닌, 본토의 입장에서 오키나와는 어떤 존재였는지, 또 오키나와의 입장에서는 본토와의 관계를 어떻게 규정해 갈 것인지를 가늠케 하는 중요한 시험대가 되었다는 점에서 주의를 요한다. 분명한 것은 오키나와 측 입장에 비해 야나기 측 주장을 파악하는 일은 어렵지 않다는 것이다. 이들의 주장을 거칠게 요약하면 일본어는 중앙어로서, 그리고 오키나와어는 지방어, 방언, 토어土語로서 각각 확실하게 자리매김하자는 것이라고 할 수 있다.

> 표준어나 오키나와어나 모두 일본의 국어다. 한쪽이 중앙어고 다른 한쪽은 지방어다. 이들 둘은 항상 긴밀한 관계를 가지며 국어로서 서로 존중해야 한다는 것이 우리의 견해다. (…중략…) 게다가 대부분의 일본 언어학자가 [의견이 - 인용자] 일치하듯 일본에 현존하는 각종 지방어 가운데 전통적인 순정(純正)한 일본어(和語)를 가장 다량으로 함유하는 것은 도호쿠(東北) 토어와 오키나와어이다. 특히 후자는 그런 점에서 오히려 국보적 가치가 있다고 하겠다. (…중략…) 현 학무부는 순(純)일본어의 수립을 위해 진두에 서서 그 보호와 조사에 노력을 기울여야 하지 않을까? (…중략…) 우리가 오키나와어에 경

외하는 마음을 금하지 못하는 이유 중 하나는 바로 올바른 표준어 수립을 위한 것이기 때문이라고 말할 수 있다. (…중략…) 현민이여. 다시 말한다. 표준어를 공부하시라. 그것과 동시에 여러분 자신이 소유한 모어를 진흥시키시라. 그것은 반드시 여러분을 확신 있는 존재로 이끌 것이다. 여러분은 일본 국민으로서 불필요한 염려에 빠져선 안 된다. 현민이여, 오키나와 현민이라는 것에 긍지를 가질지어다.[10]

야나기에게 있어 오키나와 방언의 가치는 그것이 '일본어和語'의 기원이 되기 때문이다. 그렇기 때문에 현민 스스로도 오키나와어의 '국보적 가치'를 자각하고 이를 '보호'해야 한다고 주장한다. 무엇보다 오키나와 방언의 가치 및 기능을 '순純일본어의 수립', '올바른 표준어 수립' 등에 한정하는 것은 주의를 요한다. 의도하건 의도하지 않았건 결과적으로 '국어'의 위상을 강화하는 당국의 방침에 일조하기는 마찬가지로 보이기 때문이다. 오키나와어라는 '모어'가 '모국어'가 아닌 상황을 애써 '국어'라는 틀 안에 넣어야 하는 곤란함을 야나기 스스로도 감지하지 못했을 리 없지만, 오키나와어가 갖는 가치를 상찬하고 작금의 과도한 표준어 열기가 어딘지 모르게 일본어를 '우월'하게 보고 오키나와어를 '야만시'하는 데에서 비롯된 것은 아닌지 '우려'한 점에서 노골적인 차별(차이)을 앞세운 황민화정책 추진자들과 변별된다.[11]

10 谷川健一編, 앞의 책, 34 · 36 · 40쪽.

11 柳宗悦, 「国語問題に関し沖縄県学務部に答ふる書」, 『月刊民芸』, 1940.3.(谷川健一編, 앞의 책, 36쪽)

야나기를 위시한 민예협회의 오키나와 방문 목적을 설명하는 「문제의 추이問題の推移」라는 제목의 글에는 일행의 의도를 보다 명확히 드러낸 문구가 등장한다. 이를테면 "오키나와의 희귀한 문화"를 품어 안음으로써 "일본의 중앙적 문화 그것을 강화"[12]하려는 욕망을 숨기지 않는데, 이것은 '표준어=중앙어=국어'와 함께 '방언=지방어≠국어'라는 이항대립을 부각시키며 방언을 강하게 압박해간 당국의 정치적 맥락(황민화정책)을 그대로 추인한 것으로 읽을 수 있다. 이런 점에서 중앙어/지방어, 표준어/방언의 위계를 보이지 않게 더욱 견고히 지탱한 것은 어쩌면 야나기 측 주장일지 모른다.

그런데 오키나와현 당국의 입장은 조금 달라 보인다. 오키나와현 학무부 이름으로 『월간민예』에 게재된 「감히 현민에게 호소함 민예운동에 미혹되지 마라」라는 타이틀만 보더라도 오키나와 방언을 폐기하겠다는 확고한 의지가 감지된다. 야나기의 입장에서 보았을 때 (지금은 잃어버리고 없는) 일본어의 순수성을 담보한 오키나와 방언은 오키나와인 입장에서는 본토에 대한 차별과 열등감을 증폭시키는 마이너스적 요소에 다름 아니었다.

생각건대 표준어장려가 현민 운동으로 전개된 이래 현 전체가 약진적인 실적을 올리고 있음은 많은 식자들이 인정하는 바이다. 그 보급으로 인해 얼마나 현민성(県民性)이 명랑 활달해졌으며, 진취적 기풍이 양성되어 가고 있

12 月刊民芸編集部, 「問題の推移」, 『月刊民芸』, 1940.3.(谷川健一編, 앞의 책, 5쪽)

는지 새삼 말할 필요도 없을 것이다. 7, 8년 전까지만 해도 청년들이 인습과 타성에 젖어 자신의 의지를 표하는 것은 물론 예의를 차리는 것도 제대로 하지 못하는 자가 많았던 반면, 지금은 그 정신적 신념 면에 있어서 타인과의 응답에서도 아직 충분하다고는 할 수 없으나 예전의 그것에 비할 바가 아니다. 그것은 시세의 진운, 교육의 진흥에 힘입은 측면도 있지만 그 가장 큰 이유는 표준어 보급에 의한 것이라고 단언하지 않을 수 없다.[13]

— 沖縄県学務部, 「敢て県民に訴ふ民芸運動に迷ふな」, 『月刊民芸』, 1940.3.

신입생 아동에게 방언을 섞어서 수업한 것은 불과 5, 6년 전이다. 지금은 아무리 멀리 떨어진 벽촌, 이도(離島)라도 입학 시부터 표준어 수업이 교육의 능률을 올리고 있다. 여행지에서 길을 물어도 표준어로 확실하게 대답해 주는 시골 노인, 눈에 띄게 자신감에 넘치는 남녀청년의 응답, 표준어장려 덕에 멸시와 차별대우에서 벗어났다고 감사의 소식을 보내오는 최근의 출향 이민자들, 신입 병사들의 힘찬 본 운동에 대한 감사와 격려의 편지! 현 출신 병사의 공통적 결함이었던 의사 표현이 최근 매우 양호해져 가고 있다는 군부의 소견! 우리는 이런 것들에서 본 현 진흥의 근본을 암시하고 있는 듯한 무한의 강인함을 감지한다. 바야흐로 현민은 남녀청년을 중추로 삼아 표준어 사용의 원동력이 되고, 추진력이 되어 물심양면으로 강하게 약진해 나갈 것이다.[14]

— 沖縄県学務部, 「敢て県民に訴ふ民芸運動に迷ふな」, 『月刊民芸』, 1940.3.

13 谷川健一編, 앞의 책, 32쪽.

14 위의 책, 32쪽.

위의 두 인용문은 표준어장려운동이 오키나와에 얼마나 성공적으로 정착되어 가고 있는지 상찬하는 내용들로 채워져 있다. "여행지에서 길을 물어도 표준어로 확실하게 대답해 주는 시골 노인"에서 청년, 출향 이민자, 병사에 이르기까지 이 무렵(1940년 초) 표준어 사용은 이미 학교 안팎 오키나와 사회 전반으로 깊숙이 침투된 것으로 보인다.[15]

이렇게 되기까지는 앞서 언급한 학교교육을 비롯해 대일본부인회, 청년단, 대정익찬회 등의 지속적인 교육과 단속이 주요했을 것으로 보인다. 특히 1940년 대정익찬회 오키나와현 지부 결성으로 보다 조직화된 행동강령이 만들어지게 되는데, 이를테면 "공사公私 생활에서 철저한 실행을 꾀하고 나아가 가정생활로도 침투시킬 것", "남녀 청년단체 등의 각종 단체와 일반사회의 밀접한 연대"를 도모할 것 등의 구체적인 지시가 내려졌다고 한다. 그러한 지침에 누구보다 충실하고자 한 이들은 위의 예에서 보듯 방언논쟁의 선두에 섰던 현 당국과 일선 교사들이었다. 당시 현지사 후치가미 호타로淵上房太郎가 오키나와어뿐만 아니라 오키나와 독자적인 문화 일체를 부정하는 '오키나와 문화 말살론'[16]을 주장하고 나선 데에서 당시의 황민화 정도를 가늠할 수 있을 것이다. 오키나와 방언논쟁은 이렇듯 국민정신 총동원운동이 그 어느 시기보다 강화되고 황민화정책이 일상생활 구석구석까지 깊숙이 침투되었던 시대를 배경으로 한다는 것을 다시 한번 상기할 필요가 있다.

그런데 방언논쟁의 구도는 도미야마 이치로도 지적하듯 '황민화를

15 위의 책, 32쪽.

16 도미야마 이치로, 임성모 역, 『전장의 기억』, 이산, 2002, 44쪽.

추진하는 그룹 vs. 이에 저항하는 야나기 · 민예 그룹'으로 명쾌하게 나뉘지 않는다. 방언논쟁이 단순히 표준어를 강화하기 위한 오키나와어 존폐의 문제가 아니라는 것은 앞서의 야나기 주장이 갖는 함정에서 확인한 바 있다. 마찬가지로 오키나와 내부의 논리 역시 방언 말살을 내세우며 노골적인 황민화를 표방한 현지사나 그 관계자들, 즉 '황민화를 추진하는 그룹'으로 균질하게 정리되지 않는다. 표준어와 오키나와 방언 문제의 본질을 조금 다른 각도로 접근하고 있는 다음 논의에 귀 기울여 보자.

먼저 오키나와 출신 지식인 히가시온나 간준東恩納寛惇의 입장이다.

> 그러나 표준어장려라는 항목이 다른 부현에서 논의된 적은 일찍이 없다. 가고시마(鹿児島)에서도 야마가타(山形)에서도. 유독 오키나와에서만 이 일이 중대문제로 취급되는 이유는 오키나와어가 말로는 국어의 한 방언이라고 말하지만, 실제로는 전혀 성질을 달리하는 다른 계통에 속하는 언어라고 여긴 결과, 이것을 통해 민족문제까지 건드리려는 의도에 다름 아니다. 그러나 오늘날 학계에서 오키나와어를 국어 계통 밖에서 생각하려는 자는 한 사람도 보지 못했다. 뿐만 아니라 오키나와어야말로 국어의 의문을 해결하는 유일한 열쇠라고까지 생각하는 자가 있다. (…중략…) 그 불편함을 제거하기 위해 일반 보통의 언어를 사용하도록 하자든가, 사용에 불편함이 없도록 숙달시키고, 숙달되도록 평소에도 사용하자고 한다면 들어줄 수 있다. 그러나 방언을 사용하면 안 된다고 하는 규정에는 동의하기 어렵다. 왜냐하면 오키나와어는 일본어가 아니라는 말도 안 되는 잘못된 관념을 심어주게 되기 때

> 문이다. 방언문제만이 아니다. (…중략…) 이 비굴한 심리를 우선 제거하는 것이 교육의 근본일 것이다. 이를 위해서는 우리가 가진 미점(美点), 장점을 충분히 알려 자제들의 자부심을 앙양(昂揚)시킬 필요가 있다. 사쓰마인(薩摩人)이 사쓰마 사투리를 오히려 고향의 자부심으로 삼았던 것처럼 우리 역시 오키나와 사투리를 영광으로 여기는 시대를 서둘러야 하지 않을까.[17]
>
> — 東恩納寛惇,「沖縄県人の立場より」,『月刊民芸』, 1940.3.

「오키나와 현인의 입장에서」라는 제목으로 『월간민예』에 게재된 글의 일부이다. "표준어장려라는 항목이 다른 부현에서 논의된 적"이 일찍이 없음을 지적하고, 유독 오키나와에서만 이것이 중요한 문제로 취급되는 이유를 묻고 있다. 이어서 그것은 오키나와어가 '국어'의 방언이 아니라 전혀 다른 계통의 언어라고 여기기 때문이라고 지적한다. 오키나와어 존폐 문제를 논의하기에 앞서 오키나와어가 '국어'의 일부라는 전제, 즉 오키나와어가 '일본어'라는 대전제를 확인하고자 한 것은, 앞서 야나기가 "표준어나 오키나와어나 모두 일본의 국어다"라고 강조하며 오키나와 방언의 자부심을 고취하고자 한 것과 완벽하게 궤를 같이한다. 또한 오키나와 특유의 소극적이고 비사회적인 성향, 즉 인습과 타성에 젖어 자신의 의사를 표하는 것은 물론 예의를 차리는 일도 제대로 못하며 남들과의 대화 역량도 턱없이 부족한 것은 모두 방언의 부작용에서 비롯된 것으로 이를 '말살'해야 한다는 현 당국의 의견과 상반된 듯 보이지만 상

17 谷川健一 編, 앞의 책, 41~42쪽.

통하는 부분이 있다. 다시 말해 오키나와 방언을 말살하자는 주장이나, 그 열등성(비굴한 심리)을 극복하여 방언을 영광으로 여기는 시대를 만들어가야 한다는 히가시온나 간준이나 야나기 측의 주장은 실은 하나의 길로 향해 있는데, 그것은 일본, 일본인으로의 동화에 다름 아니다. 전자가 오키나와어 말살을 통해 일본인이 되는 길을 선택했다면, 후자 역시 일본어(국어)의 일부로서 오키나와 방언의 위치를 확실하게 자리매김하는 것으로 진정한 일본인이 되고자 한 것이다.

이와 달리 황민화와 거리를 두며 오키나와어가 직면한 현실을 어떻게든 극복해 보려는 글들도 포착된다.

> 방언을 억압해서 비굴하게 사느니 오히려 향토의 훌륭한 문화와 문예를 재인식해 또 예전에는 만리(萬里)의 파도를 가르며 용감하게 비상했던 시대의 영웅적 정신을 상기해 이에 가치를 부여하고 이를 되살리는 것으로 현민 정신의 선양을 도모하기를 희망하는 바이다. (…중략…) 중학교에 다닐 때 우리는 방언은 절대 사용해선 안 된다고 이유를 막론하고 야단을 맞았으며, 보다 자연적이고 보다 친애적인 우리 향토 언어를 사용할라치면 마치 죄라도 지은 것마냥 전전긍긍해야 했다. 또 소학교에서는 방언패찰이라는 것이 있어서 방언을 사용하는 자를 발견할 때마다 패찰을 목에 걸도록 했고, 패찰을 받은 자는 마치 순사가 도둑을 잡듯 매와 같은 눈초리로 방언을 말하는 자를 찾아내려고 노력한다. (…중략…) 현재 소학교 3학년인 사촌 여동생이 공예여학교 출신인 어머니가 류큐 복장을 하고 다닌다는 이유로 학부형회에 참석하지 말라고 한 모양이다. 밝고 티 없이 자라야 할 아이조차 비굴감이 깊

이 배어 있는 것이다.[18]

— KI, 「方言と標準語について」, 『沖縄日報』, 1940.1.19~1.20.

흔히 표준어장려로 인해 방언이 사라질 것이라고 생각하는데 이는 기우다. 필자의 고향에서는 (…중략…) 괴상한 방언을 사용하고 있지만 단순히 표준어에 정진하는 것만으로 방언도 순화되어 지금은 우아한 보통의 슈리(首里) 사람처럼 자유롭게 대화가 가능할 정도가 되었다. 아마도 이러한 체험은 지방 출신 교사들이라면 모두 겪어봤을 터다. 따라서 표준어 보급에 의해 오키나와 방언은 변해갈 것이다. 정확히는 시시각각 죽어가며 존재할 것이다. 독자적인 가치와 그 자신의 존재를 보존할 수 있는 것은 변하는 것이어야 한다. 죽으면서 살아가는 것이어야 한다. 시시각각 세골(洗骨)함으로써 살아가는 것이어야 한다. 방언을 금지하면 단순히 사라질 것이라고 미리 앞서 우려하는 것을 절대 부정하는 것이야 말로 현실을 파악하는 유일한 무기라는 것을 알아야 한다. (…중략…) 가여운 오키나와어여. 너는 태어나야 마땅하지만 죽는 편이 좋다. 표준어라는 어머니의 품에 용해될지어다. 그리해야 너는 영원의 세계에 불멸(不滅)하며 시민권을 획득하게 될 것이다.[19]

— 兼城静, 「標準語の立場」, 『沖縄日報』, 1940.1.19~1.20.

두 인용문 모두 표준어에 압도되어 사라질 위기에 처한 오키나와어

18 위의 책, 25쪽.

19 照屋信治, 『近代沖縄教育と「沖縄人」意識の行方 — 沖縄県教育会機関誌 『琉球教育』 『沖縄教育』の研究』, 渓水社, 2014, 271~272쪽에서 재인용.

를 바라보는 오키나와인의 복잡한 심경이 잘 드러나 있다. 첫 번째 인용문은 KI라는 필명으로 게재된 글로, 오키나와 고유의 향토문화와 문예에 대한 자긍심을 환기시키며, 방언 사용자를 죄인 취급하는 현 세태를 강하게 비판하고 있다. 언어에서 복장에 이르기까지 오키나와에 대한 광범위한 차별이 존재함을 고발하고 "비굴하게 사느니" "보다 자연적이고 보다 친애적인 우리 향토 언어를 사용"하자고 주장한다.

이어지는 두 번째 인용문은 현직 교사의 글이다. 사라져 가는 오키나와에 대한 애착과 비록 독자적인 모습을 간직할 수 없을지언정 그렇게 쉽게 사라지지 않을 것이라는 원망願望이 공존한다. 흥미로운 것은 표준어 보급에 대한 필요성을 황민화를 지탱하는 논리 밖에서 찾고 있는 점이다. 인용문 모두冒頭 부분에 언급하고 있듯 슈리와 자신의 고향을 비롯한 여타 섬들의 방언의 격차로 인해 오키나와 내에도 지역 간 소통이 원활하지 않음을 알 수 있는데, 이것이 표준어장려를 통해 해소되어 "현민단결"로 이어질 수 있으리라는 것이다. 그럼에도 불구하고 표준어 교육의 최전선에 섰던 교사 신분이었던 만큼 오키나와어의 운명이 "표준어라는 어머니의 품에 용해"되어 머지않아 사멸할 언어임을 그 누구보다 잘 인지하고 있었을 터다. "가여운 오키나와어여. 너는 태어나야 마땅하지만 죽는 편이 좋다"라며 애끓는 심경을 숨기지 않는 것에서 일본 제국에 압도된 마이너리티 민족의 운명을 상상하는 일은 그리 어렵지 않을 것이다. 그렇다면 방언으로 밀려난 마이너리티 언어 사용자 오키나와 출신 작가들의 표현전략은 어떠했을까? 다음 두 편의 텍스트는 그에 관한 상징적인 지점들을 보여준다.

3. '일본어 vs. 우치나구치'의 전략성 — 「구넨보」·「인류관」

오키나와 최초의 근대소설로 알려진 야마시로 세이추山城正忠의 「구넨보九年母」(1911)는 청일전쟁하의 혼란한 사회상을 배경으로 하고 있다. 주요 인물로는 본토 출신 호소카와細川 교장과 섬 출신 오쿠시마奥島 노인, 소년 세이치政一로 각각 일본적인 것, 중국적인 것, 오키나와적인 것의 가치가 대립하고 충돌하는 양상을 대표하고 있다.

소설 속으로 들어가 보자. 본토 나가사키長崎에서 부임한 호소키와 교장은 국민교육(황민화 교육)에 진력하고 '전쟁강화회'에도 적극적으로 참여하는 등 식민지배자의 전형적인 모습을 하며, 다른 한편으로는 친중파 군자금을 빼돌려 사취하는 이중적 성향을 가진 인물로 등장한다. 골수 친중파인 오쿠시마 노인은 젊은 시절 북경 유학을 마친 양명학 학자로 류큐번琉球藩 시대에 '삼사관三仕官'까지 지낸 엘리트다. 폐번치현廃藩置県 후에는 재야에 운둔하며 '한운야학閑雲野鶴'이라는 중국식 현판을 내걸고 제자 육성에 힘쓰지만 그마저도 새로운 시대 조류 '야마토 학문'에 밀려나게 된다. 소년 세이치는 선조 대대로 이어 온 이름 있는 칠기상 가문의 장남이다. 어느 날 우연히 자신의 집에 세 들어 사는 교장이 거액의 지폐를 숨겨 놓은 사실을 목격하게 되고, 이 거금이 청국에 군자금을 대준다는 명목으로 오쿠시마 노인으로부터 부당하게 사취한 것임을 알게 된다. 무엇보다 소년 세이치는 '류큐처분' 직후 나타난 반일논리가 청일전쟁 이후 무비판적으로 동화의 논리로 기울어 가는 데에 제동을 거는 거의 유일한 인물로 등장하는 점이 흥미롭다.

파초가 파랗게 우거진 소학교 안뜰에는 거의 매일 밤 '전쟁환등회'가 열렸다. 그리고 전쟁이 일어난 이유를 아직 알지 못하는 일반 백성들을 세뇌시켰다. 다른 한편에서는 학생들에게 "쳐라! 죽여라! 청나라 병사를!"이라는 노래를 부르도록 하여 자연스럽게 적개심을 키워갔다. 이 새로운 노래, 새로운 군가는 크게 유행했다. 교장 호소카와 시게루(細川茂)는 뜨거운 눈물을 흘리며 자진해서 환등회 인사를 서툰 류큐어로 말했다.

처음으로 전교생을 모아놓고 선전조칙을 봉독하던 중 그는 몹시 감동해 울었다고 한다. 그것이 입에서 입으로 퍼져 그의 이름이 온 마을에 알려졌다.

교장은 학교에서 돌아오면 마쓰다(松田) 집에 들러 전쟁 상황에 대해 자주 이야기하곤 했다.

"세이치도 머리 안 자르면 사람들이 당나라 놈이라고 부를걸."

라고 시게루가 말하자,

"싫어요, 그렇게 불러도 상관없어요."

라며 붉은 끈으로 묶은 머리를 다시 꽉 조여 매며 세이치는 뚱한 얼굴을 해 보였다.

"그라믄 일본인이 아니여."

시게루는 일부러 섬 사투리로 말했다.

"일본인이 아니면 뭐 어때요."

"머리 자르는 게 싫은 거구나? 하하하하하하."

(…중략…)

"교장 선생님, 우리 집 세이치도 머리를 자르게 해서 도쿄로 데려가 주세요."

가무잡잡한 얼굴의 세이치 엄마가 말했다.

이 말을 들은 세이치는 갑자기 엄마 뒤로 가서는 허리춤을 툭하고 쳤다. "싫어, 엄마 미워, 안 가. 으앙!" 하며 울상을 지었다.[20]

세이치에게 머리를 자르지 않으면 일본인이 아니라며 요즘 유행하는 일본식 머리모양으로 바꿀 강요하는 아버지나, 교장에게 세이치를 도쿄로 데려가 교육시켜 줄 것을 부탁하는 어머니의 모습에서 본토에 대한 오키나와인의 동경과 열망을 엿볼 수 있다. 이 같은 현상은 현제県制의 시행과 함께 기류인寄留人이라 불리는 다른 현에서 건너온 외래자가 상업이나 관직 등에서 우위를 독점하고, 빈곤과 이질적 문화, 풍속 등으로 차별의 온상이 되어 가던 당시 세태를 반영한 것으로 읽을 수 있다. 그러나 아직은 일본으로의 동화가 위로부터도 아래로부터도 강요된 상황이 아님을, 일본적인 것의 가치를 인정하고 받아들이려는 부모 세대, 반대로 오키나와적인 것을 버리지 않겠다는 13세 소년 세이치, 무엇보다 그런 소년을 일본어가 아닌 "서툰 류큐어"로 설득하려는 본토 출신 교장의 모습을 통해 확인할 수 있다.

그러나 앞서 방언논쟁의 예에서 보듯 이후의 언어 사정은 180도 달라진다. 1976년 『신오키나와문학新沖縄文学』(33호)에 발표된 지넨 세이신知念正真(1941~2013)의 희곡 「인류관人類館」은 일본 제국하 오키나와 사회의 언어 상황을 엿볼 수 있는 매우 중요한 정보를 담고 있다.

텍스트 속 무대는 1903년 오사카에서 개최된 제5회 내국권업박람회

20 야마시로 세이추, 손지연 역, 「구넨보」, 『오키나와 문학의 이해』, 김재용 · 손지연 공편, 역락, 2017, 19~20쪽.

에 이인종, 토인을 전시한 실제 사건을 상기시키는 '학술 인류관' 일실이다. 이곳은 제국하 경찰 조사실이 되기도 하고 오키나와 전투 당시의 방공호 안 사령실이 되기도 한다. 시대적 배경 또한 1900년 초부터 오키나와 전투를 거쳐 미 점령기 베트남전까지 자유롭게 넘나든다. 특히 마이너리티에 대한 억압과 폭력이 집중된 '제국하'라는 상황이 부각되어 나타난다. 등장인물은 '조교사인 듯한 남자', '진열된 남자'와 '진열된 여자' 총 3명이다. 오키나와 전투에서 투항을 권유하는 미군은 목소리만 등장한다. 남자는 탈옥수이며 여자는 전직 '매춘부'로 조교사에게 속아 전시장에 끌려 왔다. 이들 3명이 1인 2역 내지는 3역을 소화한다. 우선 조교사는 일본 제국의 신민으로 남자와 여자를 교육하는 역할과 오키나와 전투 당시 주민을 방공호에서 내쫓거나 우는 아이를 살해하는 무자비한 일본군 역을 맡으며, 두 남녀는 전시장에 진열된 남자, 여자 역할 외에 '향토방위대郷土防衛隊'와 '철혈근황대鐵血勤皇隊', '히메유리부대姫百合部隊' 역을 맡는다. 이에 더하여 두 남녀에게는 일본군에게 살해당한 아기의 부모 역할이 주어진다. 무엇보다 흥미로운 것은 텍스트 속 인물들이 사용하는 언어가 하나가 아니라는 점이다. 크게 표준어인 일본어와 방언인 우치나야마토구치ウチナーヤマトグチ, 우치나구치ウチナーグチ로 나뉜다. 그리고 이들 언어의 차이는 짐작하듯 차별의 중요한 척도가 된다.

> 조교사가 '류큐, 조선 사절'이라고 쓰여 있는 팻말을 뒤집자, '방언패찰(方言札)'라고 적힌 치졸한 글씨. 남자와 여자, 일제히 코를 킁킁대며, "*뭐야 지저분해(あいなぁ汚いさ)*" "*흉해(ゆむふぅじぇ無ぇらん)*"라는 불만의 목소리.

조교사 : 시끄러! 조용히 해! (거만하게) 이것은 명령이다.

남·여 : ……

조교사 : 좋아, 좋아. 옳지 그렇게. 금방 익숙해질 것이다. 이 나라에서는 갓난아기부터 노인에 이르기까지 모두 일본어로 말한다. 그리 어려운 일은 아니다.

–여기서만 하는 얘기지만 나는 류큐 방언이 너무 싫다. 지렁이가 꿈틀꿈틀 대는 것처럼 도무지 종잡을 수 없는 억양에다 끈적끈적하게 착 달라붙는 발음. 조용하고, 방만하고, 난해하지. 얼굴이랑 말이 따로 말하고 있는 것 같아서 참을 수가 없어. 그보다도 같은 일본 안에서 우리들이 이해할 수 없는 언어가 있다는 것 자체가 나를 가장 참을 수 없게 하지! 일본인은 모름지기 일본어로 말해야 해. 일본어로 생각하고 일본어로 대화하고 일본어로 웃고 일본어로 울어야만 해. 그렇지 않으면 굳은 결속을 다질 수 없어. 알겠나!

남·여 : ……

조교사 : 좋아. 그럼 얼른 일본어를 알려주지. 너희들이 제일 먼저 외워 둬야 할 것은 바로 이것이다. 위의(威儀)를 갖추고 잘 들어!

(큰 소리로) 천황폐하 만세! 천황폐하 만세! 천황폐하 만세!

–어때 놀랐나? 실로 위풍당당한 울림이지. 음의 조합도 좋고, 어조도 좋고, 웅장함, 깔끔함, 안정감, 전형적인 일본어다.

남 : 네. 네 (자세를 가다듬고) **처, 천황폐햐 만–쉐!**(天皇陛下ぁ, バンジャーイ！)

조교사 : 만쉐가 아니야. 만세야!

남자 : **만, 만쉐!** (バン, バンジャーイ！)

조교사 : 만세!

남자 : 만……,

조교사 : 세! 온몸에 경애를 넣어서

남 : 만……,

조교사 : 세!

남 : ……,

조교사 : 세!……세! 한심한 놈. 네가 그러고도 일본인이냐. 제대로 말할 수 있을 때까지 이걸 걸고 있어! (방언패찰을 남자의 목에 건다)[21]

밑줄 부분은 일본어, 기울인 글씨는 우치나구치, 굵은 글씨는 우치나 야마토구치로 구분해 놓았다. 같은 오키나와 출신이지만 일본어는 주로 조교사가 사용하며 진열된 남자와 여자는 조교사처럼 완벽한 일본어를 구사하지 못하고 우치나구치와 야마토 우치나구치를 번갈아 사용한다. "지렁이가 꿈틀꿈틀대는 것처럼 도무지 종잡을 수 없는 억양"의 우치나구치와 "음의 조합도 좋고, 어조도 좋고" "웅장"하고 "위풍당당"한 일본어는 극명한 대비를 이룬다. 전자의 서툰 일본어가 섞인 우치나 야마토구치가 열등한 오키나와인의 상징으로 교정 대상이라면, 후자는 제국 신민의 상징으로 우월한 교정자의 위치에 있다. 흥미로운 것은 일본어와 우치나 야마토구치가 끊임없이 충돌하며 우열을 가늠하는 잣대가 되고 있지만, 정작 교정 대상자인 두 남녀는 이를 결코 진지하게 받아들이지 않는다는 점이다.

21 知念正真, 「人類館」, 『新沖縄文学』 33, 1976.(岡本恵徳 · 高橋敏夫 編, 『沖縄文学選 日本文学のエッジからの問い』, 勉誠出版, 2003, 252~253쪽)

조교사 퇴장.

남겨진 두 사람은 잠시 '차렷' 자세 그대로.

–곧 이어 두 사람이 동시에,

남 · 여 : **쳔양뭬햐 만쉐!(テイノーヘイカー, バンジャーイ)**

둘은 웃음을 터트리고, 떼굴떼굴 구르면서 웃는다.[22]

남자, 요란스럽고 큰소리로 재채기를 한다.

남자 : **훼에치!(ファッークスゥ!)**

(…중략…)

조교사 : 네, 네 이놈! 그렇게 말했는데 아직도 모르는 거냐!

남자를 때려눕힌다. 게다가 방언패찰을 붙잡고 질질 끌고 다닌다.

조교사 : 이건 뭣 하러 걸고 있다고 생각하나? 이 팻말은! 방언을 사용하지 말라고 했지? 재채기도 일본식으로 하라고 가르쳤잖아! 훼이치가 뭐야! 훼치라니! 왜 에이취라고 못해? (…중략…)

조교사 : 이 자식, 그러고도 일본인인가! 일본국민인가! 부끄러운 줄 알아![23]

텍스트 첫 부분부터 조교사가 반복해서 주의를 주고 있는 "천황폐하 만세"라는 발음은 좀처럼 고쳐지지 않는다. 교정되지 않는 것인지 교정할 생각이 없는 건지 불분명하나 이 발음은 이야기가 종료될 때까지 교정되지 않는다. 두 남녀가 조교사의 엄포에도 아랑곳하지 않고 장난스럽

22 위의 책, 253쪽.

23 위의 책, 257쪽.

게 웃어넘기는 것으로 보아 후자에 가깝다고 할 수 있다. 재채기까지 일본식으로 하라며 철저한 동화주의를 주창했던 근대 지식인 오타 조후太田朝敷의 발언을 상기시키는 다음 인용문 역시 생리 현상인 재채기 소리가 고쳐질리 만무하다는 것을 에둘러 표현한 것으로, 남자도 조교사도 인지하고 있다. 주의를 요하는 것은 해학적으로 묘사되고 있는 교정 불가능한 발음이 다름 아닌 "천황폐하 만세"라는 것이다. 조교사의 대사에서 반복되고 있듯 "천황폐하 만세"라는 일본어 문장은 단순한 발음 문제가 아니라 일본인, 일본국민인가 아닌가를 가늠하는 리트머스 시험지라는 점에서 중요한 상징성을 띤다. 작가가 '표준어'라는 용어 대신 '일본어'라고 일관되게 표기하고 있는 것도 그 때문이리라. 정통 오키나와어 '우치나구치'는 마이너리티 언어가 아닌 제국의 언어 '일본어'에 대항(저항)하는 언어로 기능한다. 다음 장면은 오키나와 전투 당시 '우군'이어야 할 일본군이 '적군'이 되는 아이러니한 상황을 다룬 것이다.

남자 : 본부 국민학교 교장선생님은 화마를 피해 어진영(御眞影)을 잘 모시려고 우군진지에 들렀다가 우군에 의해 살해당했던 것입니다. 천황폐하의 사진을 안전한 장소에 안치해 두려다 살해당한 것입니다. 천황폐하의 사진 따위 타게 내버려 두었으면 좋았을 텐데. 억울해서 견딜 수가 없습니다.

(…중략…)

남자 : 적은 짐승같이 무자비한 미국과 영국뿐만이 아니었습니다. 우군조차 방심할 수 없게 되었습니다. 아니, 우군이야말로 오히려 진짜 적이었던 것입니다.

갑자기 습격해오는 제트기 소리, 지축을 뒤흔들듯이

남녀는 두려움에 떨며 쭈그려 앉는다.

그러자 어디선가 애도하는 북 소리가 들려온다.

남녀는 그 북소리에 빨려들어 노래하며 춤춘다.

〈京太郎〉

一万石ヌ ウスデーワーサミ 一万石ヌ ウスデーワ

一万一石一斗一升一合一サク一サチマーリヤ

ミミヌファーニウサミティー

ウキトゥリワタシヌ ターマイタ

ターマイタークヌ ターマイタ

サントゥリサーシヌ ミーサイナー

サントゥリサーシヌ ミーサイナー

唐の世から大和の世 大和の世からアメリカ世アメリカ世から大和の世

サントゥリサーシヌ ミーサイナ (…후략…)[24]

죽음을 무릅쓰고 '천황'의 '어진영'을 지켜내고자 한 교장은 같은 '천황의 신민'이라고 믿었던 일본군에게 살해당한다. 이 사태를 오키나와인

24 위의 책, 261~262쪽. 인용문 중 가타카나로 옮겨 적은 부분은 오키나와 민요 〈촌다라(京太郎)〉의 일부인데, 저자의 능력 부족으로 해석이 불가했다. 다만, 나카자토 이사오의 논의로부터 유추하자면 〈촌다라〉를 노래하는 위의 장면은 언어라기보다 류큐·오키나와어 고유의 운율(韻律)에 가까워 보인다. 그에 따르면, 일본의 동화정책이 "생활 깊숙이 침투해 있는 운율까지 일본화할 수 없었"고, 이러한 운율은 류큐 가극 장르로 이어져 왔지만 류큐·오키나와어 멸시 분위기와 오키나와 내부의 동화열망이 맞물려 쇠퇴할 수밖에 없었던 것으로 보인다. 仲里効, 앞의 책, 226쪽.

들은 어떻게 받아들였을까? 텍스트 속 두 남녀는 지금까지와 다르게 진지한 모습을 보인다. 곧이어 오키나와 민요 〈촌다라京太郎〉를 노래하며 춤춘다. 일종의 애도의식인 셈이다. 이때 우치나구치가 그 누구의 방해도 받지 않고 길게 이어진다.

이에 더하여 텍스트 후반에는 "더듬더듬대는 일본어로 말하는 미국인의 목소리"[25]까지 가세한다. 조교사는 스피커를 통해 들려오는 미군의 투항 권유에도 조금도 흔들리지 않는다. 오히려 "견디기 힘든 고통을 견디어 백만 현민이 섬 전체 투쟁으로 일어서야 한다"[26]며 두 남녀를 독려한다. 그러나 미군의 선동에 이끌린 듯 두 남녀가 투항해 버리고 홀로 남은 조교사는 땅에 떨어진 고구마를 주워 한 입 베어 먹다 분을 못 참겠다는 듯 먹다 만 고구마를 땅에 내던져 버린다. 오키나와의 특산물이자 주식이었던 고구마에 빗대어 두 남녀를 조소하던 조교사는, 다름 아닌 그 고구마의 폭발로 인해 죽음을 맞는다. 조교사의 갑작스러운 죽음에 우왕좌왕하던 남자는 조교사를 자신의 자리에 앉히고 자신이 그 채찍을 잡고 조교사의 자리에 서면서 희곡은 막을 내린다.

지넨 세이신의 「인류관」은 분명 일본어로 쓰여 있지만 균질한 일본어가 아니다. 일본어, 우치나 야마토구치, 우치나구치가 복잡하게 뒤엉켜 나타나는데, 세 층위로 나눈 작가의 의도는 매우 명확하다. 요컨대 잦은 충돌을 보였던 일본어와 우치나 야마토구치는 일본 본토로부터의 차별을, 그리고 일본어의 제재가 닿지 않을뿐더러 해석조차 불가능한 우치

25 知念正真, 앞의 책, 271쪽.
26 위의 책, 272쪽.

나구치의 영역은 본토에 대항(저항)하는 오키나와 아이덴티티를 드러내기 위한 전략적 수사로 읽을 수 있다. 분명한 것은 앞서 「구넨보」 속 인물들에게는 보이지 않았던 '신新방언'[27] 사용자, 즉 우치나 야마토구치 사용자가 등장하고, 이에 따라 본토로부터의 차별도 증폭되었다는 사실이다. 전후 새롭게 등장하는 서툰 일본어 사용자 미군의 존재가 우치나구치(방언)와 일본어(표준어)를 둘러싼 혼란을 어떻게 가중시켜 가는지도 주의 깊게 살펴봐야 할 것이다.

4. 에스닉 언어로의 변화, '우치나구치'의 전략성

이 글의 관심은 '일본어'를 '국어'로 강제해 간 제국의 언어정책에 마이너리티 언어 사용자들이 어떻게 반응해 갔는지 살펴보고자 하는 데에서 출발하였다. 1940년 오키나와 방언논쟁이나 균질한 일본어(의 상상력)에 균열을 일으키는 문학 텍스트들은 그에 관한 상징적인 지점들을 보여주었다.

크게 두 가지 지점을 선명히 하였는데, 하나는, '류큐 · 오키나와어'라는 '모어'가 '모국어'가 아닌 상황을 무리하게 '국어'의 틀 안에 넣으려는 데에서 발생한 야나기 · 민예 그룹의 논리적 모순과 한계, 그리고 방언

27 오키나와 방언도 아니고 일본어도 아닌 언어를 우치나 야마토구치, 혹은 신방언이라 일컫는다. 新城郁夫, 「言語的葛藤としての沖縄 − 知念正真の『人類館』の射程」, 『沖縄文学という企て』, インパクト出版会, 2003, 69쪽.

말살을 내세우며 노골적인 황민화를 표방한 오키나와 내부의 논리 역시 하나가 아니라는 사실이다. 구체적으로는 '황민화를 추진하는 그룹 vs. 이에 저항하는 야나기 · 민예 그룹'의 대결구도로 비춰졌던 1940년의 방언논쟁이 단순히 표준어를 강화하기 위한 오키나와어 존폐의 문제가 아니라는 것, 마찬가지로 오키나와 내부의 논리 역시 방언 말살을 내세우며 노골적인 황민화를 표방한 논리로 균질하게 정리되지 않음을 알 수 있었다.

다른 하나는, 이렇듯 방언으로 밀려난 마이너리티 언어의 표현전략을 야마시로 세이추의 「구넨보」와 지넨 세이신의 「인류관」을 통해 부각시켜 보였다. 전자가 우치나구치(방언)로 말하는 본토 출신 교장과 일본어(표준어)를 동경하는 오키나와인을 통해 청일전쟁 무렵의 언어상황을 보여주었다면, 후자는 180도 달라진 이후의 상황을 예리하게 포착하고 있다. 특히 「구넨보」에 없던 '우치나 야마토구치' 사용자의 등장이 본토로부터의 차별과 관련해 매우 상징적인 의미를 갖고 있음을 지적하였다. 무엇보다 두 텍스트 공히 오키나와어가 결코 방언으로 밀려난 마이너리티 언어가 아니라는 점을 보여주고 있다. 오히려 정치적 변동에 따라 오키나와인 스스로가 능동적으로 언어를 재편해 간 정황, 더 나아가 본토에 대항(저항)하여 오키나와 아이덴티티를 드러내기 위한 전략적 수사로 기능하고 있음을 포착할 수 있었다. 제국의 언어정책을 통해 형성 · 구축된 뿌리 깊은 차별어 · 마이너리티 언어의 포위망을 벗어나 에스닉 언어로의 변화를 시도해 간 '우치나구치'의 전략성은 지금 이 시대에도 여전히 유효할 것이다.

제3부

젠더로 읽는 오키나와 점령서사

'점령'을 둘러싼 일본(적) 상상력

'점령하'라는 오키나와(적) 상상력

'반전反転'하는 젠더 표상

유동하는 현대 오키나와 사회와 여성의 '내면'
본토 출신 여성 작가와의 대비를 통하여

'점령'을 둘러싼 일본(적) 상상력

1. 점령 초기 두 명의 본토 출신 소설가

— 아라키 다카시 · 나가요 요시로

1945년 일본은 패전하고, 한국은 해방되었다. 패전과 해방, 양국의 전후의 출발점은 확연히 다르지만 양국이 공통된 것은 미국의 '점령' 아래에 놓이게 되었다는 것이다. 이들에게 있어 미군이란 점령군이면서 해방군이라는 굴절된 배경을 가지고 있으며, 전후 한일관계를 논할 때에도 미국의 영향력은 상당하다. 나아가 같은 국민, 민족이라 하더라도 여성의 점령과 남성의 점령, 여성의 해방과 남성의 해방은 같지 않다. 그럼에도 대다수의 전후 (남성)작가들은 이 남녀라는 젠더의 차이에 따른 패전(전후) 체험 및 인식의 다양성을 봉인한 채 자신들 편의대로 고정된 틀 안에 구획해 왔다. 이를테면 자국 여성의 신체(성, 정조)의 훼손을 점령이라는 현실과 연결시켜 미군의 폭력적 점령 시스템을 비판하거나, 성적으로 타락한 남녀의 문란한 성에 빗대어 패전으로 인한 열패감을 표현하는 방식은 그 전형이라 할 수 있다. 이때 여성은 대개 강간의 피해를 입은 딸이나 아내, 미군을 상대로 성을 파는 창부, 선천적으로 성적으로 문란한 여성(성)으로 묘사되며, 남성 또한 무력한 아버지나 남편, 혹은 성적으로 무력하거나 타락하거나, 어느 한쪽의 극단으로 치우친 남성(성)으로 표현된다. 문제는 이러한 표상체계에서 여성의 목소리는 대부분 봉쇄되고 있다는 것이다. 여성 가운데에서도 특히 '팡팡'과 같은 창부들은 패전-전후의 풍속을 비추는 '거울'이거나, 패전국 일본 남성의 굴욕감과 허무감을 비추는 '반사경'으로 기능해 왔다. 이것은 사전에 그녀들의 내면이나 목소리를 읽을 수 있는 통로를 완벽하게 차단시켜 버림으로써 가능했다.

그런데 지금부터 살펴볼 아라키 다카시荒木巍의 「마음의 가교心の橋」(1946)와 나가요 요시로長与善郎의 「한 시간 반 동안의 이야기一時間半のはなし」(1946)는 그 양상이 조금 다른 듯 보인다. 남성 작가들이 패전과 함께 굳게 봉쇄되었던 여성의 목소리 가운데 어느 한쪽을 풀어 놓기 시작한 것이다. 물론 발언권을 얻은 쪽은 '창부'나 '팡팡'이 아닌 성적으로 '순결'하거나 '모성'을 담보한, 즉 '국가'에 온전히 수렴된 여성들이다.

이 두 작품은 패전 후 정확히 1년이 지난 1946년 8월에 발표되었다는 것 이외에도 다음과 같은 몇 가지 점에서 유사성을 띤다. 첫째 남성 작가가 여성인물의 내면을 묘사했다는 것, 둘째 여성인물 모두가 자기반성 내지는 자기성찰을 하며 지금과 다른 새로운 '일본국민' '여성'으로 거듭나겠다는 결연한 의지를 표명하고 있는 점, 셋째 '창부' 특히 미군의 성적 파트너인 '팡팡'의 존재에 대한 불쾌감과 혐오감을 여과 없이 드러내고 있는 점이 그것이다. 마지막으로 '팡팡'을 '현모양처'와 '정조'로 대표되는 일본 가부장제를 위협하는 존재이자, 더 나아가 일본민족의 순수한 피를 더럽히는 불순한 존재로 경각심을 불러일으키고 있는 점에서도 정확히 일치한다. 무엇보다 이 두 소설이 갖는 공통의 자장들은 패전국 일본 여성의 성, 정조를 둘러싼 인식의 변화 움직임, 특히 전쟁이 초래한 수많은 '미망인'들의 '정조'를 둘러싼 일본인 '남성'들의 고민 속에서 포착할 수 있다.

패전국 일본과 점령국 미국의 관계를 젠더 관점에서 바라볼 때, 미군이 점령과 함께 가져온 남녀평등, 여성해방이라는 '선물'이 갖는 긍정적인 측면과 부정적인 측면, 그리고 그 안에 강하게 자리 잡은 전후 일본인 남성들의 굴절된 심리를 이해하는 것이 선행되어야 할 것이다. 이 글에서는 점령 초기 일본인 여성의 성, 정조를 둘러싼 인식에 미세한 지각변동이 일어나고 있음을 포착하고, 이것이 궁극적으로는 일본인 남성들이 감지한 점령군(미군)에 대한 열패감과 위기의식, 그리고 전후에 대한 막연한 기대감과 긴밀하게 연동된 결과라는 것을 살펴보고자 한다. 아울러 이를 직접적으로 표출하기보다 여성인물을 통한 간접적이고 우회적인 방식을 선택하여 패전국 남성의 굴절된 심리, 혹은 점령국으로부터 자국 여성의 신체(성, 정조)를 온전히 점유하려는 피점령국 남성들의 욕망과 상상력을 극대화시켜 가는데, 이러한 경향은 오키나와의 경우와 대비하여 볼 때 매우 다른 형태라는 것을 지적하고자 한다.

2. 패전국 남성의 반사경에 비춰진 여성의 내면

아라키 다카시의 「마음의 가교」는 패전 후 1년이 지난 1946년 8월 잡지 『여성전망女性展望』(4호)에 게재되었다. 소설의 대략적인 줄거리는, 여주인공 유키코悠紀子가 불륜관계에 있던 유부남에게 이별을 고하고, 북경北京 체재 중 만난 사별한 남자의 아이 엄마가 되어 주기로 결심한다는 내용으로 요약할 수 있다. 또한 '대동아전쟁' 직후 남편과 사별하였지만 앞으로도 계속해서 독신으로 살아가겠다고 다짐하는 '전쟁미망인' 미쓰코光子의 이야기도 포함되어 있다.

소설 속 현재는 일본의 '패전'을 바로 눈앞에 둔 시점으로, 여주인공 유키코가 북경에 체류하다가 톈진天津을 경유하여 일본으로 귀환하는 데에서 이야기가 시작된다. 일본으로 귀환하기 전 유키코는 톈진에서 이른바 '공동생활'이라 하여 한 달간 천여 명에 이르는 귀환자들과 뒤엉켜 비참한 생활을 하게 된다. 그곳에서 1년 전 어머니를 여의고 아버지와 단둘이 생활하는 5살 여자아이 스즈코寿々子를 만나게 된다. 모정에 목말랐던 스즈코는 유난히 유키코를 잘 따랐고, 유키코 또한 그런 스즈코에게 정을 듬뿍 쏟는다. 그리고 톈진을 떠나기 전 마침내 유키코는 스즈코의 엄마가 되어 주기로 결심한다.

한편, 일본으로 귀국한 유키코는 가와지川路로부터 자신이 새로 시작한 프로젝트에 여비서로 와달라는 제의를 받는다. 가와지는 한 사립대학 법학과 강사로 재직 중이며 실업가인 부모의 대를 이어 풍요로운 생활을 영위하는 인물이자 유키코의 불륜상대이기도 하다. 그러나 톈진에서 심경의 변화를 일으킨 유키코는 그의 여비서 제안은 물론 지난 7년간의 불륜관계도 정리하고 싶다는 의사를 분명히 밝힌다.

> "선생님, 저를 당분간 이대로 놔 주세요"라고 처음으로 입을 열었지만, 그것은 가와지에게 한 첫 항의이기도 했다. 만약 여비서가 되기라도 하면 흐지부지 이전 관계로 돌아갈게 뻔했기 때문이다. (…중략…) 나는 조국의 패전을 앞두고 조금이라도 몸과 마음을 깨끗하게 하고 싶었다. 그런데 그것을 이룰 수 없다고 생각하니 격한 슬픔과 분노가 마음속에 소용돌이쳤다.[1]

> "선생님, 비겁해요. 선생님께는 엄연히 부인이 계시잖아요. 그 부인은 어쩌시려고요." (…중략…) "이제 저를 죄에서 해방시켜 주세요. 당신 부인께도, 세상에 대해서도, 아니 제 자신을 위해서도 더 이상 나쁜 짓은 하고 싶지 않아요."[2]

여기서 지금까지 단 한 번도 불륜상대인 가와지에게 자신의 의견을 말한 적이 없던 유키코가 돌연 이별을 선언한 이유에 대해 생각해 볼 필요가 있다. 우선은 톈진에서 알게 된 어린 스즈코의 엄마가 되어주기로 한 데에 따른 것으로 보인다. 그러나 이보다 더 큰 명분은 '조국 일본'의 '패전'이라는 상황에 있었다. "조국의 패전을 앞두고 조금이라도 몸과 마

1 荒木巍, 「心の橋」, 『女性展望』 4, 1946.8.(山本武利 編, 『占領期雑誌資料大系』 文学編 Ⅱ, 岩波書店, 2010, 105~106쪽)
2 위의 책, 106쪽.

음을 깨끗하게 하고 싶다"는 유키코의 자기성찰적 발언은, 아직 도래하지 않았지만 곧 다가올 '패전국' '국민'의 일원으로서 나아가야 할 방향을 제시하는 매우 상징적인 의미를 내포하고 있다.

> 가와지와 헤어지겠다는 결심이 서자 그 아이의 엄마가 되어 주어야겠다는 생각이 드는 거예요. 그 아이에게는 내가 없으면 안 된다는 조금은 건방진 생각도 있었고, 가엽도록 귀여운 아이라 그런 마음이 들었던 것 같아요. 그리고 또 이것이 나를 구원하는 길이라는 생각도 들었고.[3]

유키코에게 있어 '불륜'이라는 지극히 사적인 일은 '나를 구원하는 길'이자 '패전국 일본'을 '구원하는 길'이라는 대의명분과 아무런 모순 없이 등치되고 있다. 이는 유키코의 여학교 스승이자 지금은 친자매처럼 가깝게 지내는 미쓰코光子의 격려의 말 속에도 잘 나타나있다.

> "참 잘된 일이야. 네가 옳은 길을 걸을 때가 온 거지. 네가 생각하기엔 아주 헛된 길을 걸어온 것 같겠지만 그래도 헛된 것만은 아닐 거야." 미쓰코는 유키코에게 말하고 있지만 실은 자기자신에게 들려주는 말이기도 했다.[4]

미쓰코는 어린 스즈코의 엄마가 되어주기 위해 결혼을 결심했다는 유키코의 결단에 찬사를 보내며 자신 역시 전쟁으로 남편을 잃고 힘든

3 위의 책, 107쪽.

4 위의 책, 107쪽.

시간을 보내고 있지만 앞으로 더욱 꿋꿋하고 올곧게 살아가야겠다는 다짐을 한다. 유키코와 미쓰코의 자기성찰적 행보는 패전이라는 국가 위기 상황에 직면하여 여성들이 수행해야 할 역할을 매우 노골적인 형태로 보여준 것이라 할 수 있다. 요컨대 전시 '불륜'이라는 성적 일탈의 경험을 가진 여성이라 하더라도 '미혼 여성'이면 시급히 결혼제도에 편입하여 전쟁으로 부모를 잃은 아이들의 결핍된 '모성'을 채워줄 것을 기대하였고, 남편을 잃은 '전쟁미망인'의 경우는 강인한 생활력과 정신력으로 재무장해 줄 것을 요청했던 것이다.

실제로 패전 이후 일본 여성의 신체(성, 정조)를 둘러싼 담론에 미묘한 변화의 징후들이 포착된다. 불륜이나 매춘은 물론이고, 전쟁미망인이 된 여성의 정조와 재혼문제가 패전 직후 중요한 사회문제로 부상하면서 이를 둘러싼 지식인들의 논의가 본격화되었던 것에서 그 일단을 엿볼 수 있다. 이에 관한 구체적인 논의는 3절로 미루기로 하고, 이야기를 나가요 요시로의 「한 시간 반 동안의 이야기」로 옮겨가 보자. 이 소설에서는 전직 술집여자 아이다 데루코相田照子가 중심인물이다. 데루코가 자신이 일하던 술집 '나지那智'에서 몇 번 어울린 적이 있는 에이지英二와 우연히 역에서 마주치면서 이야기가 시작된다. 같은 기차를 타게 된 둘은 각자의 목적지로 향하는 '한 시간 반 동안' 여러 대화를 나누게 된다.

둘의 대화 속에 등장하는 인물은, 지금은 데루코의 남편이 된 아이다와 오쓰카大塚, 미야우치宮内 등으로 이들은 오쓰카를 매개로 서로 알게 된 사이다. 이들 일행이 7, 8년 전 술집 '나지'에서 난투극을 벌였던 상황을 데루코의 시선으로 묘사한다. 주로 데루코가 이야기하고 에이지는 이를 청취하는 형식을 취하고 있다. 여기서 데루코는 술에 취한 중위가 내무성에 근무하는 관료라는 이유로 시비를 걸어온 것에 당당히 맞섰던 미야우치의 용기를 상찬한다. 그리고 다른 한편으로는 스스로를 일컬어 "무교육", "무교양", "봉건적 여자", "구식 여자"라며 자책한다.

"저기요 선생님, 요즘 걸핏하면 봉건적, 봉건적이라고 하는데요. 군과 마찬가지로 나쁜 것의 표본이 아닐까 싶어요." (…중략…) "나란 여자가 그 나쁜, 나쁘다고 말하는 봉건적인 면이 있는 여자가 아닐까 하는 생각을 했어요."[5]

"미야우치 씨가 아니더라도 자신의 심지가 확고한 진정한 남자에게 한번 정복당해 보고 싶다는 생각이 문득문득 들어요. (…중략…) 제 몸에 그 나쁘다고 하는 봉건적인 피가 흐르고 있는 것은 아닐까 하고요. 제가 상처 입었던 바로 그 날, 미야우치 씨가 자신의 몸에 사무라이의 피가 흐르고 있다고 말씀하신 것처럼요."[6]

"그건 음, 남자가 여자에게 원하는 것이 여성적인 것이듯 여자가 남자에게 추구하는 것은 무엇보다 남성적인 남성다움에 있겠죠." "그러니까 전 구식 여자예요. 무교육인 탓도 있고……." "여자는 머리가 나빠서 자기도 모르는 사이에 거짓말을 하곤 하죠."[7]

---

5 長与善郎, 「一時間半のはなし」, 『新潮』 34-9, 1946.9.(山本武利 編, 『占領期雑誌資料大系』 文学編Ⅱ, 岩波書店, 2010, 119쪽)

6 위의 책, 120쪽.

7 위의 책, 120쪽.

이상의 인용문 이외에도 「한 시간 반 동안의 이야기」 안에는 '여자=구식=봉건적'이라는 구도가 지루하리만큼 반복된다. 소설 전체가 전직 술집여자 데루코의 자기반성에서 시작해서 자기성찰로 끝난다고 해도 무방하다. 데루코가 지금까지의 삶을 통렬히 반성하고 새로운 여성과 국민으로 거듭나겠다는 결연한 의지를 표명하는 장면들은, 앞서 살펴본 「마음의 가교」 속 여주인공 유키코가 패전을 눈앞에 두고 유부남과의 불륜 관계를 청산하고 어린 스즈코의 새엄마가 되어 주기로 한 결심과도 일치한다.

일본이 패전함으로써 '미국=선진=신식=문명 vs. 일본=봉건=구식=비문명'이라는 전전의 이항대립 구도로 되돌려지게 되는데, 이때 일본은 불가피하게 봉건적이거나 구식, 전통적인 것을 다시 취사선택해야 하는 기로에 놓이게 된다. 특히 여성의 경우, 일본 고유의 '이에 제도家制度'의 전통을 훼손하지 않는 범위 내에서의 새로운 생활윤리 및 가치기준이 요구되는 상황이었다. 이를테면 당시 대부분의 여성잡지의 지면이 여성해방, 참정권, 가정(가사), 육아, 교양 등으로 채워졌던 것에서 알 수 있듯이, 일본 여성으로서의 미덕을 갖추고 서양의 지식과 교양을 겸비한 선진적 여성, 혹은 새로운 전후의 여성상이 제시될 필요성이 대두되었던 것이다.

이와 함께 지금까지의 사회적 도덕이나 규범(모럴)에 대한 재검토와 비판도 가해진다. 패전 직후 히가시쿠니노미야東久邇宮稔彦王 내각이 제국의회(第88回帝国議会(臨時会)における施政方針演説)에서 발 빠르게 '일억총참회一億総懺悔' 발언을 한 것은 그 대표적인 예라 할 수 있다. 요컨대 "이다

지도 깊이 천황의 마음을 괴롭혀 드린 것은 신하로서 정말 황송한 일입니다. 이렇게 민초들을 걱정해 주시는 천황의 마음에 대해 우리 국민은 그 인자하심을 깊이 마음에 새기고 자숙·반성해야 합니다. (…중략…) 국민 모두 조용히 반성하고 (…중략…) 지금이야말로 우리는 총참회하여 신神의 어전에서 일체의 사심邪心을 씻어내고, (…중략…) 제국 장래의 진운進運을 열어가야 할 것입니다"[8]라며 '패전'의 모든 책임을 국민에게 전가하고, 일본국민으로 하여금 '자숙'하고 '반성'하고 '참회'할 것을 요청한 바 있다. 또한 패전 이듬해인 1946년 새해에 천황이 발표한 「원단소칙元旦詔書」에도 일본국민의 '도의' 실추에 대한 '깊은 우려'가 표출되어 있다. 이것은 임숙미林淑美의 지적대로 "지배자 측이 재빨리 도덕이라든가 도의라는 말을 자신의 입에 올리는 것"으로 도덕적 헤게모니를 장악하려는 의도로 해석할 수 있으며, 특히 일본국민의 도의 부재를 우려한 천황의 「원단소칙」을 문부성이 앞장서서 교육현장에 배포한 것은 "권위에 기대어야 안심하는 일본인의 심성"을 GHQ가 간과하지 않고 점령정책의 기본으로 삼아 반영했기 때문인 것으로 볼 수 있다.[9]

이상의 두 편의 텍스트 속 여성인물들 역시 기존의 '도덕'과 '도의'를 반성하고 성찰하는 것에서 '전후'를 출발하고 있다. 문제는 이 모든 반성과 성찰의 주체가 오로지 '여성'의 경우에만 해당한다는 것이다. '패전'이 임박한 시점에 유키코, 데루코 모두 자신의 치부를 '남성' 앞에 여과 없이

---

8 データベース「世界と日本」の「帝国議会·国会内の内閣総理大臣演説」(http://world-jpn.grips.ac.jp/documents/texts/pm/19450905.SWJ.html[검색일: 2020.3.15])

9 林淑美 他, 「座談会 堕落というモラル－戦後空間の再検討」, 『戦後という制度』, インパクト出版会, 2002, 6~7쪽.

드러낸다. 이때 남성인물들은 정신적인 면에서나 물질적인 면에서나 여성인물들보다 훨씬 우위에 서 있다. 데루코의 경우는 이에 더하여 "자신의 심지가 확고한 진정한 남자에게 한번 정복당해 보고 싶다는 생각"을 할 정도로 남성의 '확고한 심지', 즉 '사무라이'로 대변되는 일본 고유의 정신을 상찬하는 것으로 여성의 열패감을 극대화시키고 있다.

여기서 주의해야 할 것은 여성인물의 자기성찰이 철저히 남성인물의 개입에 의해 이루어지고 있다는 점이다. 다시 말하면 수동적인 이미지를 탈피하고 적극적으로 자신의 의사를 밝히기 시작한 여성인물들의 배후에는 반드시 그녀들을 조종하고 움직이는 남성인물(혹은 작가 자신)의 그림자가 짙게 자리하고 있다는 것이다. 이는 패전을 얼마 남겨 두지 않은 상황에서 자신의 삶을 통렬히 반성하고 도의와 도덕적 사명감으로 무장한 여성인물의 면면은, 실은 점령군 미군으로부터 자국 여성의 신체(성, 정조)를 온전히 점유하려는 피점령국 남성들의 욕망과 상상력이 투영된 이른바 의사擬似 여성에 지나지 않음을 짐작케 한다. 이 같은 측면은 '팡팡'에 대한 극도의 혐오감과 부정적 인식을 여과 없이 드러내는 인물이 남성이 아닌 같은 여성인물에게서 한층 더 강하게 나타나고 있는 데에서도 확인할 수 있다.

3. '팡팡'을 향한 불편한 시선

여성의 패전과 남성의 패전은 같지 않다. 이러한 사정을 단적으로 보여주는 예는, 전후 일본에 생겨난 '팡팡'[10]이라는 존재일 것이다. 이들의 존재는 점령과 여성의 신체(성, 정조) 문제, 그리고 전후 굴절된 일본인 남성의 심리를 살펴보는 데에 유효한 단초를 제공한다.

일본 내무성은 패전으로부터 불과 3일 후인 1945년 8월 18일, 점령군이 상륙하면 일본 여성들 대부분이 강간당할지 모른다는 공포감과 일본 여성의 정조를 지킨다는 명목으로 전국의 경찰에 점령군 전용의 특수 위안시설을 설치하라는 지시를 내린다. 그리고 이를 바로 실행에 옮겨 「신新일본 여성들에게 고함」이라는 문구를 내걸고, "전후 처리를 위한 국가적 긴급 시설의 일환으로서 진주군 위안이라는 대사업에 참가할 신일본의 여성들"을 모집하기 시작한다. 그 결과 도쿄에서만 1,360명의 여성이 모여 들었고 이들 여성은 이후 RAA(recreation and amusement association, 특수 위안시설협회)라는 이름으로 호명되었다. 황거 앞 광장에서 열린 RAA 창립 대회에서는 "민족의 순결", "전후 사회 질서의 보이지 않는 기둥", "절조", "국체호지" 등의 미사여구로 가득 찬 선언문이 낭독되었다.[11] 그런데 지원자들 가운데 상당수는 경제적으로 궁핍한 여성들이었으며, '위

10 '팡팡'은 외국인 병사를 상대하는 매춘 여성을 가리키는 말로 전후에 등장하여 한 시대를 풍미했다. '팡팡'을 더 미세하게 나누면, 미군 병사들만 상대하는 '요팡(洋パン)', 단 한 명의 병사만 상대하는 현지처 개념의 '온리(only)', 상대를 가리지 않는다는 '버터플라이(バタフライ)' 등으로 다양하게 호칭했다.

11 존 다우어, 김은석 역, 『패배를 껴안고』, 민음사, 2009, 150~152쪽.

안'이라는 일 안에 미군의 성적 서비스가 포함되어 있다는 사실조차 제대로 알지 못했다고 한다. '일본의 딸들'을 지키기 위해 '또 다른 일본의 딸들'의 희생과 봉사를 강요하는 모순된 정책이었음을 시사하는 부분이다.

이렇듯 일본 정부가 RAA에 기대한 것은 '일억의 순혈'을 지키기 위한 '성性 방파제' 역할이었는데 얼마 안 되어 전격 폐지된다. 점령군 당국이 표면적으로 내세운 것은 비민주의적이고 여성의 인권을 침해한다는 이유였지만 실은 병사들 사이에 만연한 성병이 문제가 되었다. 그렇다고 해서 매춘이 사라진 것은 아니었다. 미군측은 일본 경찰이나 행정당국에 성병관리 및 매춘부 관리를 촉구하고 매춘지역을 '오프 리미트off limit'로 지정해 출입을 금하였지만, 헌병 순찰 시간대만 피하면 얼마든지 매춘이 가능한 사실상 매춘허용정책을 취한 것이다. 일본 내무성은 급기야 1946년 12월, '아카센赤線'[12] 지역을 지정하여 성매매를 공인하기에 이른다.

RAA가 폐쇄된 후, RAA 위안부에서 '팡팡'이 된 여성들도 적지 않았다. 중요한 것은 이 '팡팡'이라 불리던 여성들이 단순히 몸을 파는 매춘여성에 그치는 것이 아니라, 승자인 미군에게도 패자인 일본인에게도 예기치 못한 혼돈과 충격을 직접적으로 감지하게 해주는 매우 상징적인 존재였다는 점이다.

점령기 역사에 대한 방대한 분석을 내놓은 존 다우어의 말을 빌리자면, 점령군(미군)의 시각에서 바라 본 전후 일본, 일본인의 모습은 "순종

12 GHQ에 의한 공창폐지령이 내려진 1946년부터 매춘방지법이 시행된 1958년까지 거의 공인 형태로 매춘이 행해지던 지역을 일컬음. 빨간 선('아카센')으로 표시한 지역에서는 매춘을 허용하고 파란 선으로 표시된 지역에서는 매춘을 금지했다.

적"이며 "이국취미"와 "적나라한 에로티즘"을 불러일으키는 '여성(성)' 그 자체라고 할 수 있다.

> 정복자와 피정복자를 연결하는 성이 사회 어디에나 넘쳐 났다는 것은 패전국과 그 국민에 대한 미국인들의 인식에 관한 중요한 결과를 낳았다. 점령군의 일부에게 현지 여성이란 언제든 손만 뻗치면 되는 섹스 대상과 별반 다르지 않았다. (…중략…) 더 충격적인 것은 일본으로 몰려든 미국인들의 머릿속에 패전한 일본 그 자체가 여성화된 모습으로 각인되었다는 사실이다. 전멸되어야 마땅할 짐승 같은 적국 국민이 하루아침에 마음껏 즐길 수 있는 순종적인 이국인으로 바뀐 것이다. (…중략…) '팡팡'은 실로 이런 이미지를 대변하는 존재였다.[13]

위의 글은 젠더라는 프리즘을 굳이 덧대어 보지 않더라도 '점령국=미군=남성(성) vs. 피점령국=일본=여성(성)'이라는 이항대립구도를 선명하게 보여준다. 요컨대 점령군의 전쟁에 대한 승리감은 피점령지 여성의 신체를 '점령'하는 것으로 표출되며, 피점령국 남성으로 하여금 '피점령'의 굴욕감을 증폭시키는 동시에 '팡팡'에 대한 부정적인 인식을 공고히 하는 것으로 충족된다고 할 수 있다.

앞서 살펴본 두 텍스트 역시 '팡팡'을 등장시키고 있다. 「마음의 가교」를 통해 '팡팡'을 둘러싼 동시대인의 인식이 어떠했는지 들여다보자.

13 존 다우어, 김은석 역, 앞의 책, 164~165쪽.

그녀는 조금 전 도중에 올라타 추잉껌을 씹고 있는 젊은 여자가 마음에 걸렸다. 여자는 머리에 화려한 넥커칩을 하고, 두터운 입술에 새빨간 립스틱을 치덕치덕 바르고 굽 높은 백구두를 신고 있었다. 전쟁 중에는 물론 전쟁 전에도 본 적이 없는 풍속이었다. 마침 러시아워 직전이어서 전차 안에는 빈자리가 많았다. 여자는 유키코와 사선 방향의 건너편 자리에 앉았다. 다리를 무릎 위에 얹어 꼬고는 아무런 수치심도 없이 오히려 득의양양하게 새빨간 입술을 움직여 껌을 씹으며 주위를 멍한 눈으로 둘러보고 있다.

'몸 파는 여자일까? 아니면 그냥 평범한 여자?' 얼굴은 아이처럼 포동포동하고 눈도 탁하지 않다. 도통 짐작이 가지 않지만 마음은 무자각한 것이 완전한 창부임에 틀림없었다. 유키코는 전사한 오빠의 친구 중 한명으로부터 저런 류의 여자는 초기에는 히비야(日比谷) 공원을 중심으로 풍의(風儀)를 문란케 해서 그곳에서 쫓겨났다는 이야기를 들은 적이 있다. 그런데 지금은 어디를 가나 만나게 된다. 어차피 교양 없는, 별 볼일 없는 집 딸이거나 시골 출신 여공이라고 들었는데 양가집 딸 같은 얼굴을 하고 복장을 한 여자를 만나기도 해서 오빠 친구의 말처럼 구분할 수 없게 되는 경우도 다반사다. 그리고 구분하지 못하는 자신의 마음속에 뭐라 형언할 수 없는 서글픔이 진눈개비처럼 쏟아져 내렸다.

미쓰코는 자신이 좋아하는 매화꽃을 왠지 모르게 떠올렸으나, 눈보라와 한풍을 견디며 피어난 그 꽃을 지금 떠올리는 것조차 그 꽃을 더럽히는 듯한 느낌이 들었다.[14]

---

14 荒木巍, 앞의 책, 104쪽.

위의 인용문에 묘사된 '팡팡'은 진한 화장을 하고 화려한 복장과 헤어스타일을 하고 있다. 여기에 주변을 의식하지 않는 거침없는 행동은 '팡팡=사회악 · 무질서 · 퇴폐'라는 이미지를 확고하게 만든다. 또한 이들 여성은 "양가집 딸"의 외모나 흉내 내는 "별 볼일 없는 집 딸"이거나 "시골 출신 여공"으로 폄하되며, 같은 여성들 사이에서도 '팡팡'은 '매화꽃'에 비유되는 '순결한 여자'와 그 꽃을 더럽히는 '불결한 여자'라는 이항대립 구도 속에서 차별화된다.

무엇보다 '팡팡'에게서 감지하는 것은 '마음의 무자각함' 즉 정신성의 결여이다. '팡팡'의 육체 혹은 성적인 측면이 부각되어 나타날수록 이에 대응하는 정신적인 측면의 결여가 강조되어 나타나는 것이다. 이러한 일련의 이미지는 '팡팡'에 대한 혐오감과 부정적 인식에서 출발한 것으로 전후 미국과 일본 사이의 불균형한 정치적 함수를 드러내기 위한 매우 낯익은 수사라고 할 수 있다. 그런데 그 원인이 단순히 점령국 남성의 성적 파트너라는 것에만 기인하지 않는다는 데에 주의를 요한다. 왜냐하면 일본인 여성의 더럽혀진 신체(성, 정조)가 점령이라는 굴욕적인 전후와 모순 없이 등치되는 가부장제 패러다임으로 온전히 수렴되지 않는 사례들도 포착되기 때문이다.

다음은 「한 시간 반 동안의 이야기」에 등장하는 연인으로 보이는 "진주군 병사"와 "일본 여자"의 모습을 묘사하고 있는 장면이다.

> 기차는 아사쿠사(浅草) 역에 도착했다. 그 건너편 플랫폼에는 진주군 병사와 일본 여자가 팔짱을 끼고 걷고 있다. 그 모습을 가리키며 데루코는 이렇

게 속삭였다.

"저."

"……선생님, 어떻게 생각하세요? 저런 모습."

"어떻게 생각하든 뾰족한 수가 없지 않나. 지금까지 무리하게 금지시켜온 일이기도하고. ……그런데, 자네는, 아니……그렇지 않나." 그렇게 말하고는 문득 실례되는 질문을 해버렸다고 에이지는 생각했다.

(…중략…)

"(…전략…) 올 가을, 햅쌀(新米)을 수확할 무렵에는 파란 눈을 한 아기가 하나 둘 태어나겠지."

"햅쌀이 나기 전일걸요. 고구마가 나올 무렵이면……."

뜬금없이 이렇게 말하고 데루코는 웃었다.

(…중략…) 그런데 왠지 이른바 야마토(大和) 민족 '피'의 순일(純一)이라는 것을 너무나 올곧게 읊어왔다는 생각이 들기도 하고, 어떤 면에서는 우승자와 열패자라는 너무도 굴욕적인 형태지만 오늘날 혼혈이 급증하는 분위기를 뭉뚱그려 개탄하고 싶은 마음도 없었다.[15]

잠시 정차한 플랫폼에서 목격한 팔짱 낀 점령군 병사와 '팡팡'으로 보이는 일본인 여성의 모습에서 에이지와 데루코는 바야흐로 점령의 시대가 도래했음을 실감한다. 그러나 에이지는 점령군 병사와 일본인 여성의 접촉을 금지하려는 것 자체가 무리한 발상임을 인정하고, 조금은 색다른

15 長与善郎, 앞의 책, 114~115쪽.

시선으로 이 두 남녀를 응시한다. 이를테면 두 남녀의 관계가 (성적으로) 친밀한 관계일 것이라는 추측에서 한발 더 나아가 "파란 눈"을 한 '혼혈아'에 대해 상상하거나, '우승자=점령국'과 '열패자=일본인(남성)'이라는 굴욕적인 형태이긴 해도 '혼혈'이 급증하는 사회 분위기를 개탄하고 싶지 않다는 발언 등이 그것이다.

이상의 에이지와 데루코의 대화에서 주의를 요하는 것은 '팡팡'에 대해 부정적으로 일관해온 동시대의 인식과 거리를 두고 있는 데에 있다. 점령군과 함께 생겨난 '팡팡'이 자신감을 상실한 전후 일본인 남성들의 열패감과 굴욕감을 증폭시킨 것은 분명하지만, 또 다른 한편으로는 물질적 풍요로움과 정신적 자유로움으로 무장한 점령국에 대한 무한한 동경을 그 누구보다 가까운 거리에서 접하고 있는 얼마 안 되는 존재이기도 했기 때문이다. "대담하게 정복자의 보물에 손을 댈 수 있는 이들"[16]이 바로 '팡팡'이었고, 에이지는 그러한 '팡팡'의 존재를 부정하지 않는 것으로 곧 도래할 점령 시대에 대한 기대감을 표출한 것으로 볼 수 있다.

흥미로운 것은 위에서 인용한 두 개의 지문 모두 GHQ/SCAP 사전 검열에 걸려 삭제되었다는 사실이다. 「마음의 가교」는 '팡팡'에 대한 세밀한 묘사가, 「한 시간 반 동안의 이야기」는 점령군 장병과 일본인 여성과의 친밀한 관계묘사가 각각 검열기준에 위배되었던 듯하다.[17] 이렇듯 일본 여성의 '정조'를 둘러싸고 벌어진 점령군 미국과 피점령국 일본인

16 존 다우어, 김은석 역, 앞의 책, 162쪽.

17 菊池寛, 「貞操について」, 『りべらる』 1-6, 太虚無堂書房, 1946.8.(山本武利 編, 앞의 책, 208쪽)

남성들 간의 갈등과 충돌이 예기치 않은 지점에서 일치하고 있음은 무엇을 의미할까? 한 가지 분명한 것은 전쟁이 패전으로 끝나고 점령이라는 굴욕적인 시대와 마주하게 된 일본인 남성들의 경우, 전시의 논리 그대로는 더 이상 명분을 찾기 힘들게 되었으리라는 점이다.

4. '미망인'의 '정조'를 둘러싼 문제

앞서 살펴본 두 편의 소설과 같은 시기에 기쿠치 간菊池寛의 「정조에 대하여貞操について」(1946.8)라는 제목의 글이 발표되었다. 기쿠치 간은 이 글에서, '진주군'과 일본인 여성의 정사문제를 언급하며, 진주군 병사와 젊은 일본 여성의 매춘은 이유 여하를 막론하고 비판받아 마땅하다고 말한다. 이어서 일본 여성은 어디까지나 '순수'해야 하며 '매음'은 '일본 여성의 수치'라는 점을 명심해야 한다고 일침을 가한다. 일본인 여성의 정조를 견고한 가부장제의 틀 안에 가두고 일본인 혹은 국가 문제로 확대시켜 가는 방식은 기쿠치 간 고유의 것이 아님은 이미 두 편의 소설을 통해 확인한 바 있다. 그런데 이러한 '정조'의 틀 안에 얽매이지 않아도 되는 여성들이 있다. 바로 '전쟁미망인'들이다. 기쿠치 간은 전후 일본 여성의 '정조문제의 핵심'은 '미망인'이라고 언급하며, 전쟁 중 부당하게 엄격한 도덕을 강요받았지만, 결혼 후 얼마 안 되어 사별한 여성이건 아이가 있는 여성이건 간에 상관없이 주변에 미망인이 있다면 재혼을 적극 권장

해야 한다고 주장한다.[18]

전시 금기시되었던 미망인의 재혼을 폭넓게 인정하자는 인식의 변화는 언뜻 보면 긍정적인 것으로 보이나, 기쿠치 간 스스로도 밝히고 있듯 기존의 정조관을 바꾼 것이 아니라, 어디까지나 전쟁으로 급증한 '미망인'에 한해서이며, 남성과 달리 여성에게 있어 정조는 여전히 신중하게 생각해야 할 중요한 문제라는 것을 강조한다.

그런데 문제는 이러한 '미망인'에 대한 관심이 전후에 갑자기 부상한 것이 아니라 쇼와 초기부터 꾸준히 있어 왔다는 점이다. 잡지 『부인공론婦人公論』(1916~1944)만 들춰 보더라도 미망인 관련 기사들을 어렵지 않게 발견할 수 있다. 다이쇼 말 무렵부터 조금씩 기사가 보이기 시작하여 쇼와 7년(1932)에 이르면 미야케 야스코三宅やす子의 장편 연재소설 「사기의 덫에 걸린 미망인偽れる未亡人」류의 기사들이 큰 반향을 일으킨다. 이듬해 7월호에는 「미망인을 대신하여未亡人に代りて」, 「젊은 미망인의 생리적 이상若い未亡人の生理的異常」 등의 글이 소개되었고, 쇼와 9년 6월호와 12년 12월호는 각각 「젊은 미망인의 경우若き未亡人の場合」, 「젊은 미망인 문제若き未亡人の問題」라는 제목의 특집호로 꾸려졌다. 쇼와 14년(1939) 2월호의 경우, 전쟁이 점차 격화됨에 따라 '전몰자의 아내戦没者の妻'라는 노골적인 표현이 빈번히 등장한다. 「전몰자 아내의 문제戦没者の妻の問題」(1939.2) 코너를 마련하여 「전몰자 아내에게 듣는다戦没者の妻にきく」라는 테마의 좌담회를 개최하기도 하고, 「미망인과 총후부인의 협동未亡人と銃後婦人の協同」

18　위의 책, 208쪽.

〈그림 1〉

〈그림 2〉

〈그림 1〉은「누구냐! 미망인을 훔치는 것은?」이라는 타이틀의 만화소설 광고이고, 〈그림 2〉는「전몰용사 아내의 모임」개최를 알리는 공고이다. 각각『부인공론』1937년 3월호와 1939년 12월호에 실렸다.

(1939.1),「슬픔을 극복하고 씩씩하게 일어선 전몰 용사의 미망인을 방문하여悲しみを越えて雄々しく立ち上がる戦没勇士の未亡人を訪ねて」(1939.7)와 같은 '총후 부인銃後婦人'으로서의 역할을 강조한 기사도 등장한다. 이 밖에「남편을 따라 죽을 것인가 — 죽은 남편을 미치도록 사모하는 미망인의 고민夫に殉死すべきか–亡父を狂慕する未亡人の悩み」(1933.9),「연하의 애인을 잊지 못하는 미망인의 이야기年下の愛人を思ひきれぬ未亡人の話」(1933.11),「자녀를 다 키운 미망인은 죽어도 좋단 말인가?子女を育て上げた未亡人は死んでもよいか?」(1935.10),「미망인을 무리하게 죽이지 말라未亡人を無理に殺すな」(1935.10),「아들 · 딸이 반대하여 재혼을 포기한 미망인息子·娘に叛かれ再婚せんとする未亡人」(1936.7),「누구냐! 미망인을 훔치는 자는?誰だ!未亡人を盗むのは?」(1937.3, 만화소설 광고)과 같은 자극적인 기사나 광고에서부터「(실화) 학대받는 미망인의 생활虐げられし未亡人の生活」(1934.6),「미망인의 눈물 그 외未亡人の涙 その他」(1935.10)

등 실화를 바탕으로 한 미망인의 수난 이야기, 「미망인을 보호하는 법률未亡人を護る法律」(1934.2), 「미망인의 생리와 심리未亡人の生理と心理」(1934.6), 「미망인의 생활 좌담회未亡人の生活座談会」(1934.6) 등 미망인에 대한 제도적 보호장치 및 심리치유, 생활대책과 같은 실질적인 방안을 제시한 글에 이르기까지 다양한 주제와 논조가 눈에 띈다. 또한 부인공론사가 주최하고 군사보호원 후원으로 「전몰용사 아내의 모임戦没勇士の妻の会」(1939.12)을 마련하여 미망인들의 사회적 관심을 환기시키기도 하였다.

여기서 간과해서 안 될 것은 이들 미망인 담론의 생산자 대부분이 '남성'이라는 점이다. 잡지의 주요 필진은 물론이고, '실화' 혹은 '신상상담'이라는 이름으로 미망인의 고민을 청취하고 이를 정리하여 게재하거나, 미망인들을 위한 좌담회, 미망인을 위한 각종 행사의 기획에서 주최에 이르기까지 요소요소 당대 남성 지식인들의 손길이 미치지 않은 곳이 없기 때문이다. 당시 대표적인 논객 가운데 한 명인 기쿠치 간 역시 『부인공론』 지상의 미망인 담론을 주도해간 주요 논객으로 모습을 드러내었다. 그가 전시에 발표한 미망인 논의는 과연 어떤 내용이었을까? 패전 후 얼마 안 되어 발표한 미망인에 관한 논의와는 어떤 차이를 보일까? 1937년 12월호에 개제된 「젊은 미망인에게 전함若き未亡人に與ふ」이라는 제목의 글에서 그 일단을 엿볼 수 있다.

> 이번 사변으로 전사자는 어제 발표를 보니 아직 1만에 미치지는 않았다. 아마도 사변이 종료되면 그 배로 늘어나지 않을까 한다. 구주대전에서 독일 전사자가 70만인 것에 비하면 그렇게 많은 수는 아니므로 '전쟁과 미망인' 문

제가 사회문제가 되기에는 아직 이른 것 같다. 그러나 어느 정도 젊은 미망인이 다수 생겨나고 있어 여러 가지 문제가 발생할 것이다. 얼마 전에도 전사한 남편의 뒤를 따라 자살한 사람도 있었다. 만약 그녀에게 건강한 정신과 자식이 있었다면 그 아이를 키우는 일이 그녀의 장래이고 희망이기도 했을 테지만 아직 젊은 나이에 결혼의 행복도 맛보기 전에 전장의 꽃으로 져 버린 남편의 뒤를 따라가 버렸다. (…중략…) 말할 것도 없이 오늘날의 사변은 빛나는 일본민족의 발전을 위한 것이다. 전지에 있는 남편은 일사순국(一死殉国)의 염원 하나로 처자, 육친을 위해 선전, 사투하고 있을 것이므로, 남편이 목숨 바쳐 보호해 준 아내가 비애를 이기지 못하고 남편의 죽음을 따라 간다면 오히려 귀중한 남편의 죽음을 헛되게 하는 일이 될 것이다. 부부애의 측면에서 보자면 사랑을 쫓아 죽는 지극히 개인적인 일이자 대국가의 대이념에 맞지 않는 행동이다. (…중략…) 아내가 남편을 따라 죽고, 아이가 부모를 따라 죽는다면, 민족번영의 길은 좁아지고, 국가의 대발전은 이룰 수 없을 것이다. (…중략…) 비상시 일본이 여성에게 요구하는 것은 매우 많을 것이다. 젊은 나이에 남편을 잃은 것은 불행한 일임에 틀림없다. 남아 있는 그녀가 정녀(貞女)는 두 남편(兩夫)을 보지 않는다는 일념으로 평생 독신의 각오를 결심하는 것도 아름다운 일이나 재혼하여 강하고 바르게 일본 남아의 어머니가 되는 것 또한 훌륭한 일임에 틀림없다.[19]

전쟁이 격화됨에 따라 미망인의 수도 증가하게 되고 이에 따른 사회

19 菊池寛,「若き未亡人に與ふ」,『婦人公論』, 1937.12, 中央公論社, 76~78쪽.

적 문제가 발생할 수 있으리라는 우려를 피력한 글이다. 그 하나의 예로 한 "젊은 미망인"의 자살문제를 언급하며, 남편을 잃었다고 해서 자살한다면 그의 죽음을 헛되게 하는 일이며 "대국가의 대이념에 맞지 않는 행동"이라고 질책한다. 이에 대한 대안으로 '미망인'의 재혼을 권장한다. 즉, 재혼하지 않고 "정녀貞女"로 살아가는 것도 "아름다운 일"이지만 재혼하여 "일본 남아"를 키워내는 일도 매우 "훌륭한 일"이라는 것이다. 이것이 곧 국가를 위해 전사한 남편의 뜻을 이어 "민족번영" "국가의 대발전"에 이바지하는 길이라는 대의명분도 빼놓지 않는다.

다소 길게 인용했지만 이 글에서 전달하고자 한 바는 미망인, 국가, 모성이라는 세 개의 단어로 압축할 수 있을 것이다. '국가'와 '모성'이라는 낯설지 않은 구도에 '일본 남아를 맡아 키우기 위한 모성'을 담보한 '젊은 미망인'의 자살을 방지하고 금기시해 온 재혼을 허용하자는 주장을 얼버무려 놓음으로써 더욱 강력한 '국가적 모성'의 창출을 기대했으리라는 점은 어렵지 않게 간파할 수 있다.

그로부터 몇 년 후, 일본의 패전으로 전후가 시작된 후에도 기쿠치 간은 여전히 미망인의 재혼을 주장한다. 그러나 그 안에는 '국가'라든가 '모성'이라는 표현은 모두 사라지고 없으며, 미망인의 재혼 권유 또한 "아이가 있는 미망인이라도 사정이 허락하는 한"[20] 이라는 매우 완곡한 표현으로 바뀌어 있다. 미망인의 재혼을 독려해 가며 '모성'을 강조하기보다 "일본인 이상으로 친절한, 물질적으로 풍부한 상대", 즉 점령군과 일본인 여

20 菊池寛,「貞操について」, 앞의 책, 209쪽.

성의 '정사情事 문제'를 우려하며 "패전의 결과 여성이 일본의 남성에게 신뢰를 잃었다"[21] 고 개탄하는 목소리 쪽이 훨씬 부각되어 나타난다.

중요한 것은 '국가'로 수렴되는 '모성'을 포기한 것이 아니라 '전시'의 '국가적 모성'을 잠시 유보한 것이라는 점이다.[22] 이를 대신해서 그가 강력하게 주장하고 나선 것은 다름 아닌 '점령군'으로부터 일본인 여성의 '정조'를 보호하고 지키는 일이었다. 그리고 이러한 주장은 앞서 살펴본 두 텍스트 속 여성인물의 면면, 즉 전시의 불륜관계를 청산하고 전쟁으로 결핍된 아이의 '모성'을 채워주고자 결심한 유키코, 더욱 강한 정신력과 생활력으로 무장해 가는 전쟁미망인 미쓰코, 지나온 삶을 반성하고 새로운 여성, 일본국민으로서의 각오를 다지는 전직 술집여자 데루코의 모습과도 위화감 없이 겹쳐진다. 그것은 아라키 다카시, 나가요 요시로, 기쿠치 간 세 명의 남성 필진 모두 여성의 신체(성, 정조)에 빗대어 일본의 '패전' 혹은 '점령'을 '상상'하는 동일한 방식을 취하고 있기 때문일 것이다.

21 위의 책, 210쪽.

22 전전-전시를 관통하며 '국가'와 강하게 결탁해 온 일본의 '모성'은 전후 지금도 여전히 건재하다. 다만 그 발언 주체가 남성 지식인에게서 여성운동가로, '군국의 어머니'에서 '반전평화운동'과 연동(연대)하며 '보편적 모성'으로 탈바꿈하고, 여성권익 향상을 위한 여성운동에도 여전히 동원되고 있다. 실제로 패전으로부터 10년이 지난 1955년 6월 발족한 '일본어머니대회(日本母親大会)'가 같은 시기에 등장한 '원수폭금지운동(原水爆禁止運動)'과 연대하며 '평화'와 '모성'의 이미지를 정착시키는 데에 큰 역할을 하게 된다. 이은경, 「전후 일본의 각성하는 '모성'과 평화」, 『日本歴史研究』 38, 일본사학회, 2013, 61쪽 참조.

5. '점령'을 둘러싼 일본(적) 상상력에 부재하는 것

전후 작가 아라키 다카시와 나가요 요시로, 이 두 작가의 작품성향은 다르지만 점령 초기에 발표된 「마음의 가교」와 「한 시간 반 동안의 이야기」의 경우, 내용상 여러 가지 유사한 점을 갖는다. 예컨대 여성인물은 예외 없이 자기반성 내지는 자기성찰을 하며 전시기와는 다른 새로운 일본인, 일본국민으로 거듭나겠다는 결연한 의지를 표명하고, '창부', 특히 '팡팡'에 대한 불쾌감 내지는 혐오감을 여과 없이 드러내고 있는 것 등이 그러하다. 이 글에서는 이 두 남성 작가의 소설에 주목하여, 그들이 그리는 여성인물이 점령국(미군)으로부터 자국 여성의 성, 정조를 온전히 점유하려는 피점령국 일본인 남성의 욕망과 상상력이 투사된 이른바 '의사擬似' 여성에 지나지 않음을 지적하고, 아울러 패전과 점령을 기점으로 하여 일본인 남성들에게서 감지되는 여성의 성, 정조를 둘러싼 인식의 변화와 그것이 내포하는 의미를 잡지 『부인공론』에 게재된 미망인 관련 기사, 특히 당대 주요 논객인 기쿠치 간의 논점의 변화를 통해 살펴보았다.

이러한 논의에서 한 발 더 나아간다면, 점령하 오키나와(여성) 상황을 그린 오키나와 소설과의 비교가 될 것이다. 물론 점령 방식이나 내용의 차이로 인해 오키나와와 일본(본토) 소설의 묘사 방식도 확연하게 달라진다. 이 둘의 차이를 거칠게 요약하면, 오키나와 소설에 나타나는 여성의 성은 미군에 의해 이미 유린당했거나 유린당하고 있는 '현재진행형'이라는 것이고, 지금까지 살펴본 아라키 다카시, 나가요 요시로, 기쿠치 간을 포함한 일본 본토 출신 작가들이 그리는 여성의 성은, 언제일지 모르지만 유린당할 것이라는 '아직 일어나지 않은 상상력'에 지나지 않는다는 사실이다.

이 밖의 몇 가지 차이점을 더 들어보면, 오키나와 남성의 성욕은 완벽하게 차단되어 있다는 점이다. 오로지 여성의 성, 성욕만 열려있는데, 강간이라는 구도 이외에도 성을 파는 일이 생업과 밀접하게 연결된 탓인지 매춘을 반드시 더럽고 불결한 것만으로 묘사하지 않는다. 이를테면 어떤 가정이든 성산업과 관련된 직업을 갖고 있고, 성인 남녀, 소년 할 것 없이 미군의 성욕은 당연한 것이며, 오키나와 여성의 신체는 불가피한 생계수단이라는 인식을 공유하는 것이 그것이다. 반면, 일본 본토 남성의 성은 굴절되긴 했으나 성욕을 완전히 배제하지는 않는다.[23] 이때 여성의 신체(성, 정조)는 일본(본토)의 점령 상황, 혹은 패전 상황을 드러내기 위한 매우 중요한 상징으로 기능한다. 그와 달리 오키나와의 경우는, 패전과 함께 '조국(일본)'을 상실한 상황에서 여성의 신체를 국가나 민족의 은유로 직접적으로 대입시키는 것은 불가능했을 것이다. 그런 탓인지 오키나와 소설에서는 사춘기 소년의 미성숙한 성에 대한 묘사는 어렵지 않게 찾아볼 수 있지만, 성인 남성의 성욕은 그것이 굴절이든 불구이든 거의 드러나지 않는다.[24] 그 이유는 아마도 그것을 상대화시킬 '국가'가 부재했기

---

23 패전이 임박한 일본(본토)을 배경으로, 성적 탐닉에 몰두하는 두 남녀의 모습을 그린 사카구치 안고(坂口安吾)의 「전쟁과 한 여자(戦争と一人の女)」(『新生』 増刊小説特輯1号, 新生社, 1946.10)는 그 대표적인 예라고 할 수 있다. 이에 관해서는 이 책 1부 2장을 참고 바람.

24 오시로 다쓰히로(大城立裕)의 『칵테일파티(カクテル・パーティー)』·「니라이카나이의 거리(ニライカナイの街)」, 히가시 미네오(東峰夫)의 『오키나와 소년(オキナワの少年)』 안에는 이러한 정황이 잘 드러나 있다. 이들 소설에 등장하는 오키나와 남성은 무

때문일 듯하다.

이러한 결정적인 차이들에 덧붙여 강조해 두고 싶은 것은, 일본 전후 작가들의 단골 소재라고 할 수 있는 (패전이 임박한) 점령공간 속 '국가적 위기=여성의 성적 위기'라는 문학적 수사는 이미 점령 중인 오키나와 여성의 성이나 오키나와의 위기상황은 철저히 간과되거나 은폐된 채 오로지 일본 본토의 위기만을 상정한, 아직 일어나지 않은 상상력의 결과라는 것이다. 이 글의 제목을 '점령'을 둘러싼 '일본(적) 상상력'이라고 붙인 것에는 그러한 비판적 사유가 포함되어 있다.

력한 아버지나 남편, 혹은 성적으로 미성숙한 소년의 모습으로 그려지며, 미군에게 성적으로 억압당할 수밖에 없는 열등한 위치에 자리한다. 이에 관해서는 이 책 3부 2장 「'점령하'라는 오키나와(적) 상상력」에서 구체적으로 다루기로 한다.

‘점령하’라는 오키나와(적) 상상력

1. 『칵테일파티』·「니라이카나이의 거리」 — 두 가지 젠더전략

오시로 다쓰히로의 『칵테일파티』는 미국과 오키나와의 불합리한 관계, 즉 미 점령하라는 오키나와 상황을 그 어떤 작품보다 효과적으로 표현하고 있는 점에서 주목할 만하다. 무엇보다 이 소설은 미군의 기만적인 점령 시스템을 폭로하기 위한 장치로 미군에 의한 오키나와 소녀의 강간이라는 모티브를 전면에 차용하고 있다. 피해자는 주인공의 고교생 딸이며, 가해자는 미국인 병사다. 그러나 주인공의 딸이 강간당한 피해자라는 사실이 명백함에도 불구하고 가해자를 쉽게 고소하지 못하고, 주인공의 딸이 오히려 가해자를 벼랑으로 밀어 부상을 입혔다는 혐의로 미군에 체포된다. 이것을 계기로 ‘칵테일파티’를 열며 친목을 다져왔던 관계가 복잡하게 얽히기 시작한다.

우선 자신과 친밀한 관계라고 믿었던 미국인 친구 밀러에게 딸을 범한 병사가 자발적으로 법정에 설 수 있도록 설득해 달라고 부탁하지만 일언지하에 거절당한다. 변호사인 중국인 쑨孫에게도 부탁해 보지만 그도 미군을 상대로 승소하긴 어려울 것이라며 난색을 표한다. 그런데 그 과정에서 중국인 쑨이 자신의 아내도 패전 직전 일본군으로부터 강간당한 적이 있음을 고백하면서 주인공의 심경은 한층 더 복잡해진다. 당시 남경南京 부근에서 일본군 장교로 근무했던 주인공은 자신 또한 점령군 미군의 피해자이면서 동시에 중국에 대해 전쟁책임을 회피할 수 없는 가해자라는 사실을 자각하게 되었기 때문이다. 이에 더하여 그때까지 자신의 일과 무관한 듯, 제3자의 위치에서 주인공에게 이런저런 비판적 조언을 일삼던 일본 본토 출신 오가와小川 또한 중국이나 오키나와에 폭력을 행사한 일본 제국주의의 혐의로부터 자유로울 수 없음을 깨닫게 된다.

중요한 것은 성폭력이라는 가장 직접적인 피해를 입은 주인공의 딸의 입장이나 중국인 쑨의 아내의 입장은 전혀 표명되고 있지 않는다는 점이다. 딸에게는 이름조차 부여되고 있지 않으며 자신의 심경을 드러낼 만한 그 어떠한 장場도 마련되어 있지 않는다. 오로지 아버지=남성을 통해서만 표출된다. 작가의 관심은 애초부터 '여성'에게 놓여 있지 않았던 것이다. 마찬가지로 '강간'이라는 모티브 또한 미군(미국)의 이중성을 폭로하고 미군의 힘(권력)에 대항하는 오키나와, 중국, 일본 본토인=남성 간의 연대의식이 허상이라는 것을 보여주기 위한 장치에 불과하다.

그렇다면 작가 오시로가 이 소설을 통해 궁극적으로 전달하고자 한 메시지는 무엇이었을까? 따로 언급하지 않더라도 오시로의 집필 동기는 명확하다. 한마디로 표현하면 현 미군의 오키나와 지배에 대한 비판이다. 그리고 여기서 한발 더 나아가 미국의 기만적 친선과 그 이면에 존재하는 차별을 고발하는 단순한 구도에서 벗어나 오키나와인 역시 전쟁책임에서 자유롭지 않다는 사실을 통감하고 그에 대한 오키나와인의 진지한 성찰을 주장하고 싶었던 것이다. 그런 측면에서 중국인 쑨의 아내가 일본군, 더 직접적으로는 과거 일본군의 일원으로 침략전쟁을 수행한 오키나와인에 의해 강간당했을 수도 있다는 설정은 『칵테일파티』에서 빼놓을 수 없는 핵심 모티브라고 할 수 있다.

여기서 다시 환기하고 싶은 것은 점령군에 의한 자국 여성의 성적 수탈과 그것을 지켜주지 못하는 무력한 피지배 남성이라는 비대칭적 젠더 구도이다. 미군에게 성을 수탈당하거나 미군을 상대로 성을 파는 창부에 대한 묘사는 전후 한국이나 일본 본토 소설에서도 어렵지 않게 찾아볼 수 있다. 오시로가 『칵테일파티』의 주요 모티브로 삼았다는 '미군에 의한 강간사건'을 굳이 거론하지 않더라도 미군의 점령으로 훼손되고 무력화된 오키나와 남성(성)을 극대화하기 위한 장치라는 것은 어렵지 않게 간파할 수 있을 것이다.[1]

한편, 소설 「니라이카나이의 거리」는 오시로의 또 다른 젠더전략을 엿볼 수 있어 흥미롭다. 모든 것이 미국식으로 변화해 가는 고자시コザ市를 배경으로 오키나와 전통문화 '소싸움闘牛'을 보존하고 계승해 가고자 하는 오키나와인의 열정이 묘사되어 있다. 오시로에 따르면, 이 작품은 "니라이카나이의 기원과 기대 속에 살아가는 상징적 정신을 내포한 여성상"을 그

1 『칵테일파티』의 소재를 구상하고 이를 소설화하기까지의 경과는 아래의 책에 자세하며, 이 책 2부 3장에서도 소개한 바 있다. 大城立裕, 「『カクテル・パーティー』の誕生まで」, 岡本恵徳・高橋敏夫 編, 『沖縄文学選』, 勉誠出版, 2003, 128쪽.

린 것으로, 여자 주인공 '도키코=時子'라는 이름은 "니라이카나이와 삶을 접속시켜 일상적으로 느끼는 시공간"을 상징하는 "시간=時"에서 유래했다고 한다.[2] 이어서 "반미反米와 반억압反抑圧의 가차시カチャーシー를 연결시킨 것은, 고자에 가로문자 간판이 범람하더라도 고자다운, 역시 고자의 깊은 곳에 토속의 원형을 잃지 않았음을 보여주고 싶었기 때문"[3]이라고도 말한다.

소설 속 '소싸움'이나 '가차시'는 오키나와 고유의 전통문화로 오키나와 아이덴티티 문제와 긴밀하게 연결된다. 이때 오키나와의 전통문화를 보존하고 계승하는 주체, 즉 소싸움을 직접 선보이는 것은 남성이며, 여성은 경기장 밖에서 응원하거나 경기가 끝난 후 춤을 선보이는 보조 역할에 머문다. 이것은 점령국 미국에 대응하는 강한 오키나와라는 대결구도를 충족시켜 주기 위한 불가결한 장치로 기능한다.

또한 앞서 언급한 '도키코'라는 이름의 유래에서도 알 수 있듯 여성은 현실과 유리된 '낙원 · 이상' 내지는 만들어진 '가상假想의 현실'을 가리킨다면, 그녀의 아버지와 남동생은 그와 대비되는 '일상 · 현실'을 나타낸다. 바꿔 말해, 같은 전통이라도 남성들의 그것이 주체적이고 현실적인 반면, 여성의 그것은 보조적이고 추상적이라는 것이다.

여기에 도키코의 경우, 미국인 병사 폴ポール과 결혼하여 딸 수지スージー를 낳음으로써 점령과 피점령이라는 대립구도(경계)를 허물고 미국과

2　里原昭, 『琉球孤の世界 – 大城立裕の文学』, 本処 あまみ庵, 1997, 187쪽. 여기서 '니라이카나이'라는 것은 저 세상의 낙원, 이상향을 의미한다.

3　위의 책, 190쪽. '가차시'는 오키나와 전통 민속무용을 가리키며, '가로문자 간판'은 가타카나(カタカナ)로 표기된 영문 간판을 일컫는다.

의 관계개선이라는 기대감마저 짧어지게 된다. 도키코의 유달리 밝고 낙천적인 성격은 도키코의 아버지나 남동생이 오키나와 전투의 비극을 넘어 삶의 활력을 찾기 위해 고뇌하는 모습과 여러모로 대비된다.

한편, 폴은 도키코 가족과 함께 소싸움을 즐기는 등 오키나와인 못지않게 오키나와의 전통문화와 사회에 깊이 침윤된 인물로 그려지고 있다. 베트남전에 파병되었을 때도 자신의 고국 미국 땅이 아닌 아내와 딸이 있는 오키나와를 그리워한다. 생사를 넘나드는 전장의 긴장감을 완화시키고 삶의 의욕을 불어넣어 준 것도 미국식 문화가 아닌 '소싸움'과 '니라이카나이 신앙' 등의 오키나와 전통문화였다.

이렇듯 오키나와에 완벽하게 동화된 듯 보이는 폴이지만 작가 오시로는 그가 점령군이라는 사실에 경계를 늦추지 않는다. 그 하나의 사례가 도키코의 어머니다. 그녀는 오키나와 전투 당시 미군에게 강간당할 위기에 직면하는데 또 다른 미군에 의해 그 위기를 무사히 넘기게 된다. 미군에 대한 호감과 반감이라는 상반된 경험을 동시에 겪게 된 셈이다. 그런 어머니와 달리 당시 10세이던 도키코는 난민 캠프(수용소) 생활에서 특별한 어려움을 겪지 않은 탓인지 미국식 문화나 미국인 병사에게 친밀감을 갖는다. 때문에 어머니의 우려에도 불구하고 폴과의 결혼을 강행한다. 여기서 어머니는 점령군 미군의 힘에 압도되어 판단력을 상실한 오키나와 사회에 제동을 거는 존재로 그려지며, 도키코와는 대립각을 이룬다.

그러나 아무리 결혼한 부부사이라 하더라도 상대가 점령군 병사이니만큼 도키코를 향한 작가 오시로의 시선은 불편하기만 하다.

배신당하고 싶지 않다. 도키코가 미군 병사 폴과 뒤엉켜 있는 모습을 생각하면. 오키나와에 사는 인간의 비극이리라.[4]

이 소설이 게재되었던 『문예춘추』 지상에 작가가 직접 쓴 해제 부분이다. 폴과 도키코가 뒤엉켜 있는 모습을 상상하고 이를 오키나와의 비극으로 연결시킴으로써 '점령하'라는 현실을 다시금 상기시키고 있는 것이다.

이처럼 여성의 신체(성, 정조)의 훼손을 점령이라는 현실과 연결시키는 방식은 『칵테일파티』에서 보여 주었던 점령/피점령, 미국/오키나와, 여성/남성이라는 이항대립 구도와 정확하게 겹쳐지며 일본 본토의 전후 서사에서도 어렵지 않게 찾아볼 수 있다. 그런데 오키나와의 경우는 여기에 더하여 남성성이 발현되기 이전의 아직 성에 눈뜨지 못한 '소년'으로 그려지는 서사가 두드러지는 점에 주의를 요한다.

2. 『오키나와 소년』 — 소년 vs. 창부

히가시 미네오[5]의 『오키나와 소년』은 바로 이 '소년'을 전면에 내세우고 있다. 그것도 성에 막 눈뜨기 시작한 사춘기 소년 '쓰네요시つねよし'가

---

4 大城立裕, 「日次」, 『ニライカナイの街』, 『文藝春秋』, 1969.10, 2쪽.

5 히가시 미네오(東峰夫, 1938~) : 필리핀에서 태어나 유년시절을 보내다 패전과 함께 부모를 따라 일본 본토로 돌아온 후, 그 이듬해인 1946년, 오키나와로 귀향했다. 『오키나와 소년』으로 문학계신인상(제33회)과 아쿠타가와상(제66회)을 수상했으며, 그 외에 「섬에서의 이별(島でのさようなら)」, 「커다란 비둘기 그림자(大きな鳩の影)」 등이 있

주인공이다.

소설의 무대는 고자시コザ市. 1945년 4월, 미군의 오키나와 상륙 시점부터 민간인 수용소(캠프)가 들어서고 미군의 성욕 해소를 위한 바와 매춘가가 집중되었던 곳이다. 이때부터 고자는 '캠프 고자キャンプ·コザ'라 불리며 점령군 미군의 군사적, 경제적 위력이 유감없이 발휘되었다. 이곳 고자는 여러모로 미군과 관련이 깊다. 오키나와 내 기지가 집중되어 있어 이른바 기지마을이라 불리며, A사인 바Aサイン·バー라 불리는 미군허가 음식점이 줄을 잇고, 일본 본토, 오키나와를 통틀어 유일한 가타카나로 만들어진 지명이라는 점에서 그렇다.[6] 단순히 기지화된 도시를 의미하는 것이 아니라, 오키나와인의 '정신적 점령의 장場'으로서의 의미도 내포한다. 이 고자라는 지역이 전후 오키나와 소설에서 빼놓을 수 없는 무대가 되고 있는 것은 그런 이유에서다.

『오키나와 소년』에 묘사되고 있는 고자의 풍경도 별반 다르지 않다. 전후 새로 만들어진 군용도로 위로 미국인 여성이 운전하는 승용차와 주민들을 가득 실은 만원버스가 달리고 있고, 도로 양쪽에는 일본식 간판이 내려지고 가로로 된 영문 간판이 내걸렸다. 거리마다 기념품 숍과 레스토랑, 양장점이 즐비하고, 창문을 열면 여기저기 영화관 지붕이 솟아 있고 스피커에서는 팝송이 울려 퍼진다. 거리마다 팝송 리듬에 몸을 맡긴 미군들로 넘쳐나고, 진한 향수 냄새를 풍기며 미군 무리에 섞여 있는 오키나와 여성을 목격하는 일은 이제 일상적인 풍경 가운데 하나다.

다.

6 1974년에 미사토(美里村)와 통합되어 오키나와시로 바뀌었다.

소년 쓰네요시의 눈에 비친 '점령하'라는 오키나와의 현실은 온통 불순하고 외설스러운 성性으로 넘쳐흐른다. 더구나 성산업에 종사하는 부모를 둔 탓에 언제라도 손님들이 몰려들면 기꺼이 자신의 침대를 내줘야 하는 불편함을 감수해야 했다. 때문에 쓰네요시의 방 안은 늘 여자 특유의 냄새로 가득 차 있다. 이렇게 볼 때 쓰네요시는 성매매로 생계를 이어가는 전후 오키나와의 비참한 현실 한가운데 놓여 있었다고 할 수 있다.

전쟁으로 인해 모든 것이 폐허가 된 오키나와 사회에서 할 수 있는 일은 매우 제한적이었다. 그 가운데 미군을 상대로 한 성매매는 중요한 생계수단이 되었다. 특히 1950년을 전후한 시기는 과거 공창지대가 다시 부활하고 성매매 업소가 주택가로 침투하는 것을 방지하기 위한 '특수음식점가特殊飲食店街'가 설치되는 등, 오키나와의 성산업이 미군과 주민 양측의 암묵적인 합의하에 활성화되기 시작하는 시점과 맞물린다. 오키나와 주민 입장에서는 농업용 토지 상당부분이 미군의 군용지로 변모함에 따라 기지에 취직하거나 미군을 상대로 한 상업으로 경제적 위기를 타개할 수밖에 없었다. 자연스럽게 성매매는 오키나와의 기지의존형 경제를 촉진시키는 핵심적 기능을 수행하게 된다.[7] 이러한 사정은 소년의 아버지나 숙부 야마노우치山ノ内나 예외가 아니었다.

7 1969년 당시 성판매여성은 7,362명으로 집계되었으나(류큐민정부 통계), 실제로는 이보다 훨씬 웃도는 15,000명을 초과하는 것으로 추정된다.아울러 성판매여성의 수를 평균 7,000명으로 상정하고 하룻밤 평균 20달러를 번다고 가정했을 때 연간수입은 5,040만 달러에 달하는데, 이는 오키나와 주요 산업인 사탕수수 생산 수입 4,300만 달러(1970년 통계)를 초과하는 수치로, 오키나와의 성산업이 차지하는 경제적 비중을 가늠할 수 있다. 박정미, 「미군 점령기 오키나와의 기지 성매매와 여성운동」, 정근식 · 전경수 · 이지원 편, 『기지의 섬, 오키나와 – 현실과 운동』, 논형, 2008, 419쪽.

"우리 수지(スージー)처럼 피부가 뽀얗고 엉덩이가 예쁜 애를 발견하면 금방 돈을 벌 수 있을거야." 이 야마노우치 숙부는 장롱을 금고 대신으로 쓰고 있다는 소문이 있다. 아버지는 야마노우치 숙부를 따라 자주 외출하곤 했다. 목수 일을 부탁하러 가거나, 여자를 물색하러 가거나, 관청에 영업허가증을 받으러 다니는 듯했다.

어느 날 학교에서 돌아오니 여자들이 와 있었고 가게 안에는 벌써부터 웃음꽃이 피었다. (…중략…) "어느 가게에서나…… 잘 팔리는 여자야…… 돈을 펑펑 빌려줘서 빚을 지게 한 다음, 그 빚으로 묶어두는 거지…… 인기가 없으면 돈을 빌릴 수도 없을 테니…… 이 가게 저 가게를…… 전전하는 거지."

여자가 빚 때문에 꼼짝도 할 수 없다니, 이건 노예와 다를 바 없지 않은가. 돈을 주고 여자를 데려오는 것은 인신매매가 아닌가. 남의 불행을 말하면서 어떻게 저렇게 맛있게 밥을 먹을 수가 있을까. 나는 꿀꺽꿀꺽 움직이는 아버지의 목젖을 바라보며 깊은 생각에 잠겼다.[8]

소년의 비판적 시선은 성을 파는 오키나와 남성의 존재와 성을 사는 미군의 존재 모두에게로 향하고 있다. 또한 아버지와 야마노우치 숙부로 대표되는 오키나와 성인 남성들의 속물근성에 빗대어 성산업에 과도하게 경도된 비정상적인 경제구조를 비판하고 있다. 물론 이러한 경제적 불균형이 미군(미국)의 파행적 점령정책에서 비롯된 것이라는 사실도 정확하게 간파하고 있다. 흥미로운 것은 미군에 의탁하여 오로지 돈벌이에만

8 東峰夫,「オキナワの少年」,『文藝春秋』, 1971.2.(히가시 미네오, 손지연 역,「오키나와 소년」, 김재용·손지연 편,『오키나와문학의 이해』, 역락, 2017, 220~221쪽)

몰두하는 오키나와 남성에 대한 부정적인 인식과 달리 미군에게 성을 파는 당사자인 지코チーコ, 요코ヨーコ, 수지 등 오키나와 여성의 내면을 가늠할 수 있는 그 어떤 단서도 찾아볼 수 없다는 점이다. 지코 누나로 대표되는 오키나와 여성은 소년 쓰네요시의 동경의 대상이자 욕망의 대상으로 한정된다.

> 네온사인으로 희미한 빛을 발하고 있는 하늘이 언덕 위로 가득 펼쳐져 있었다. 지코 누나의 스커트가 낙하산처럼 펴졌다. 참새다리를 닮은 가느다란 다리가 스커트 아래로 내려다 보였다.[9]

> 지코 누나는 눈을 뒤집어 깔 기세로 아래에서부터 내 입술을 올려다보았다. 언젠가 내게 가르쳐줘도 하나도 싫지 않다고 한 말이 생각나서 나는 쑥스러웠다.[10]

> 나는 공상에 빠져들면서도 옆 거실에서 흘러나오는 소리에 귀를 기울였다. 허리띠를 푸는 달각달각 소리가 났다. 그러더니 노골적으로 서로 웃는 소리가 났다. 그리고 마룻바닥이 삐걱삐걱 울렸고…… 거친 숨소리와…… 신음소리와…… 나는 참을 수 없어서…… 바로 끝내버렸다. 지코 누나를 공상할 틈도 없었다. 쏟아져 나온 것을 이불로 닦아내었다.[11]

---

9 위의 책, 215쪽.
10 위의 책, 236쪽.
11 위의 책, 251쪽.

사춘기 소년이 성에 눈떠 가는 과정을 감각적으로 묘사한 부분이다. 오키나와 성인 남성의 성, 성욕이 줄곧 거세된 채 드러나지 않고 있지 않은 것과 대비를 이룬다. 달리 말하면 오키나와 남성 가운데 소년 쓰네요시만이 유일하게 남성성을 담보한 존재라고 할 수 있다. 그리고 오키나와 여성의 성을 욕망한다는 점에서 소년 쓰네요시는 자신이 혐오하는 미군과 공범관계에 있다고 할 수 있다. 이것은 '점령하'라는 오키나와의 상황과 겹쳐서 생각할 때 매우 상징적인 의미를 갖는다. 왜냐하면 앞서 살펴본 『칵테일파티』 속 무력한 아버지나 남편으로 상징되는 피지배 측 남성성의 결여나 성욕의 거세, 부재라는 구도를 『오키나와 소년』은 보기 좋게 비껴가기 때문이다.

오노 다카유키大野隆之는 『오키나와 소년』에 등장하는 오키나와 성인 남성의 존재감이 희박함을 지적하며, 오키나와 여성의 성이 점령자와 자국의 남성에 의해 이중으로 착취당하는 '부권父權지배의 이중구조'에 놓여 있다는 마이크 몰라스키의 주장에 이의를 제기한다. 오노의 주장에 따르면, 오키나와 성인 남성이 '부권'을 발휘하여 여성을 노예화한다기보다 오히려 그녀들의 희생 없이는 생계를 이어갈 수 없을 정도로 무력한 오키나와 남성을 상징하며, 이것은 곧 "부권의 완전한 붕괴"[12]를 의미할 것이다.

그렇다면 아직 성경험이 없는 이제 막 성에 눈떠가기 시작한 소년을 내세워 불완전하나마 오키나와 남성의 남성성 내지는 성욕의 여지를 남

---

12 大野隆之, 「『オキナワの少年』作品解說」, 岡本恵徳 · 高橋敏夫 編, 앞의 책, 166쪽.

겨둔 것은 어떤 이유에서일까? 이 차별화된 듯 보이는 작가의 전략은 결말로 치달아 가면서 분명해진다.

> 지코 누나는 피리를 빼앗더니 침이 묻어 있는 것도 신경 쓰지 않고 불었다. (…중략…) 이렇게 가까이 붙어서 주홍색 립스틱을 바른 입술로 내 피리를 부니 가슴이 두근두근거렸다. 역시 나는 공상 속에서만 지코 누나를 좋아했던 게다. 피리를 돌려주었지만, 나는 입을 대지 않았다.[13]

지코는 아무런 거리낌 없이 소년이 불던 피리에 자신의 입술을 가져감으로써 간접적으로나마 소년과의 성적 접촉을 시도한다. 이 장면이 성적 의미를 내포한 것이라는 점은 소설의 흐름상 틀림없어 보인다.[14] 그런데 이와 대조적으로 소년은 지코의 타액이 묻은 피리에 자신의 입을 대지 않는다. 이를 통해 소년은 성욕을 '자위'를 통해 해소해 왔듯, 지코 누나에게 품었던 자신의 감정이 '공상' 속에서만 가능하다는 것을 깨닫게 된다.

소년의 이 같은 생각과 행동을 작가의 전략적인 측면에서 볼 때, 두 가지로 유추할 수 있다. 하나는 오키나와 여성의 성은 소년이 소유할 수 없는 '공상' 속에서만 가능한 것으로 한정시킴으로써, '직접적 성관계가 가능한 미군 vs. 성관계가 불가능한 혹은 허락되지 않는 소년'의 대비 구

13 히가시 미네오, 손지연 역, 앞의 책, 235~236쪽.

14 지코가 소년에게 호감을 갖고 있는 정황은 소설 곳곳에서 포착된다. 이를테면 소년에게 '뽀빠이 시계'를 선물한다든가 키스를 가르쳐 준다고 말하는 등, 직접적이지는 않지만 소년과의 신체적 접촉을 여러 차례 시도한다.

도를 부각시키고자 한 것이다. 물론 이것은 '점령=미군 vs. 피점령=오키나와'의 현실을 반영한 것이다. 다른 하나는 오키나와 여성의 성을 애써 거부함으로써 미군에게 신체적으로나 정신적으로나 온전히 점령당한 오키나와 · 여성과 의식적으로 거리를 두고자 한 것으로도 볼 수 있다. 바꿔 말하면 '점령하'라는 오키나와의 현실을 타파하려는 소년의 강한 의지로 읽을 수 있을 것이다.

두 가지 해석 모두 타당하나 소설의 결말로 미루어 볼 때 후자 쪽에 더 무게가 실린다. 마지막 장면에서 소년은 점령의 땅 오키나와에 결별을 고하고 홀로 미지의 새로운 세계로의 출항을 알린다.

> '됐다, 마침내 몰래 들어왔다! 자, 더욱 세게 불어라! 그리고 강한 역풍으로 불어오라!' (…중략…) 그때 로프를 끊은 요트는 만에서 세차게 떠내려나와 드넓은 대양으로 나아갈 것이다. 강한 역풍이 불면 불수록 빠르게 벗어날 수 있을 것이다. '바다로 나가면 돛을 올리자! 아아 빨리 역풍이 불어오길!' 나이프를 꽉 쥐고 웅크리고 있자, 왈칵 왈칵하고 바닷물이 요트 바닥을 치며 흔들려 떠내려가는 것이 느껴졌다. 그것은 다리를 통해 내 몸의 중심에도 전해져 왔다. 불끈 불끈대는 강한 용사의 전율이 온 몸을 감쌌다.[15]

작가 히가시 미네오는 로빈슨 크루소의 표류기(실제로 소설 속 소년은 틈날 때마다 이 책을 읽어 왔다)를 연상시키며 '소년'의 '야망'을 노골적으로 드

15 히가시 미네오, 손지연 역, 앞의 책, 272쪽.

러내 보인다. 강한 역풍에 맞서 힘차게 출항하는 모습을 상상하는 소년의 내면은 이미 기대감으로 충만하다. 한때 동경의 마음을 품었던 지코누나, 가족, 친구와 결별을 고하고 거친 바다를 넘어 소년이 향한 세계는 과연 어떤 곳일까?

이 문제를 생각하는 데에 앞서 언급한 마이크 몰라스키의 논점이 중요한 단초를 제공한다. 그는 소설 속 가타카나カタカナ 표기법에 주목하여, 소설의 배경이 되는 '고자'를 비롯해 타이틀에 포함된 '오키나와オキナワ', 매춘 여성 '지코チーコ', '요코ヨーコ', '수지スージー' 등을 가타카나로 표기하고, 그 외 주인공 소년 '쓰네요시つねよし'와 성인 남성의 경우 히라가나ひらがな 혹은 한자로 표기하여 가타카나 질서와 명확하게 구분하고 있음을 지적하였다.[16]

여기서 가타카나와 히라가나(한자)로 상징되는 두개의 질서는 각각 미국과 오키나와를 대변할 것이다. 따라서 '성'을 '점령'당한 오키나와 여성 지코는 당연히 점령군 미국 병사와 함께 분류될 것이다. 이 논의에서 한발 더 나아간다면 히라가나(한자)로 대변되는 오키나와는 다시 소년과 성인 남성의 두 개의 세계로 나눌 수 있다.

우선 소년의 아버지를 비롯한 성인 남성으로 대변되는 오키나와는 강력한 미군의 힘에 압도된 의사疑似 오키나와이다. 더구나 이들은 미군의 점령이 끝나더라도 일본 본토로 흡수될 소지가 다분하다. 예컨대 '야마토혼大和魂'으로 무장한 병사처럼 평소 부지런하게 생활하기를 요구하

16 マイク·モラスキー, 鈴木直子 訳, 『占領の記憶 / 記憶の占領 ― 戦後沖縄·日本とアメリカ』, 青土社, 2006, 129쪽.

는 소년의 아버지라든가, 의식적이든 무의식적이든 '우치나구치ウチナーグチ'는 절대로 사용하지 않는 아자토安里 선생님, 아무런 거리낌 없이 표준어(일본어)로 일상생활에 열중하는 또래 친구들은 모두 미 점령기를 거쳐 일본으로 복귀되더라도, 미국에서 일본 본토로 방향을 조정하여 오키나와의 점령 상황을 '재생산'할 확률이 매우 높다고 할 수 있다. 오키나와 여성들이 '신체'적으로 점령당했다고 한다면 이들은 '정신'적으로 점령당한 것이 된다.

주인공 소년 쓰네요시의 상대역에 해당하는 여성인물 지코의 경우 오로지 성적인 매력, 그것도 쾌락의 성으로만 무장하고 순진무구한 소년을 유혹하는 모습을 제외하면 그녀의 내면을 읽을 수 있는 장면은 전무하다. 이에 반해 소년으로 대변되는 오키나와는 미국, 일본 본토 그 어느 쪽에도 치우치지 않는 '우치난추ウチナーンチュ'[17] 고유의 정신을 간직한 세계라 할 수 있다. 마이크 몰라스키의 표현으로 말하자면, 성인 남성은 가타카나식 '오키나와=オキナワ', 즉 미군에게 점령당한 현재의 오키나와이며, 소년은 히라가나 혹은 한자식 '오키나와=おきなわ · 沖縄', 즉 미군의 점령으로부터 자유로운 순일한 오키나와를 상징할 터다.

무엇보다 소년 쓰네요시가 순일한 오키나와를 향해 출항할 수 있었던 것은 지코 누나, 다시 말해 여성에 대한 성적 동경이나 환상으로부터 자유로워졌기 때문이다. 그리고 이 오키나와 여성이 미군을 상대로 몸을

---

17 오키나와어로 '오키나와인', '오키나와 사람'을 의미한다. 이 말은 일본 본토인을 가리키는 '야마톤추(ヤマトンチュ)'와 구분하여 오키나와인으로서의 아이덴티티를 함의하고 있다.

파는 '창부'라는 점은 '소년'의 출항의 의미를 더욱 증폭시킨다. 여기에는 '성적으로 불결하고 타락한 창부=점령된 오키나와 vs. 성적으로 깨끗하고 순진무구한 소년=해방된 오키나와'라는 비대칭적 젠더구도가 전제되어 있다. 이는 전후 오키나와(남성)가 '점령하'라는 상황을 어떻게 상상하고, 어떻게 대응해 가고자 했는지 분명하게 보여준다.

전후 오키나와 소설에서 '소년'의 표상은 매우 중요하다. 이를테면 오키나와 최초의 근대소설로 알려진 야마시로 세이추山城正忠의 「구넨보九年母」(1911) 역시 '소년'의 시선으로 그려지는데, 일지양속日支兩属 관계에 있던 오키나와가 류큐처분琉球処分으로 일본으로 강제 편입한 이래 중국과 일본 사이에서 혼란을 겪고 있는 사회상을 반영하고 있다. 이 안에서 성인 주체는 오키나와를 이끌어 가는 핵심 세력으로 부상한 일본을 상징하고 있으며, 이에 비해 주체성이 결여되고 미성숙한 '소년'은 피지배 위치로 전락한 무력한 오키나와를 나타낸다. 이 외에도 아라사키 교타로新崎恭太郎의 「소철마을蘇鉄の村」(1976), 마타요시 에이키又吉栄喜의 「카니발 투우대회カーニバル闘牛大会」(1976), 우에하라 노보루上原昇의 「1970년의 갱에이지1970年のギャング·エイジ」(1982) 등은 모두 일본으로 복귀한 이후에 발표된 작품으로, 동시대 오키나와의 사회상을 '소년'의 시선으로 포착한 것이다.

이들 소설 속 '소년'들이 상징하는 것은 미국과 일본 본토 그 어느 쪽에도 온전하게 스스로를 자리매김할 수 없는 오키나와가 처한 특수한 상황이라는 점은 상상하기 어렵지 않을 것이다. 그러한 상황을 보다 사실적으로 드러내 주는 인물은 바로 점령군 미군과의 암묵적 합의하에 자국 여성의 성을 경제적 도구로 전락시키거나 상품화하는 오키나와인 성인 남성이다. 결국은 점령군 미군과 분리되어야만 오키나와 고유의 정신과 건전한 신체를 담보한 미래의 오키나와를 상상할 수 있게 되는 것이다. 성적으로든 정신적으로든 때 묻지 않은 순수한 '소년'의 캐릭터는 이렇듯 작가의 치밀한 젠더전략 속에서 탄생한 것이다.

3. 젠더 표상의 반전反転 — 미 점령기에서 복귀까지

미군의 오키나와 점령은 무려 27여 년간이나 이어졌다. 이 짧지 않은 기간에 이루어진 미군의 대対 오키나와 점령정책은 여러 차례의 변화와 조정이 불가피했으며, 오키나와 주민들 또한 1956년의 '섬 전체 투쟁島ぐるみ闘争'으로 대표되듯 미군의 무차별적 수탈에 역동적으로 대응해 나간다. 다른 한편에서는 반미감정과 맞물려 일본 본토로의 복귀 염원이 고조되었지만, 현실적으로는 싫든 좋든 이방의 권력 미군과 미국식 문화와 밀도 높은 접촉을 할 수밖에 없었다. '점령하'라는 현실은 자연스럽게 전후 오키나와 소설에서 빼 놓을 수 없는 중요한 테마가 되었다.[18]

---

18 오카모토 게이토쿠는 미 점령기 문학의 특징을 오키나와 아이덴티티의 확립, 즉 오키나와의 역사, 문화, 사상적 동향을 반영한 것으로 보고, 크게 4개의 흐름으로 정리하고 있다. 첫째는 오키나와 역사를 제재로 삼은 소설, 둘째 미 점령하 오키나와 현실을 그린 소설, 셋째 오키나와 전투 체험을 묘사한 소설, 넷째 오키나와 전통문화 및 생활양식이 엿보이는 소설로 나누어 정의한다. 岡本恵徳, 『現代文学にみる沖縄の自画像』, 高文研, 1996, 20~21쪽.

오카모토 게이토쿠는 이러한 오키나와와 미국의 관계성을 불가분한 것으로 보고 이를 '공동의 관계성共同の関係性'이라는 말로 정의하고 있다. 그리고 이러한 관계성이 일본 본토로의 복귀를 계기로 변모하는 점에 주목한다.

> 미국 통치하의 소설작품에서 그[오키나와와 미국 – 인용자] 관계는 주제와 밀접한 관련을 갖고 묘사되는 경우가 많은 반면, 복귀 후는 그러한 종류의 작품이 감소된다. 또한 미국과 오키나와의 관계를 포착하는 방법도 '공동의 관계성'에 바탕을 둔 묘사, 바꿔 말하면 작자와 독자 사이에 암묵적으로 형성된 공통의 이미지를 바탕으로 이미지를 만들어가게 된다. 즉 '미국'이라거나 '백인 병사' '흑인 병사' 등으로 묘사되던 것이 '조지(ジョージ)'라든가 '할리(ハリー)' '프레디(フレディ)' 등 개인의 얼굴을 분명하게 드러내는 경향으로 바뀌었다. 이러한 변화는 오키나와의 일본복귀를 앞둔 1970년대에 보이기 시작해 70년대 말에서 1980년대 전반까지 눈에 띄게 줄다가 1980년대 후반부터 주요 테마에서 완전히 벗어나게 된다.[19]

복귀 이후 정치, 경제, 사회, 문화 모든 면에서 미군의 영향력이 약화됨에 따라 오키나와와 미국의 관계에도 조정이 불가피했다. 오카모토 게이토쿠는 이를 '공동의 관계성'에서 '개인의 관계성'으로 변모한 것에서 찾았다. 흥미로운 지적이다. 젠더 프리즘은 이러한 변화를 보다 분명한

19 岡本恵徳, 「沖縄戦後小説の中のアメリカ」, 照屋喜彦 · 山里勝己, 『戦後沖縄とアメリカ－異文化接触の50年』, 沖縄タイムス社, 1995, 243쪽.

형태로 보여준다는 점에서 더 없이 유효한 분석 코드라 하겠다.

오시로 다쓰히로의 『칵테일파티』, 「니라이카나이의 거리」, 히가시 미네오의 『오키나와 소년』은 여러모로 유사한 점이 많은데, 이 구도에서 오키나와 여성은 대개 강간의 피해를 입은 딸이나 아내, 미군을 상대로 성을 파는 창부로 묘사되며 미군에게 성적으로 억압당할 수밖에 없는 열등한 위치에 자리한다. 이때 오키나와 남성은 무력한 아버지나 남편, 혹은 성적으로 미성숙한 소년의 모습으로 그려진다.

그런데 일본으로의 복귀 이후 1970년대 후반이 되면 미군과 오키나와 여성의 관계에 변화가 감지된다. 가장 큰 변화는 미일 양국이 오키나와의 '시정권반환施政権返還'에 합의하면서 1972년 5월 15일, 마침내 일본 본토로의 복귀가 실현된 것에 기인한다. 이것은 달리 말하면 미군의 영향력에서 벗어남과 동시에 일본 본토의 힘을 다시 감지하는 일이기도 했다. 이를 반영이라도 하듯 복귀 이전에는 보이지 않던 본토 출신 남성들이 작품 속에 등장하기 시작한다. 흥미로운 것은 본토 출신 남성이 묘사되는 방식이다. 대개 불륜상대이거나 사기성이 농후한 부정적인 이미지로 그려진다. 본토 출신 남성에 대한 부정적인 인식은 전쟁(오키나와 전투)을 직접 경험한 기성세대 일수록 강하다. 이에 비해 미군, 미국인의 이미지는 폭력적이고 강인한 이미지를 벗어나 부드럽고 때로는 연약하기까지 한 모습으로 탈바꿈한다. 오키나와 여성과의 관계에 있어서도 큰 변화를 보인다.

이를테면 나카하라 신中原晋의 「은색 오토바이銀のオートバイ」(1977), 시모카와 히로시下川博의 「로스앤젤레스에서 온 사랑의 편지ロスからの愛の手

紙」(1978) 등에 등장하는 오키나와 여성은 더 이상 미군에게 성을 파는 창부가 아니며, 미군의 현지처로 살다 버려지는 존재가 아니다. 미군과 대등한 연인관계이거나 부부관계로 발전한 모습으로 등장한다. 이때 미국인 남성은 오키나와 여성에게 애정과 믿음을 주는 존재로 묘사된다. 마타요시 에이키의 「조지가 사살한 멧돼지ジョージが射殺した猪」(1978)의 경우, 이제까지의 폭력적이고 강인한 모습의 미군과 달리 작은 체구에 심약하여 오키나와 여성(창부)으로부터도 무시당하는 캐릭터로 등장하여 기존의 미군 이미지를 반전시킨다.

오키나와 여성 이미지의 변화도 눈여겨 볼만하다. 무력한 오키나와 남성의 딸이나 아내, 미군에 의한 강간의 피해자이거나 창부의 이미지에서 벗어나, 창부가 아닌 번듯한 직업을 가지며 경제적이든 정신적이든 홀로서기 한 주체적인 인물로 그려진다. 이들은 연애든 결혼이든 주체적인 삶을 중시한다는 점에서 전통적인 사고방식의 부모 세대와도 변별된다.

무엇보다 오키나와 여성들의 '내면'이 묘사되기 시작한 것은 매우 중요한 변화라 할 수 있다. 여성 등장인물의 경우 이름조차 없으며 대개 아버지나 남편, 소년 등 남성인물들에 의해 대변되어 왔다. 그런데 문제는 이들 여성의 내면이 결코 밝고 건강한 것이 아니라는 점이다. 어둡고 우울하며 질투심이 강하고 심한 경우는 정신병을 앓기도 한다. 본토 복귀 이후에도 오키나와인의 삶이 그다지 평탄치 않으리라는 추측이 가능하다. 일본 전국토의 0.6퍼센트에 지나지 않는 오키나와에 일본 내 미군기지의 70퍼센트가 집중되어 있는 사실 하나만으로도 이를 증명하고도 남음이 있다. 분명한 것은 이 같은 젠더 표상의 반전구도는 무엇보다 미국(미군)과 일본 본토, 그리고 오키나와 사이의 정치적 함수와 밀접한 관련이 있다는 것이다.

4. 성적 일탈, 혹은 쾌락으로서의 성의 부재

일반적으로 매춘 혹은 창부라는 모티브는 전후 서사에 있어 전쟁이나 식민지, 점령 등 혼란한 사회상을 묘사하는 데에 매우 유효한 수단이 되어 왔다. 그런데 같은 매춘, 창부 모티브라 하더라도 오키나와의 전후 소설(특히 미 점령기)은 피점령의 경험을 갖는 일본 본토나 피식민지 상황을 겪었던 한국의 그것과 비교했을 때 그 양상이 조금 다른 듯 보인다. 그 가운데 눈에 띄는 특징은 성적으로 일탈하거나 쾌락으로서의 성을 즐기는 인물유형(특히 남성)이 존재하지 않는다는 점이다.

이는 일본 본토의 전후(패전) 서사가 점령군 미군에게 자국 여성의 성이 강간, 수탈의 대상이 되어 왔음을 폭로하고, 또 일본인 간의 육체적·탐닉적 성을 활발하게 다루었던 것과 좋은 대비를 이룬다. 예컨대 전후문학을 대표하는 사카구치 안고坂口安吾라든가 다무라 다이지로田村泰次郎의 작품에 등장하는 인물들의 경우, 남녀 할 것 없이 모두 성적으로 일탈하거나 일그러져 있으며, 전쟁이나 점령의 억압적 상황 내지는 그 충격에서 오는 스트레스를 무분별한 섹스를 통해 해소하고자 한다. 이 두 작가는 '육체肉体 작가'라는 야유를 받기도 했지만, '육체문학'이라 불리는

새로운 장르의 소설을 대량으로 산출하며 전후 문단의 한 축을 형성한 점에서 주목할 만하다.[20]

그런데 오키나와 출신 작가들은 왜 이들처럼 '육체'나 '성욕'을 묘사하는 데에 관심을 기울이지 않은 것일까? 그리지 않은 것일까? 그리지 못한 것일까? 이 글의 문제의식은 이러한 일련의 물음들에서 출발하였다. 그리고 젠더 프레임을 통해 그에 대한 답을 찾고자 하였다.

지금까지 살펴본 오시로 다쓰히로, 히가시 미네오의 작품세계에 보이는 공통점은 일본복귀를 얼마 남겨 두지 않은 미 점령 말기에 발표되었으며, 오키나와 출신으로 아쿠타가와상을 수상한 얼마 안 되는 작가 중 하나이며, 소설의 경향이나 작가의 집필 전략 또한 젠더관점에서 볼 때 매우 유사한 것 등을 들 수 있다. 무엇보다 이들 작품은 미 점령기를 거쳐 일본 본토로의 복귀를 앞둔 전환기 오키나와의 시대상황을 정확하게 반영하고 있다. 오시로 다쓰히로의 경우, 여성의 신체(성, 정조)의 훼손을 점령이라는 현실과 연결시켜 미군의 폭력적 점령 시스템에 비판을 가하며, 오키나와인 역시 아시아·태평양 전쟁의 피해자이지만 가해자일 수도 있다는 역설적 상황과도 피하지 않고 마주한다. 히가시 미네오의 경우, 남성성이 발현되기 이전의, 아직 성에 눈뜨지 못한 '소년'의 시선을 통해 과도한 성산업으로 오키나와 사회의 경제적 불균형을 초래한 미군(미국)의 파행적 점령정책을 비판하고, 미국과 일본 본토 그 어느 쪽에도 기울지 않고 온전하게 자립할 수 있는 오키나와의 미래와 비전을 제시하

20 榊原理智, 「「〈敗戦後〉への想像的読みに向けて」解説」, 山本武利 編, 『占領期雑誌資料大系』 文学編 II, 岩波書店, 2010, 61쪽 참조.

였다.

이로써 미국(=점령)과 오키나와(=피점령)의 불균등한 관계가 어떠한 젠더구도 속에서 표출되고 있는지 대략 그 윤곽을 드러내었다. 이어지는 장에서는 '복귀' 이후 전개되는 미국(미군)과 오키나와의 젠더구도에 주목해 보고자 한다. 아울러 미 점령기 소설에서는 아직 그 모습을 제대로 드러내지 않은 또 다른 점령자, 일본 본토 남성들의 면면도 '복귀'를 즈음하여 등장하게 되는데, 한층 더 복잡한 전개를 보이는 오키나와의 젠더 프레임 속으로 들어가 보도록 하자.

'반전反転'하는 젠더 표상

1. 1970~1980년대 '여성'을 테마로 한 소설

1972년 5월 15일, 오키나와는 본토로 '복귀'되었다. 일본 본토나 미국의 입장에서는 '반환'한 것이 된다.[1] 베트남전쟁(1955~1975)의 주요 병참기지였던 오키나와가 전쟁이 아직 끝나지 않은 상태에서 일본으로 복귀-반환된 것은 오키나와를 둘러싸고 미국과 일본 양국이 무엇을 추구하고 있었는가를 잘 보여주는 지점이라 할 수 있다.

예컨대 미국의 경우, 베트남전쟁이 장기화됨에 따라 피폐해진 경제와 반전운동 등으로 정점에 이른 사회적 불안을 타개하기 위한 새로운

---

1 '복귀'는 주로 오키나와 민중의 입장에서 오키나와의 지위 변화를 바라본 것이며, '반환'은 주로 일본 정부와 미국 정부의 입장에서 바라본 것이다. 따라서 '복귀'는 '오키나와의 일본복귀', '조국복귀', '평화헌법 아래로의 복귀', '반전복귀'와 같은 문맥으로 사용되는 반면, 공식적인 문서나 외교 관계의 맥락에서는 '반환'이라는 말이 사용되는 경향이 있다. 아라사키 모리테루, 정영신 · 미야우치 아키오 역, 『오키나와 현대사』, 논형, 2008, 63쪽.

돌파구가 필요했으며, 극동전략에 있어서도 전략상 일본의 존재가 필요했기 때문이다. 반면 일본은 미국과 파트너를 이뤄 베트남전쟁의 특수에 힘입은 고도경제성장을 더욱 가속화하기 위한 전략적 선택이었다. 결과적으로 미국은 극동에서의 패권을 유지하는 데에 꼭 필요했던 오키나와 기지를 존속시킬 수 있게 되었고, 일본은 미일관계를 공고히 함으로써 군국주의의 부활을 꿈꿀 수 있게 된 것이다.[2]

한편, 오키나와의 경우는 오랜 염원이었던 미 점령체제에서 벗어나는 데에는 성공했으나 여전히 일본 내 미군기지의 70퍼센트 이상이 오키나와 안에 집중되어 있으며, 이라크전쟁이든 북한 핵실험이든 미군이 긴장하면 언제든 다시 전시하에 놓이게 된다는 점에서 복귀 이전과 본질적으로 달라진 것은 없다고 하겠다. 즉 '핵 없이 · 본토 수준으로核抜き·本土並み', '반전복귀'를 주장해온 오키나와인들의 기대와는 거리가 먼 것이었다.

지금부터 살펴볼 소설들은 모두 미 점령기를 거쳐 일본 본토로 복귀한 이후의 1970년대 후반에서 1980년대 중반에 간행된 것으로, 본토 복귀 이후의 굴절된 오키나와 사회상을 배경으로 한다. 나카하라 신中原晋의 「은색 오토바이銀のオートバイ」(『琉球新報』, 1977), 시모카와 히로시下川博

2　최근 아베(安倍晋三) 총리 및 극우 성향의 정치인들의 망언이 잇따르고 있는 가운데 역사인식을 둘러싼 동아시아 국가 간의 갈등 또한 한층 증폭되는 양상으로 치달아 가고 있지만, 상당수의 일본인들은 전후에 성립된 '평화헌법'을 지지할 것이다. 헌법에 명기된 평화정신을 지키기 위한 평화교육이 조직적으로 실시되고 있는 것도 사실이다. 그러나 1999년, 일본정부는 거꾸로 '히노마루(日の丸)'와 '기미가요(君が代)'를 국기(国旗) · 국가(国歌)로 법제화함으로써 군국주의와 침략전쟁의 상징을 부활시켰을 뿐만 아니라, 같은 해에 미국의 지휘 아래 '신(新)가이드라인법'을 통과시켜 주변국으로 하여금 일본의 반(反)평화, 우경화정책에 대한 불안감을 증폭시키고 있다.

의 「로스앤젤레스에서 온 사랑의 편지ロスからの愛の手紙」(『琉球新報』, 1978), 히가 슈키比嘉秀喜의 「데부의 봉고를 타고デブのボンゴに揺られて」(『琉球新報』, 1980), 기샤바 나오코喜舎場直子의 「여직공의 노래女綾織唄」(『新沖縄文学』, 1985) 등이 그것이다. 이들 작품에 젠더 프리즘을 덧대어 차별과 배제를 전제로 한 국민국가의 폭력에 노출되었던 동아시아 국가의 공통의 경험과 그 사이에 존재하는 서로 다른 미세한 경험의 차이, 구체적으로는 '복귀' 이후 등장한 소설 속 젠더 표상에 어떠한 변화가 감지되는지, 그리고 그것은 미국과 일본 본토, 그리고 오키나와 사이에 어떠한 정치적 함수를 내포하는지 알아보도록 하자.

2. '반전'하는 젠더 표상 — 미군, 미국인 남성 이미지의 변화

이 책 3부 2장에서 살펴본 바와 같이, 미 점령기를 거쳐 일본 본토로의 복귀를 앞둔 전환기를 배경으로 한 소설의 경우, 오키나와 여성은 대개 미군을 상대로 성을 파는 창부나 강간의 피해를 입은 딸이나 아내 등, 미군으로부터 성적으로 억압당하는 위치에 자리한다. 그리고 오키나와 남성은 무력한 아버지나 남편 혹은 성적으로 미성숙한 소년의 모습으로 등장한다.

그런데 일본으로의 복귀 이후 1970년대 후반이 되면 미군과 오키나와 여성의 관계에 미묘한 변화가 감지되기 시작한다. 오키나와 여성은 더 이상 무력한 오키나와 남성의 딸이나 아내가 아니려니와 강간의 피해자도, 미군에게 몸을 파는 창부도, 미군의 현지처로 살다 내버려지는 존재도 아니다. 미군과 대등한 연인관계이거나 부부관계로 발전한 모습으로 등장한다. 때로는 양다리를 걸치며 애인인 미국인 병사를 배신하고 차버리기도 한다. 이때 미군 혹은 미국인 남성은 크게 변화된 이미지를 보인다. 오키나와 여성에게 전폭적인 애정과 믿음을 주는 존재로 묘사되거나, 이제까지의 폭력적이고 강인한 모습의 미군과 달리 눈물을 보이거나 심약하기까지 하여 오키나와 여성에게 거꾸로 위로를 받는 나약한 모습으로 등장하기도 한다. 모두 기존의 미군, 미국인 남성의 이미지와는 거리가 멀다.

「데부의 봉고를 타고」[3]의 주인공 프레디 타운젠트フレディ·タウンゼント는 베트남전쟁 시 오키나와로 파병된 미군으로, 현지 여성 교코恭子와 결혼해 출산과 함께 이곳에 귀화하여 정착했다. 지금은 퇴역하여 옛 고자시コザ市 변두리에서 클리닝 회사를 경영하며 생활하고 있다. 프레디는 오키나와 청년 겐지健二의 시선을 통해 묘사된다. 겐지는 사립대 영문과를 졸업했지만 취업률이 저조한 탓에 아직 정식 일자리를 구하지 못했다. 지금은 프레디의 클리닝 회사에서 아르바이트식으로 일하고 있다. 복귀 이후에도 오키나와의 경제가 썩 좋지 못하다는 것은, 제대로 된 직업을 구하지 못한 겐지나, 1년 후면 클리닝 회사를 접어야 하는 프레디의 사정에서 엿볼 수 있다. 복귀 이전에는 미군을 상대로 장사가 제법 되었으나 이들

3 '데부의 봉고'라는 타이틀은 주인공 프레디가 본국으로 귀국하는 친구에게 헐값에 물려받은 미국산 봉고차에 붙여진 애칭이다. '데부'라는 말은 비만을 속칭하는 말로, 프레디의 비만한 체형에 빗대어 표현한 것이다.

대부분이 본국으로 철수하는 바람에 지금은 적자를 면치 못하고 있다.

프레디는 미국 남부 루이지애나 출신으로 고등학교를 졸업한 후 안정된 수입이 보장된 군에 입대한다. 음악에 조예가 깊었던 아버지의 영향으로 프레디 또한 피아노 연주가 수준급으로 입대와 동시에 밴드를 결성한다. 베트남전쟁이 막바지로 치달아 가면서 새벽녘까지 난동을 부리거나 인종을 둘러싼 폭동과 살인이 빈발하고, 각성제가 필수품이 될 정도로 병사들의 정신적 스트레스가 심해지자 군 당국도 규율을 더욱 엄격하게 하는 한편, 기지 내에 다양한 오락시설을 갖추어 병사들의 심신의 위무에 주의를 기울였다. 프레디가 결성한 밴드는 그러한 차원에서 만들어진 것으로 기지 내 나이트클럽의 전속밴드로 배치되었다. 아내 교코와 만난 것도 바로 이 기지 내 나이트클럽에서였다. 당시 교코는 프레디의 친구 더글러스와 사귀는 사이였는데 더글러스가 미국으로 귀국하게 되면서 프레디와 연인관계로 발전해 결혼에까지 이른다.

> 더글러스가 미국으로 귀국하는 날, 함께 배웅을 나갔다. 더글러스는 눈이 벌겋게 충혈되도록 울었다. 그녀는 감싸 안듯 그의 어깨에 손을 얹었다. 마지막까지 눈물을 보이지 않았다. 프레디 타운젠트와 교코는 그날 이후 급속도로 가까워졌다.[4]

> 그는 고향에 돌아가 아버지의 뒤를 이어 가족과 어울려 살고 싶었다. 그

4 比嘉秀喜, 「デブのボンゴに揺られて」, 『琉球新報』, 1980.(沖縄文学全集編集委員会, 『沖縄文学全集』 8, 国書刊行会, 1990, 243쪽)

런데 그는 뜻하지 않은 벽에 부딪혔다. 교코가 오키나와를 떠나지 않겠다고 버틴 것이다. (…중략…) 무서울 정도로 의지가 강한 여자였다. 그러던 중 아이가 태어났다. 그녀는 사생아로 출생신고를 했다. 아키코(明子)라는 이름도 지었다. 그것은 죽어도 미국에 가지 않겠다는 강한 의지의 표현이기도 했다. 프레디 타운젠트는 결국 두 손 들고 일본으로 귀화하기로 결심했다.[5]

교코의 이미지는 기존의 오키나와문학에서는 좀처럼 찾아보기 힘든 캐릭터다. 더글러스나 프레디 역시 기존의 미군, 미국인 남성의 이미지와는 거리가 멀다. 눈물을 보이거나 강한 의지에 눌려 두 손을 들고 마는 것은 미국인 남성 쪽이고, 그런 미국인 남성을 위로하고 강한 의지로 굴복시키는 것은 오키나와 여성이다. 더글러스의 입장에서 보면 오키나와 여성에게 채인 셈이 되고, 프레디의 경우는 교코로 인해 오키나와로 귀화까지 감행하였으니 고국 미국마저 포기한 것이 된다. 복귀 이후의 오키나와와 미국의 위상에 조정이 불가피했음을 이 전복된 젠더구도를 통해 충분히 가늠할 수 있을 것이다.

교코는 미국인 남성과의 관계에서만이 아니라 오키나와인 남성과의 관계에 있어서도 우월한 위치에 자리한다. 오키나와 청년 겐지의 면접을 보는 것도 교코의 몫이다. 담배를 빼어 물고 이력서를 훑어보며 "남편과 함께 배달을 돌도록 해요. 영어 공부도 될 테고……"[6]라며 면접을 막힘없이 진행하는 모습이라든가 행동 하나하나에서 강한 카리스마를 엿볼 수 있다.

5 위의 책, 243쪽.
6 위의 책, 239쪽.

교코라는 인물은 여러모로 상징적인 의미를 내포한다. 프레디와의 미국행을 강하게 거부하는 그녀의 확고한 의지는 27년간 이어졌던 미군의 폭력과 억압으로부터 결별을 고하는 일이기도 했다. 그것은 교코와 그녀의 딸 아키코로 이어지는 모녀의 핏줄을 강조하고, 오키나와 땅에 뿌리내린 강한 생명력을 환기시키는 일과도 연동된다. 그런데 미군, 미국인 남성을 완전히 배제하지는 못한다. 왜냐하면 표면상으로는 미군에게서 벗어나 본토로의 복귀가 이루어졌지만 오키나와는 여전히 미군의 점령에서 자유롭지 않기 때문이다.

여기 또 한 명의 미국인 남성의 애정을 한 몸에 받는 오키나와 여성이 있다. 「로스앤젤레스에서 온 사랑의 편지」의 스에코末子가 그렇다. 이 소설은 스에코와 그녀의 동창 도미코登美子의 각기 다른 삶의 형태를 도미코의 시선으로 그리고 있다. 두 여성의 이력을 간략하게 소개하면, 학창시절 공부에 취미가 없는 데다 생긴 것도 별로였던 스에코는 미국인 도널드ドナルド와 결혼하여 지금은 나하那覇에서 그가 차려준 작은 바bar를 운영하며 나름 만족한 삶을 꾸려간다. 반면 도미코는 공부도 잘하고 모든 면에서 똑부러진 주체적인 여성이다. 학창시절 스에코의 동경의 대상이기도 했던 그녀는 도쿄에서 알아주는 명문 여대를 졸업했음에도 본토 생활에 적응하지 못하고 고향으로 다시 돌아온다. 게다가 유부남과 불륜에 빠져 있다.

스에코와 도널드의 관계가 흥미롭다. 둘은 결혼과 함께 로스앤젤레스로 건너갔지만 스에코는 그곳 생활에 적응하지 못하고 홀로 귀국한다. 도널드는 스에코가 다시 돌아오기만을 기다리며 열심히 생업에 종사한다. 스에코가 미국생활에 적응하지 못했던 가장 큰 이유는 언어문제였다. 간단한 영어조차 구사하지 못하여 소통에 불편을 겪게 되자 극심한 스트레스에 시달리게 된 것이다. 정신병원 의사의 처방대로 스에코는 오키나와로 귀국한다. 귀국 후에도 도널드와 편지를 주고받으며 서로의 변함없는 애정을 확인한다. 문제는 "아이 러브 유" "컴백, 컴백" 등과 같이 편지 속에 쓰여진 단편적인 말만 알아들을 수 있다는 것이다. 그 외의 표현은 모두 동창 도미코의 통역(번역)에 의해 간접적으로 전달받는다. 문제는 여기서 발생한다. 학창시절 자기보다 별 볼일 없던 친구가 한 남자의 사랑을 받고 있는 모습이 불륜으로 파멸의 길을 걷고 있는 자신의 처지와 비교되면서 도미코의 질투가 증폭된다. 나아가 그 상대가 상냥한 성격의 미국인인 데다 한 여자에게만 변함없는 사랑을 주고 있다는 사실은 도미코의 질투심을 폭발시키는 매우 중요한 기폭제가 된다.

한동안 도널드로부터 연락이 끊겨 상심하고 있던 스에코에게 오랜만에 그로부터 '사랑의 편지'가 날아든다. 그런데 도미코는 이를 '이별의 편지'로 조작해 거짓으로 읽어준다. 이에 큰 상처를 받은 스에코에게 도미코는 다음과 같은 말로 다시 한번 상처에 쐐기를 박는다.

> "오키나와에는 버림받은 여자들이 수도 없이 많으니까. 운도 좋아, 미국에서 행복한 꿈도 꾸고." (…중략…) "더 솔직히 말해 볼까? 네가 말한 거 다들 거짓말이라고 생각하고 있어. (…중략…) 미국행도 결혼도 전부 네 망상이 아닐까 하고 말이야……."[7]

7 下川博,「ロスからの愛の手紙」,『琉球新報』, 1978.(沖縄文学全集編集委員会,『沖縄文学全集』8, 国書刊行会, 1990, 166쪽)

실은 도미코 자신이 오키나와의 "버림받은 여자들"에 속한다. 그런 그녀로서는 자신보다 여러모로 뒤처진 스에코가 미국인 남성의 사랑을 받는다는 것 자체를 수긍할 수 없었던 것이다. 그것은 오키나와인 여성 도미코에게는 이룰 수 없는 망상이자 행복한 꿈에 불과했다.

흥미로운 것은 미국인 남성 도널드의 표상이다. 미국으로 멀리 떠나가 있는 것으로 설정되어 있는 탓에 그는 단 한 번도 직접적으로 등장하지 않는다. 심지어 그의 아내 스에코와도 언어의 장벽으로 제대로 소통하기 어렵다. 편지라는 간접적인 매체로 소통을 시도하지만 그마저도 아내의 친구 도미코의 개입으로 원활하지 못하다. 이 모든 정황은 작가의 관심이 애초부터 미국인 남성을 묘사하는 데에 놓여있지 않았음을 가리킨다. 소설의 배경이 되는 1970년대 오키나와는 미국의 힘이 약화되고 이를 대신해 본토의 힘이 막강해지던 때였다. 도미코가 본토 출신 남성과 불륜에 빠질 수밖에 없었던 것, 그리고 결과적으로는 그에게 버림받을 수밖에 없었던 것은 복귀 이후 오키나와와 본토 사이의 힘의 불균형을 반영한 것이라고 볼 수 있다.

또 달리 보면 도널드와 스에코의 소통 부재의 사랑을 지고지순한 순애보로도 읽을 수 있다. 이미 지나가 버린 기억이나 경험은 실제보다 미화되거나 추억으로 소환되기 마련인 것처럼 소설 속 존재감은 미약하나 변함없는 사랑을 보여주고 있는 점에서 도널드라는 인물은 길었던 미 점령기 가운데 나쁘지 않았던 기억과 경험을 반영한 인물이라고 볼 수 있을 것이다. 결혼해서 가정을 꾸린 여성이 과거 미군과 교제했던 시절을 추억하고 회상하는 나카하라 리쓰코仲原りつ子의 소설 「이어링イヤリング」

속 여주인공처럼 말이다.

마지막으로 살펴볼 소설 「은색 오토바이」는 앞서 살펴본 「데부의 봉고를 타고」와 마찬가지로 주인공은 여성이지만 오키나와 청년 '나'의 시선으로 그려진다. '은색 오토바이'를 사기 위해 이모인 마사요政代의 집에서 아르바이트를 하던 '나'가 10여 년 전 여름을 회상하는 형태를 띠고 있다(소설 전반부에서는 '이모叔母'가 아닌 '그 사람あのひと'이라는 말로 호칭한다).

> [이모는 – 인용자] 군복을 빨거나 다림질을 하던 중에 할리의 옷이 가장 크다는 것을 알게 되었다. 할리는 언제나 친절했고 성격 또한 시원시원했다.[8]

> 할리는 어떤 일이 있어도 오키나와를 떠나지 않고 끝내는 오키나와에서 죽음을 맞았다. (…중략…) 베트남에서 일찍 돌아와 제대한 후에는 심한 알코올 중독 증세로 치료를 받으러 다녔다. 민간인 병원에서 만나는 아이들에게 종종 장난을 걸었다. 울고 있는 아이를 발견하면 엉덩이를 흔들거나 스텝을 밟으면서 다가가 아이의 귀에 술 냄새 나는 숨을 불어 넣거나 귓불을 가볍게 물거나 (…후략…)[9]

마사요는 아버지의 반대를 무릅쓰고 미국인 남성 할리와 결혼한다. 할리 역시 앞서의 온화한 성격의 프레디처럼 커다란 덩치에 친절하고 긍

8 中原晋, 「銀のオートバイ」, 『琉球新報』, 1977.(沖縄文学全集編集委員会, 『沖縄文学全集』 8, 国書刊行会, 1990, 147쪽)

9 위의 책, 144쪽.

정적인 성격이다. 술을 지나치게 좋아하는 게 흠이라면 흠일까 유머러스하며 인간미가 넘친다. 베트남전쟁에 참전했던 이력도 앞서의 프레디와 유사하다. 그리고 오키나와 여성과 가정을 꾸려 이곳 오키나와에 정착한 것도 꼭 닮아 있다.

문제는 그런 그가 알코올 중독으로 사망해 버린 데에 있다. 홀로 남겨진 마사요는 남편이 남긴 외국인 저택에서 깊은 고독과 우울감에 빠져 지낸다. 마사요의 이런 증세가 남편 할리에 대한 그리움에서 비롯된 것인지 아닌지는 명확하게 나타나있지 않다. 다만 남편 할리가 아끼던 정원의 잔디를 아직도 정성들여 가꾸고 있는 모습에서 언뜻 짐작할 뿐이다. 주목해야 하는 것은 할리의 소중한 정원을 이제는 조카인 '나ぼく'가 대신해 가꾸고 있다는 것이다. 그것이 내포하는 의미는 의외로 깊다. 이 소설의 핵심은 할리의 죽음에 이은 마사요의 죽음 안에서 찾을 수 있기 때문이다.

소설의 결말은 '나'가 염원하던 '은색 오토바이'를 드디어 중고로 구입하게 되고, 그 오토바이를 재미삼아 몰고 나간 마사요가 사고를 당해 죽는 것에서 마무리된다. 할리와 마사요의 죽음은 본토로의 복귀, 달리 말해 미군의 점령체제가 완료됨으로써 오키나와와 미국 간의 관계가 내실이야 어찌되었든 형식적으로는 모두 종료되었음을 의미할 것이다.

그렇다면 작가는 왜 이토록 시종일관 어둡고 우울한 분위기로 그려냈을까? 그 의도는 무엇이었을까? 할리의 죽음을 마사요가 슬퍼했는지 어땠는지는 잘 모르겠다는 '나'의 독백에서 그 이유를 유추해 볼 수 있다. '나'의 독백은 언뜻 들으면, 오랜 점령으로부터 '해방'되어 염원하던 본토로의 '복귀'를 이루었지만, 그것이 마냥 기뻐할 일인지 아닌지는 아직 판단할 수 없다는 또 다른 '오키나와인' '나'의 독백과도 겹쳐 들리기 때문이다. 그것은 새로운 점령자, 일본 본토의 등장과 그들과의 관계를 어떻게 설정할 것인가 하는 문제와도 깊은 관련이 있을 듯하다. 한 가지 분명한 것은 미군, 미국인 남성은 물론 오키나와 여성의 이미지도 복귀를 전후하여 눈에 띄게 변화했다는 점이다. 이 소설은 1976년 제6회 류큐신보 단편소설상을 수상하였다. 작가 나카하라 신은 수상소감에서 "오키나와 문학 독자들이 질려버릴 만큼 문제시하고 묘사해 왔던 전후의 하나의 전형을 다시 이 작품에서 반복한 결과가 되었다. 나는 내 나름의 느낌과 시각으로 실천해 보고 싶었다"[10]라고 밝힌 바 있다. 이 나카하라 신을 비롯한 오키나와 출신 작가들이 끊임없이 고민하고 또 고민했던 오키나와의 전후 문제는 당연하겠지만 미국과 오키나와의 관계에 한정되지 않는다. 그 사이에 또 다른 변수 일본 본토의 존재가 자리하기 때문이다.

그렇다면 복귀 이후의 소설 속에 등장하는 본토 남성과 오키나와 여성은 어떤 관계로 설정되고 있을까? 그리고 그 관계는 어떠한 정치적 함함의를 내포하고 있을까?

---

10 岡本恵徳, 『現代文学にみる沖縄の自画像』, 高文研, 1996, 164쪽.

3. '점령'의 재편 — 본토 남성의 부정적 이미지

1972년 5월 15일, 마침내 일본 본토로의 복귀가 실현되면서 27년 동안이나 이어졌던 미군(미국)의 폭력적이고 억압적인 점령상황으로부터 어느 정도 벗어나게 되었다. 이것은 바꿔 말하면 일본 본토의 영향력을 새롭게 감지하는 일이기도 했다. 이를 반영이라도 하듯 복귀 이전에는 보이지 않던 본토 출신 남성 인물들이 등장하기 시작한다. 앞서 살펴본 「로스앤젤레스에서 온 사랑의 편지」와 「여직공의 노래」 안에는 이러한 본토 남성들의 면면이 포착된다.

여기서 이야기를 다시 「로스앤젤레스에서 온 사랑의 편지」로 되돌려 보자. 동창 스에코 부부의 사랑에 질투어린 훼방을 놓았던 도미코의 내면을 보다 정확하게 이해하기 위해서는 그녀를 둘러싼 환경을 조금 더 들여다볼 필요가 있다.

도미코는 도쿄에서 20대를 보냈다. 국비시험을 치르라는 주위의 권유를 마다하고 도쿄 소재의 명문 여대에 진학한 것이다. 그녀의 대학시절은 1960년대 후반에서 1970년대 초반으로, 본토에서 한창 베트남전쟁 반전시위가 전개되었고, 오키나와 내에서도 '조국복귀운동'이 고조되는 등 국내외적으로 혼란이 가중되던 시기였다. 오키나와에 대한 본토인의 관심은 온통 '반전'이라는 정치적 논리에만 집중되어 있었고, 사회적으로도 오키나와인에 대한 편견과 차별이 극심했다. 도미코도 대학 졸업 후 잠시 본토 회사에 취직하기도 했지만 "마치 자이언트 판다라도 보는 듯한 시선을 느낄 때의 비참함"[11]을 견디지 못하고 귀향한다.

오키나와에서 새로 일자리를 찾게 된 도미코는 직장 상사 요시다吉田와 불륜에 빠진다. 그는 후쿠오카福岡에 가정을 둔 유부남이었다. 둘만의 밀회는 요시다가 도쿄로 전근 발령이 나면서 파국을 맞게 된다. 요시다는 이별이 가까워지자 아내와 헤어지겠다는 말도, 도쿄에서 같이 살자는 말도 더 이상 꺼내지 않게 되었다.

> 식어버린 두 남녀는 알몸이 되어, 그래도 사무적으로 마지막 관계를 가졌다. 도미코는 이별이 불러일으키는 정열을 원했다. 영혼을 고양시키기를 원했다. 그러기 위해서는 요시다가 자신을 더욱 사랑해주어야 했다. 미련을 가져줘야 했다. 적어도 그런 척이라도 해야 했다. (…중략…) 요시다가 애매하게 처신하지 않고 아예 아무 말도 하지 않았더라면, 도미코가 거꾸로 가지 말라고 먼저 손을 내밀었을 것이다.[12]

헤어지기 전 도미코와 요시다가 마지막으로 육체적 사랑을 나누는 장면이다. 요시다에게 아직 미련이 남아 있지만 붙잡지 못하고 그가 대신 잡아 주길 기대하는 도미코의 간절한 마음이 엿보인다. 이 부분은 일견 남녀의 흔한 이별 장면이나 불륜관계의 전형적인 결말로 비춰질 수 있다. 그런데 당시 도미코를 둘러싼 환경을 상기할 때 단순한 남녀의 이별 장면으로만 치부할 수 없을 듯하다. 앞서 살펴본 스에코와 도널드의

---

11 下川博, 앞의 책, 163쪽.

12 위의 책, 164쪽.

관계처럼 도미코와 요시다의 관계에서도 당시 오키나와와 본토 사이의 역학이 꿰뚫어 보이기 때문이다. 우선 스에코와 도널드가 정식 부부사이였던 것에 비해 이 둘의 관계는 불륜으로 설정되고 있는 점에 주목할 필요가 있다. 무엇보다 요시다라는 인물은 주체적이지 못하고 우유부단하며, 유부남이면서 다른 여성의 육체를 탐하는 부정적인 이미지로 그려진다. 미군, 미국인 남성의 이미지가 폭력적이고 강인한 이미지를 벗어나 부드럽고 때로는 연약하기까지 한 모습으로 탈바꿈한 것과 비교된다.

지금까지 보아온 프레디, 할리, 도널드 등의 미군, 미국인 남성들은 모두 오키나와 여성과 결혼했으며, 배신하거나 바람을 피우는 일 없이 마지막까지 책임감 있는 모습을 보여주었다. 반면 본토 출신 요시다는 책임감은커녕 본토에 있는 아내와 곧 이혼할 테니 기다리라는 둥 도쿄로 따라오라는 둥 헛된 공약만 남발하며 전형적인 바람둥이의 모습을 보인다. 그는 육체적 유희와 쾌락만 추구하다 결국은 처자식이 있는 본토로 홀연히 떠나버리고 만다.

이처럼 본토 출신 남성을 부정적인 이미지로 묘사하는 또 다른 소설로 「여직공의 노래」를 들 수 있다. 여기에 등장하는 본토 출신 남성은 요시다라는 인물보다 여러 면에서 한 수 위라고 할 수 있다.

소설의 무대는 오키나와 북부의 한 작은 마을이다. 시대배경은 1980년을 전후한 시기이며, 대략의 줄거리는 할머니와 어머니 미요ミヨ, 딸 유키由起로 이어지는 모녀 3대의 파란만장한 삶 정도로 요약할 수 있다.

유키는 나하 시내의 한 회사에 근무하는 커리어우먼이다. 사내연애를 하지만 불행히도 상대는 앞서의 도미코와 마찬가지로 유부남이다. 유키의 임신 사실을 알게 되자 두 사람은 낙태하기로 결정하고 관계를 정리한다.

얼마 안 있어 유키는 후쿠오카 출신의 본토 남성 니시무라 다카유키西村隆之와 좋아지내게 된다. 그는 40대인 유키보다 연하인 데다 회사 동료 료코良子의 남자친구였다. 게다가 자위대 출신이라는 점이 마음에 걸렸지만 육체적 관계에만 집착을 보였던 지금까지의 남자들과는 판연히 다른 모습에 매력을 느껴 동거에 들어간다. 그는 유키의 손톱, 발톱까지 깎아줄 정도로 다정하고 자상한 남자였다.

그런데 작가는 이미 소설 전반부에 다카유키의 행방을 쫓는 경찰이 유키의 집을 들이닥치는 장면을 배치함으로써 그의 정체가 심상치 않으리라는 것을 예고한다. 유키가 불륜에 이어 다시 실연이라는 상처를 받게 되리라는 것을 암시하는 장면이다. 이때 그 상대 남성이 본토 출신이라는 점은, 유키의 연이은 아픔이 한 개인의 탓이 아닌, 오키나와 출신이기 때문에 피해갈 수 없는 필연이라는 것을 뒷받침한다. 즉 본토 출신 다카유키는, '할머니-어머니-유키'로 이어지는 모녀 3대의 비극적 운명을 완성시켜 주는 중요한 인물로 등장한다.

유키의 할머니는 증조할아버지에 의해 열 살 무렵 유곽으로 팔려갔던 아픔을 갖고 있다. 그곳에서 주리尾類로 10여 년을 살다가 부잣집과 사돈을 맺게 된 사촌 여동생 다네タネ가 기적妓籍에서 빼내어준 덕에 다시 마을로 돌아올 수 있었다. 어머니 미요의 삶은 더욱 파란만장하다. 그녀의 비극은 전쟁에 소집되었던 남편 유키오幸雄가 전사했다는 통보를 받고, 그의 동생 유키히로幸広와 결혼하면서 시작되었다. 대를 이어야 한다는 친척들의 압력 때문이었다. 그런데 전쟁이 끝나자 전사했다던 남편 유

키오가 살아 돌아왔다. 전사통보는 오보였던 것이다. 이미 유키히로와의 사이에서 유키가 태어났으니 같이 살 수도 없는 노릇이었다. 결국 미요는 유키를 데리고 친정으로 들어가고, 유키히로는 본토로, 유키오는 다른 여성과 재혼하여 각자의 길을 걷게 된다.

미요의 또 다른 비극은 오키나와 전투 당시 일본 병사에게 강간을 당한 경험이 있다는 것이다. 더욱 비참했던 것은 그것이 딸 유키가 지켜보는 앞이었다는 점이다. 유키는 어렸지만 당시의 일을 아직도 또렷하게 기억하고 있다. 그리고 자신 역시 할머니와 어머니로 이어지는 '가혹한 운명'을 비껴가지 못할 것이라고 예감한다. 유키의 예감은 적중하여 소설이 결말에 이르자 다카유키가 희대의 사기꾼이었다는 사실이 밝혀진다. 이 희대의 사기극은 지역 신문에도 크게 보도된다.

> 나하시 등지에서 노처녀를 연달아 속여 수사망에 올랐던 남자가 어제 여자를 만나기 위해 외출한 나고시(名護市)에서 잡혔다. 남자의 이름은 니시무라 다카시(西村隆), 다른 이름은 오무라 히로유키(大村博之), 요시무라 다카오(吉村隆男), 니시무라 다카유키(西村隆之), 나이는 32세, 후쿠오카 출신이다. 이 남자는 주로 혼기를 넘긴 여성 가운데 목돈을 모아 놓았을 법한 이들에게 접근해 결혼을 미끼로 돈을 갈취해왔다. 현재 남자는 다섯 명의 여자와 동거하고 있다고 한다. 여자들이 전혀 눈치 채지 못하도록 일주일 간격으로 로테이션 되도록 치밀하게 전략을 짜 만나왔다고 한다. 자위대원이라고 속이고 회사원인 체했던 이 남자는 본지 기자와의 인터뷰에서, "오키나와 여자는 바보스러울 정도로 솔직하고 의심할 줄을 모른다. 함께 있으면 나도 반은 미

친 것처럼 이상해진다"라고 말하기도 했다.

참고로 그가 갈취한 돈은 오키나와현에서는 한 사람당 평균 30만 엔. 다른 현에서는 100만 엔이었다고 한다. 전국을 돌아다니며 돈을 갈취한 사기남도 오키나와 여성의 순수함에 경의(?)를 표한 것이다. 그건 그렇다하더라도 사람의 순수함이나 약점을 이용하다니 정말 나쁜 남자다.[13]

소설의 대반전을 이루는 위의 기사는 당시 본토인의 오키나와에 대한 인식뿐만 아니라, 본토에 대한 오키나와인의 인식 또한 잘 보여준다. 요컨대 순진하고 순수한 오키나와 여성을 갈취하는 희대의 사기꾼 본토 남성이라는 명백한 선악구도를 기반으로 하고 있다. 이처럼 본토 남성에 대한 부정적 인식을 표출하는 장면은 소설 곳곳에서 포착할 수 있는데, 일본군에 대한 트라우마를 갖고 있는 미요는 물론이고, 평범한 여인네들의 입을 통해서도 자연스럽게 회자된다.

"아들네 회사가 야마토(大和)에게 당해서 망해버렸지 뭐야. 며느리하고 손자 셋을 맡아 달라고 찾아 왔더라고."

(…중략…)

"야마토 사람은 말이 아주 청산유수라니까. 오키나와 사람들은 눈 깜짝할 사이에 속아 넘어간다니까."

(…중략…)

13 喜舎場直子, 「女綾織唄」, 『琉球新報』, 1985.(沖縄文学全集編集委員会, 『沖縄文学全集』 9, 国書刊行会, 1990, 206~207쪽)

"두고 봐, 나는 속지 않을 거야."

활기찬 시즈카 씨가 승리의 포즈를 지어보이자 모두들 크게 웃었다.

(…중략…)

"전에 신문 구석에 나온 기사 봤어? 여자를 속인……"

"아아, 세 줄의 짧은 글이었는데…… 아마 야마토에 부인도 있다던데 독신이라고 속이고 말이야."[14]

"가장 손해는 말이야 여자의 몸이 말라버리는 거야. 쓰지 않으면 샘이 솟지 않는 것처럼 말이야."

"샘이 솟는다고? 아직 논 정도는 적실 수 있다고. 아하하하"

아낙들은 외설스러운 대화를 호탕하게 웃으며 주고받았다.[15]

마을 아낙들이 삼삼오오 모여 주고받는 외설스러운 농담에서 '야마토 사람'=본토인에 대한 불신감이 오키나와 사회 전반에 만연해 있었음을 짐작할 수 있다. 또한 전쟁을 직접 경험한 기성세대일수록 그 정도가 컸음을 가늠케 한다.

지금까지 복귀와 반복귀를 둘러싼 오키나와인들의 치열한 사상적 고민 속에서 마침내 일본 본토로의 복귀가 완료되는 1970년대 후반에서 1980년대 중반까지의 소설들을 주로 다루었다. 이 무렵 오키나와 사회는 일본 정부 주도하에 큰 변모를 거듭하였다. 오키나와 진흥개발계획

14 위의 책, 203쪽.

15 위의 책, 204쪽.

(1972~1981)을 앞세워 관료 시스템, 정당 등의 정치적인 면에서부터 경제, 문화, 교육에 이르기까지 사회 전반에 걸쳐 본토화를 추진해 갔으며, 사회구조적인 면에서도 도로, 항만, 공항, 학교 등 여러 시설이 현대식으로 정비되고, 여전히 일본 내 최저이기는 하나 소득이나 생활 수준을 복귀 이전보다 현저히 끌어올렸다.[16] 그 과정에서 토지 강제사용, 미군범죄, 소음문제 등 미군기지로 인한 각종 폐해가 야기되었으며, 본토와의 경제적 불균형, 본토 의존 구조 문제도 피해갈 수 없었다. 하지만 그 이면에는 일본 정부가 막강한 자본력을 동원하여 오키나와 주민들로 하여금 기지를 반대하기 어려운 구조를 만들었던 정황도 놓여 있었다. 어찌되었든 오키나와 사회는 복귀 이후에도 점령의 주체나 형태만 바뀌었을 뿐, 여전히 불안한 상황과 사회적 혼란 속에 자리하게 된다. 「로스앤젤레스에서 온 사랑의 편지」와 「여직공의 노래」가 그리고 있는 본토 남성의 부정적 이미지는 바로 이러한 불길한 예측 속에서 조형된 것이다.

4. '복귀' 이후의 젠더전략

일본으로 복귀한 이후 1970년대 후반이 되면 미군과 오키나와 여성의 관계에 변화가 감지된다. 가장 큰 변화는 무력한 오키나와 남성의 딸

---

16 정영신, 「오키나와의 기지화 · 군사화에 관한 연구 – 기지의 건설 · 확장과 반환의 역사적 과정을 중심으로」, 정근식 · 전경수 · 이지원 편, 『기지의 섬, 오키나와 – 현실과 운동』, 논형, 2008, 201쪽.

이나 아내, 즉 미군에 의한 강간의 피해자이거나 창부의 이미지에서 벗어나, 창부가 아닌 번듯한 직업을 가지며 경제적이든 정신적이든 홀로서기 한 주체적인 인물로 그려진다는 점이다. 이들은 연애든 결혼이든 주체적인 삶을 중시한다는 점에서 전통적인 사고방식의 부모 세대와도 변별된다.

무엇보다 오키나와 여성들의 '내면'이 묘사되기 시작한 것은 매우 중요한 변화라 할 수 있다. 여성 등장인물의 경우 이름조차 없으며 대개 아버지나 남편, 소년 등의 남성인물들에 의해 대변되어 왔다. 그러나 지금까지 다루어온 텍스트 속 오키나와 여성들은 더 이상 미군에게 성을 파는 창부가 아니며, 미군의 현지처로 살다가 버려지는 존재가 아니다. 미군, 미국인 남성과 대등한 연인관계이거나 부부관계로 발전한 모습으로 등장한다. 이때 미군, 미국인 남성은 오키나와 여성에게 무한한 애정과 믿음을 주는 존재로 묘사된다. 더 나아가 이제까지의 폭력적이고 강인한 모습의 미군과 달리 눈물을 흘리거나 심약하여 오키나와 여성에게 거꾸로 위로받는 모습으로 등장하기도 한다. 모두 기존의 미군, 미국인 남성의 이미지를 크게 반전시키는 캐릭터들이다.

한편, 복귀 이전에는 보이지 않던 본토 출신 남성들이 작품 속에 등장하기 시작하는 점도 주목할 만하다. 흥미로운 것은 본토 출신 남자가 묘사되는 방식이다. 불륜상대이거나 사기성이 농후한 부정적인 이미지로 그려지며, 본토 출신 남성에 대한 부정적인 인식은 전쟁을 직접 경험한 세대일수록 강하게 드러난다. 그렇다고 본토 출신 남성과 오키나와 여성이 반드시 불륜이나 동거, 사기결혼 등의 일탈된 구도로만 묘사되고 있

는 것은 아니다. 이 글에서 미처 다루지 못했지만 정식 부부관계로 묘사되기도 한다. 예컨대, 나칸다카리 하쓰仲村渠ハツ의 「약속約束」(『琉球新報』, 1981)에서는 본토 출신 남성과 오키나와 여성이 결혼하여 가정을 이룬다. 이 안에서는 서로 다른 문화적 차이(식사예절 등 지극히 일상적인 부분들)로 인한 충돌과 갈등을 그리고 있다. 또 거꾸로 요시자와 요키吉沢庸希의 「돌아갈 채비帰り支度」(『琉球新報』, 1981)에서는, 오키나와 남성과 결혼한 본토 출신 여성이 오키나와 생활에 적응하지 못하고 이혼하고 본토로 떠나버리는 내용을 다루고 있다. 문제는 본토 남성과 오키나와 여성 커플이다. 이들은 정식으로 가정을 꾸린 부부라 하더라도 문화적 차이와 이질감을 극복하지 못하며, 불륜관계이거나 정식 부부관계이거나 상관없이 오키나와 여성들의 내면은 하나 같이 불행하며 건강하지 못한 모습으로 묘사된다. 대부분이 어둡고 우울하며 질투심이 강하고 심한 경우는 정신병을 앓기도 한다.

무엇보다 이처럼 반전에 반전을 거듭하는 젠더구도 자체가 미국과 일본 본토, 그리고 오키나와 사이의 정치적 함수를 예리하게 간파한 오키나와 작가들의 전략적 글쓰기에서 비롯된 것이라는 점은 아무리 강조해도 지나치지 않을 것이다.

유동하는 현대 오키나와 사회와 여성의 '내면'

본토 출신 여성 작가와의 대비를 통하여

1. 왜 오키나와 여성문학인가?

현대 오키나와 사회, 특히 1970년대 후반부터 1980년대 초반에 급속하게 진행된 본토화와 도시화는 오키나와 사회에 두 가지 다른 현상을 초래하였다. 하나는 급격한 경제개발에 따른 자연환경의 변화와 사회구조적 변화에 적응하는 일, 즉 본토식 생활과 문화를 적극적으로 흡수하려는 현상을 들 수 있고, 다른 하나는 이에 대한 반작용으로 오키나와 전통문화에 대한 애착과 자부심이 고조되는 현상을 지적할 수 있다. 이러한 두 가지 상반된 현상이 가장 치열하게 각축하는 장場은 역시 '집'이나 '가족'에서 찾을 수 있을 것이다. 이곳은 조부모 세대와 부모 세대 그리고 이들 기성세대와 확연히 다른 젊은 세대가 공존하는 공간이기 때문이다. 이것은 곧 오키나와 여성의 '내면'의 소리에 귀 기울여 볼 필요성과도 연결될 것이다. 왜냐하면 여성의 글쓰기 양상은 남성 작가의 그것보다 '집'

이나 '가족'을 둘러싼 실제 자신의 삶과 경험을 녹여낸 자기고백적 형태를 띤 경우가 많기 때문이다. 그러나 전후 오키나와 문단에 여성 작가 자체가 드물었던 탓에 여성들의 '내면'을 섬세하게 포착한 작품을 찾는 것은 쉽지 않은 일이다.

오키나와 출신 여성 작가의 본격적인 등장은 복귀 이후 1980년을 전후한 무렵이다. 오카모토 게이토쿠岡本恵徳는 1980년대에 여성 작가의 배출이 활발해진 이유를 신오키나와문학상新沖縄文学賞이나 류큐신보琉球新報 단편소설상 등 각종 문학상이 마련되어 그곳을 통해 등단할 기회가 많아졌다는 것과 복귀 이후 경제적으로 풍요로워져 창작에 흥미를 갖는 사람이 늘었다는 것, 무엇보다 여성의 사회적 지위가 향상되고 사회진출의 길이 전에 비해 활짝 열렸던 것 등을 들었다.[1]

여기에 몇 가지 이유를 덧붙이자면, 이 무렵은 오키나와 사회나 문단이나 자신들만의 색채와 방향성을 어느 정도 정하고 자리 잡은 시기라는 점을 들 수 있다. 요컨대 새롭게 등장한 일본 본토의 영향력과 여전히 주둔군으로서 영향력을 발휘 중인 미군 사이에서 혼란은 거듭되었지만 오키나와 출신 작가들은 그 틈바구니 속에서 자신들의 아이덴티티를 모색하는 등 역동적으로 반응하기 시작한 것이다. 여성 작가들 또한 미국과 일본 본토의 힘과 아울러 남성중심 사회의 틈바구니에서 '오키나와인'으로서 또 '여성'으로서의 삶을 고민하지 않을 수 없었고 그것을 소설 속에 충실히 담아내었다.

---

1 岡本恵徳, 『現代文学にみる沖縄の自画像』, 高文研, 1996, 223쪽.

이들 여성 작가가 다루고 있는 테마는 남성 작가들의 그것과 구별된다. 가장 큰 차이는 남성 작가의 경우, 전적으로 오키나와의 굴곡진 역사에 기댄 성찰적 글쓰기가 주를 이룬다는 것이다. 예컨대 1950년대는 히메유리 학도대나 철혈근황대를 테마로 하여 오키나와 전투의 비참함을 폭로하는 데에 집중하였고, 1960년대 중반에 이르면 오키나와 전후 문학 제 1세대에 해당하는 오시로 다쓰히로 등이 주도하여 『신오키나와문학』(1966.4)을 창간하고 문단에 새로운 바람을 일으켰다. 창간 이듬해에는 오시로 다쓰히로의 『칵테일파티』가 아쿠타가와상을 수상하면서 더욱 활기를 띠게 된다. 이후 역량 있는 오키나와 출신 작가들이 대거 등장하면서 작품성향도 다양해졌으나 여성인물의 묘사에 있어서는 대략 이상의 문제의식에서 크게 벗어나지 않았다.

예컨대, 앞서의 히메유리 학도대를 테마로 한 소설류는 영화나 드라마로 각색되어 지금 현재까지도 인기몰이를 하고 있는데, 그 안에 그려지는 오키나와 여성은, 일본 본토 여성이 '총후銃後'적 존재로 전장戰場에서 완전히 격리되었던 것과 달리, '전사戰士'로서 참혹한 전장의 전면에 배치되고 있다. 이때 문제가 되는 것은 오키나와 여성의 희생을 '순국殉国'으로 자리매김함으로써 일본의 가해사실을 은폐하고 반전평화의 이미지로 반전反転시켰다는 점이다.[2] 아울러 일본 본토와 오키나와의 차이

2 이에 관해서는, 강태웅의 「일본영화 속의 '반전평화' 내러티브 연구」(『아태연구』 16-1, 경희대 국제지역연구원, 2009)에 자세하다. 아울러 마쓰나가 가쓰토시(松永勝利)의 지적대로, 오키나와의 이미지를 '평화'의 상징으로 고착시킴으로써 일본의 전쟁책임, 가해책임이 은폐되고 '야스쿠니화(靖国化)'(전쟁책임자 · 가해자를 미화하는 것)로 이어지는 부분도 경계해야 할 것이다. 松永勝利, 「今後の課題と平和へのメッセージ」,

를 무화시키는 것은 물론, 오키나와 남성의 암묵적 합의가 오키나와 여성의 고정된 이미지를 구축하는 데에 깊이 관여하고 있는 정황도 포착할 수 있었다. 그런 점에서 오키나와 남성 작가들 역시 이러한 문제에서 완전히 자유롭지 않을 것이다.

그렇다면 오키나와 출신 여성 작가들은 주로 어떠한 테마를 다루어 왔을까? 이들은 오키나와 여성의 보편적이고 일상적인 삶에 초점을 맞춘다. 물론 그 일상적인 삶 안에는 오키나와의 수난사가 고스란히 투영되어 있다. 그런데 그 묘사방식이나 접근방식에 있어서는 남성 작가들의 그것과 근본적으로 다르다. 가장 변별되는 것은 여성의 내면이 섬세하게 포착되고 있는 점이다. 물론 주인공은 여성이며, 그 외 여성인물 군상이 대거 등장한다. 그것도 한 여성의 삶에 그치는 것이 아니라, '(외)할머니-어머니-딸(며느리)'로 이어지는 모녀의 대물림되는 삶을 다룬다. 이들이 묘사하는 오키나와 여성인물은 강간당한 딸이나, 아내, 이민족 남성에게 몸을 파는 창부라는 고정된 이미지로 구축했던 남성 작가들의 그것과 다르며, 오키나와 여성의 헌신적인 이미지를 특화시켜 대중적으로 소비해 온 드라마나 영화 속 인물유형과도 다르다.[3]

오키나와 여성은 일본 전국에서 평균연령이 가장 낮으며, 출산율, 평균수명, 가계에 차지하는 여성의 수입 비율이 전국 1위에 해당한다. 반면

石原昌家・大城将保・保阪広志・松永勝利, 『争点・沖縄戦の記憶』, 社会評論社, 2004, 319쪽.

3 지금의 오키나와 붐을 이끌어낸 일등공신이라 할 수 있는 영화 〈나비의 사랑(ナビィの恋)〉(中江裕司 감독, 1999)과 드라마 〈주라상(ちゅうらさん)〉(NHK, 2001)의 여주인공은 그 대표적인 예라 할 수 있다.

이혼율도 높고 결혼보다는 독신을 택하는 여성의 수도 전국에서 가장 많다고 한다.[4] 이러한 양극단을 달리는 통계 수치는 오키나와 여성이 오키나와 남성, 더 나아가 일본 본토 여성과는 다른 역사와 문화 토대 위에서 이해될 필요가 있음을 시사한다.

지금부터 살펴볼 나칸다카리 하쓰仲村渠ハツ의 「어머니들과 딸들母たち女たち」(『新沖縄文学』 54, 1982), 기샤바 나오코喜舎場直子의 「여직공의 노래女綾織唄」(『新沖縄文学』 65, 1985), 시라이시 야요이白石弥生의 「일흔두 번째 생일잔치生年祝」(『九州芸術祭文学賞作品集』 17, 1986)는 모두 여성 작가의 작품이며, 오키나와 여성을 테마로 삼은 흔치 않은 작품이다. 현대 오키나와 사회의 병폐를 사실적으로 묘사하고 있는 점과 더불어 본토 출신인 시라이시 야요이의 작품의 경우, 복귀 이후 오키나와로 이주해온 작가 자신의 실제 경험이 투영되어 있는 만큼 본토 출신의 오키나와에 대한 인식을 엿볼 수 있어 흥미롭다.

2. 1980년대 오키나와 여성인물 군상

—「어머니들과 딸들」·「여직공의 노래」

나칸다카리 하쓰[5]는 「어머니들과 딸들」로 신오키나와문학상(제8회, 1982.12)을 수상했다. 그녀는 수상소감을 다음과 같이 밝혔다.

4　勝方=稲福恵子, 『おきなわ女性学事始』, 新宿書房, 2006, 222쪽 참조.

5　본명은 고야 하쓰에(呉屋初江). 오키나와 남부 우라소에시(浦添市) 출신.

나를 이 세상에 있게 해주신 아버지와 어머니. 그 아버지와 어머니의 아버지와 어머니. 그 아버지와 어머니들의 아버지와 어머니. (…중략…) 이들 대부분은 지금 이 세상에 없는 사람들. 이들의 피가 내 피 속에 살아 있으며, 나의 딸들에게 이어져 갈 것이다. 이 영원히 이어가고 싶은 피의 연속성 가운데 나는 아주 작은 한 방울에 지나지 않는다. 이 작은 한 방울에서 출발하여 나는, 오키나와란 무엇인가, 오키나와인은 누구인가, 여자는 무엇인가 하는 것들을 물어가고 싶다.[6]

부모 세대와 그 부모 세대인 조부모 세대로 거슬러 올라가며 '나'와 그리고 나의 '딸'로 이어지는 피의 연속성을 말하고 있다. 이 짧지만 묵직한 수상소감에서 오키나와 땅에 태어난 여성들의 숙명과 삶의 무게감을 느낄 수 있을 것이다. '오키나와인'이라는 것, 그리고 '여성'이라는 것, 이 두 가지 커다란 명제가 아마도 이 소설의 핵심이 될 듯하다.

소설의 무대는 나하시那覇市 근교의 작은 농촌마을. 이야기의 축은 크게 미사ミサ와 가즈코和子로 대변되는 젊은 여성세대와 그녀들의 할머니와 어머니 세대로 나눌 수 있다. 이 소설의 특징은 무엇보다 타이틀인 '어머니들과 딸들'에서 보듯이 다수의 여성인물이 등장한다는 데에 있다. 미사와 가즈코의 어머니, 가마도カマド 할머니, 오키나와 전투에서 아들을 잃은 본토 출신 할머니, 가즈코의 외할머니와 이모할머니 등이 그들이다. 이들은 저마다 가슴 아픈 사연을 간직하고 있다.

6　岡本惠徳, 앞의 책, 218쪽.

우선, 가마도 할머니는 오키나와 전투에서 남편과 아이를 잃었다. 지금은 노인성 치매로 정신이 온전치 못하다. 그런 와중에도 면사무소에 전화를 걸어 '야마토大和 병사'들이 자신의 밭에 들어오지 못하도록 막아달라고 부탁한다. 가마도 할머니의 딱한 사정을 전해들은 미사의 어머니는 딸의 반대에도 불구하고 홀로 사는 할머니를 보살펴 드리기로 마음먹는다. 전쟁 직후 어머니를 잃은 아픈 기억을 떠올렸기 때문이다.

한편, 가즈코의 어머니는 아들 마모루守의 일로 고민이 많다. 하나밖에 없는 아들이 자위대에 입대한다고 선언했기 때문이다. 평소 자위대에 대해 매우 안 좋은 감정을 갖고 있던 그녀로서는 아들의 자위대 입대를 목숨을 걸고서라도 말려야 했다. 결국 아들은 어머니의 고집을 꺾지 못하고 입대를 포기한다.

이처럼 아들의 자위대 입대를 반대하는 가즈코의 어머니에서부터 오키나와 안에 자위대가 들어오는 것에 강한 반감을 표출하는 가마도 할머니, 그런 가마도 할머니에게 연민을 느끼는 미사 어머니에 이르기까지 각기 다른 것처럼 보이는 이들 세 여성의 사연은 실은 하나의 문맥으로 수렴된다. 그것은 다름 아닌 일본 본토에 대한 뿌리 깊은 반감이다. 이들은 사상 유례가 없는 격렬한 지상전을 몸소 경험한 세대이자 적군인 미군보다 우군이라고 믿었던 일본군으로부터 더한 수난을 당한 오키나와 전투 체험 세대다. 당연히 일본군, 본토에 대한 극심한 트라우마를 안고 있다.

다음으로 살펴볼 인물은 본토 출신 할머니와 지금은 돌아가신 가즈코의 외할머니, 그리고 이모할머니다. 이들은 앞서의 가마도 할머니의 경우처럼 오키나와 전투에서 사랑하는 아들을 잃은 아픔을 공유한다. 오키나와 전투에서 사망한 외아들의 위령제에 참석하기 위해 멀리 도쿄에서 오키나와를 찾은 본토 출신 할머니의 원망 섞인 한탄과 함께 가즈코의 할머니와 이모할머니의 기막힌 사연도 알려진다.

> 나는 말이요, 이 오키나와가 밉다우. 내 소중한 아들을 빼앗아간 오키나와가 미워. 이 작은 섬만 없었더라면 오래 전에 침몰해 버렸더라면 내 아들은 죽지 않아도 됐다구. 이 작은 섬 때문에 당신들 오키나와 사람들 때문에 아들이 죽은 거요. 당신들에게 집 지어주고 아이를 낳게 해주기 위해 우리 아들이 죽은 거요. 단 하나밖에 없는 내 소중한 아들이. 이 먼 곳에서 그것도 생면부지의 사람들을 위해 죽었단 말이요. 이 섬만 없었다면, 오키나와만 없었다면 죽지 않았을 것을.[7]

본토 출신 할머니는 자신의 외아들이 죽은 것이 오키나와와 오키나와 사람들 탓이라고 생각한다. 모든 원망이 오키나와로 향해 있다. 그런데 아들을 잃은 같은 처지의 오키나와 할머니는 전혀 다른 반응을 보인다. 아들 야스이치ヤスイチ가 전사한 것을 모두 자신의 탓으로 돌린다.

> 세상에는 말이야 소중한 아들을 전쟁터로 보내지 않으려고 오른손 장지를 잘라버리거나 한쪽 눈을 짓이겨 버리거나 하는 사람도 있다던데 너는 왜 아무것도 안하고 전쟁터로 내보낸 거니, 보내면 죽는다는 걸 뻔히 알면서 전

7 仲村渠ハツ, 「母たち女たち」, 『新沖縄文学』 54, 1982.(沖縄文学全集編集委員会, 『沖縄文学全集』 8, 国書刊行会, 1990, 262쪽)

쟁터로 떠밀어 놓고 왜 이제와서 죽었다고 울고불고 하는지.[8]

가즈코의 할머니가 자신의 여동생이 전사한 아들을 못 잊고 힘들어 하자 속상한 나머지 모질게 던진 말이다. 그런데 실은 사랑하는 아들을 전쟁터로 내몰아 죽게 한 스스로에게 던지는 자책이기도 하다.

전쟁의 상흔이 생생하게 전해져 오는 아들을 잃은 두 어머니의 절규는 아직 도래하지 않은 일본과 오키나와의 '전후'를 실감케 한다. 그리고 본토에 대한 오키나와의 반감 이상으로 본토의 오키나와에 대한 반감도 크다는 것을 여실히 보여준다. 가즈코의 할머니나 본토 출신 할머니, 본토, 오키나와를 막론하고 군국주의로 물들였던 일본 정부(국가)에 책임을 돌리기보다 스스로를 자책하거나 왜곡된 형태로 자신의 슬픔을 타인에게 전가시키고 있다. 다만, 가즈코의 할머니의 경우는 좀더 중층적일 수 있다. 아들을 전쟁터로 내몰지 말아야 했다고 스스로를 자책하는 모습은 자신의 아들이나 조카의 죽음을 애달파 하는 심경일 수 있지만, 언뜻 '15년 전쟁'하에서 수많은 '아들'들을 전장으로 내몰았던 '황국皇国의 어머니'를 향한 질책으로도 읽히기 때문이다. "보내면 죽는다는 걸 뻔히 알면서 전쟁터로 떠밀어 놓고 왜 이제와서 죽었다고 울고불고 하는지"라는 뼈 있는 일침은 동시대의 순국미화 담론을 보기 좋게 전복시킨다.

이와 대조적으로 본토 출신 할머니는 외아들의 죽음을 전쟁 탓이 아닌, 오로지 오키나와 탓으로 돌린다. 단순하게 치부하기엔 심하게 왜곡

8 위의 책, 263쪽.

된 생각이다. 그런 그녀의 모습에서 '모성'에 기댄 일본 제국주의의 '되살아난 망령'[9]을 발견한다면 너무 지나친 해석일까? 본토 출신의 이 여인이 지난 전쟁에서 하나밖에 없는 자신의 아들을 '국가'에 기꺼이 바친 '황국의 어머니' 중 하나일 수 있다는 추측은 과도한 해석일까?

이렇게 보면 이 소설의 분위기가 매우 어둡고 무겁게 느껴질 것이다. 하지만 이 소설에서 내향적 성격의 미사와 밝고 적극적인 성격의 가즈코로 대비되는 젊은 세대의 사고방식과 더불어 연애와 결혼을 둘러싼 동시대 청춘남녀의 고민과 일상을 엿보는 재미도 빼놓을 수 없다. 그러나 어느 쪽으로 읽어가든 이 소설은 전전과 전후를 관통하는 오키나와 수난사와 만나게 되고 거기서 한 발 더 들어가면 오키나와 여성 수난사와 마주하게 된다.

여기 또 한 편의 여성의 삶과 오키나와의 수난사가 어우러진 소설이 있다. 기샤바 나오코의 「여직공의 노래」가 그것이다. 소설의 상세 줄거리는 이 책 3부 3장에서 다루었으므로 간략하게 언급하기로 한다. 요컨대, '(외)할머니-어머니-딸'로 이어지는 모녀 3대의 순탄치 않은 삶을 그리고 있는데, 할머니의 경우 극심한 경제적 궁핍으로 친아버지의 손에 이끌려 창부로 팔려나가는 수난을 겪었고, 어머니 미요ミヨ의 경우 자신의 딸이

9 가노 미키요(加納実紀代)는, '천황제'가 '모성'과 결탁하여 일본 국민들의 마음속 깊이 파고들었던 정황을 비판적으로 조명한다. 이 가운데 하세가와 미치코(長谷川三千子)의 천황 찬미 행적을 들어 전후 상징천황제의 부활을 경고하였다. 일찍이 일본의 모성을 이용해 천황(제)을 대대적으로 찬미했던 다카무레 이쓰에(高群逸枝)의 "되살아난 망령"이 바로 하세가와 미치코라는 것이다. 가노 미키요, 손지연 외역, 『천황제와 젠더』, 소명출판, 2013, 137쪽.

지켜보는 가운데 일본군에게 처참하게 능욕당하는 수난을 겪었다. 그뿐 아니라 결혼생활도 두 형제 사이를 오가다 결국 파국으로 치닫는다. 나아가 유키由起는 불륜과 낙태, 마지막에는 혼인빙자간음으로 본토 출신 남성으로부터 깊은 상처를 받게 된다. 경제적 수난, 신체적 수난, 본토의 뿌리 깊은 차별에서 오는 정신적 수난이라는 모녀 3대로 이어지 파란만장한 삶은 그야말로 오키나와의 굴곡진 역사를 압축한 것에 다름 아니다.

흥미로운 것은 수난의 당사자인 오키나와 여성들이 이에 대응해 가는 방식이다. 무엇보다 유곽으로 팔려간 할머니의 경우는 자신의 처지를 비관하거나 원망하지 않는다. 매사에 긍정적이며 90세가 넘은 나이임에도 젊은 세대의 사고나 가치관을 존중할 줄 아는 열린 사고의 소유자다. 예컨대 손녀딸 유키가 동거중이라며 수군대는 동네 사람들에게 오히려 축하할 일 아니냐며 소문을 일축하고, 유키에게는 남자와 동거하고 또 헤어지는 것은 그리 중요한 일이 아니라며 위로한다. 반면 어머니 미요의 반응은 달랐다. "엄마는 용서하지 않을 거야. 딸이 정숙하지 않아서 어디 가서 말도 못해"[10]라며 유키를 심하게 꾸짖는다. 이에 유키는 남자관계가 단정치 못한 것은 어머니도 마찬가지라며 맞받아친다. 유키는 자신의 연이은 실연과 아직 결혼하지 못한 이유가 모두 어머니의 단정치 못한 행실 때문이라고 여겼던 것이다. 유키는 어렸지만 어머니가 일본군에게 강간당하는 장면을 지금도 생생하게 기억하고 있으며, 훗날 심각한 트라우마로 남게 되었다. 자신 역시 할머니와 어머니로 이어지는 '짓눌린 운명'을

---

10 喜舎場直子,「女綾織唄」,『新沖縄文学』65, 1985.(沖縄文学全集編集委員会,『沖縄文学全集』9, 国書刊行会, 194쪽)

빗겨가지 못할 것이라며 비관한다. 이렇게 볼 때, 미요와 유키 모녀의 갈등은 오키나와 수난사, 더 직접적으로는 일본 본토로부터 비롯된 것이라 볼 수 있다. 그러나 유키는 이것을 어머니 개인의 '치부'로 돌리는 것으로 오키나와 수난사를 비껴간다. 어머니 미요 역시 자신의 불행을 타인에게 전가시키기보다 스스로 껴안고 가고자 한다.

그 누구보다 긍정적인 사고와 강인한 정신력으로 무장한 여성은 유키의 할머니이다.

> "시선을 바꿔 사물을 바라보렴. 가미야(神屋)가 있는 산 정상에 서서 마을을 내려다보면 아무리 심각한 일이라도 티끌보다 작은 것처럼 생각된단다. 할머니는 90대의 눈으로 세상을 보고 있잖니, 이 마을에서 90년간 일어났던 일에 비하면 지금 유키가 고민하는 건 아무것도 아니란다. 이 마을의 숱한 어미들, 니 애미 미요도 마찬가지로 많은 아픔을 겪었단다."
>
> (…중략…)
>
> "할머니는 죽고 싶다고 생각한 적 없어?"
>
> "오키나와 사람은 자살 따위는 생각하지 않는단다. 어떻게든 살아가지."[11]

미요와 유키 모녀의 갈등은 할머니를 매개로 해소된다. 그녀의 타고난 성격이 낙천적일 수 있겠지만, 그보다는 스스로가 노력해서 얻어낸 후천적인 것에 가깝다고 할 수 있다. 다시 말해 90년 넘게 '오키나와' 땅

11 위의 책, 191쪽.

에서 '여성'으로 살아가면서 후천적으로 얻어진 강인한 정신력에 기인한 것이라 할 수 있다.

이렇듯 낙천적이고 긍정적인 유키 할머니의 시선으로 소설을 다시 읽어 나가면, '모녀 3대'의 인생이 반드시 오키나와 수난사로 온전히 수렴되는 것은 아니라는 것을 알게 된다. 바꿔 말하면, (외)할머니, 미요, 유키가 안고 있는 상처와 그것을 받아들이고 대응해 가는 방식이 단일한 것이 아니듯, 이들 여성의 삶, 여성 수난사가 반드시 오키나와 수난사를 상징하는 단일한 문맥으로 수렴되는 것은 아니라는 것이다.

앞서 살펴본 소설과 마찬가지로 이 소설 역시 전체적인 분위기는 결코 우울하지 않다. 타이틀 '여직공'이라는 말에서 드러나듯, 이 지역 특산물인 파초芭蕉를 원료로 한 직물생산에 능력을 발휘하는 오키나와 여성들의 활기가 소설 곳곳에 표현되고 있다. 마을 아낙들이 삼삼오오 모여 외설적 농담을 주고받기도 하고, 전통주를 나눠 마시며 오키나와 전통가락에 맞춰 흥겹게 춤추고 노래하는 등, 오키나와 특유의 활력이 넘치는 일상이 생생하게 묘사되어 있다. 이것은 제대로 된 여성의 '내면' 묘사 없이 여성의 신체를 오키나와 수난사에 정면으로 배치시켜 왔던 남성 작가들의 묘사방식과 좋은 대비를 이룬다. 남녀 간의 사랑이나 실연, 가족 간의 갈등, 먹고 살기 위한 노동을 하면서 일상을 살아가는 여성들의 삶 속에서 불가피하게 마주하게 되는 지난 전쟁의 상흔. 이 일상 곳곳에 각인된 각기 결이 다른 전쟁의 상흔은 여성들의 내면 묘사 없이는 표현이 불가능하며, 굳이 전쟁의 비극을 정면에 배치하지 않더라도 그 어떤 수사와 언어보다 깊은 울림을 준다.

3. 본토 출신 여성의 차별적 시선 — 「일흔두 번째 생일잔치」

시라이시 야요이[12]의 「일흔두 번째 생일잔치」는 1980년대 중반 무렵의 오키나와 고자시와 나하시를 무대로 하고 있다. 전전과 전후를 관통하며 일흔두 번째 생일을 기념하는 도시비生年祝[13]를 맞이한 오키나와 출신인 도요トヨ와 그녀의 집안 이야기가 본토 출신 며느리 슈코周子의 시선을 통해 그려지고 있다. 앞의 두 소설과 마찬가지로 이 안에 등장하는 오키나와 여성들은 하나 같이 생활력이 강하고 억척스러우며 가정을 이끌어 가는 주체적인 인물로 묘사된다. 이에 비해 남자들은 하나같이 무능하며 가정에 대한 책임감이 전혀 없는 모습으로 등장한다.

반면 여성의 경우는, 때로는 본토 남성과 불륜관계에 빠지거나 순수한 사랑을 배신당하기도 하지만, 할머니-어머니 세대와 함께 이를 극복해 나가는 모습을 보여준다. 할머니-어머니 세대는 그보다 더 한층 파란만장한 인생을 경험해 왔기 때문이다. 그런 면에서 보자면, 올해로 일흔두 세가 되는 오키나와 여성 도요의 인생 또한 별반 다르지 않다. 전쟁으로 남편을 잃고 미군을 상대로 매춘 바를 운영하며 세 아이를 양육하고, 귀속변경을 거듭하며 변화의 중심에 서있는 오키나와 사회에 그때그때 적응해 가며 씩씩하게 오늘을 살아내고 있을 뿐이다. 이렇듯 주로 오키나와 여성의 모습에 초점을 맞춰 살펴보았는데 지금부터는 본토 출신 여성

12 나가노현(長野県) 출신. 「초여름의 손님(若夏の来訪者)」(『新沖縄文学』 70, 1986.12), 「흔들리는 마음(迷心)」(『琉球新報』, 1987.1) 등의 작품이 있다.

13 도시비란, 오키나와의 전통풍습 가운데 하나로, 12간지 중 자신의 띠에 해당하는 해의 생일을 특별히 기념하여 축하하는 것을 일컫는다.

작가가 그리는 오키나와, 오키나와 여성의 모습을 쫓아가 보기로 하자.

본토에서 시집온 며느리 슈코의 시선에 비친 시어머니 도요의 모습은 그 하나하나가 모두 낯설기만 하다.

> 거리 전체가 큰길은 물론이고 골목 구석구석 의외의 곳까지 온통 바, 살롱, 카페 간판을 내건 매춘굴(売春窟)이었다. 도요는 쉽게 많은 이익을 얻는 장사로 의기양양해 했다. 계산대에서 졸고 있어도 여자들은 네 번으로 접은 몇 장의 달러를 품에 넣어주고 간다. 그것이 쏟아질 것 같다고 자랑삼아 말하는 그녀였다. 그런 도요를 타지에서의 생활을 막 시작한 슈코는 경이, 경멸, 연민, 증오가 섞인 복잡하고 불가사의한 심정으로 바라보았다.[14]

> 오늘의 주인공인 도요는 갈색 바탕에 빨강과 녹색, 황색과 오렌지의 대담한 줄무늬가 넣어진 벨벳의 롱드레스를 입고 있었다. (…중략…) 오키나와의 지역신문에나 실릴 법한 하와이나 아르헨티나의 하이칼라 할머니 같은 분위기였다. 그러나 화장기 없는 그을린 얼굴과, 병으로 갑자기 홀쭉해진 주름투성이의 도요에게는 빌려온 것으로밖에 보이지 않았다. 그것은 마치 개나 고양이, 침팬지와 같은 애완동물에게 양장을 입혀 놓은 꼴처럼 기묘하게 뒤죽박죽된 것이 도통 어울리지 않았다.[15]

---

14 白石弥生, 「生年祝」, 『九州芸術祭文学賞作品集』 17, 1986.(沖縄文学全集編集委員会, 『沖縄文学全集』 9, 国書刊行会, 359쪽)

15 위의 책, 371쪽.

위의 두 개의 인용문에 나타난 슈코가 도요에게서 느꼈던 이질감은 오키나와와 본토 사이에 존재하는 문화적 차이에 기인한 것으로 보인다. 그런데 문제는 슈코의 반응이 단순한 비호감이나 이질감 정도에 그치는 것이 아니라, '경이'와 '경멸'의 양가적 감정이 내포된 본토 중심적, 차별주의적 시선이 감지된다는 데에 있다.

무엇보다 본토 출신 슈코의 오키나와 여성에 대한 인식이 그들과의 소통을 차단한 채 일방향적으로 형성된 것이라는 점에 주의할 필요가 있다. 왜냐하면 슈코 자신과 도요로 대표되는 오키나와 여성과의 거리두기는 곧 본토의 '선진성'과 오키나와의 '후진성'을 나타내는 지표로 연결되기 때문이다. 이를테면 소설 곳곳에 커피숍에 들러 차를 마신다거나, 홀로 드라이브를 즐기며, 책을 읽는 등 자신만의 문화와 여가를 만끽하는 슈코의 모습이 배치되고 있는데, 이러한 장면은 저급한 매춘업으로 돈벌이에 혈안이 된 시어머니나 미련하고 비만하기까지 하여 마치 '고케시 인형こけし人形'[16]을 연상케 하는 시누이의 모습과 대조를 이룬다. 또한 경사스러운 날인 '도시비'를 맞아 한껏 차려 입은 도요의 모습을 "개나 고양이, 침팬지"에 "양장을 입혀 놓은 꼴"에 비유함으로써 오키나와 고유의 전통, 풍습에 대한 비하도 서슴지 않는다. 세련되지 못한 촌스러운 외모는 물론이고, 전화 거는 스타일, 장례 풍속, 빈번한 가족모임, 친지들의 잦은 연회 등 사소한 생활습관에서부터 사고방식에 이르기까지 슈코의 눈에는 온통 못마땅한 것들뿐이다. 이러한 슈코의 차별적 시선은 그

16 머리가 둥근 목각인형을 일컫는다.

녀가 의식했든 의식하지 않았든 일본 제국주의가 오랜 세월 구축해온 오키나와에 대한 뿌리 깊은 편견과 차별을 내면화한 데에서 비롯된 것임은 충분히 상상 가능할 것이다. 시어머니 도요와 젊은 오키나와 여성들이 왜 매춘업으로 생계를 이어가야 하는지, 왜 오키나와 경제는 바, 살롱, 카페 등 과도한 성산업으로 흘러가고 있는지, 남편이나 시동생은 왜 변변한 일자리를 구하지 못하고 도박에 기대어 무력한 삶을 살아야 하는지 등, 오키나와 사회 자체가 안고 있는 구조적 모순에 관해서는 전혀 관심을 기울이지 않는다. 그저 외면하고 싶은 자신과는 동떨어진 끔찍한 일일 뿐이었다.

전쟁으로 인해 모든 것이 폐허가 된 오키나와 사회에서 할 수 있는 일은 매우 제한적이었다. 농업용 토지 상당 부분이 미군의 군용지로 변모함에 따라 기지에 취직하거나 미군 상대의 상업도시를 건설하는 것으로 경제적 위기를 타개할 수밖에 없었고, 이러한 기지의존형 경제구조 속에서 자연스럽게 미군을 상대로 한 성산업이 성황을 이룰 수밖에 없었다. 그마저도 복귀 이후 미군부대가 대폭 축소되고 매춘방지법 등이 제정되면서 오키나와 주민들 대다수가 생계에 지장을 받게 되었다. 남편 노부오가 직장을 잃은 것도, 시어머니 도요가 오랫동안 경영해온 바를 접게 된 것도 그 이면에는 이러한 불가피한 사정이 자리한다. 물론 이러한 경제적 불균형은 일차적으로는 미군의 파행적 점령정책에서 비롯되었으며, 복귀 이후 본토와의 경제적 불균형, 본토 의존 구조를 초래한 일본 정부의 차별적 정책에 기인한 것임은 말할 것도 없을 것이다.

그런데 이러한 본토 출신 슈코의 차별적 시선을 거꾸로 뒤집어 보면,

복귀 이후에도 오키나와의 상황이 그다지 개선되지 않았음을 엿볼 수 있다. 이를테면 오키나와 사회를 '매춘굴'로 표현한 데에서 매춘방지법 이후에도 성매매가 외양만 바꾼 채 계속해서 온존하고 있었음을 알 수 있다.[17] 또한 남편이나 시동생 등 젊은 남자들이 제대로 된 일자리를 구하지 못하고 도박에 빠져 지내는 데에서 오키나와의 취약하고 불균형한 산업 구조(3차 산업의 비대화)와 심각한 실업률, 소득이나 생활 수준 등이 일본 내 최저 수준이라는 사실을 간파할 수 있다.[18]

이 소설의 핵심은 슈코와 그녀의 남편 이야기가 아니다. 소설 도입부부터 둘은 이미 이혼한 상태였으며, 남편과 관계된 장면은 거의 등장하지 않는다. 주로 슈코와 도요, 즉 본토 출신 며느리와 오키나와 출신 시어머니의 갈등을 다루고 있다. 더 정확하게 말하면, 본토 출신 며느리가 오키나와 사회에 적응하지 못하고 겉도는 모습을 섬세하고 세밀하게 포착하고 있다. 그러나 그녀가 오키나와 사회에 적응하지 못하고 겉도는 모습이 부각될수록 오키나와 여성의 우스꽝스러운 "피에로"[19] 같은 모습도 강조되어 나타난다.

이 소설이 흥미로운 것은 본토 출신 여성 작가가 오키나와를 그린 보

17 박정미, 「미군 점령기 오키나와의 기지 성매매와 여성운동」, 정근식 · 전경수 · 이지원 편, 『기지의 섬, 오키나와 – 현실과 운동』, 논형, 2008, 434쪽 참조.

18 복귀 이후의 오키나와 산업 구조는, 1차 산업의 저하, 2차 산업의 현상유지, 그리고 3차 산업이 높아지는 경제의 서비스화가 진행되는 매우 취약하고 불균형한 형태를 보인다. 아울러 현민 1인당 연간 소득은 전국 평균의 약 74% 정도로 도쿄의 절반에도 미치지 못하는 전국 최저 수준이며, 실업률 역시 약 12%로 높은 편에 속하며, 과중한 기지 부담 역시 지역산업의 육성과 도시 형성에 커다란 장애로 작용했다고 한다. 장은주, 「지방정부와 중앙정부 관계에서 본 오키나와 문제」, 위의 책, 264~265쪽.

19 白石弥生, 앞의 책, 374쪽.

기 드문 작품이기 때문이다. 그런데 아쉽게도 표피적인 묘사에 그치고 있다. 오키나와 남성 작가들이 오키나와 여성의 '내면'을 묘사하지 않았다면, 본토 출신 여성 작가 시라이시 야요이는 오키나와 여성의 '내면'보다는 우선 낯선 타향 오키나와에서 고군분투하는 자기자신(본토인)의 '내면'을 위로하고 살피기에 급급했거나 충실했다고 볼 수 있다. 이로 인해 의도했든 아니든 '일본=고향=문명=선진 vs. 오키나와=타향=야만=후진'이라는 대결구도, 즉 '본토 여성 vs. 오키나와 여성'의 이항대립 구도만 선명히 하는 결과를 초래하게 되었다.

4. 여성 내부의 차별적 시선에 나포되지 않기 위해

전후 오키나와문학이 보여주는 젠더정치의 특징은 무엇보다 군사화 혹은 전장화 된 상황과 후기 (피)식민사회에서 발생하는 여성에 대한 (성)폭력과 억압의 강한 연관성 안에서 설명될 수 있을 듯하다. 그리고 이러한 연관성은 불변하는 남성성의 특징이라기보다는 역사적으로 형성된 사회구조 및 권력구조의 표현으로 이해될 수 있을 것이다. 또한 사회, 역사적으로 형성된 남성성에 상응하는 오키나와(적) 여성성도 분명 존재할 것이다.

이 글에서는 이러한 점에 착안하여 지금까지 제대로 묘사된 바 없었던 오키나와 여성의 내면에 초점을 맞춰보고자 하였다. 오키나와 출신 여성 작가와 본토 출신 여성 작가, 나아가 여성 작가와 남성 작가의 세 층

위로 나누고, 각기 다른 입장과 위치에 따라 묘사방식에 어떤 차이가 있는지 살펴보았다. 그 결과 몇 가지 흥미로운 특징이 발견되었다. 우선 사회적 병폐에 가장 직접적으로 노출되는 것은 여성인물이라는 점이다. 이때 오키나와 남성의 존재감은 매우 미미하며, 복귀 이후 새롭게 등장하기 시작한 본토 남성은 하나 같이 부정적 이미지로 표출되는 공통점을 갖는다. 아울러 이들 여성인물의 내면을 섬세하게 묘사할수록 오키나와 수난사와 불가피하게 마주하게 되는 점도 이채로웠다. 이것은 여성인물의 내면 묘사 없이 여성의 신체를 수난사에 정면으로 배치시켜온 남성 작가들의 묘사방식과 크게 변별되는 지점이기도 하다. 본토 출신 여성 작가가 오키나와 여성을 묘사하는 방식의 한계 또한 엿볼 수 있었다. 여기서 가장 문제가 되었던 것은 오키나와 여성의 내면은 고사하고 본토 여성의 차별적 시선(오리엔탈리즘) 속에 나포되어 그 표피적인 이미지만 전경화하고 있는 점이다.

그런데 이러한 한계는 비단 본토 출신인 시라이시 야요이만 갖고 있던 것은 아니다. 그 시기를 조금 뒤로 돌려 보면, 1950년대 말에서 1960년대에 오키나와 여성해방운동에 관심을 보였던 이치카와 후사에市川房枝 등 일본 페미니스트들에게서도 얼마든지 찾아 볼 수 있다. 이들은 본토에서 매춘방지법이 제정(1956) · 시행(1958)된 것과 관련하여 오키나와 여성들을 독려하며 본토의 '선진성'과 오키나와의 '후진성'을 말하고, 나아가 '해방된 본토의 여성'과 '뒤처진 오키나와의 여성'이라는 차별적 담론을 구축하였다. 거꾸로 이러한 논리를 오키나와 여성 스스로가 내면화한 사례도 적지 않다. 오키나와에 매춘방지법이 아직 제정되지 않았다는 사실 하나만으로 오키나와의 '후진성'을 말하고, 매춘방지법이 제정된 본토 여성을 오키나와 여성이 지향해야 할 모델로 삼은 것은 그 좋은 예이다.[20]

이처럼 여성해방이라는 동일한 목표를 놓고 오키나와와 본토라는 출신의 차이에 따라 차별적 시선을 낳았던 것처럼, 오늘날 각종 드라마와 영화 등에 묘사되고 있는 오키나와, 오키나와 여성의 이미지 역시 이러한 본토의 차별적 시선에서 완전히 자유롭다고 할 수 없을 것이다. 전후 오키나와 서사에 젠더 프리즘을 덧대어 보다 미세한 층위를 읽어내는 작업의 중요성은 바로 여기에 있다고 하겠다.

---

20 박정미, 앞의 글, 430~431쪽 참조.

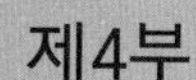

제4부

오키나와 전투와 제주 4·3, 그리고 기억투쟁

전후 오키나와(인)의 성찰적 자기서사 『신의 섬』
'오키나와 전투'를 사유하는 방식

오키나와 전투와 제주 4·3을 둘러싼 기억투쟁

'집단자결'을 둘러싼 일본 본토(인)의 교착된 시선
소설·르포르타주·증언

전후 오키나와(인)의 성찰적 자기서사 『신의 섬』

'오키나와 전투'를 사유하는 방식

1. 오키나와(적) 사유의 출발점 – 오키나와 전투

오시로 다쓰히로의 『신의 섬神島』(『新潮』, 1968.5)[1] 은 오키나와 전투를 소설 전면에 배치하고 있다. 무엇보다 이 작품이 문제적인 것은 전쟁의 폭력성을 비판하는 데에 그치지 않는다는 점이다. 소설의 배경이 되고 있는 오키나와 전투는 일본군과 오키나와 내부의 차이와 차별을 노정하는 동시에 그동안 암묵적으로만 존재해 오던 오키나와 내부의 불가항력적인 불신과 갈등 또한 피하지 않고 마주한다. 아울러 자칫 가해와 피해라는 구도가 갖기 쉬운 일면적 묘사, 즉 '가해=일본(군)=악' vs. '피해=오

1 大城立裕, 「神島」, 『新潮』, 1968.5.(오시로 다쓰히로, 손지연 역, 「신의 섬」, 『오시로 다쓰히로 문학선집』, 글누림, 2016) 소설의 원제목은 '가미시마(神島)'다. '가미시마'라는 명칭은 실제 존재하지 않는 가공 · 상상의 섬으로 오키나와의 비극을 압축하고 있다. 최근 저자가 한국어로 번역 · 소개하면서 '신의 섬'이라는 제목으로 바꾼 것은 이러한 측면을 부각시키려는 의도에서다.

키나와(주민)=선'이라는 이항대립구도를 택하는 대신 가해와 피해의 구도가 복잡하게 뒤엉킨 역설적 함의를 다양한 각도에서 드러낸다. 그것이 가능했던 것은 작가 오시로 스스로가 매우 이른 시기에 오키나와 내부의 자기성찰적 시야를 확보했기 때문인 것으로 보인다.

전후 오키나와에 있어 전전과 구분되는 전후적 사유, 혹은 본토와 구분되는 오키나와적 사유의 출발은 모두 오키나와 전투의 경험으로부터 촉발되었다고 해도 과언이 아니다. 지금부터 살펴볼 『신의 섬』은 오키나와 전투가 내재한 다양하고 복잡한 문제들을 여과 없이 담고 있는 점에서 주의를 요한다. 무엇보다 그 내용이 일본 본토인들에게도 오키나와인 스스로에게도, 더 나아가 우리 한국인들에게도 불편할 수 있는 소설이라는 점에서 의미하는 바가 크다고 생각된다. 이를테면 본토와의 관계뿐만 아니라 마이너리티라는 유사한 입장에 있던 식민지 조선과의 관계, 오키나와 내부 주민들 간의 갈등, 세대 간의 갈등 등이 첨예하게 맞부딪히는 양상들이 그러하다.

이 글에서는 다음 세 가지 관점에 주목해 보고자 한다. 첫째, 소설 『신의 섬』이 작가 자신은 물론 본토인, 오키나와인 모두에게 불편한 소설일 수밖에 없는 이유를 살펴보고, 둘째, 주인공 다미나토 신코와 후텐마 젠슈의 팽팽한 대결구도를 통해 드러나는 오키나와 특유의 성찰적 사유와 그것이 발현되는 양상을 짚어본 후, 셋째, 소설 전반에 흐르고 있는 가해와 피해 구도의 역설 혹은 균열, 그리고 그 역설적 구도가 내포하는 의미를 문제 삼고자 한다.

2. 모두에게 '불편'한 소설, 『신의 섬』

오시로 다쓰히로의 출세작 『칵테일파티カクテル·パーティー』(1967)가 오키나와와 미국의 관계를 통해 전후 오키나와에 대한 사유의 깊이를 더했다면, 그 이듬해에 발표한 『신의 섬』은 그것의 본토 버전이라고 할 수 있다. 이 무렵은 1960년대 미일군사동맹의 재편 · 강화 움직임과 함께 오키나와 반환 협상이 미일 양국 사이를 활발하게 오고 갔으며,[2] '핵 없는 반환', '교육권 분리 반환' 등 구체적인 '반환' 방법론에 대해서도 논의가 전개되었다.[3] 오키나와 내부에서도 기대했던 미군의 통치가 환멸로 바뀜에 따라 '평화헌법 아래로의 복귀', 즉 일본으로의 복귀 운동이 폭넓은 지지를 얻어가던 상황이었다. 특히 복귀가 임박한 1970년을 전후해서는 '복귀론'이 우세한 가운데 '독립론'과 독립론에 거리를 두며 복귀에 반대하는 '반反복귀론'에 이르기까지 다양한 논의들이 제출되었다. 이 가운데 오시로는 '복귀론'과 '반복귀론' 중간쯤에 자리하며 맹목적인 '본토 지향'과 본토 페이스로 복귀가 추진되는 데에 대한 경계와 긴장감을 늦추지 않았다.[4]

2 사토 에이사쿠(佐藤栄作) 수상은 1969년 11월, 닉슨 대통령과 정상회담을 열고 오키나와를 1972년 중 일본에 반환하겠다는 합의를 이끌어내었다. 1960년대 안보개정이 오키나와의 분리와 미군 지배를 전제로 한 미일안보체제의 강화에 방점을 두었다면, 1972년 오키나와 반환은 오키나와의 일본으로의 통합을 전제로 한 미일안보체제의 강화를 목표로 했다고 할 수 있다. 아라사키 모리테루, 정영신 · 미야우치 아키오 역, 『오키나와 현대사』, 논형, 2008, 58쪽.

3 岡本恵徳, 『現代文学にみる沖縄の自画像』, 高文研, 1996, 65쪽.

4 복귀를 앞두고 오시로가 치열하게 고민했던 것은 오키나와에 대한 본토의 차별과 오키나와의 본토에 대한 열등감 극복이라는 매우 현실적인 문제였다. 다음 발언에서 그 고

이렇듯 오키나와의 미래에 대한 한치 앞의 전망도 내놓기 쉽지 않았던 시기임을 상기할 때 본토와의 관계를 다룬 소설을 집필한다는 것은 설령 그것이 긍정적인 것이라 할지라도 당시로서는 쉽지 않은 작업이었을 터다. 그렇다면 과연 작가 오시로가 이 소설을 집필하게 된 경위와 목적은 무엇이었을까?

> 그 소설[「신의 섬」-인용자]을 쓴 동기랄까, 모델이랄까, 힌트는 게라마(慶良間) 집단자결을 명령한 장군에게서 얻었습니다. 그 장군이 전후가 되어 관광으로 오키나와에 왔는데, 그때 섬사람들이 그를 거부한 사건이 있었어요. 그 사건에 대해 계속해서 생각했죠. 그것이 계기가 되어 「신의 섬」을 집필하게 된 겁니다. 그렇지만 단순하게 생각한 것이 아니라, 깊은 역사적인 고민과 그리고 민속학적인 깊은 이해를 통해 완성한 것입니다. 거기에는 일본에 대한 원망도 있었지만 친밀감도 있는, 동화(同化)와 이화(異化) 사이에서 흔들리고 있는 복잡한 심경을 표현한 것입니다. 「칵테일파티」의 본토 버전이 「신의 섬」이라고 할 수 있죠. 「칵테일파티」와 매우 유사하지만, 다른 점은 「칵테일파티」는 싸울 것인가, 친하게 지낼 것인가로 고민했다면, 「신의 섬」에서는 싸울 것인가가 아니라, 원망할 것인가, 친해질 것인가가 문제였습니

민의 일단을 엿볼 수 있다. "나 자신은 실은 복귀운동에는 처음부터 비판적이었고, 운동이 시작된 1950년 무렵부터 여기에 찬물을 끼얹는 글들을 써왔지만 '반복귀론'에 대해서도 비판적이었다. 복귀가 궤도에 오른 후에는 이미 늦었다는 현실을 인식했지만, 나아가 오키나와인의 야마토를 향한 동화 열망 또한 어찌할 도리가 없다는 사실을 인식한 위에 다시 새롭게 사상을 구축해야 한다고 생각한 것이다." 大城立裕, 『休息のエネルギー』(人間選書110), 農文協, 1987, 18쪽.

다. 싸움까지는 가지 못하죠. 본토에 대해서는 순전히 원망이죠, 원망 쪽이 큽니다.[5]

위의 글은 작가 오시로의 최근 인터뷰에서 발췌한 것이다. 『신의 섬』을 집필하게 된 동기와 집필 당시의 고뇌에 찬 심경을 토로하고 있다. 무엇보다 미국에 대한 비판을 담은 『칵테일파티』를 집필할 때와 달리 『신의 섬』을 쓰면서는 같은 형제라고 생각했던 본토에 대한 '원망'을 솔직하게 드러내고자 했다는 고백이 인상적이다. 또한 "원망을 들춰내고 강조하는 것"에 대한 미안한 심경도 토로한다.[6] 이 같은 본토를 향한 복잡한 심경을 작가의 또 다른 표현에 기대어 정리하면, 본토에 '동화'할 것인가 '이화'할 것인가로 도식화할 수 있다. 이 도식을 작품 속 등장인물에 적용시켜 보면, 오키나와 내부의 성찰을 집요하게 추궁하는 인물(다미나토 신코), 오키나와와 본토의 중립에 서려는 인물(후텐마 젠슈), 본토에 대한 주관·반감을 분명하게 드러내는 인물(하마가와 야에), 본토의 입장을 대변하는 인물(미야구치 도모코, 기무라 요시에) 등으로 나뉜다. 하마가와 야에로 대표되는 본토에 대한 확고한 주관을 보이는 인물은 본토와 다른 오키나와 고유의 전통과 문화를 고수하는 것으로 드러나는데, '이화'의 불가피한 단면을 노정하고 있다고 할 수 있다. 특히 흥미로운 것은 본토를 대변하는 두 명의 인물을 내세워 각각 지난 전쟁에서 본토가 오키나와에 범한 과오를 성찰하게 하거나, 거꾸로 오키나와에 대한 몰이해가 어떤 식으로

5 오시로 다쓰히로·김재용, 「작가와의 대담」, 『지구적 세계문학』 6, 글누림, 2015, 146쪽.
6 위의 책, 147쪽.

표출되는지 보여주는 부분이다.

작가의 심경 고백처럼 『신의 섬』에 등장하는 인물은 모두 '동화'와 '이화' 사이에 가로 놓여 있다. 그러나 엄밀하게 말하면 등장인물 개개인은 둘 중 하나의 포지션을 분명하게 선택하고 있다. 갈등하는 것처럼 보이는 것은 그것을 밖으로 표출하기 어려운 상황에 놓여 있기 때문인 것으로 보인다. "이화의 느낌을 겉으로 표현"하는 것에 상당한 곤혹스러움을 느꼈다는 작가 자신의 고백처럼 말이다. 그런데 작가를 더욱 곤혹스럽게 만든 것은 『신의 섬』에 대한 본토의 철저한 무관심 · 무반응이었다.

> 「신의 섬」은 일본 본토에서는 아무도 문제시하지 않았습니다. 나로선 상당히, 상당히 깊이 고심해서 쓴 건데 말입니다. 그런데 그것이 본토의 일본인들에게는 이해하기 어려웠던 모양입니다.[7]

『신의 섬』이 지금까지 주목받지 못한 데에는 여러 가지 해석이 가능하겠지만 우선 추측해 볼 수 있는 것은 오키나와문학에서 본토인들이 기대했던 것은 적어도 본토와의 관계 여부는 아니라는 점이다. 더 직접적으로 말하면 그들의 관심은 점령기 오키나와의 상황, 즉 미국과의 관계에 놓여 있었다고 할 수 있다.[8] 오키나와 출신 작가로는 처음으로 아쿠타

---

7 위의 책, 146쪽.

8 작가 오시로는, 당시 (본토)심사위원들이 「칵테일파티」가 미국 비판이라는 것을 잘 인지하고 있었다고 말한다(위의 책, 143쪽). 또한, 심사위원 중 한 명이던 미시마 유키오(三島由紀夫)가 "모든 문제를 정치라는 퍼즐 속에 녹여버렸다"고 혹평한 것에서 정치적 상황, 특히 미국에 대한 비판적 시선이 선정에 어떤 형태로든 영향을 미쳤을 것으로 보

가와상을 수상한 『칵테일파티』와 뒤이어 수상한 히가시 미네오東峰夫의 『오키나와 소년オキナワの少年』 공히 점령하 오키나와의 현실을 비판적으로 조명한 작품이라는 사실이 이를 뒷받침한다. 이와 함께 두 작품 모두에서 미국(미군)에 대항하는 수단으로서 오키나와 아이덴티티가 강하게 환기되었다.[9] 이 부분은 본토 비평가들에게 평가받았던 지점이기도 하고 평가절하되었던 지점이기도 하다. 『신의 섬』 역시 '미국'이라는 대상을 '본토'로 바꿔 넣으며 곳곳에 오키나와 아이덴티티 문제를 피력했으나 결과는 정반대였다. 작가 자신은 "본토의 일본인들에게는 이해하기 어려웠던 모양"이라며 완곡하게 표현했지만, 실은 이해하기 어려웠다기보다 '집단자결'의 가해자로서의 모습을 인정하거나, 직접적으로 마주하는 데에 불편한 심기가 작용했으리라는 점은 상상하기 어렵지 않을 것이다.[10]

도미야마 이치로冨山一郎가 지적하듯, 오키나와의 비극을 자기 일처럼 애통해하는 가운데 자신을 희생자로 구성해 내고, 더 나아가 가해자 의식을 망각[11]해 온 대다수의 전후 일본인들에게 『신의 섬』이 발신하고자

인다. 本浜秀彦, 「『カクテル・パーティー』作品解説」, 岡本恵徳・高橋敏夫 編, 『沖縄文学選』, 勉誠出版, 2003, 128쪽.

9 실제로 히가시 미네오가 「오키나와 소년」으로 아쿠타가와상을 수상했을 때 신선한 충격을 안겨 주었던 것은 소설 전체에 과잉이라 할 만큼 범람한 오키나와 고유어 '우치나구치(ウチナーグチ)'였다고 한다. 오시로는 이를 가리켜 "방언의 열등감을 되갚은 일", "표준어 사용에 매진해 온 근대 백 년의 완전한 전향"이라며 큰 의미를 부여하였다. 大城立裕, 「生きなおす沖縄」, 『世界(特輯 沖縄 何が起きているのか)』(臨時増刊) 868, 岩波書店, 2015, 16쪽.

10 『신의 섬』은 간행 이듬해인 1969년에 희곡으로 만들어져 극단 '세이하이(青俳)'에 의해 연극무대에 오르기도 했는데, 비극적인 작품 내용이 본토 여배우의 눈물샘을 자극했다고 한다.

11 도미야마 이치로, 임성모 역, 『전장의 기억』, 이산, 2002, 109쪽.

한 메시지가 불편할 수밖에 없었던 것은 어쩌면 당연한 일이었을지 모른다. 그것도 1960년대 후반, 아직 복귀 이전의 시점이라면 더욱 그러했을 것이다.

그런데 작가는 가해자로서의 책임을 본토인들에게만 묻고 있지 않다. 오키나와 내부, 즉 '집단자결'을 명하고 정작 자기 자신은 살아남은 자들의 책임의 소재에 대해서도 집요하게 캐묻는다. 이런 점에서 오키나와인 스스로에게도 불편한 소설이 아닐 수 없다. 더 나아가 한국인의 입장에서도 편하게만 읽을 수 있는 소설은 아니다. 왜냐하면 미세한 결은 다르지만 오키나와와 마찬가지로 아시아·태평양 전쟁에서 일본군의 일원으로서의 가해책임, 그리고 70년대 베트남전쟁에서의 한국군의 가해책임을 상기시키기 때문이다. 실제로 『신의 섬』 안에 조선 출신 군부가 오키나와 주민을 방공호에서 쫓아내는 장면이 등장한다.[12] 이것을 어떻게 해석하고 성찰할 것인가의 문제는 우리에게도 매우 중요해 보인다.

이렇듯 오키나와 출신 작가가 아니면 하기 어려운 중층적이고 복안적인 사고로 충만한 소설 『신의 섬』은 오시로 문학, 더 나아가 전후 오키나와문학을 대표한다고 해도 손색이 없을 것이다. 뒤이은 오키나와 전후세대 작가들에게서도 오시로 문학의 영향이 엿보인다. 이를테면 메도루마 슌目取真俊은 자신의 글쓰기 토대가 오키나와 전투의 추追체험에서 비롯되었음을 밝히며, (조)부모 세대에게 전해들은 전쟁경험담을 작품의

12 작품 속에는 같은 '일본군' 안에 '야마토인', '오키나와인', '조선인'이 뒤섞여 있는 상황을 '3파 갈등'이라 명명하며, 오키나와인과 조선인의 경우 가해와 피해가 중첩될 수 있음을 예리하게 간파한 장면이 등장한다. 오시로 다쓰히로, 손지연 역, 「신의 섬」, 앞의 책, 189쪽.

주요 모티브로 삼는다. 묘사방식이나 작품 분위기는 오시로의 그것과 다르지만 본토에 대한 거침없는 비판이라든가 오키나와 내부의 성찰, 그리고 그 출발점을 오키나와 전투로 잡는 점에서 오시로 문학의 계보를 잇는다고 할 수 있다.[13]

어찌되었든 『신의 섬』이라는 소설은 당시로서는 작가 자신, 오키나와인, 본토인 모두에게 쉽게 접근하기 어려운 곤혹스러운 문제를 다수 던져주고 있음은 틀림없어 보인다. 그 구체적인 모습을 소설 속 등장인물의 면면을 통해 확인해 가도록 하자.

3. 봉인된 기억으로서의 '신의 섬' — 다미나토 신코 vs. 후텐마 젠슈

우선 소설의 대략적인 줄거리를 인물 중심으로 소개하면 다음과 같다. 소설의 무대는 오키나와 중심부에서 멀리 떨어진 섬 '가미시마神島'다. 이곳은 1945년 3월, 오키나와 근해로 들어온 미군이 가장 처음 상륙한 곳으로, 수비대 일개 중대 3백여 명과 비전투원으로 조직된 방위대 7십 명, 조선인 군부 약 2천 명의 집결지가 되었다. 이야기는 당시 '가미시마 국민학교' 교사였던 다미나토 신코田港真行가 '섬 전몰자 위령제'에 초대받아 섬을 찾는 장면에서 시작된다. 전쟁이 격화됨에 따라 학생들을 인솔

13 「신의 섬」은 메도루마 슌에게, 「칵테일파티」는 마타요시 에이키에게 영향을 미치며 오키나와 작품의 계보가 이어지고 있다는 김재용 교수의 지적에 작가 오시로는 '가해자 의식'을 표현하고 있는 점에서 겹쳐지며 그것은 오키나와 출신이기 때문에 가능했을 것이라고 답한 바 있다. 오시로 다쓰히로 · 김재용, 앞의 책, 149쪽.

하여 섬 밖으로 소개疏開한 이후 23년 만의 방문이다. 몰라보게 변한 섬 모습에 놀라기도 했지만, 그의 관심은 전쟁 말기 섬 안에서 330여 명의 주민이 목숨을 잃은 '집단자결'의 전말을 밝히는 데에 있었다. 이후 그의 행보는 오로지 '집단자결'의 진상을 파헤치기 위한 일에 집중된다. 그가 '집단자결'과 가장 깊숙이 관련된 인물로 꼽은 이는 '가미시마 국민학교神島国民学校' 근무 당시 교장으로 있던 후텐마 젠슈普天間全秀다. 그는 '집단자결'의 '가해'의 책임 소재를 오키나와 내부에서 집요하게 추궁해 가는 다미나토 신코와 대결구도를 이루며 '집단자결'이 은폐하고 있는 지점들을 나름의 논리를 들어 대응해 간다.

『신의 섬』에서 빼놓을 수 없는 또 다른 인물로 후텐마 젠슈의 여동생 하마가와 야에浜川ヤエ가 있다. 그녀는 전전 · 전후를 관통하며 오키나와 전통을 이어가는 '노로祝女'로 등장한다. 오키나와 전투에서 남편을 잃고, 도쿄로 공부하러 떠난 하나밖에 없는 아들마저 교통사고로 사망하는 불운을 겪는다. 이후의 삶도 순탄치 않다. 그토록 기피했던 본토 출신 며느리와의 불협화음으로 마음고생이 심하고, 전후 시작된 유골 수습 작업에서 남편의 유골을 찾지 못해 아직까지 하루 온종일 유골 찾는 일에 몰두한다. 그런 그녀의 모습은 주변 사람들에게는 집착에 가까운 것으로 비춰진다.

이 외에도 전후 세대 젊은 세대들이 다수 등장하는데, 후텐마 젠슈의 아들 후텐마 젠이치普天間全一, 하마가와 야에의 아들 하마가와 겐신浜川賢信, 다미나토의 제자로 지금은 '가미시마 초등학교神島小学校' 교사가 된 도카시키 야스오渡嘉敷泰男, 영화제작을 위해 가미시마로 건너온 요나시로 아키오与那城昭男 등을 들 수 있다. 이들 또한 전쟁을 직접 겪었지만 부모 세대와는 다른 가치관과 전후 인식을 보인다. '집단자결'에 대한 인식만 보더라도 부모 세대는 그 기억을 애써 지워버리고 침묵 혹은 은폐하는 길을 택하지만 마음 속 깊은 곳에는 자신만 살아남았다는 죄의식이 깊게 자리한다. 반면, 젊은 세대의 경우는 '집단자결'의 진상을 파헤치는 건 파장만 몰고 올 뿐 아무런 도움이 안 된다는 입장이다. 거기다 한참 고조되고 있는 복귀운동에도 방해가 될 것이라는 지극히 현실적인 이해가 앞선 듯 보인다. 여기에 하마가와 야에의 며느리이자 겐신의 아내인 본토 출신 기무라 요시에木村芳枝, 오키나와 전투에 참전해 이곳 가미시마에서 전사했다는 자신의 아버지의 흔적을 찾아 섬에 들어온 미야구치 도모코宮口朋子 등이 소설을 이끌어 가는 주요 인물에 해당한다.

이 다수의 인물이 길항하는 복잡한 이야기 구조 가운데 주목하고 싶은 것은 '집단자결'의 '기억(진상)'을 '봉인'하려는 후텐마 젠슈로 대표되는 섬사람들과 그것을 '해체'하려는 다미나토 신코의 대결구도이다.

> 가미시마의 전투는 오키나와 전투 전체로 보면 일부에 지나지 않으나 비참했던 오키나와 전투를 예고하는 서막으로 유명하다. (…중략…) 십수 년 전, 구로키(黒木) 대위가 홀로 탈출했다는 이야기가 전해지면서 다미나토는 충격에 빠졌다. 그 후 두 세권의 기록을 보고 뭔가 잘못되었다는 것을 알았다. 이것 말고도 촌장과 국민학교 교장이 군의 수족이 되어 도민들에게 자결을 권하고 자신들은 살아남았다는 이야기도 전해졌다. (…중략…) 다만 그때부터 언젠가 한 번은 진상을 살펴보고 싶다는 생각을 하게 되었다. 진상이라고 해도 역사를 뒤집는다거나 하는 대단한 것이 아니라 단편적인 기록으로 끝

나지 않는, 도민들의 심리 상태를 알고 싶었던 것이다. 그것을 파악하지 못한 채 틀에 박힌 기록을 납득해 버리는 것은 무섭다는 생각이 들었다.[14]

오키나와 전투의 서막을 열었던 비극의 섬 '가미시마'. 그에 대한 단편적인 기록이나 소문으로 떠도는 이야기가 아닌 수백 명을 '집단자결'이라는 죽음으로 몰아간 '진상'이 무엇인지 섬사람들 통해 직접 확인해 보겠다는 다미나토의 의지가 피력되어 있는 소설 1장 부분이다. 대부분의 섬사람들이 '집단자결'에 대해 입을 굳게 다물고 있는 가운데 이 일과 가장 깊숙이 연관되었을 것으로 보이는 인물이 있다. 당시 '가미시마 국민학교' 교장으로 있던 후텐마 젠슈다. 다미나토는 몇 번의 방문과 대화를 시도한 끝에 드디어 그의 입을 통해 '집단자결'에 관한 이야기를 듣게 된다. 그 내용은 이러하다.

어느 날 일본군 소속 미야구치宮口 군조軍曹가 젠슈와 촌장을 동굴로 끌고 가 군도로 협박하며 이곳 섬 주민 가운데 스파이가 있어 우군의 비밀이 적에게 노출되고 있는데, 이를 막기 위해서는 주민들 스스로가 목숨을 끊도록 하는 길밖에 없다고 했다는 것이다. 협박이 두려웠던 건지, 미야구치 군조의 말에 공감한 건지, 아니면 주민의 입장에서도 포로가 되기보다 자결하는 편이 좋다고 생각한 건지 판단이 서지 않는 가운데 둘은 주민 설득에 나섰고, 결국 "그날 밤 아카도바루赤堂原를 중심으로 섬 이곳저곳에서 수류탄을 터뜨리고, 낫으로 가족의 머리를 내리치고, 어린아이

14 오시로 다쓰히로, 손지연 역, 앞의 책, 128~129쪽.

의 목을 조르고, 면도칼로 경동맥을 끊"[15]는 비극이 이어졌다. 후텐마 젠슈는 그들의 최후를 하나하나 배웅한 후, 자신도 마지막 남은 수류탄을 터뜨렸으나 불발된다. 그렇게 해서 살아남게 되었다는 것이다. 이후 그 일에 관해 기억하고 언급하는 것을 의식적으로 회피해 왔음을 고백한다.

후텐마 젠슈의 고백을 다 듣고 난 다미나토는, 집단자결의 책임은 분명 미야구치 군조에게 있으며, 그가 섬 주민에게 '잔혹한 역사'를 만든 주체라는 점을 강하게 어필한다. 그러나 후텐마 젠슈는 그런 식으로 그에게 책임을 묻는 일에 회의적으로 반응한다.

> "다미나토 군. 분명하지 않다, 분명히 하고 싶지 않다, 고 하는 것도 훌륭한 역사적 증언이라고 생각하지 않나?"[16]

다미나토의 눈에 비친 후텐마 젠슈의 태도는 "모든 역사적 기술을 부정하는 일"이었지만, "분명히 하고 싶지 않"은 후텐마 젠슈의 심경 또한 헤아린다. 다만 "섬사람들이 무의식적으로 취하고 있는 태도를 후텐마 젠슈는 매우 의식적으로 취하고 있을 뿐"이며, 그것은 결국 "아무런 생산성이 없는 일"[17]이라는 것을 겉으로 표현하지 않고 마음속에 담아둔다. 오키나와 주민으로서도 개인적으로도 씻을 수 없는 상흔을 남겨버린 일본(군)에게 원망을 마음껏 쏟아내지 못하고 애매한 태도를 취할 수밖에

15 위의 책, 208쪽.
16 위의 책, 209쪽.
17 위의 책, 210쪽.

없었던 것은 아마도 후텐마 젠슈 자신 역시 그 책임에서 자유롭지 않았기 때문이리라. 그렇다면 젠슈처럼 '집단자결'에 직접 관여하지는 않았더라도 그에 대한 기억을 공유하는 다른 섬 주민들은 어땠을까? 다미나토를 환영하기 위해 모인 주민 모임에서 다음과 같은 장면이 펼쳐진다.

"사망했다면, ……전쟁으로?"

"모두 전쟁에서 그랬죠."

"자결했나요?"

다미나토는 자신도 모르게 조급해졌다.

"개중에는 폭격에 당한 사람도 있겠죠?"

총무과장은, 확인하는 듯한 얼굴로 주위를 둘러보았다.

"어느 쪽이든, 거의 마찬가지에요……" 어협장이 허리를 굽히며, "일본군에게 살해당한 사람도 있고."

"정말, 있었어요?"

"있어요, 그런 경우……"

(…중략…)

"정말 아무도 본 사람이 없을까요……" 다미나토는 천천히 둘러보며, "본 사람이 없는데, 어떻게, 그런 이야기가 나왔을까요……"

순간 조용해졌다. 그 조용한 분위기 속에 조심스럽게 부인회장이, 천천히 말을 꺼냈다.

"종전 직후에 바로 퍼진 이야기에요. 처음 누가 말을 꺼냈는지 모르지만, 그런데 필시 무책임한 근거 없는 말이 아니라, 누군가는 틀림없이 알고 있을 텐데, 단지 그것을 분명하게 말하지 않는 거라고 생각해요, 필시."

(…중략…)

"나로서는 상상도 할 수 없는 심경이었을 테지만……" 다미나토는 거의 자문자답처럼, "혹시라도 동포끼리 서로 죽이는 형국이 될 수 있으니까요. 분명하지 않은 이야기는……"[18]

"자결", "일본군에게 살해당한 사람", "동포끼리 서로 죽이는 형국" 등의 의미심장한 발언들이 조심스럽게 오고간다. 그러나 곧 분명하지 않은 이야기로 치부하며 논점을 피해간다. 이어지는 대화에서는 "집단자결이라 해도 자신이 낫을 휘둘러 가족을 죽이고 자기만 가까스로 살아남았다는 것을 솔직하게 말할 사람은 없을 거고, 목격자라고 해도 지금 살아 있는 사람의 일을 적나라하게 말할 사람도 없"[19]기 때문에 추상적인 기록만 만들어질 뿐, 진상을 파악하는 일은 사실상 불가능하다는 결론을 내린다.

그런데 과연 오랜 기간 동안 섬사람들 사이에 암묵적 금기처럼 '봉인'되었던 '집단자결'을 둘러싼 불편한 '진상'을 밖으로 드러내었다는 것만으로 의미를 찾을 수 있는 걸까? 왜냐하면 미야구치 군조로 대표되는 '집단자결'을 강제한 일본군에 대한 비판은 물론, '집단자결'에 대한 오키나와 내부의 성찰, 즉 그것을 주민에게 직접 전달하고 실행에 옮기도록 권유한 후텐마 젠슈로 대표되는 이들에 대한 다미나토 신코의 책임 추궁은 어쩐지 충분해 보이지 않기 때문이다. 그에 대한 작가 오시로의 보다

18 위의 책, 161~162쪽.

19 위의 책, 163쪽.

분명한 입장은 이어지는 장에서 확인할 수 있을 듯하다. 다만 그의 관심은 가해와 피해, 자발과 강제 등으로 양자택일을 하려는 데 있지 않으며, 그가 환기하고자 했던 것은 '집단자결'이라는 죽음으로 동원되는 과정과 그 성격이 갖는 복잡성이다. 무엇보다 오시로의 이러한 문제제기가 상당히 앞선 것이라는 점은 높이 평가할 만하다.[20]

4. '가해 vs. 피해' 구도의 역설 혹은 균열

그런데 나는 피해자와 가해자를 대립적으로 나눌 것이 아니라 어느 쪽을 중시할 것인가가 더 큰 문제라고 생각했어요. 1967년에 「칵테일파티」가 출판되고, 20년 정도 지난 1985년에 한 평론가가 신문에 에세이를 썼더군요. 당시 히로시마, 나가사키가 많이 언급되었는데, 우리가 과거 중국에 대해 가

20 그간 '집단자결'이 어떤 맥락에서 쟁점화되어 왔는지 강성현의 논의에 기대어 간략하게 정리하면, 1982년 교과서에서 '오키나와 주민학살' 내용을 삭제한 것에서 처음 문제가 되었고, 80년대 후반부터 '집단자결'인가, '주민학살'인가를 둘러싼 공방이 전개되기 시작했다. 집단자결이 권력에 의해 강제된 것이라는 주장과 주민의 자발에 의한 것이라는 주장, 즉 '군대의 논리'와 '민중의 논리'가 대립하는 양상을 보이는데, 양쪽 모두 '집단자결'에 이르는 과정을 지나치게 단순화했다는 비판적인 문제의식으로 이어졌다. '군대의 논리'와 '민중의 논리'를 양분하는 것이 아니라 '집단자결'에 이르는 과정에서 가해와 피해, 자발과 강제성이 어둡게 맞물려 작용한 결과라는 복안적 인식의 틀이 마련되는 것은 노마 필드, 도미야마 이치로, 야카비 오사무 등의 오키나와 연구자들이 등장하는 1990년대 중반 이후부터라고 보고 있다(강성현, 「'죽음'으로의 동원과 이에 대한 저항 가능성 – 오키나와 '집단자결'의 사례를 중심으로」, 『민주주의와 인권』 6-1, 35~36쪽). 그런데 오시로는 이미 60년대부터 『칵테일파티』와 『신의 섬』을 통해 그러한 문제제기를 했음을 놓쳐선 안 될 것이다.

해자였다는 사실을 자각하지 않으면 안 된다는 논조의 사설이었어요. 1985년에 말이죠. 나는 화가 난다고 할까, 이상한 일이 아닐 수 없었죠. 내가 이미 20년 전에 언급한 것인데 말입니다.[21]

작가 오시로의 지적대로 히로시마·나가사키 문제, 그리고 일본(군)의 일원으로서 오키나와가 짊어진 가해책임 등에 대한 성찰은 80년대에 들어서 시작된 것이 아니라 『칵테일파티』와 뒤이은 『신의 섬』에서 이미 깊이 있게 다루었던 문제라는 것을 강조하지 않을 수 없다. 여기에서는 등장인물이 처한 상황이나 관계성이 서로 복잡하게 얽혀 있는 데에 주목하여, "피해자와 가해자를 대립적으로 나눌 것이 아니라 어느 쪽을 중시할 것인가가 더 큰 문제"라는 것을 일찍이 간파한 오시로의 성찰적 사유에 조금 더 가깝게 다가가 보자.

우선 눈에 띄는 것은 후텐마 젠슈와 미야구치 도모코의 관계다. 도모코는 오키나와 전투에서 전사한 자신의 아버지의 마지막 흔적을 찾고 위령제에 참석하기 위해 섬에 건너와 현재 후텐마 젠슈의 집에 머물고 있다. 그녀는 젠슈의 여동생 하마가와 야에의 남편 하마가와 겐료浜川賢良를 살해한 미야구치 군조의 딸일 수도 아닐 수도 있다. 당시 또 한명의 '미야구치'라는 성을 가진 이가 있었는데, 두 명 모두 일본군 소속의 '군조' 계급이었고 성 이외의 이름은 알려지지 않았기에 혼란이 생겨버린 것이다. 그런데 미야구치 군조가 칼을 꺼내 들고 하마가와 겐료를 향하고 있

21 오시로 다쓰히로·김재용, 앞의 책, 145쪽.

는 장면을 직접 목격한 이가 있다. 바로 후텐마 젠슈다. 전쟁 관련 기억이라면 일체 잊고 싶은 그로서는 그녀의 아버지가 여동생의 남편 하마가와 겐료를 살해한 그 미야구치 군조인지 아닌지는 별로 중요하지 않았다. 오히려 전쟁을 알지 못하는 세대인 도모코에게서 마음이 '정화'되는 느낌을 받기도 한다. 미야구치 군조의 딸(혹은 딸이 아닐지도 모르는)에게 숙식을 제공하는 등 무조건적인 호의를 베푸는 것은 적어도 후텐마 젠슈 안에 일본군, 더 나아가 본토인 개개인에 대한 원망은 존재하지 않음을 보여준다. 달리 말하면 미야구치 군조로 대표되는 일본군, 나아가 전후 일본 본토에 대한 '가해'의 책임은 묻지 않겠다는 의미이기도 하다.

한편 후텐마 젠슈와 달리 평소 오키나와 전투 및 '집단자결'의 진상을 분명히 해야 한다는 소신을 갖고 있던 요나시로 아키오(그는 오키나와를 배경으로 영화를 제작하기 위해 섬에 건너왔다)에 의해 자신의 아버지의 일을 알게 된 도모코는, 속죄의 의미로 위령제가 있던 날 야에와 함께 유골 찾기에 나섰다가 불발탄이 폭발해 사망하게 된다. 이 소식을 전해들은 젠슈는 "그 아가씨는 27도선의 업을 진거로군……"[22]이라며 모호하게 반응하는데, 다미나토는 거기에서 젠슈의 한계를 분명히 포착한다.

도모코가 역사의 과오를 예수의 십자가처럼 짊어져야 한단 말인가. 그러

22 오시로 다쓰히로, 손지연 역, 앞의 책, 257쪽. 1951년에 체결된 샌프란시스코 강화조약으로 일본은 연합국의 점령상태에서 독립하여 주권을 회복했지만, 오키나와는 북위 27도선을 기점으로 일본에서 분리되어 미군의 배타적 지배하에 놓이게 되었다. 이후 북위 27도선은 단순한 본토와의 지리적 경계가 아닌, '조국' 분단이라는 현실과 상실감을 확인시켜 주는 상징성을 띠게 된다.

나 이때 도모코가 젠슈를 대신해 그것을 짊어진 거라고 말할 수 있지 않을까. 다미나토는 젠슈의 한계를 지금 이 자리에서 목격한 것만 같았다. 역사에 대한 책임을 신문기사를 쫓는 데에만 머물고, 다른 것에 대한 추궁은 극도로 피해 온 생활, 그 함정이 거기에 있었다. 안주의 땅처럼 보이지만 실은 깊은 못이었을지 모른다. 지금 젠슈가 그것을 감지하지 못했을 리 없다. 젠슈에게는 너무 가혹한 채찍일지 모르지만, 지금은 그것을 생각해야 할 때라고 본다.[23]

젠슈와 다미나토의 전후 인식의 차이는 도모코의 죽음을 계기로 분명하게 드러난다. 즉 야에의 유골 찾기가 상징하듯 아직 끝나지 않은 오키나와 전투의 상흔과, 그에 대해 어떤 식으로든 책임지는 모습을 보이려던 본토 출신 도모코의 죽음을 '27도선의 업'이라며 추상화해 버림으로써 일본 본토의 가해책임과 오키나와 내부의 성찰적 자기인식의 가능성을 차단시켜 버렸기 때문이다. 다미나토가 비판하고자 한 부분은 "역사에 대한 책임"과 그에 대한 "추궁"이 부재하다는 것, 그리고 그 이상으로 중요해 보이는 것은 젠슈에게 "너무 가혹한 채찍"일지 모르지만 그것을 성찰하지 못하고 "안주의 땅"에 안주해 온 데에 있을 것이다.

후텐마 젠슈가 전쟁에서 오키나와 주민들을 '집단자결'로 동원하는 데에 일조했다는 사실은, 오키나와 전투를 둘러싼 인식이 '일본 본토=가해 vs. 오키나와=피해'라는 구도만으로는 온전히 설명하지 못함을 보여준다. '가해'와 '피해'라는 대결 구도 안에 존재하는 미세한 균열과 역설

23 오시로 다쓰히로, 손지연 역, 「신의 섬」, 앞의 책, 257쪽.

의 지점은 도모코가 나가사키 출신이라는 설정을 통해 본토의 원폭 피해를 환기시키는 데에서도 확인할 수 있다. 즉 후텐마 젠슈가 '27도선'이라는 은유를 빈번히 사용하며 '조국' 분단이라는 현실과 상실감 내지는 본토에 대한 '원망'과 '이화'의 감정을 표출하는데, 이를테면 본토 출신 도모코가 원폭 피해자일지 모른다는 상상력 앞에서 이 '27도선'이 다시 망막해지면서 뒤엉켜버린다는 설정이 그것이다. 하마가와 야에와 기무라 요시에, 미야구치 도모코의 관계를 통해 이에 대한 오시로의 사유 방식을 조금 더 구체적으로 들여다볼 수 있을 듯하다.

후텐마 젠슈가 전쟁의 기억을 '봉인'하고 '침묵'으로 일관해 오고 있다면, 하마가와 야에는 그와 반대로 전쟁의 기억을 자신만의 방식으로 계속해서 이어오고 있다. 오키나와 전투에서 목숨을 잃은 남편의 유골을 15년 동안이나 찾아 헤매고 있는 것은 그 단적인 예다. 그리고 후텐마 젠슈와 또 다른 점은 본토 출신 며느리 기무라 요시에와의 대립에서 알 수 있듯, 본토에 대한 불신감, 반감이 상당하다는 점이다. 도쿄에서 대학에 다니던 외아들이 어느 날 갑자기 본토 출신 여자와 결혼한다고 했을 때, 또 그 아들이 불의의 교통사고로 사망한 후 며느리 요시에가 홀로 아들의 유골함을 들고 집을 찾았을 때, 야에는 연이어 충격을 받는다. 야마토 며느리 따위는 애초부터 이 집과 어울릴 수 없다고 생각해 왔지만 지금은 그 며느리라도 잡아 두지 않으면 아들이 완전히 자신을 떠나 버릴 것 같은 두려움에 그녀에게 집착한다. 한편 며느리 요시에의 입장에서도 시어머니 야에는 이해하기 어려운 존재다. 특히 야에가 하마자와 가문 대대로 이어져 온 '노로祝女'의 후계자가 된다는 설정은 단순한 세대 간의 격차가 아닌, 오키나와와 본토의 격차를 가늠케 해준다.

> "요즘 같은 시대에 새삼스럽게 신은 무슨 신이에요. 자꾸 그런 말을 하시니까 저하고 안 맞는 거예요"라고 요시에가 단호하게 말하자, 야에는 그 말에서 요시에와 자신의 거리가 너무나 멀다는 것을 느끼는 한편, 지금 이 며느리를 동굴로 인도해 두 사람의 관계를 일체화시킬 수 있을지 모른다는 생각을 했다. 금단의 배소를 다시, 그것도 맨 정신으로 다른 사람들에게 안내하는 것으로 완전히 하마가와 야에라는 노로의 신격(神格)을 멸할 것인가, 아니면 그 백골의 산을 요시에에게 보임으로써 요시에의 정념을 무리하게 오키나와의, 야에의 껍데기 안으로 끌어들일 것인가. ―야에는 후자에 걸었다.[24]

인용문은 '노로'에게만 허용된다는 '금단의 배소'를 사람들에게 공개하는 자리를 묘사한 것이다. 오키나와 전투 당시 이 '금기'의 장소에 가족들을 데리고 피난했던 일 때문에 야에는 전후 오랫동안 죄책감에 시달려야 했다. 그것을 이제와서 밖으로 드러내게 된 데에는 며느리 요시에와의 관계를 "일체화시킬 수 있을지 모른다는 생각" 때문이었다. 그러나 요시에의 반응은 야에의 예상과 달랐다. 동굴 여기저기에 흩어져 있는 수습되지 않은 채 '백골의 산'을 이루고 있는 유골을 둘러싸고 팽팽하게 의견이 대립한 것이다. 야에는 이들이 '금기'의 장소에서 죽었기 때문에 '신'을 더럽혔고 그에 대한 책임을 져야 한다는 입장이고, 요시에는 사자들은 모

24 위의 책, 242쪽.

두 동등하게 묻힐 권리가 있다고 주장한다. 또한 요나시로가 위령제를 섬 사람과 일본군과 미군들이 다 같이 지내는 것은 잘못되었으며, 오키나와 이외의 영靈을 이참에 확실하게 빼내야 한다며 '위령제의 개혁'을 주장하는데, 이러한 발상은 학도대, 의용군, 집단자결자 등의 '희생'을 부각시켜 '순국'으로 미화하기 바빴던 당시의 시대 분위기를 정면으로 거스르는 것이었다.[25] 위령제의 영령을 섬사람들만으로 독립시킴으로써 '저항운동'으로 이어가자는 주장 역시 전후 뒤섞여 버린 '가해'와 '피해'의 역설적 구도를 재再사유할 필요가 있음을 일깨워 준다. 그런데 요시에의 입장은 이런 문제적 지점들과는 거리가 멀다. 본토 출신이라는 것, 그로 인해 전쟁 책임에서 자유로울 수 없다는 발상은 애초부터 존재하지 않기 때문이다.

이처럼 요시에가 본토 출신인 이상 자신도 전쟁의 가해자일 수 있다는 '윤리적 상상력'[26]이 부재했다면, 도모코는 그 반대의 경우라고 할 수 있다. 도모코의 경우 직접적으로 오키나와 주민을 가해한 일본군이 바로 자신의 아버지라는 특수한 설정을 통해 본토의 전쟁 책임을 대변하는 인

25 이에 관한 논의는 오시로 마사야스의 글에 자세하다. 大城将保, 「沖縄戦の真実をめぐって－皇国史観と民衆史観の確執」, 石原昌家・大城将保・保坂廣志・松永勝利, 『争点・沖縄戦の記憶』, 社会評論社, 2004, 26쪽.

26 오에 겐자부로(大江健三郎)는 에세이 『오키나와 노트』(1970)에서 전시 오키나와 주민들에게 집단자결을 강요했다고 알려진 수비대장이 전후 오키나와를 방문하려다 거절당한 사건을 환기하며, "죄를 저지른 인간의 후안무치와 자기정당화" 그리고 그의 "윤리적 상상력"의 결여를 강하게 비판한 바 있다(大江健三郎, 『沖縄ノート』, 岩波書店, 1970, 오에 겐자부로, 이애숙 역, 『오키나와 노트』, 삼천리, 2012, 186쪽). 이 책은 '집단자결'이 일본군의 강제에 의한 것이라는 기술을 문제 삼아 출간으로부터 35년이나 지난 2005년에 일본 우익 세력들에 의해 출판물에 의한 명예훼손 혐의로 제소되었으나, 2011년 일본 사법부는 오에의 손을 들어주었다.

물로 등장한다. 위령제 참석을 겸해 후텐마 젠슈의 집에 머물며 아버지의 흔적을 찾던 중 요나시로에게서 야에의 남편을 살해한 일본군이 바로 자신의 아버지일지 모른다는 사실을 듣게 된다. 이에 충격을 받은 도모코는 위령제가 열리던 날 아침, 야에와 함께 유골을 찾으러 산으로 향한다. 야에는 전시 금기를 어긴 죄책감으로 매해 위령제가 열릴 때면 유골을 찾으러 다니거나 산으로 기도를 드리러 다니곤 했다. 도모코의 동행은 위령제에 참석하지 말고 함께 산에 가자는 야에의 간곡한 당부를 거절한 며느리 요시에를 대신하는 의미도 있었다.

소설의 클라이맥스에 해당하는 장면으로, 야에는 그날 그토록 찾아 헤매던 남편의 유골의 흔적을 알리는 유품(마가타마勾玉)을 발견하게 되고, 같은 시각 얼마 떨어지지 않은 곳에서 야에를 도와 유골 찾기에 나섰던 도모코는 불발탄이 터지면서 그만 사망에 이르고 만다. 아무도 예상치 못한 도모코의 사망 소식에 소설 속 인물들은 크게 동요한다. 동요의 양상은 매우 다양하게 나타나는데, 각기 다른 입장의 차이를 분명하게 드러내 보인다.

우선 도모코에게 아버지의 일을 괜히 알렸다며 후회하는 요나시로 아키오와 그를 순간 원망하는 듯했으나 곧 '27도선의 업'이라며 체념하는 반응을 보이는 후텐마 젠슈, 그런 그에게서 전후 역사에 대한 인식의 부재라는 결정적인 한계를 감지한 다미나토 신코, 도모코에게 주의를 주지 못해 죽음에 이르게 했다는 자책감을 느끼지만 그보다는 남편의 유품을 찾았다는 기쁨이 앞서는 하마가와 야에에 이르기까지 도모코의 죽음을 바라보는 시선은 각기 다르다. 이에 더하여 요시에가 짊어져야 할 짐을 도모코가 대신한 것이라며 요시에를 비난하는 섬사람들과 도모코만 동정하고 야에를 격렬히 비난하는 본토 출신 위령제 참석자들의 시선도 포착할 수 있다.

이어지는 장면에서는 섬에 도착하면서부터 '집단자결'에 관심을 갖고 진상을 파헤쳐 온 다미나토 신코의 쓴소리가 쏟아진다.

"어리광부리지마. 자네들이 과거를 잊고 현실을 살아가려는 거, 그래 그건 좋다고 치자. 그러나 그것은 피 흘리며 살아온 과거를 무시하는 것이어선 안 돼. 섬사람들에게 과거는 이미 사라지고 없어. 그것을 사라져 없어진 것으로 치부해선 안 된다는 거야. 야마토 사람들에게도 그건 확실하게 인식시키는 것이 좋아. 그렇지 않으면 일본복귀 후에도 다시 잊어버리게 될걸. 그때는 또 그때의 현실이 기다릴 테니까."[27]

"[후텐마 – 인용자] 선생님은 전쟁범죄자의 일부인 야마톤추ヤマトンチュ를 미워하고, 거기다 그의 딸일지 모르는 아가씨를 예뻐하셨습니다. 도모코 씨는 자신의 아버지가 아닌, 다른 이에게 죽임을 당했을지 모르는 사람의 유골을 대신해서 죽었습니다. 이것을 어떻게 생각하십니까?"[28]

"미야구치 군조의 일이 불가피한 일이었다면 그거야말로 당신들의 원폭

27 위의 책, 260쪽.
28 위의 책, 262쪽.

반대도 설득력을 얻게 되는 것이 아니겠습니까?"[29]

첫 번째 인용문은 전쟁의 비극을 망각해 온 오키나와와 본토의 암묵적 공모관계를 지적하며 오키나와 내부의 성찰을 촉구하는 부분이다. 다음의 두 인용문은, 도모코의 죽음이라는 극단적인 설정을 통해 전후 지금까지 전쟁에 대해 책임 있는 모습을 보여주지 않고 있는 본토를 향한 일침으로 읽힌다. 아울러 미야구치 군조로 대표되는 일본군의 가해성에 대한 진상 파악이 누락된 원폭반대 운동은 모순이라는 점 또한 예리하게 지적하고 있다.

소설의 마지막 장면은 위령제를 마치고 섬을 떠나 각자의 자리로 돌아가는 다미나토 신코와 기무라 요시에의 모습을 담고 있다. 오키나와 전투의 비극을 상징하는 '집단자결'의 진상을 파헤쳐 보겠다는 의욕에 넘쳐 있던 다미나토는 그것을 제대로 수행하지 못한 채 이대로 섬을 떠나게 된 데에 부끄러움을 느끼는 동시에 이렇게 큰 전쟁이 있었음을 결코 망각하지 않겠다는 의지를 피력한다. 다미나토의 시선에 포착된 요시에는 "겐신의 망령인가, 도모코의 망령인가. 아니면 하마가와 야에의 살아있는 망령"[30]일지 모르는 '짐'을 안고 떠나는 것으로 비춰진다. 또 언젠가 다시 이 섬으로 돌아오리라는 기대감도 버리지 않는다. 요시에 본인의 의중은 피력되고 있지 않은 것으로 보아 본토의 반응 여하보다는 다미나토에 기대어 곧 다가올 본토 복귀에 대한 오키나와인의 기대와 원망願望을 담고 있는 듯하다.

---

29 위의 책, 262쪽.

30 위의 책, 264쪽.

지금까지 살펴본 바로 다미나토 신코라는 인물이 작가 오시로의 심경을 가장 가깝게 대변하고 있는 듯하다. 특히 다미나토가 그동안 참아왔던 속내를 토해 내는 결말에 이르는 부분, 즉 히로시마 · 나가사키 원폭이 일본(군)의 가해성을 소거 · 은폐하고 피해국으로 자리매김하면서 반전평화의 중요성을 환기시키는 역할을 해왔고, 그 과정에서 오키나와나 본토나 '같은' 전쟁의 '피해자'인 것처럼 치부함으로써 은폐되어 왔던 것들에 대한 통찰력이 그러하다. 그 예리한 통찰력이 오키나와 전투의 비극을 상징하는 '집단자결'이 가해의 주체인 일본 본토에 대한 책임을 묻는 일 없이 봉인하고 침묵하며 현실에 안주해 온 오키나와 내부로도 향하고 있음은 우리를 포함한 동아시아의 근현대사를 성찰적으로 사유하는 데에도 적지 않은 시사점을 던져준다.

5. 다시 사는 오키나와

지난 2013년 4월, 아베安倍晋三 총리는 샌프란시스코 강화조약 발효 61주년을 자축하며 '천황' 부부를 포함하여 중 · 참의원 의장 등 4백 여 명이 참석한 가운데 대대적인 행사를 개최하였다. 1997년부터 이른바 '주권회복의 날'로 명명하며 민간 차원에서 기념해 왔지만 정부 주관으로 치른 것은 이번이 처음이었다. 같은 날 오키나와 기노완시宜野湾市에서는 오키나와 현민 수천 명이 정부의 기념식 개최를 규탄하는 대규모 집회를 열었다. 오키나와 주민에게 있어 '1952년 4월 28일'은 같은 강화

조약으로 인해 일본으로부터 분리되어 미국의 군사점령 아래에 놓이게 된 '굴욕의 날'이기 때문이다. 오키나와가 철저히 배제된 '주권회복의 날' 행사를 목도하며 오시로는 「다시 사는 오키나와 生きなおす沖縄」라는 제목의 글을 통해, "그 역사의 진상을 망각하고 지금 소박하게 본토만 주권을 회복했다고 만세를 외치는 무자각, 무책임, 부당함은 용서하기 어려운 것"[31]이라고 비판하며 본토를 향한 강한 분노를 쏟아내었다.

> 제2차 세계대전에서 오키나와는 본토의 안전을 보장받고자 미군의 발을 묶는 전략에 희생되었고, 학생들은 황민화교육의 영향으로 조국을 위해서라고 믿으며 목숨을 바쳤다. 그 멸사봉공의 근저에는 1879년 류큐처분 이래 1백 년간의 정치적 · 사회적 차별에 대항하여, 이마만큼 조국을 위해 싸운다면 일본국민으로 인정해 줄 것이라는 염원이 있었던 것이다. 그러한 '조국방위'의 은의도 잊고 평화조약을 짓밟았다.[32]

'조국방위', '은의', '희생' 등의 용어를 다시금 언급해야 하는 사태, 이것은 곧 '류큐처분' 이래 지금까지 오키나와에 대한 본토의 차별이 여전히 끝나지 않은 현재진행중이라는 사실을 다시 한번 일깨워준다. 90이 훌쩍 넘은 노령의 나이에도 불구하고 후텐마普天間 기지 철거와 헤노코辺野古 이전을 단념할 것을 촉구하며 활발한 글쓰기와 실천적 행보를 이어가고 있는 작가 오시로. 그가 구상하는 '다시 사는 오키나와'는 일본 본토

31 大城立裕, 「生きなおす沖縄」, 앞의 책, 14쪽.
32 위의 책, 14쪽.

의 계속되는 차별에 굴하지 않고 끊임없이 "자기결정권, 오키나와 해방, 국가통합이라는 철학의 재구성 등을 요구하는 자세"[33]에 있다고 하겠다.

『신의 섬』은 지금으로부터 50여 년 전에 간행되었다. 집필 당시 일본 복귀가 점차 가시화되어 가던 상황에서 "일본에 대한 그야말로 동화와 이화 사이에서, 이화의 느낌을 겉으로 표현한다는 것"은 너무도 괴로운 작업이었음을 토로하면서, 지금은 그렇게 괴롭지 않으며 오히려 "원망의 감정"을 분명하게 표현하게 되었다고 말한다.[34]

작가 오시로의 이 의미심장한 말들을 현 상황에 다시 비추어 보니 과연 『신의 섬』 집필 당시인 50여 년 전은 적어도 지금보다는 낙관적이었던 듯하다. 본토에 대한 오키나와의 원망과 섭섭함을 토로하면서도 동시에 미안함과 괴로운 감정을 느꼈던 것은 '복귀' 이후 본토와의 관계가 다시 회복될 것이라는 낙관적 기대감 때문이었으리라. 그러나 작가의 예측은 보기 좋게 빗나가고 말았다. 아베 정권의 거침없는 폭주로 인해 패전 70년 만인 2015년 일본은 '다시 전쟁을 할 수 있는 나라'로 탈바꿈했다.

일본 국민들은 '패전'의 대가(더 정확히는 오키나와 전투에서의 주민들의 희생)로 얻은 '평화헌법'을 잃었고, 근린 국가인 한국의 정세는 남북관계의 긴장감 속에서 한치 앞을 예측하기 어렵게 되었다. 무엇보다 가장 염려되는 것은 비극적인 전쟁의 한가운데로 내몰렸던 오키나와 주민들이 '다시' 안게 될 전쟁에 대한 '불안감'이다. 작금의 일본 정부의 행보는 『신의 섬』이 발신하는 메시지와 울림을 한층 더 크게 해주고 있다.

---

33 위의 책, 20쪽.

34 오시로 다쓰히로 · 김재용, 앞의 책, 147쪽.

오키나와 전투와 제주 4 · 3을 둘러싼 기억투쟁

1. 『신의 섬』·『순이 삼촌』

오키나와 전투가 일본 본토와 오키나와, 나아가 오키나와 내부의 갈등을 노정하였다면, 제주 4 · 3사건[1]은 남북으로 분단된 국가 이데올로기와 변방의 섬 제주와의 갈등, 그리고 도민 내부의 불가항력적인 불신을 초래하였다. 뿐만 아니라 이에 대한 역사적 자리매김이 끝나지 않았고 냉전의 상징인 기지문제가 여전히 현재진행형이라는 점에서도 동일하다. 무엇보다 두 섬을 아우르는 가장 큰 공통점은 '집단자결'과 '집단학살'이라는 비극적 체험과 그로 인한 심각한 심리적 트라우마를 들 수 있다. 전후 오키나와문학과 4 · 3문학의 모태는 이 비극적 체험에서 출발했

1 '제주 4 · 3사건'은 2000년 1월 공포된 '제주 4 · 3사건 진상규명 및 희생자 명예회복위원회'의 공식 명칭이다. 이 외에도 '제주 4 · 3항쟁', '제주 4 · 3폭동' 등 관점에 따라 달리 부르기도 하지만, 이 글에서는 '제주 4 · 3사건'의 약칭으로 '4 · 3사건', '4 · 3' 등을 혼용해 사용하기로 한다.

다고 해도 과언이 아니다.

오시로 다쓰히로의 『신의 섬』(1968)과 현기영의 『순이 삼촌』(1978)은 바로 이 오키나와 전투와 4 · 3사건을 소설 전면에 배치하고 있다. 또한 두 작품 공히 '집단자결'과 '집단학살'이라는 민감한 사안을 비껴가지 않고 정면에서 다루고 있으며, 가해와 피해, 억압과 저항, 자발과 강제라는 이항대립구도가 갖기 쉬운 일면적 묘사를 피하고 복잡하게 뒤엉킨 균열과 역설적 함의를 드러내고 있는 점에서도 공통된다.

『신의 섬』은 간행 이래 50여 년이 흐르고 있지만 본토 주류 문단의 주목을 받은 적도 연구대상이 된 적도 없다. 작가 오시로 자신은 본토의 일본인들에게는 이해하기 어려웠던 모양이라며 완곡한 말로 표현하고 있지만,[2] 그보다는 집단자결에 대한 인식의 부재와 철저한 무관심 탓으로 보인다. 이에 반해 『순이 삼촌』에 대한 평가는 문학 분야는 물론 4 · 3진상규명운동사에서도 중요하게 자리매김 되고 있다.[3] 최근 부분적이긴 하나 오키나와문학과의 비교연구도 시도되고 있다.[4]

---

2 오시로 다쓰히로 · 김재용, 「작가와의 대담」, 『지구적 세계문학』 6, 글누림, 2015, 146쪽.

3 문학 관련 논의로는, 김동윤, 「4 · 3소설의 전개 양상」(『탐라문화』 19, 제주대 탐라문화연구소, 1998)과 「진실 복원의 문학적 접근 방식 – 현기영의 「순이 삼촌」론」(『탐라문화』 23, 제주대 탐라문화연구소, 2003); 정종현, 「4 · 3과 제주도 로컬리티 – 현길언과 현기영의 4 · 3 관련 작품을 중심으로」(『현대소설연구』 58, 한국현대소설학회, 2015); 왕철, 「소설과 역사적 상상력 – 임철우와 현기영의 소설에 나타난 5 · 18과 4 · 3의 의미」(『민주주의와 인권』 2-2, 전남대 5 · 18연구소, 2002) 등이 주목할 만하며, 사회 · 역사학 분야의 논의로는, 김창후, 「4 · 3 진상규명운동 50년사로 보는 4 · 3의 진실」(『4 · 3과 역사』 11, 제주4 · 3연구소, 2011); 권귀숙, 「제주 4 · 3의 사회적 기억」(『한국사회학』 35-5, 한국사회학회, 2001) 등이 있다.

4 주로 한국에 번역 소개된 메도루마 슌(目取真俊), 마타요시 에이키(又吉栄喜)의 소설을 대상으로 하고 있다. 김동윤, 「4 · 3소설과 오키나와 전쟁 소설의 대비적 고찰 – 김

이 글에서는 오키나와 전투와 4 · 3사건을 모티브로 작품을 집필하는 것이 어떤 점에서 시대의 금기를 깬 것인가를 살펴보고, 『신의 섬』과 『순이 삼촌』의 공통 모티브인 집단자결과 집단학살을 둘러싼 가해와 피해 사이에 존재하는 미세한 파열음과 함께 유사한 전개를 보였던 두 작품의 상반된 결말에 주목하여 오키나와 전투와 제주 4 · 3을 둘러싼 기억투쟁 방식의 차이를 가늠해 보고자 한다.

2. 금기(의 테마)에 대한 도전

우선 두 작품이 간행될 무렵의 한국과 오키나와 사회 안팎을 간략하게 살펴보자.

『신의 섬』이 간행되는 1960년대 후반 무렵은 미일군사동맹의 재편 · 강화 움직임과 함께 오키나와 반환 협상이 미일 양국 사이에 활발하게 오갔으며, '핵 없는 반환', '교육권 분리 반환' 등 구체적인 반환 방법까지 논의되던 때였다.[5] 여기에 오키나와 내부의 '조국복귀' 열망이 가세하면서 새로운 시대를 예고하고 있었다. 이러한 사회 분위기를 반영하듯 오

석희와 메도루마 슌의 경우를 중심으로」; 김재용, 「한국에서 읽는 오키나와문학」(이상, 『탐라문화』 49, 제주대 탐라문화연구소, 2015); 이명원, 「오키나와 전후문학과 제주 4 · 3문학의 연대 – 마타요시 에이키의 「긴네무 집」과 현기영의 「순이 삼촌」의 세계성」(제주대 재일제주인센터 편, 『재일제주인과 마이너리티』, 제주대 재일제주인센터, 2014) 등이 있다.

5 岡本恵徳, 『現代文学にみる沖縄の自画像』, 高文研, 1996, 65쪽.

키나와 전투에 관한 논조에도 변화가 감지된다. 가장 두드러진 특징은 민중 체험이 아닌 미군 전사戰史와 방위청 전사에 기댄 전기물이 붐을 이룬 것이다. 본토에서 시행되고 있는 전몰자 유족과 부상자를 대상으로 한 '원호법戰傷病者戦没者遺族等援護法'(1952년 시행)을 오키나와에도 동등하게 적용하자는 현실적인 목소리가 반영된 것이라 할 수 있는데, 문제는 '원호법' 적용이 결정되자 학도대, 의용대, 소개疏槪 학생, '집단자결자' 등과 관련된 이들이 너도나도 자신이 군에 얼마나 '희생적'이고 '헌신적'이었는지 증명하는 데에 집중되었다는 점이다. 그 결과 오키나와 전투 기록은 '군민일체의 전투협력', '조국방위의 순국정신'과 같은 전쟁 미담 일색이 되고 일본군의 잔학행위와 민간인의 희생을 밝히는 것은 금기시되는 분위기가 만들어졌다.[6]

『신의 섬』은 이러한 흐름에 휩쓸리지 않고 당시 금기시되던 본토의 가해책임을 문학이라는 공론의 장으로 끌어내었다. 그렇다고 이에 대한 고뇌가 전혀 없었던 것은 아니다. 미국에 대한 비판이 돋보였던 『칵테일 파티』 때와 달리 『신의 섬』을 집필할 때는 복잡한 심경이었음을 솔직하게 피력한 바 있다.[7] 작가의 작금의 심경은 차치하더라도 오키나와 전투의 비극을 상징하는 집단자결에 대한 본토의 책임을 묻는 일은 본토와의 일체감을 강조하는 데에 몰두했던 당시로서는 시대의 흐름에 역행하는 일이었음은 분명해 보인다.

---

6 石原昌家·大城将保·保阪廣志·松永勝利, 『争点·沖縄戦の記憶』, 社会評論社, 2004, 25~26쪽.

7 오시로 다쓰히로·김재용, 앞의 책, 146쪽.

그렇다면 『순이 삼촌』 간행을 둘러싼 사정은 어땠을까?

오키나와 전투와 마찬가지로 민간인의 희생이 컸던 만큼 4 · 3사건 역시 철저한 진상규명이 이루어져야 했지만 강력한 반공이데올로기의 공세 속에서 4 · 3='공산폭동', 제주도='빨갱이 섬'이라는 견고한 틀 안에 갇혀 있어야 했다. 오랜 금기를 깬 것은 1960년대 말 '4 · 3사건 진상규명동지회' 결성과 함께 진상규명을 요구한 제주대 학생들이었다. 이후 1960년 4 · 19혁명을 기폭제로 유족, 제주도민, 『제주신보』가 중심이 되어 양민학살 진상규명운동을 전개해 갔다. 이들이 우선 주력한 것은 레드콤플렉스로부터의 탈피, 즉 4 · 3 희생자='빨갱이 폭도'라는 인식으로부터 분리시키는 일이었다. 그러나 곧 이은 5 · 16군사쿠데타의 발발로 진상규명의 의지는 좌절되어 버리고 4 · 3에 관한 기억은 다시 '금기'로 되돌려졌다. 그 누구도 국가에 의한 공식 역사 이외의 다른 진상이나 기억을 말할 수 없게 되었다. 이러한 폐색의 시대가 1980년대 후반 민주화운동 이전까지 무려 30여 년이나 지속되었다. 4 · 3을 소재로 소설을 썼다는 이유로 고문을 당하거나 금서가 되고, 국가보안법 위반으로 구속되었던 사실만으로도 당시의 분위기를 충분히 짐작할 수 있다.[8]

『순이 삼촌』의 집필 의도는 이러한 시대적 금기를 타파하고 제주 내부에 자리한 뿌리 깊은 콤플렉스로부터 탈피하려는 데에서 출발하였다.

---

8 현기영은 1979년 10 · 26 직후 「순이 삼촌」으로 서빙고동 보안사 지하실에 끌려가 '간뇌'에서 비명소리가 날 정도로 혹독한 고문을 당했다고 한다. 그리고 「순이 삼촌」에 깊은 충격을 받은 이산하는 「한라산」 1부를 『녹두서평』 창간호(1987.3)에 발표했다가 긴급수배되어 1987년에 구속된 바 있다. 이산하, 「'4 · 3 트라우마'를 위한 기억투쟁 작가 인터뷰 현기영」, 계간 『민주』 6, 민주화운동기념사업회, 2013, 225 · 236쪽.

"내 소설의 모태는 4·3항쟁"이라는 작가의 고백을 들어보자.

> '유신'이라는 엄혹한 정치현실이 나를 그렇게 각성시켰다. (…중략…) 4·3은 결코 발설해서는 안될 무서운 금기여서 모든 사람의 입을 얼어붙게 했고, 피해의식은 깊이 내면화되어 마치 제이천성처럼 굳어져 버렸다. 그것은 숙명적인 열패감, 자기부정 사상을 낳았고, 권력에 대한 맹목적 두려움, 중앙에 대한 맹목적인 선망을 불러일으켰다. 바로 이것이 그 선배들이 보여준 컴플렉스의 실체가 아니던가. (…중략…) 나는 눈물 젖은 목소리로 말하던 증언자들의 달랠 길 없는 한과 분노가 고스란히 내 작품에 반영되기를 원했다. 작품 형상화의 과정에서 나는 소설의 주인공들이 겪는 고난이 마치 내 자신이 겪는 듯한 뜨거운 일체감을 느꼈다. 글을 쓰다가 눈물을 흘린 적이 여러 번이었다.[9]

'유신'이라는 엄혹한 정치현실은 오히려 그로 하여금 4·3이라는 금기를 깨야 한다는 각성의 계기로 작용하였음을 고백하고 있다. 특히 주변의 제주 출신 선배들이 보여준 열패감, 자기부정, 맹목적 두려움, 맹목적 선망 등의 콤플렉스의 실체에 다가갈수록 잠재되었던 4·3의 기억이 되살아났고, 이것이 자신의 소설의 모태가 되었음을 밝히고 있다. 앞서 오시로가 본토에 대한 '원망'과 '미안함'이라는 두 개의 엇갈린 감정을 고백했다면, 현기영의 경우는 제주도민의 '분노'와 '한'을 고스란히 담

9 현기영, 「내 소설의 모태는 4·3항쟁」, 『역사비평』(제주 4·3항쟁 45주년 특별기획), 역사비평사, 1993, 164~167쪽.

아내리라는 보다 분명한 입장을 표명한 것으로 보인다. 그러나 무사히 넘어가지 못하리라는 작가의 불안감은 그대로 적중해 혹독한 고난에 직면하기도 하지만 이에 굴하지 않고 스스로를 '불행한 여인' '순이 삼촌'의 '분신'[10]으로 명명하며 이후로도 4·3 관련 작품을 연이어 내놓는다. 「도령마루의 까마귀」(1979), 「해룡이야기」(1979), 「길」(1981), 「아스팔트」(1984), 「위기의 사내」(1991), 「마지막 테우리」(1994) 등은 모두 4·3을 사유하는 데에 빼놓을 수 없는 작품들이다. 특히 초기 3부작으로 알려진 「순이 삼촌」·「도령마루의 까마귀」·「해룡이야기」의 내용을 합쳐 놓은 것이 오시로의 『신의 섬』이라 할 수 있을 만큼 유사한 요소들이 많아 의미 있는 비교 대상이 될 듯하다.

3. '집단자결'을 둘러싼 공모된 침묵 — 『신의 섬』

『신의 섬』의 무대는, 오키나와 전투가 가장 격렬하게 벌어졌던 도카시키섬渡嘉敷島을 떠올리게 하는 가공의 섬 '가미시마神島'다. 이곳은 오키나와 전투 발발과 함께 미군이 가장 처음 상륙한 이래 수비대 일개 중대 3백여 명과 비전투원으로 조직된 방위대 7십 명, 조선인 군부 약 2천 명의 집결지가 되어 가장 치열한 전투가 벌어진 곳으로 설정되어 있다. 소설의 첫 장면은 '가미시마 국민학교神島国民学校' 교사였던 다미나토 신코田

10 현기영, 「변신의 즐거움」, 『바다와 술잔』, 화남, 2001, 188쪽.

港真行가 '섬 전몰자 위령제'에 초대받아 섬을 찾는 장면에서 시작된다. 전쟁이 격화됨에 따라 학생들을 인솔하여 섬 밖으로 소개疏開한 후 23년 만의 방문이다. 섬에 도착하면서부터 그의 관심은 오로지 전쟁 말기 330여 명의 목숨을 앗아간 집단자결의 전말을 밝히는 데에 집중된다. 오키나와 전투의 비극을 간직한 가미시마에 깊은 관심을 보이는 인물은 또 있다. 섬을 배경으로 한 영화제작을 위해 얼마 전 건너온 청년 요나시로 아키오与那城昭男다. 이 두 인물을 축으로 집단자결을 둘러싼 가해와 피해의 복잡한 구도가 비로소 그 모습을 드러낸다.

소설은 크게 집단자결의 진상을 밝혀야 한다는 입장의 인물과 밝히고 싶지 않은 인물이 대결구도를 이루며 집단자결이 은폐하고 있는 문제들을 가시화하는 방식으로 전개된다. 다미나토와 요나시로는 밝혀야 한다는 입장이며, 그 외 대부분의 섬사람들은 밝히고 싶어 하지 않는다. 더 미세하게 나누면 두 그룹 모두 오키나와 출신이지만 가미시마의 비극을 직접적으로 체험한 인물과 그렇지 않은 인물로 나눌 수 있다. 다미나토의 경우 가미시마 출신이지만 소개로 집단자결의 직접적 피해를 피해갔기 때문에 당사자들의 경험과 거리가 있으며, 거기다 본토 출신 여성과 결혼해 그곳에 정착한 탓에 섬사람들로부터 '반半 오키나와 사람'으로 인식되고 있다. 다미나토 자신은 인지하지 못하고 있으나 본토에 대한 콤플렉스도 갖고 있으며 섬 공동체로부터도 소외당하는 미묘한 위치에 자리한다. 오키나와 본섬 출신인 요나시로는 그런 다미나토의 입장까지 꿰뚫어 본다. 그 자신도 섬사람들로부터 젊은 교사들에게 뭔가 바람을 넣는 사상적으로 불순한 사람으로 통한다. 여기에 본토 출신 미야구치 도모코宮口朋子와 기무라 요시에木村芳枝, 그리고 민속학자 오가키 기요히코大垣清彦가 등장한다. 이들 역시 같은 본토 출신이지만 하나의 범주로 묶이지 않으며 섬사람, 섬의 비극을 바라보는 시선도 같지 않다.

여기서 주목하고 싶은 것은 집단자결의 피해 당사자이면서 진상을 은폐하고 침묵해 온 섬 주민들이다. 주요 인물로는 당시 학교장으로 있던 후텐마 젠슈普天間全秀와 그의 여동생이자 오키나와 전통의 상징 노로돈치祝女殿内 가문의 계승자인 하마가와 야에浜川ヤエ, 후텐마 젠슈의 아들로 마을 부촌장직을 맡고 있으며 젊은 세대의 목소리를 대변하는 후텐마 젠이치普天間全一, 그와 다섯 살 차이 나는 젊은 촌장, 다미나토의 제자이자 '가미시마 국민학교'(현재 '가미시마 초등학교神島小学校') 교사인 도카시키 야스오渡嘉敷泰男, 그리고 그들의 부모 세대가 등장한다. 이들은 집단자결의 비극을 경험했으나 모두 약속이라도 한 듯 침묵한다. 그 이유는 무엇일까? 집단자결의 전말을 밝히는 데 앞장 선 다미나토와 요나시로의 예리한 시선을 따라가 보자.

우선 다미나토가 집단자결과 가장 깊숙이 관련되었을 것으로 꼽고 있는 인물은 후텐마 젠슈다. 그는 일본군 미야구치 군조의 명을 받아 주민들에게 직접 집단자결을 설득하여 많은 이들을 죽음으로 몰아넣은 이력이 있다. 다행인지 불행인지 자신은 하나 남은 수류탄이 불발되는 바람에 살아남았다. 그런 연유로 후텐마 젠슈는 일본군에 대한 원망, 본토의 책임만을 온전히 묻기 어려운 위치에 놓이게 된다. 집단자결의 책임 소재를 집요하게 추궁하는 다미나토와 그에 대한 젠슈의 애매한 반응은 그 단면을 노정한다.

> "미야구치 도모코 씨 아버지가……" 다미나토는 분명하게 다그쳤다.
>
> "섬사람들에게는 잔혹한 역사를 만든 것이 아니겠습니까?"
>
> **섬사람들에게**라고 하고, **후텐마 젠슈에게**라고 말하지 않은 것은, 다미나토의 마지막 배려였는데, "다미나토 군. 분명하지 않다, 분명히 하고 싶지 않다, 고 하는 것도 훌륭한 역사적 증언이라고 생각하지 않나?"[11] (강조는 원문)

젠슈의 입을 통해 집단자결이 일본군 미야구치 군조의 명령으로 이루어진 것임을 전해들은 다미나토는, 집단자결의 책임은 분명 미야구치 군조에게 있으며, 그가 섬 주민에게 '잔혹한 역사'를 만든 주체라는 점을 강하게 피력한다. 그러나 젠슈는 그런 식으로 그에게 책임을 묻는 일에 회의적으로 반응한다. 다미나토는 그런 그에게서 가해와 피해, 자발과 강제 어느 한쪽으로 양자택일 할 수 있는 문제가 아니라는 것을 깨닫는다. 그 두 가지가 어둡게 맞물려 작용했으리라는 추측을 가능케 하는데, 특히 후텐마 젠슈와 같이 학교장직을 맡고 있거나 촌장, 구장, 조합장, 순사 등 마을의 지도층 위치에 있었던 이들이 군의 명을 받아 집단자결을 주도하고, 가족과 친지, 이웃들이 서로가 서로를 살해하는 형태로 실행에 옮겼던 것으로 보인다.

그의 여동생 하마가와 야에 또한 집단자결의 현장에 자리했던 인물이다. 전쟁이 한참이던 때 '노로祝女'에게만 허락된 '배소拜所'에 가족들을 데리고 피신해 들어가게 되고, 이후 마을사람들과 군인까지 합세하면

---

11 오시로 다쓰히로, 손지연 역, 「신의 섬」, 『오시로 다쓰히로 문학선집』, 글누림, 2016, 209쪽.

서 신성해야 할 배소는 처참한 집단자결의 장場이 된다. 이곳을 전쟁 이후 지금까지 단 한 번도 공개한 적이 없다는 것은 야에 또한 집단자결에 관한 기억을 철저히 봉인해 왔음을 의미한다. 야에의 경우, '노로'로서 금기를 어겼다는 것, 일본군을 배소에 들여 놓음으로써 신성함을 해했다는 죄책감만 피력되고 있는데, 그곳에 쌓여 있던 수많은 유골로 미루어보아 그녀 역시 집단자결에 직접 가담하지는 않았다고 하더라도 암묵적 묵인 내지는 목격자가 되었을 가능성이 농후해 보인다.

그렇다면 젊은 세대의 경우는 집단자결을 어떤 식으로 받아들이고 있을까? 젊은 세대를 대표하는 촌장과 부촌장의 인식은 그에 대한 중요한 단서를 제공한다. 가미시마를 배경으로 한 영화제작을 위해 의견을 나누는 자리에서 후텐마 젠이치는 장밋빛 관광시설의 꿈과 전쟁의 상흔도 표현할 것이라는 계획을 피력한다. 이에 부촌장은 마을사람들의 의향을 대변하며 '어두운 이야깃거리'는 넣지 않는 편이 좋을 거라고 충고한다. 이어서 촌장도 마을 당국과 마을 지도자층의 의향이라는 점을 강조하며 '전쟁의 비극'을 부각시킴으로써 눈앞의 현실이나 발전에 방해가 되어선 안 된다는 입장을 분명히 한다.

여기서 촌장과 부촌장이 에둘러 표현하고 있는 '어두운 이야깃거리', '전쟁의 비극' 등은 모두 집단자결과 관련된 일이라는 것은 상상하기 어렵지 않을 것이다. 섬의 발전에 방해가 된다는 이유를 들어 집단자결이 외부로 알려지기를 꺼려하는 촌장과 부촌장의 태도는, 1960년대 오키나와 사정을 반영한 것이라는 점에서 주의를 요한다. 소설 곳곳에 빈곤 탈피와 경제 부흥을 위해 새로운 탈출구를 모색하는 움직임이 묘사되고 있다. 이를테면, 본섬처럼 기지 덕분에 농경지를 갈아엎는 일 없이 오히려 기지 부대에 적은 양이긴 하나 채소를 팔아 이른바 '기지수입'을 올리거나, 사탕수수 재배, 가다랑어 포鰹節 생산 등 마을 경제를 살릴 만한 방안을 여러 방면으로 모색하는 일 등이 그것이다. 거기에 앞장선 이는 수완 좋은 부촌장 후텐마 젠이치다. 그는 개발금융공사와 관계를 가지며 근대적인 가다랑어 배를 장만하는 등 '훌륭한 자본가'로서의 면모를 유감없이 발휘하고 있다. 무엇보다 촌장과 부촌장 모두 부모 세대와 달리 어두운 그늘 없이 낙천적이다. 그 차이는 아마도 집단자결의 기억을 부모 세대만큼 생생하고 아프게 기억하고 있지 않기 때문일 것이다.

부촌장과 유사한 생각을 갖고 있는 또 한 명의 인물은 25년 전 다미나토와 함께 소개한 학생이자, 지금은 '가미시마 초등학교' 교사로 있는 도카시키 야스오다. 다미나토에게 그는 소개지에서 땅에 떨어진 흰쌀밥 '긴메시銀メシ'로 만든 주먹밥을 허겁지겁 주워 먹던 가난에 찌든 어린아이로 기억되고 있다. 그러나 하마가와 야에의 생활 속에 아직 뿌리 깊게 각인되어 있는 빈곤은 젊은 도카시키 야스오에게서는 더 이상 찾아 볼 수 없음을 깨닫고 이상한 기분에 휩싸인다. 일본군에게 남편을 잃고 외아들마저 교통사고로 잃게 된 하마가와 야에의 처지를 우연한 사고가 겹친 것뿐이라고 가볍게 넘겨 버린다거나, 남편의 유골을 애타게 찾아 헤매는 것을 불발탄 줍기와 같이 "전문적인 일을 즐기고 있는"[12] 것으로 바라보는 시선 등이 그러하다. 뿐만 아니라 "어머니는 목에 면도칼 상처가 희미하게

12 위의 책, 154쪽.

남아 있어요. 아버지는 상처가 없는데 말이죠"[13]라는 말을 아무렇지 않게 건네는 것에서 집단자결에 대한 인식이 전쟁 체험 세대와 많이 다르다는 것을 엿볼 수 있다. 그것은 학교교육은 물론 부모조차 집단자결과 관련해 어떤 일이 있었는지 후세대에게 제대로 알려주지 않았다는 의미이기도 하다. 젠이치의 경우 집단자결을 피해 아버지 젠슈와 함께 살아남았지만 그에 관한 기억은 남아있지 않은 듯 보인다. 그러한 기억의 차이, 경험의 차이는 집단자결에 대한 인식과 그대로 연결되는데, 후텐마 젠슈로 대표되는 기성세대가 다분히 의식적으로 침묵했다면, 젊은 세대의 경우는 몰이해로 인한 무의식적 침묵과 현실적인 이유가 반영된 의식적 침묵이 혼재하는 형태로 나타난다.

이처럼 집단자결을 둘러싼 세대를 넘어선 암묵적 합의의 침묵, 달리 말하면 이러한 '공모된 침묵'이 깨지는 순간 전쟁 이후 비극의 섬 가미시마를 위태롭게 지탱해 온 '평화'마저 깨지리라는 것을 섬사람들은 그 누구보다 잘 알고 있었을 터다. 왜냐하면 그것은 다미나토의 표현을 빌리자면 "익숙해지는 것이지, 정신적 평화를 얻은 것과는 다르"[14]며, 요나시로식으로 말하면 "껍데기 속 평화"에 불과하기 때문이다.

> "아무튼 잔혹한 것이 평화에 도움이 된다는 것은 우리는 믿지 않네. 이 섬은 어디까지나 평화로운 관광의 섬으로 만들어 갈 것이니, 그런 전쟁 당시의

13 위의 책, 156쪽.
14 위의 책, 154쪽.

잔혹한 기억은 서로에게 증오만 불러일으킬 뿐 그래선 안 된다고 보네."[15]

"섬은 일반적으로는 예전과 마찬가지로 평화롭다는 뜻이죠? 그러나 껍데기 속 평화에요. 껍데기에 숨어 있다는 점에서는 예나 지금이나 변함이 없을 겁니다. (…후략…)"[16]

촌장과 요나시로가 영화의 소재로 하마가와 야에의 유골 수습 장면을 넣을 것인지를 둘러싸고 설전을 벌이는 장면이다. 집단자결과 관련된 내용은 가능한 피하는 것이 좋으나 넣게 되더라도 잔혹한 기억을 배제하고 평화에 도움이 되는 내용만 취사선택하자는 것이 촌장의 주장이다. 이는 앞서 언급한 오키나와 전투 기록이 일본군의 잔학행위와 민간인의 희생을 대신해 순국 정신과 전쟁 미담으로 채워간 동시대의 사정을 그대로 반영한 것으로 읽을 수 있다. 그런데 요나시로는 섬사람들이 서로에게 증오만 불러일으킬 만한 상황을 사전에 차단하는 데 그치는 것이 아니라 본토와 보다 적극적으로 공모해간 정황도 포착한다. 이를테면 '조국복귀'를 앞두고 강화된 '평화의 섬'이라는 이미지, 모호한 용서와 형식적인 애도로 치러지는 위령제, 전쟁책임에 무자각한 본토인을 비판하는 다음과 같은 장면이 그것이다.

섬에서는 가해자나 피해자나 죽은 자에 대해 침묵을 지키고 있거나 아니

15 위의 책, 180쪽.
16 위의 책, 183쪽.

면 뭔지 모를 용서와 형식적으로 애도하는데 그것으로 좋은 걸까?[17]

> [오가키가 말하는 – 인용자] 군대 가서 개죽음당하기 싫었다는 멋진 말 속에는 전쟁의 상처는 하나도 없어 보였다. 그리고 이 섬에서 군인들이 범한 죄와는 전혀 상관이 없다는 얼굴을 한다. 그 나라라는 건 어디일까? 그의 조국 일본일 리 없다. 그 군인들과 조국을 공유할 리 없는 것이다. 그가 사랑한다고 하는 오키나와인 걸까? 이 섬의 망령들의 일을 남의 이야기처럼 말하지만 하마가와 미망인의 비극을 마가타마(勾玉)[18]라는 이미지를 통해 민속학적인 미의식 속에 해소시켜 버리는 심정은 과연 오키나와를 사랑하기 때문인 걸까?[19]

무엇보다 가미시마의 '평화의 섬'이라는 이미지는 집단자결이라는 막대한 희생을 치른 섬사람들과, 가해자와 피해자를 '같은' 전쟁의 '희생자'로 아우르는 것으로 전쟁책임으로부터 면죄부를 부여받은 본토인들의 '공모된 침묵' 없이는 불가능했으리라는 것은 말할 것도 없을 것이다.[20] 소설은 미야구치 군조의 딸 도모코가 자신의 아버지를 대신해 속죄

---

17 위의 책, 217쪽.

18 마가타마는 윗 부분에 구멍이 뚫린 초승달 모양의 굽은 구슬로, 일본 조몽시대 유적에서 발견된 것으로 알려져 있다. 오키나와에서는 노로의 제사 도구로 사용되어 왔으며 현재까지 그 전통이 이어져 오고 있다.

19 오시로 다쓰히로, 손지연 역, 앞의 책, 198~199쪽.

20 실제로 일본 정부는 유족연금 획득을 위한 원호법적용운동에 호응하여 영역(靈域)정비, 야스쿠니 참배, 전몰자 표창 등을 실시하고, 1960년대 후반부터 오키나와반환운동의 일환으로 '본토일체화정책(本土一体化政策)'을 추진하는 등 오키나와를 본토에 흡수하기 위해 오키나와 전투를 적극적으로 이용해 간다. 石原昌家 · 大城将保 · 保阪廣志 · 松永勝利, 앞의 책, 26~27쪽.

하는 의미로 하마가와 야에의 유골 수습 작업을 돕다 불발탄에 맞아 사고사하는 것으로 끝을 맺는다.

『신의 섬』이 담고 있는 내용은 결코 가볍지 않다. 난해하고 무거운 주제임에도 작가 오시로의 의도는 매우 명확하게 읽힌다. 그것은 집단자결로 상징되는 오키나와 전투의 비극을 단순히 '가해자'와 '피해자'라는 이항대립으로 나누지 않겠다는 의지에 다름 아니다. 후텐마 젠슈를 집단자결에 일조한 인물로 묘사하고, 가해 주체인 미야구치 군조와 그의 딸 도모코가 나가사키 출신이라는 설정을 통해 본토의 원폭 피해를 환기시켰던 것도 그 때문이다. 특히 나가사키 원폭에 대한 언급은 단순히 본토 역시 전쟁의 피해자라는 것을 말하고자 한 것이 아니라, 가해의 주체는 분명히 일본(군)이라는 것, 아울러 그들로 하여금 오키나와(인)의 입장, 즉 피해 당사자의 고통을 공감하고 이해하도록 하기 위한 전략적 장치라고 볼 수 있다.[21]

21 이를테면 섬의 비극에 유일하게 공감을 표하는 본토(나가사키) 출신 도모코에게도 한계가 있음을 지적하는 요나시로의 다음과 같은 독백이 그러하다. "섬의 비극을 원폭의 비극과 동일한 것으로 생각하는 것까진 좋다. 그런데 거기서 멈춰 버렸다. 살아있는 자가 죽은 자에게 부채를 갖고 있다 – 라는 데에 착목한 것도 좋다. 역시 원폭의 땅에서 자란 사람만이 가질 수 있는, 생활에서 얻은 것이리라. 그러나 죽은 자가 책임져야 할 부채에 대해서는 어떻게 바라봐야 할까." 오시로 다쓰히로, 손지연 역, 앞의 책, 217쪽.

4. '집단학살'을 둘러싼 파열음 – 『순이 삼촌』

한편, 『순이 삼촌』의 배경은 4·3사건이 있은 후 30여 년이 흐른 제주 북촌리다. 4·3 유적지 가운데 모슬포 대정의 '백조일손지묘百祖一孫之墓'와 함께 널리 알려진 이곳은 무고한 제주도민 4백여 명이 처참하게 살해된 집단학살의 장소이기도 하다. 소설은 서울에서 자리 잡은 '나'=상수가 할아버지 제사와 가족묘지 매입 문제 등으로 8년 만에 제주도로 귀향하는 장면에서 시작된다. '나'에게 고향은 깊은 우울증과 찌든 가난밖에 물려받은 것이 없는, 30년 전 군 소개疏開작전으로 소각된 잿더미 모습 그대로 예나 지금이나 '죽은 마을'로 기억되는 곳이다. 모처럼 친지들이 모인 가운데 담소를 나누던 중 '나'는 순이 삼촌이 자살했다는 충격적인 소식을 접한다. 순이 삼촌은 촌수는 멀어도 큰집과는 이웃에 살면서 서로 기제사에 왕래할 정도로 각별하게 지내온 사이이다. 더구나 두 달 전까지만 해도 서울에 올라와 '나'의 집안 살림을 도맡아 주었기에 충격은 더욱 컸다. 순이 삼촌의 자살을 계기로 '나'는 애써 묻어 두었던 4·3의 기억을 하나둘씩 떠올리게 된다. 토벌군에게 끌려가 집단학살 직전까지 내몰렸다가 남편과 자식을 모두 잃고 홀로 살아남은 순이 삼촌의 기구한 삶이 화제에 오르자 자리에 모인 사람들은 저마다의 논리로 자신들의 입장을 대변하기 시작한다. 의견은 크게 4·3의 진상을 이제라도 규명해야 한다는 '나'와 길수 형, 반대로 공연히 들춰내 긁어 부스럼 만들지 말자는 큰아버지와 큰당숙, 작은당숙, 고모부, 그리고 가끔씩 끼어들어 말을 거드는 현모 형으로 나뉜다. 언뜻 보면 젊은 세대와 기성세대로 의견이 양분된 듯 보이지만, 실제로는 그렇게 간단하게 정리되지 않는 균열들이 존재한다. 특히 고모부는 매우 복합적인 성격을 띤 인물로, 사태 당시 양민 학살에 앞장섰던 서북청년단(서청)에 가담한 이력에도 불구하고 '나'의 고모인 섬 출신 여성과 결혼한 인연으로 이곳에 정착하여 살고 있다.

고모부의 존재에서 알 수 있듯 가해와 피해, 억압과 저항이라는 구도는 매우 복잡한 형태로 작동한다. 이를테면 산사람(무장대/폭도)/토벌대(군인, 순경, 서청), 육지 것/섬사람이라는 커다란 갈등의 축은 다시 일정 부분 양민 편에 선 섬 출신 토벌군과 육지 출신의 극악한 토벌군으로 나뉘며, 고모부와 같이 서청 출신이면서 섬과의 인연이 깊은 토벌군은 또 다른 위치에 자리할 것이다. 섬사람도 민간인(양민)이라는 하나의 틀로 묶기 어렵다. 이들 사이에도 권력에 영합해 토벌군 편에 선 섬사람(「해룡 이야기」의 '구름보'의 경우 해방 전에는 일제에 영합한 인물로 묘사됨)과 무고한 섬사람(특히 여성, 노인, 아이들) 등으로 미세하게 나뉜다.

『신의 섬』에서 집단자결의 전말을 밝히는 데 앞장섰던 다미나토 신코와 요나시로 아키오의 역할은 『순이 삼촌』에서는 '나'와 길수 형이 맡고 있고, 사태를 침묵으로 일관해 온 후텐마 젠슈로 대표되는 기성세대의 입장은 큰아버지, 큰당숙, 작은당숙, 고모부가 대변하고 있다. 또한 하마가와 야에는 순이 삼촌, 야에의 본토 며느리는 순이 삼촌의 서울 조카며느리로 바꿔 읽어도 될 만큼 등장인물의 면면이 유사하게 조형되고 있다.

순이 삼촌의 자살을 계기로 불거진 4·3의 기억, 집단학살에 대한 인식의 차이는 『신의 섬』만큼이나 복잡할 것으로 보이지만, 각기 다른 입장을 반영할 만한 인물이 다양하게 등장하고 있지 않기 때문에 다 들여다 볼 수 없는 한계가 있다. 그 가운데 자신의 의견을 분명하게 표출하고 있는 이들은 다음과 같다.

"하여간 이 사건은 그냥 넘어갈 수 없수다. 아명해도 밝혀놔야 됩니다. 두 번 다시 이런 일이 안 생기도록 경종을 울리는 뜻에서라도 꼭 밝혀두어야 합니다. 그 학살이 상부의 작전명령이었는지 그 중대장의 독자적 행동이었는지 그 누구의 잘잘못인지 하여간 밝혀내야 합니다. 우린 그 중대장 이름도 모르는 형편 아니우꽈?"

이 말에 큰당숙어른이 고개를 절레절레 흔들었다.

"거 무신 쓸데없는 소리고! 이름은 알아 무싱거(무엇)허젠? 다 시국 탓이엔 생각하고 말지 공연시리 긁어 부스럼 맹글 거 없저."

고모부도 맞장구쳤다.[22]

길수 형과 큰당숙, 고모부 간의 대화 장면이다. 화자인 '나'를 포함한 길수 형은 이제라도 집단학살의 진상을 철저히 규명해야 한다는 입장이고, 큰당숙, 고모부 등 기성세대는 공연히 긁어 부스럼 만들지 말고 묻어두자는 입장이다. 이 같은 입장의 차이는 아마도 연령에 따라 그 충격의 정도가 달랐기 때문일 것이다. 요컨대 '나'와 길수 형은 당시 열 살이 채 안 된 나이였으므로 사태를 직접 경험했다고는 하나 기성세대만큼 심각

---

22 현기영, 「순이 삼촌」, 『순이 삼촌』(현기영 중단편전집 1), 창비, 2015, 78쪽.

한 상황으로 내몰리진 않았으리라는 것이다. "철모르는 아이들"에게 양과자를 쥐어주면 "대밭에서, 마루 밑에서, 외양간 밑이나 조짚가리 밑을 판 굴에서 여러번 제 아버지와 형을 가리켜냈다"[23]고 하는 표현에서 그러한 정황을 짐작케 한다. 물론 아이들이 느꼈을 공포감이나 심리적 트라우마도 상당했겠지만, 기성세대의 경우는 그것에 더하여 이데올로기로 무장한 국가권력의 실체가 얼마나 무차별적이고 폭력적인 것인지 가장 처절하게 경험한 직접적 피해 당사자라는 차이가 있다. 큰당숙이 선뜻 진상규명에 다가서지 못하는 것은 그런 경험을 되풀이하고 싶지 않기 때문이다. 일종의 4·3 후유증이자 레드콤플렉스라고 할 수 있다.

여기서 고모부는 큰당숙의 의견에 맞장구치며 진상규명에 반대하는 입장에 서 있으나 그 배경은 전혀 다르다. 평안도 용강 출신인 그는 서청에 가담하여 입도했으나 '나'의 할아버지가 꾀로 어르는 바람에 얼떨결에 섬 출신 여성인 고모와 결혼하게 된다. 당시 도피자 가족들 중에는 목숨을 부지해보려는 방편으로 이 같은 정략결혼이 성행했다고 한다. 지금은 제주 방언을 구사하며 30년간 이 고장 사람이 되어 살아오고 있다. 그런 탓에 고모부는 스스로의 위치를 어느 한쪽에 자리매김하지 못한다.

> "기쎄, 조캐, 지나간 걸 개지구 자꾸 들춰내선 멀하간? 전쟁이란 다 기런 거이 아니가서?
>
> 순간 오십 줄 나이의 고모부 얼굴에서 삼십 년 전의 새파란 서북청년의

---

23 위의 책, 79쪽.

모습을 힐끗 엿본 느낌이 들었다. 가슴이 섬뜩했다.[24]

"성님, 서청이 잘했다는 말이 절대 아니우다. 서청도 참말 욕먹을 건 먹어야 합쥬. 그런디 이 섬 사람을 나쁘게 본 건 서청만이 아니라수다. 육지 사람치고 그 당시 그런 생각 안 가진 사람이 없어서 마씸. 그렇지 않아도 육지 사람들이 이 섬 사람이랜 허민 얕이 보는 편견이 있는디다가 이런 오해가 생겨부러시니…… 내에 참."[25]

위의 인용문에 보이는 것처럼 고모부는 나름의 논리를 들어 서청의 입장을 항변하기도 하고 섬사람들에게 욕먹을 만하다고 인정하기도 한다. 그러나 사태를 악화시킨 것은 도민에 대한 오해와 편견 때문이며 나아가 전쟁 상황이 빚어낸 불가피한 일이었다며 책임의 본질을 회피해 버린다. 그러나 그는 '4·3폭동'이라는 용어에 익숙한 내면 깊숙이 '4·3=폭동'이라는 인식을 갖고 있는 인물이다.

고모부와 같이 서청 출신이면서 섬과의 인연이 깊은 토벌군이 있듯, 섬사람 사이에도 '육지 것'과 '섬사람'이라는 이항대립을 비켜가는 이들이 다수 존재한다. 위의 고모부 발언처럼 섬을 초토화시키고 집단학살로 몰아넣은 주체는 '육지 사람들' 혹은 '육지 것들'이 그들이다. 그런데 작은당숙은 이에 반론을 제기한다. 고모부의 말을 이어받아 큰당숙이 "왼 섬이 육지것들 독판"이었다고 회고하며, "도피자를 총살 말렌 당부했"는

24 위의 책, 78쪽.
25 위의 책, 81~82쪽.

데도 "육지것들"이 이를 무시하고 총살을 했다는 본도 출신 함덕지서 박 주임 이야기를 꺼내자, 작은당숙은 "박 주임이 참말 그런 말을 해서까 마씸? 아매도 죄 없는 사람 죽인 책임을 조금이라도 벗어보젠 변명허는 걸 거우다"[26]라며 일축한다. 옆에 있던 현모 형도 "난 들으니까 박 주임 그 사람이 서청보다 되리어 더 악독하게 놀았댄 헙디다"[27]라며 작은당숙의 말을 거든다. 현모 형은 해병대 출신으로 초토작전에 가담하지 않고 도피자들 편에서 활약한 인물이다. 해병대라면 한때 군경 측에 서서 섬사람을 좌익으로 몰아 "때려잡던 단세포적인 사고방식"[28]을 가진 것으로 알려져 있지만, 현모 형이 속한 3기들은 초창기 해병대와 달랐다. 또 6·25 때는 인천상륙작전에서 용맹을 떨치기도 했다고 한다. 당시 현모 형을 비롯한 섬 출신 청년들이 너도나도 입대를 자원한 것은 "빨갱이 누명을 벗을 수 있는 더없이 좋은 기회"[29]라고 여겼기 때문이다.

이 외에도 당시 본도 출신 순경 중에 서청에게 '빨갱이'로 오인받지 않기 위해 한술 더 떠 과격한 행동을 했다는 이야기, 그와 정반대로 박주임이 잡혀온 도피자 여러 명을 몰래 풀어 주었다는 이야기들이 오고 갔다. 사태 이후 박 주임이 치도곤을 당한 일이 있었다는 내용으로 보아 과격한 행동이 전혀 없었던 건 아닌 듯 보인다. 중요한 것은 '육지 것'에 포섭되어 학살에 가담한 박 주임의 행태나, 섬사람 편에 섰던 해병대 출신 현모 형의 용맹스러운 행동이나 모두 빨갱이란 누명을 뒤집어쓰지 않기

26 위의 책, 85쪽.
27 위의 책, 82쪽.
28 위의 책, 83쪽.
29 위의 책, 83쪽.

위한 반대급부적인 행위의 결과라는 점이다. '나'는 현모 형으로 대표되는 해병대의 '용맹'에도 의문을 제기하며, "이북 사람에게 당한 것을 이북 사람에게 돌려준다는 식"[30]의 해병대의 행태가 또 다른 '보복'을 초래한 점도 꿰뚫고 있다.

논쟁이 점점 무르익어 가면서 '나'는 '진짜 빨갱이'를 구분하는 것, 즉 무장공비, 비무장공비, 폭도의 구분이 얼마나 모호하고 자의적인지 폭로한다. 특히 비무장공비라 명명되던 이들이 실은 "중간산 부락 소각으로 갈 곳을 잃어 한라산 여기저기 동굴에 숨어 살던 피난민"[31]이라는 점을 강조한다. 바로 이 "폭도도 무섭고 군경도 무서워서 산으로 피난 간 양민들"과 "군경 전사자 몇백과 무장공비 몇백을 빼고도 삼만 명에 이르는 그 막대한 주검"[32]에 대한 진상을 규명하자는 것이 '나'와 길수 형의 주장인 것이다. 이때 '양민'이라는 범주 또한 하나로 묶기 어렵다. 개중에는 토벌군에 편승하여 이웃을 폭도로 몰아가는 데 일조한 이들이 존재했기 때문이다. 『순이 삼촌』에서 미처 조형하지 못한 이 같은 인물유형은 후속 작품인 「해룡 이야기」의 '구롬보'를 통해 적나라하게 드러난다. 그는 해방 전에는 '일본놈 끄나풀'이었고, 해방 후 토벌군의 정보원이 되어 다시 나타나는데, 폭도나 토벌대에 속하지 않는 '양민' 가운데에도 자신의 안위를 위해 이웃을 해하는 '악독한 것'이 섞여 있었음을 단적으로 보여주는 인물이다. 이렇듯 4·3의 기억, 다시 말해 집단학살을 실행에 옮긴 가해

30 위의 책, 83쪽.
31 위의 책, 84쪽.
32 위의 책, 85쪽.

의 사례와 집단학살로 내몰린 피해의 사례는 매우 복잡하고 다양하여 가해와 피해, 억압과 저항이라는 이항대립의 구도만으로는 명쾌하게 구분하기 어렵게 한다.[33]

현기영의 4·3소설이 갖는 무게감은 바로 이 고모부를 비롯한 박 주임이나 구름보와 같은 당시로서는 간파하기 어려운 인물들의 내면을 섬세하게 조형해 내었다는 데에 있다. 1980년대 무렵 쏟아져 나오기 시작한 증언, 회고담 등의 자료를 세밀하게 분석한 권귀숙의 논의는 이를 뒷받침한다. 예컨대 4·3에 대한 기억을 증언하는 목소리는 경찰, 군인, 산사람, 좌익단체원, 우익단체원, 민보단원, 일반주민 등으로 다층적으로 나뉘지만, 가해자와 피해자를 구분하는 일은 상당히 모호하여 "모두 피해자로서 사회적 기억을 형성하고 있는 증언뿐"[34]임을 지적하였는데, 적어도 『순이 삼촌』 속 인물들은 이러한 단선적 인식에 머물고 있지 않다. 『순이 삼촌』의 의미는 바로 이 4·3의 기억이 결코 하나가 아님을 여러 파열음을 통해 환기시키고 있는 데에서 찾을 수 있다. 그것이 피해자의 기억이든 가해자의 기억이든 그 어느 편에도 속하기 어려운 경계의 기억이든 "국가가 주조하여 전파시킨 관제기억"[35]을 해체하고 이를 다시 개

---

33 이러한 곤란함은 1990년대 4·3 관련 위령의례가 재현되는 과정에서 그대로 드러났다. 이때의 문제의 핵심은 4·3을 어떻게 기억하고 정의할 것인가, 즉 항쟁이냐, 폭동이냐, 양민학살이냐 등의 기억투쟁에 있었다고 할 수 있는데 대부분의 4·3위령의례들은 '양민학살' 쪽에 무게를 두었다고 한다. 강창일·현혜경, 「기억투쟁과 4·3위령의례」, 나간채·정근식·강창일 외, 『기억투쟁과 문화운동의 전개』, 역사비평사, 2004, 94쪽.

34 권귀숙, 「제주 4·3의 사회적 기억」, 『한국사회학』 35, 한국사회학회, 2001, 225쪽.

35 김영범, 「기억에서 대항기억으로, 혹은 역사적 진실의 회복 – 기억투쟁으로서의 4·3 문화운동 서설」, 『민주주의와 인권』 3-2, 전남대 5·18연구소, 2003, 73쪽.

개인의 개별적 기억으로 되돌려 주었다는 점에서 말이다.

5. 기억투쟁의 향방

『신의 섬』과 『순이 삼촌』은 집단자결과 집단학살이라는 금기의 기억에 주목하고 이를 폭로하고 있는 점에서 매우 유사한 양상을 보인다. 특히 이 비극적 사태를 어떻게 기억하고 정의할 것인가, 가해와 피해, 억압과 저항, 자발과 강제 그 어느 한쪽으로 양자택일할 수 없는 정황들을 공들여 묘사하고 있는 점에서 꼭 닮아 있다. 그런데 기억투쟁의 향방을 제시하는 방식은 상당히 달라 보인다. 두 소설의 클라이맥스와 결말의 차이라고 볼 수 있는데, 이것은 곧 오키나와 전투를 둘러싼 오시로의 기억투쟁 방식과 4·3을 둘러싼 현기영의 기억투쟁 방식의 차이이기도 할 것이다.

『신의 섬』의 결말은 위령제 당일 하마가와 야에가 그토록 염원하던 남편의 유골의 흔적을 찾게 되고, 구舊일본군의 딸 도모코는 불발탄 사고로 죽음을 맞게 되며, 며느리 요시에는 위령제를 마치고 본토로 떠나가는 장면으로 마무리된다. 『순이 삼촌』의 경우 피해 당사자인 순이 삼촌의 자살이라는 사태가 소설의 클라이맥스이자 결말이라고 할 수 있다. 죽음의 방식이 자살과 사고사라는 차이도 있지만, 죽음을 맞게 된 당사자가 (아버지를 대신한) 가해자와 피해자라는 차이도 커 보인다.

그렇다면 작가 오시로는 왜 도모코의 죽음으로 결론을 내린 것일까?

그것도 윤리의식이 부재한 요시에가 아닌 도모코를 죽음으로 몰아넣은 것일까? 주지하다시피 도모코는 일본군 출신 아버지를 대신해 본토의 책임을 대변해온 유일한 인물이다. 그와 반대로 요시에는 본토 출신인 이상 자신도 전쟁의 가해자일 수 있다는 윤리의식이 부재하거나 무감각한 인물로 그려진다. 이에 대한 답은 도모코의 사고사를 전해들은 등장인물들의 다양한 반응에서 찾을 수 있을 듯하다.[36]

무엇보다 도모코의 죽음은 '집단자결'을 둘러싼 각기 다른 입장의 차이, 그리고 그로 인한 다양한 반응을 이끌어 내기 위한 최적의 설정이었음은 말할 것도 없을 것이다. 아울러 『신의 섬』 집필 시점이 복귀를 바로 눈앞에 둔 시기라는 것도 영향을 미쳤을 것으로 보인다. 본토 출신 여성 가운데 어느 한쪽, 즉 며느리 요시에와의 관계 개선을 열어둔 것은 이를 암시한다. 소설 마지막 장면에서 위령제를 마치고 섬을 떠나는 요시에의 모습을 포착하며 그녀가 언젠가 다시 "이 섬으로 귀향해 올 수도 있는 걸까?"[37]라며 기대감을 숨기지 않는 것에서 곧 다가올 본토 복귀에 담긴 작가 오시로의 기대감을 읽을 수 있다.

한편, 순이 삼촌은 마을에서 도둑으로 몰리면서도 (군인이나 순경에 대한 극도의 기피증으로 인해) 파출소 가기를 거부해 누명을 쓰기도 하고 마음을 다스리기 위해 절에 머물기도 하지만 결국 4·3으로 인한 트라우마를 극복하지 못하고 자살로 생을 마감하게 된다. 현기영은 순이 삼촌이 끝까지 극복하지 못한 지독한 '결벽증'과 '자격지심'은 모두 1949년 자신이

36 이에 관해서는 이 책 4부 1장을 참고 바람.
37 오시로 다쓰히로, 손지연 역, 앞의 책, 264쪽.

살던 마을이 완전히 소각되는 것을 바라봐야 했던 비극적 경험에서 비롯된 것임을 명확히 하고 있다. 요컨대 소개라는 명목으로 이루어진 중간산 부락의 민간인 학살에 대한 고발이 『순이 삼촌』의 원형이자 오랫동안 4·3에 천착해온 현기영 문학의 원형이라고 할 수 있다.[38]

'순이 삼촌'이라는 인물은 바로 이 집단학살에 대한 기억을 가장 압축적으로 간직한, 말하자면 4·3의 피해를 가장 비극적인 형태로 재현하고 있는 셈이다. 그와 동시에 작가는 그러한 기억으로부터 탈피하고 싶은 욕망도 숨기지 않는다. 지독한 자격지심과 집착, 대인기피, 신경쇠약, 결벽증, 강박관념을 분신처럼 껴안고 살아온 순이 삼촌에게서 '나'는 "완강한 패각의 껍데기를 뒤집어쓰고 꼼짝도 않"는 "증오와 같이 이글이글 타는 강렬한 감정"의 "오해"[39]가 그림자처럼 함께 하고 있음을 읽어낸다. 나아가 순이 삼촌을 향해 "왜 묻지도 않았는데 그런 자격지심이 생겼을까? 당신의 결벽증은 정말 지독한 것이었다"[40]라며 안타까운 심경을 표출하기도 한다. 순이 삼촌을 향한 '나'의 질책이 묻어나는 물음들은 곧 오랜 세월 육지콤플렉스, 레드콤플렉스에 시달려온 작가 자신을 포함한 고향 사람들에게 되묻는 물음이기도 할 것이다. 그리고 그에 대한 작가의 답은 순이 삼촌의 '자살'이라는 결말이 대신하는 것은 아닐까? 앞서 언급한 작가 자신을 포함한 제주 출신들이 갖는 열패감, 자기부정, 맹목적 두려움, 맹목적 선망 등으로 점철된 뿌리 깊은 콤플렉스로부터의 '결별'을 의미하는

38 정종현, 「4·3과 제주도 로컬리티 – 현길언과 현기영의 4·3 관련 작품을 중심으로」, 『현대소설연구』 58, 한국현대소설학회, 2015, 53쪽.

39 현기영, 「순이 삼촌」, 앞의 책, 56쪽.

40 위의 책, 56쪽.

'자살' 말이다.

결과적으로 일본군 출신 아버지를 대신한 도모코의 죽음은 본토의 가해책임을 폭로하는 동시에 오키나와 내부의 성찰을 촉구하는 양방향의 열린 결말로 이끌었고, 피해 당사자인 순이 삼촌의 자살은 국가폭력으로 인한 양민의 희생을 극대화시킴으로써 '4·3=공산폭동', '제주도=빨갱이 섬'이라는 견고한 틀을 (재)확인하는 닫힌 결말로 이끌었다고 할 수 있다.

지금까지 살펴본 두 소설은 유사한 요소들이 상당히 많았지만 결정적인 차이도 보였다. 가장 큰 차이는 결론 부분에 드러나듯 기억투쟁의 방향성이다. 현기영이 반공이데올로기에 포섭된 무차별적인 국가폭력에 대한 진상규명, 그리고 극심한 패배주의와 열패감(레드콤플렉스)으로부터의 해방이라는 뚜렷한 목표를 제시해 갔다면, 오시로는 곧 다가올 '조국복귀'를 의식한 듯 본토의 가해책임과 오키나와 내부의 성찰을 동시에 촉구하는 모습으로 나타났다.[41] 이후의 작품에도 차이가 보이는데 현기영의 경우 국가폭력과 그것에 저항하는 지역의 대응을 살펴보는 방향으로 나아갔다면,[42] 오시로는 본토의 오키나와 정책에 반응하는 형태로 변

41 이러한 경향은 두 작가의 차세대 작가라 할 수 있는 메도루마 슌(「물방울(水滴)」 등)과 김석희(「땅울림」 등)의 작품세계에서도 유사하게 나타난다. 예컨대, 김동윤은 두 작가의 차이를 꼽으며, 메도루마의 경우 "상흔의 양상과 현실적 의미에 더 주목"한 반면, 김석희는 "금기 깨기를 통한 진상규명에 비중"을 두고 있다고 지적한다. 김동윤, 「4·3소설과 오키나와 전쟁 소설의 대비적 고찰 – 김석희와 메도루마 슌의 경우를 중심으로」, 앞의 책, 118쪽.

42 왕철은 현기영 문학이 고발문학에 속하는 것은 틀림없지만, 보복보다는 "떳떳한 증오"를, 증오보다는 "용서"를 지향하는 문학이라고 규정한다(왕철, 앞의 글, 203~206쪽). 그의 시적대로 「아스팔트」(1984)가 가해자의 뉘우침을 강조했다면, 「길」(1981)에서는

화해 가는 모습을 보인다.[43]

이에 더하여 주목해야 하는 것은 오키나와 전투와 제주 4·3의 상흔을 드러내기 위한 두 작가의 기억투쟁은 여전히 현재진행형이라는 점이다. "해군기지 건설은 자연학살"[44]이라며 제주 강정마을 해군기지 건설 반대 투쟁에 앞장 선 현기영과 "후텐마普天間기지 철거"와 "헤노코辺野古 이전 단념"[45]을 촉구하며 기지문제 전면에 나선 오시로의 행보는 지난 폭력의 기억을 잊지 않고, 언제 다시 위협해 올지 모르는 폭력의 징후들과도 맞서 싸우고 있는 점에서 정확히 겹쳐진다. 앞으로 남은 과제는 오키나와문학과 제주 4·3문학이 냉전하 동아시아의 저항 가능성과 평화적 연대를 상상하고 실천케 하는 중요한 마중물이라는 것을 현재진행형인 두 섬의 반기지운동과 관련해 사유하는 일이 될 것이다.

피해자 가족의 적대심리가 용서로 변화해 가는 과정을 보이고 있으며, 「목마른 신들」(1992)의 모티브 '4·3 원혼굿'을 통해 '진혼'의 의미도 엿볼 수 있을 듯하다.

43 복귀가 임박한 1970년 12월에 발표한 「문화창조력의 회복」에서 오시로는 "진정한 '복귀'란 문화창조력의 회복이라고 생각한다. 언뜻 두 개의 얼굴을 갖고 있는 듯 보이는 오키나와 주체성의 혈액은 역시 하나"(大城立裕, 「文化創造力の回復」, 『新沖縄文学』 18, 1970, 大城立裕, 『沖縄, 晴れた日に』, 家の光協会, 1977, 43쪽)임을 강조하며, 본토와 구별되는, 더 나아가 본토를 넘어설 수 있는 오키나와만의 문화창조와 공동체 구축을 제안한다. 이러한 주의주장은 오키나와 전통문화나 방언 등을 보존하고 계승하려는 노력으로 이어져 「니라이카나이의 거리(ニライカナイの街)」(1969), 「파나리누스마 환상(ぱなりぬすま幻想)」(1969) 등의 작품을 통해 발현되고 있다.

44 현기영('강정마을을 사랑하는 육지 사는 제주사름' 대표), 「해군기지 건설은 자연학살이에요」, 『씨네 21』, 2011.12.8(http://www.cine21.com/news/view/mag_id/68313[검색일: 2019.11.10]).

45 大城立裕, 「生きなおす沖縄」, 『世界(特輯 沖縄 何が起きているのか)』(臨時増刊号) 869, 2015, 14~20쪽.

'집단자결'을 둘러싼 일본 본토(인)의 교착된 시선

소설 · 르포르타주 · 증언

1. 오키나와 '집단자결'을 둘러싼 일본 본토(인)의 교착된 시선

오키나와의 '집단자결'을 테마로 한 소설은 저자가 조사한 바로는, 오시로 다쓰히로大城立裕의 『신의 섬神島』(『新潮』, 1968.5), 소노 아야코曽野綾子의 『잘려나간 시간切りとられた時間』(中央公論社, 1971), 「무위撫慰」(『新潮』, 1972.8), 「새벽이 오기 전에夜の明ける前に」(『小説宝石』, 1972.1), 야마시타 이쿠오山下郁夫의 「도카시키섬渡嘉敷島」(『作家』, 1968.9), 사키 류조佐木隆三의 「합동위령제合同慰霊祭」(『文藝首都』, 1970.6), 오시로 사다토시大城貞俊의 『아이고 오키나와六月二十三日 アイエナー沖縄』(インパクト出版会, 2018) 정도로 보인다. 이들 몇 편 안 되는 '집단자결' 관련 소설은 오시로 사다토시 작품을 제외하고 모두 1970년을 전후한 시기에 간행되었다. 후술하겠지만 이 무렵은 오키나와 문제, 특히 '집단자결'을 둘러싼 책임 문제(군의 강제 여부)를 둘러싸고 서로 상반된 입장을 피력한 것으로 잘 알려진 오에 겐자부로大

江健三郎와 소노 아야코의 르포르타주 간행 시기와도 맞물린다.

그간 집단자결이 어떠한 맥락에서 쟁점화되어 왔는지, 또 관련 소설은 어떤 배경에서 등장했는지 간략하게 언급해 두자. 우선 '집단자결'이라는 용어를 처음 사용한 것은 『오키나와타임스沖縄タイムス』에서 간행된 『철의 폭풍鉄の暴風』(1950)이라고 알려져 있다. 원래 군이 패배를 책임지기 위해 행하는 '옥쇄', '자결', '자폭' 등의 용어가 오키나와 전투에서는 민간인에게까지 확대 적용된 특수한 상황이었음을 드러내기 위한 저자 오타 료하쿠太田良博의 전략적 의도에서였다. 이후 '집단자결'이 군의 명령에 의한 것임을 분명히 해갔다. 또 다른 한편에서는 오키나와 주민의 희생과 자발성을 강조한 '군민일체의 전투협력', '조국방위의 순국정신'과 같은 전쟁 미담이 만들어지기도 했다. 전몰자 유족과 부상자를 대상으로 한 '원호법戦傷病者戦没者遺族等援護法'의 시행 등은 이러한 흐름을 더욱 가속화하였다. 군의 명령에 의한 것인지, 주민의 자발에 의한 것인지 논의가 분분한 가운데 집단자결이 공적 담론으로 부상하는 것은 1980년대에 들어서다. 1982년 역사 교과서에서 '오키나와 주민학살' 관련 내용을 삭제한 것에서 시작되어 80년대 후반부터 '집단자결'인가, '주민학살'인가를 둘러싼 공방이 펼쳐졌다. 새삼 언급할 것도 없이 우파를 포함한 일본 본토의 보수 내셔널리스트들은 집단자결이 스스로 선택한 '자살'이었다고 주장하고, 오키나와 민중의 입장에서 사태를 바라보는 측은 일본군에 의한 '강제사'라고 규정한다. 그러나 양쪽 모두 '집단자결'에 이르는 과정을 지나치게 단순화한 한계를 노정한다.

이러한 입장은 어디까지나 '일본군 가해자 vs. 오키나와인 피해자'의 구도를 전제로 한 것으로, 집단자결에 이르는 과정은 '오키나와 vs. 일본', '가해 vs. 피해', '자발 vs. 강제'라는 이항대립 축으로 설명할 수 없는, 이 모든 정황들이 어둡게 맞물려 중층적이고 복합적으로 작동한 결과로 보아야 마땅하다. 이 같은 인식의 틀이 갖춰지는 것은 1990년대 중반 이후로, 하야시 후미히로林博史, 도미야마 이치로冨山一郎, 야카비 오사무屋嘉比収, 강성현 등의 연구자들이 등장하면서부터다.[1]

지금부터 살펴볼 '집단자결'을 테마로 한 소설들은 모두 1970년을 전후한 비교적 이른 시기에 간행된 것으로 '집단자결'에 대한 사회적 인식이 아직 형성되기 이전에 해당한다. 한 가지 분명한 것은 이 무렵 오키나와의 본토 복귀가 구체화되면서 오키나와에 대한 관심도 그 어느 시기보다 고조되었다는 사실이다. '집단자결' 문제에 누구보다 먼저 관심을 갖고 이를 본격적으로 소설화한 것은 오키나와 출신 작가 오시로 다쓰히로라고 할 수 있다. '집단자결' 문제를 소설 전면에 배치한 『신의 섬神島』은 오키나와 출신이 아니면 접근하기 어려운 중층적이고 복안적인 사고로 충만하다. 무엇보다 가해자로서의 책임을 본토인들에게만 묻고 있지 않고 오키나와 내부, 즉 '집단자결'을 명하고 정작 자신은 살아남은 자들의 책임 소재에 대해서도 집요하게 캐묻는 장면은 이 소설에서 가장 눈여겨 보아야

1 차례로, 『오키나와 전투와 민중(沖縄戦と民衆)』, 大月書店, 2001; 『전장의 기억(戦場の記憶)』, 日本経済評論社, 1995; 『오키나와 전투, 미군 점령사를 다시 배운다 – 기억을 어떻게 계승할 것인가(沖縄戦, 米軍占領史を学びなおす – 記憶をいかに継承するか)』, 世織書房, 2001; 강성현, 「'죽음'으로의 동원과 이에 대한 저항 가능성 – 오키나와 '집단자결'의 사례를 중심으로」, 정근식 · 주은우 · 김백영 편저, 『경계의 섬, 오키나와 – 기억과 정체성』, 논형, 2008.

할 부분이다. 그런데 시선을 오키나와에서 본토 쪽으로 옮겨보면, 본토인의 입장이 제대로 반영되고 있다고 보기 어렵다. 그들의 입장이 구체적으로 어떠한지는 본토 출신 작가의 작품을 통해 엿볼 수 있을 것이다.

이 글에서는 다음과 같은 두 가지 측면에 주목하고자 한다. 첫째, 작가 자신은 물론 본토인, 오키나와인 모두에게 불편할 수밖에 없는 '집단자결'을 다룬 소설 가운데 본토 출신 작가의 작품에 주목하여 그것이 오키나와 출신 작가의 표현 방식과 어떻게 다른지 대비하여 살펴보고, 둘째, 일본 본토의 양심적 지식인으로 대표되는 오에 겐자부로와, 같은 본토 출신이지만 그와 극명한 인식의 차이를 보이는 극우 성향의 소노 아야코의 '집단자결' 관련 르포르타주 및 '오키나와 집단자결 재판' 경과 등을 참고로 하여 '집단자결'을 둘러싸고 복잡하게 얽힌 본토인의 인식에 심층적으로 다가가보고자 한다.

2. 본토 작가가 그리는 '집단자결'

— 「도카시키섬」·「합동위령제」·『잘려나간 시간』

1) 「도카시키섬」·「합동위령제」

우선 살펴볼 작품은 야마시타 이쿠오의 「도카시키섬」이다. 작가 야마시타 이쿠오에 대한 정보는 자세히 확인할 수 없었지만, 1950년대 중반부터 80년대 중반까지 「도카시키섬」이 게재된 『작가作家』를 비롯한 『탑塔』, 『규슈인九州人』 등의 잡지에 여러 편의 단편을 발표한 후쿠오카현福

岡県 출신 작가라는 것 정도를 알아낼 수 있었다.[2] 1951년 8월호 『문예수도文藝首都』의 작가 소개란에 따르면, 미쓰이三井 광산에 근무한 이력이 있으며, 1960년 3월부터 9월에 걸쳐 전후 최대의 노동쟁의라고 일컬어지는 미이케 쟁의三池争議에 참여한 사실도 발견된다. 광산 노동자의 열악한 처우에 대한 문제의식이 오키나와 전투의 폭력적 사태에 대한 관심으로 이어졌으리라는 점은 상상하기 어렵지 않을 것이다.[3]

이 작품이 흥미로운 것은 본토 출신이지만 '집단자결'이라는 비극을 피하지 않고 객관적, 사실적으로 묘사하려는 노력이 돋보인다는 점이다. 피해 당사자인 오키나와인의 시점에서 일관되게 서술하고 있으며, 황민사관으로 덧칠된 '옥쇄玉砕'라는 표현 대신 '집단자결'이라는 용어를 내세움으로써 오키나와 전투에 대한 문제의식을 선명히 하고 있다. 물론 '집단자결'이라는 용어의 선택에 있어 어떤 포지션에서 어떤 의미로 발신하느냐에 따라 내포하는 의미가 전혀 달라지기 때문에 주의를 요하지만 야마시타 이쿠오의 포지션은 '군의 명령에 의한 강요된 선택'이라는 점을 철저히 부정하는 역사수정주의자들의 그것과 대극점에 자리하는 것은 분명해 보인다. 왜냐하면 '집단자결'이 '군의 명령에 의한 강요된 선택' 혹은 '어쩔 수 없는 극단적인 선택'이라는 점을 분명히 하고, '집단자결'이라는 비극이 발생한 이후 살아남은 자와 남겨진 가족들이 처해진 상황을 작가가 매우 공들여 묘사하고 있기 때문이다. 1968년 같은 해에 나란

2 1916년 후쿠오카현 출생. 주오대(中央大) 법학과 졸업. 주요 작품으로는, 「우기(雨期)」(『文藝首都』, 1942), 「반혁명(半革命)」(『作家』, 1951), 「족쇄(足枷)」(『作家』, 1954), 「시라누이(不知火)」(『塔』, 1960) 등의 단편이 있다.

3 『文藝首都』 1951.8, 文藝首都社, 67쪽.

히 발표된 『신의 섬』과 「도카시키섬」. 오시로가 '집단자결' 문제를 전후 20여 년이 흐른 '기억'의 문제로 접근했다면, 야마시타는 '집단자결'이라는 사태가 발생한 직후의 '현재'적인 문제로 다루고자 한 점에서 두 작품의 차이를 가늠할 수 있다. 또한, 소설의 타이틀을 선정하는 데에 있어서도 두 작가의 차이가 엿보인다. 요컨대 도카시키섬은 자마미座間見, 게루마慶留間섬과 함께 '집단자결'의 피해가 발생한 지역으로 알려져 있는데, 그 가운데 도카시키섬에서만 300명이 넘는 사망자가 발생하는 등 피해가 가장 컸던 것으로 보고되고 있다. 이에 야마시타는 '도카시키섬'이라는 소설의 타이틀에서부터 '집단자결'을 강하게 상기시키는 르포 형식으로 집필한 반면, 오시로는 실제 '도카시키섬'을 배경으로 하고 있지만, '가미시마神島'라는 가공·상상의 섬으로 에둘러 표현함으로써 어디까지나 소설(픽션)임을 드러내고 있다.

그렇다면 이러한 차이들은 무엇을 의미할까? 「도카시키섬」 안으로 들어가 보도록 하자.

주인공 이하 이쿠에伊波生栄를 비롯한 마을 주민들은 온나가와하라恩納河原에 집결하여 '집단자결'을 결행하기로 한다. 같은 장소의 산 정상에서는 미군의 총포 사격이 이어지고 있다. 아내 미쓰美津는 '집단자결'이 아닌, 미군의 총에 맞아 숨을 거둔다. 이쿠에도 산 정상에 있는 미군 진지 쪽으로 몸을 돌려 죽음을 맞을 준비를 하지만 뜻대로 되지 않는다. '집단자결'에 실패한 이쿠에는 어린 딸 에이코(6살)와 누나의 딸인 젖먹이 조카 기쿠코菊子를 이끌고 피난동굴로 피신해 간다. 피비린내 나는 죽음의 장 '자결장'에서의 고비는 넘겼지만, 이번엔 식량부족으로 또 다른 죽음에 맞서 사투를 벌이는 이들이 묘사되고 있다. 어린 딸의 고구마를 동냥하는 조선인 군부, 그런 그를 가엽게 여겨 먹다만 고구마를 건네주는 어린 딸, 그러나 그것조차 받아먹을 기운이 없어 딸 앞에서 쓰러져 버린 조선인 군부, 오늘을 넘기지 못하고 굶어 죽게 될 걸 알면서도 조선인 군부를 매정하게 내쫓아 버리는 이쿠에. 이쿠에는 온나가와하라에서 마을 주민 모두가 집단자결한 날, 틀림없이 죽었다고 생각한 여동생 레이코가 살아있다는 소식에도 전혀 기뻐하지 않는다. 턱없이 모자란 식량이 여동생의 입까지 더해지게 되면 남은 세 사람의 생명도 보장할 수 없게 되기 때문이다. 피난처에서 어린 딸이 울음을 터트리자 미군에게 발각될 것을 염려해 온나가와하라에 버리고 왔으면 좋았을걸 하고 생각하는 장면도 등장한다. 아내 미쓰가 빈 젖을 물려가며 죽음 직전까지 엄마 잃은 젖먹이 조카를 지켜낸 장면을 제외하고는 참혹한 전화 속에서 목숨을 부지하려는 인간의 원초적인 본능이 소설 전체를 지배한다. 그런 가운데 요소요소 오키나와 전투에서 우군이어야 할 일본군이 오키나와 주민을 보호하기는커녕 스파이라는 명목으로 살해를 일삼고 여성(그것도 임신한 여성)을 윤간하는 장면이라든가, '집단자결'의 명령 주체가 일본군이라는 점 또한 거듭해서 묘사되고 있다. 몇몇 장면만 인용해 보도록 하자.

> 온나가와하라에서 이타쿠라(板倉) 대대장의 명령으로 비전투원인 마을 주민이 집단으로 자결하지 않으면 안 된다는 것을 안 순간, 레이코는 구니요시(国吉) 소위를 만나 마지막 석별의 정을 나누었을 터다. 구니요시 소위가 죽지 말라고 말했을 리가 없다. (…중략…) 뜻하지 않게 자결 명령이 대대장

으로부터 내려졌던 것이다. 방위대로부터 건네받은 수류탄 32발과 여기에 20발을 나눠받고는 온나가와하라로 결집했다. 촌장은 천황폐하 만세 삼창을 한 후 웃으며 죽으라고 했다. 아이들은 비가 내려 수량이 풍부해진 계곡에서 얼굴을 씻고, 죽음을 앞둔 것도 모른 채 죽기 직전까지 뛰어놀았다. 부녀자들은 머리를 빗고 모습을 단정히 한 후 친척들과 마지막 식사를 나누었다.[4]

"결국 도민에게 죽으라는 말이 아닙니까? 우리도 같은 일본 국민입니다. 총후(銃後)의 국민입니다. 싸우라고 하면 우리들도 싸울 겁니다."

"대대장은 도민이 살아 있을 거라고 생각하지 않는다. 도민은 3월 28일, 온나가와하라에서 전원이 죽었다고 믿고 있다. 자결 명령을 내렸으니, 뭔가 잘못된 게 아닌가?"

"그렇다면, 죽여주시오. 자, 아이도 당신이 죽여주시오. 우리들은 자결 명령 위반자이니. 비(非)국민입니다. 군에게 협력하지 않겠소."[5]

첫 번째 인용문에서는, '집단자결'의 명령 체계가 일본군 대대장으로부터 촌장을 거쳐 마을 주민들에게 전달되는 구조, '집단자결'을 천황을 위한 신성한 죽음 '옥쇄'로 정당화해 간 모습 등을 확인할 수 있다. 이 외에도 '집단자결'을 완수하지 못한 주민을 방공호에서 내쫓고 식량 배급을 거절하자, 이쿠에는 스스로를 "자결 명령 위반자", "비국민"으로 호명하며, 주민을 보호해야 할 일본군이 주민의 희생을 통해 존재하는 아이

4 山下郁夫, 「渡嘉敷島」, 『作家』, 1968.9, 62쪽.
5 위의 책, 68쪽.

러니한 상황과 오키나와(인)는 더 이상 일본(인)이 아니라는 사실을 거침없이 폭로한다. 여기서 주목해야 하는 것은, 야마시타 이쿠오의 '집단자결'에 이르는 과정과 그 이후의 상황 묘사가 앞서의 오키나와 출신 오시로 다쓰히로의 그것과 미묘하게 변별되며, 우파 계열의 소노 아야코의 방식과도 상당한 차이를 보인다는 점이다.

또 다른 본토 출신 작가 사키 류조의 「합동위령제」의 경우도 본토인의 입장에서 오키나와의 집단자결을 상대화하려는 노력이 돋보인다. 1970년 4월 28일 '합동위령제'라는 기념일을 계기로 드러나는 오키나와와 본토의 미묘한 입장의 차이, 오키나와 내부의 온도차, 본토인의 위선까지 정확하게 포착하여 폭로한다. 논픽션 작가로 알려진 사키 류조의 이력 가운데 흥미로운 것은 식민지 조선에서 출생하고(1937년 함경북도), 히로시마에서 원폭 목격 및 학창시절을 보내고, 오키나와에서 결혼생활을 하는 등 그야말로 전시-전후를 관통하는 격동의 역사와 장소를 경험하고 있는 점이다. 그의 오키나와에 대한 관심은 1971년으로 거슬러 올라가는데, 이 시기의 오키나와는 본토로의 복귀-반환을 앞두고 매우 어수선한 상황이었다. 실제로 사키 류조는 1972년 1월, 오키나와반환협정비준저지투쟁 오키나와 총파업(1971.11.17)의 주모자로 몰려 류큐경찰에 구류되기도 했으니[6] 「합동위령제」는 그야말로 작가의 실제 체험에 기반하고 있음을 간파할 수 있을 것이다.

소설은 오키나와 전투 당시 집단자결이 발생한 나카우라섬中浦島이라

6 12일간 구류되었다가 혐의 없음으로 풀려난다.

는 가공架空의 섬을 배경으로 하고 있으며, 시간축은 그로부터 25년이 흐른 1970년 4월 27일과 28일이다. 이곳 섬에서 중학교를 막 졸업하고 도쿄의 전기회사에 단체 취업이 확정된 소년이 화자로 등장한다. 소설의 첫 장면은 도쿄로 이사할 준비도 할 겸 어머니와 몇몇 친척들과 함께 나하의 숙모 댁에 들러 1박을 하고 그 다음 날 나카우라섬으로 향하기 위해 정박 중인 배 안에서 시작된다. 그 배는 출항하기로 한 시간을 53분이나 지체하고 불시검문까지 있은 후 겨우 출발한다. 그 이유는 오키나와 전투 당시 섬 수비대장이던 사와무라沢村 대위가 타기로 되어 있었는데 그가 늦게까지 출항을 망설였기 때문이다. 소설 속 오늘은 매년 4월 28일이 되면 나카우라섬에서 '집단자결'로 목숨을 잃은 이들을 위한 합동위령제가 열리는 날로, 사와무라 대위가 위령제에 참석한다는 소식을 접한 주민들이 항의 집회를 열기 위해 모여들어 일대 혼잡을 이루었다. 불시검문을 위해 정박해 있던 배 트랩에는 나카우라섬 향우회 청년들에 의해 "학살을 용서하지 않겠다! 사와무라 구旧 대위의 위령제 참가를 실력저지하자!"[7] 라는 문구가 내걸리고, "군국주의의 부활을 용서하지 않겠다"[8] 라는 청년들의 거센 함성이 울려 퍼졌다. 신문기자, 방송관계자 할 것 없이 배에서 내려 취재 경쟁까지 벌이는 통에 주변은 아수라장이 되었다. 결국 사와무라 대위는 합동위령제 참석을 단념하고 구旧수비대원들과 유족들만 태운 채 배는 나카우라섬으로 향하게 된다. 배가 우키시로섬浮城島을 통과할 무렵 선내 스피커를 통해 군함 행진곡과 구수비대원들의 「바

7 佐木隆三, 「合同慰霊祭」, 『文藝首都』, 文藝首都社, 1970.6, 89쪽.

8 위의 책, 91쪽.

다에 가면海行かば」이라는 군국주의를 상기시키는 군가 합창 소리와 함께 소년의 어머니가 심하게 구토하는 장면이 등장한다. 이는 나하항에서부터 사와무라 대위의 위령제 참가를 저지하는 청년들의 거센 항의를 목격하고도 별다른 반응을 보이지 않았던 어머니 역시 향우회 청년들과 마찬가지로 이들에 대해 저항감을 갖고 있음을 암시한다. 반면, 사와무라 대위를 섬에 초청한 촌장이나 선내 방송을 통해 위령제를 안내하며 행사를 주도해 간 교장은 섬 향우회 청년들과 인식을 달리하고 있는 것으로 보인다. 본토에 대한 반감뿐만 아니라 오키나와 내부의 분열된 목소리에도 귀 기울이려는 작가의 의도가 엿보인다.

한편, 섬 안에서는 사와무라 대위가 도착하면 온전히 돌려보내지 않겠다고 벼르고 있는 간키치寒吉 할아버지를 비롯해 '옥쇄'의 직접적 피해 당사자들의 이야기가 펼쳐진다. 섬에서 식당을 경영하는 간키치 할아버지는 오키나와 전투 당시 '옥쇄'를 결행한 경험이 있다. 이는 간키치 할아버지만이 아니다. 당시 15살, 12살이던 '나'의 어머니와 이소오磯夫 삼촌 역시 '옥쇄'를 결행하였으나 불발되는 바람에 살아남았다. 문제는 25년이 지난 현재에도 섬 주민들에게 지울 수 없는 후유증으로 남아 있다는 것이다. 다음 인용문은 오랫동안 금기시되었던 '집단자결'에 대한 언급이 표면으로 드러나면서 섬 공동체 내부의 갈등이 증폭되는 이 소설의 클라이맥스에 해당하는 부분이다.

> "위령제 공양물을 야스오(康男)에게 올리는 건 옳지 않아."
>
> "무슨 의미죠? 할아버지."

"무슨 의미라니, 그거야 야스오는 너도 알다시피……"

"옥쇄하지 않았기 때문에 공양 따위는 올리지 않아도 된다는 말씀인가요."

이소오 삼촌이 쓰루지로(鶴次郎) 할아버지의 몇 배는 되어 보이는 큰 목소리로 소리를 지르며 밥상을 두들기는 바람에 가다랑어 회가 접시에서 튕겨져 나가 락교가 담긴 종지에 들러붙었다.

"내가 못할 말이라도 했나……"

"옥쇄, 옥쇄, 옥쇄가 그렇게 훌륭한 일인가요? 그 때 죽지 못했던 우리들이 나쁘기라도 한 것처럼 말씀하시잖아요."

"아니, 이소오 씨, 쓰루지로 할아버지가 말씀하려던 것은 아마 그게 아니라……"

"선생님은 잠자코 계세요. 나카우라 출신도 아닌 주제에 뭘 안다고 끼어드는 겁니까."

이소오 삼촌은 중재에 나서려던 나카자토(仲里) 선생을 호통 치며 금방이라도 한 대 칠 듯한 얼굴을 하고 있었다. 어머니가 15세였으니 그 때 이소오 삼촌은 12살이라는 계산이 나온다. 목의 상처는 그날 생긴 게 틀림없다.

"아무리 기다려도 폭발하지 않았어. 몇 번을 바위에 대고 쳐봐도 불을 붙여 대어 보아도, 폭발하지 않았다구. 그래서 수류탄을 포기하고, 그 다음은……"[9]

'나'의 아버지 야스오의 제단에 위령제 때 올렸던 공양물을 올리려 하자 이를 말리는 할아버지와 삼촌 간에 격한 언쟁이 오고간다. 할아버지 입

9 위의 책, 96~97쪽.

장에서는 단순 감기로 사망한 '나'의 아버지와 '옥쇄'로 죽음을 맞이한 이들의 (신성한) '죽음'을 구분하지 않고 동일한 '죽음'으로 치부하는 것이 못내 못마땅했던 것이다. 그리고 둘의 언쟁을 중재하려는 나카자토 선생에게도 이소오 삼촌의 비난이 쏟아진다. 이 '옥쇄'를 둘러싼 대화 장면에서 세대 간의 경험의 차이만이 아니라 '옥쇄'를 결행하여 '죽음에 이른 자'와 (불발탄 등으로 실패하여) '살아남은 자' 간의 차이, 더 나아가 전쟁 이후 '옥쇄'를 바라보는 인식의 차이 등 '집단자결'에 대한 오키나와 내부의 미묘하고도 메울 수 없는 온도차를 확인할 수 있다. 말할 것도 없이 할아버지는 학도대, 의용군, 집단자결자 등의 '희생'을 부각시켜 '순국'으로 미화해 간 동시대의 분위기를 대변하는 인물이며, 이소오 삼촌은 그 반대편 입장에 선 인물이다.[10]

다른 한편으로는, 위령제에 참석하기 위해 섬에 들어온 구旧수비대원들과 그 유족들, 그리고 섬 주민들과 이들이 충돌하는 모습을 포착하기 위해 모여든 신문기자, 방송 관계자들의 목소리도 여과 없이 드러내 보인다. 기자들과 카메라맨들에 둘러싸여 이들과 일문일답을 하는 구수비대원의 발언 내용은 '집단자결'은 군(사와무라 대위)의 명령이 아니라는 것, 더 나아가 주민들 "스스로가 선택한" "자결"[11]이라는 점을 분명히 하고, 곧 있을 오사카 만국박람회(1970.3.14~9.13)를 시작으로 본토와 오키나와

10 이에 관한 논의는 오시로 마사야스의 「오키나와 전투의 진실을 둘러싸고 – 황국사관과 민중사관의 확집」을 참조 바람. 大城将保, 「沖縄戦の真実をめぐって – 皇国史観と民衆史観の確執)」, 石原昌家 · 保坂広志 · 大城将保 · 松永勝利, 『争点 · 沖縄戦の記憶』, 社会評論社, 2004, 26쪽.

11 佐木隆三, 앞의 책, 99쪽.

의 새로운 교류가 점차 활발해 질 것이라는 기대감으로 충만하다.

지금까지의 내용으로 볼 때, 「합동위령제」는 어디까지나 픽션이지만 1970년 당시의 본토와 오키나와, 그리고 미국의 관계까지 시야에 넣은 르포르타주에 가까운 소설임을 알 수 있다. 오에 겐자부로는 르포르타주 『오키나와 노트沖縄ノート』에서 특유의 성찰적 시야로 「합동위령제」의 배경이 되는 1970년을 전후한 시기를 이렇게 묘사한다. 오키나와의 본토 '반환'이 구체화되는 가운데 샌프란시스코 조약에 조인하고 오키나와를 버린 정치가 요시다 시게루吉田茂(1878~1967)의 '국장国葬'이 너무도 성대하게 치러지고 텔레비전에는 그에 관한 거짓 뉴스들로 넘쳐난다. 오사카 만국박람회 개회식에 참석한 일본 '지도자'들은 '오키나와 문제는 종결되었다'고 안도하며, 함께 초대받은 '선택된 민중' 대부분도 '지도자'를 따라 '오키나와 문제는 종결되었다'며 개운해 한다. 사토-닉슨 공동성명이 직간접적으로 안고 있는 위험과 배신을 확실히 파악하지 못한 채 본토 일본인들은 오키나와에 대한 이기심을 노골적으로 드러내는 그런 상황이다. 반면 만국박람회 개회식을 텔레비전 화면으로 지켜보는 오키나와 현지 주민들의 표정은 어쩐지 우울해 보인다. 또 다른 채널에서는 램퍼트James Benjamin Lampert 고등판무관(오키나와의 행정 책임자) 부부와 점잖은 미군들이 무료한 얼굴로 오키나와 전통 소싸움을 구경하고 있는 모습을 비춘다. 그 모습은 흡사 "식민지의 어느 화창한 날의 풍경"을 연상케 한다.[12]

12 『오키나와 노트』 가운데 제8장 「일본의 민중의식」의 내용을 거칠게 요약한 것이다. 大江健三郎, 『沖縄ノート』, 岩波新書, 2013, 182~201쪽.

「합동위령제」 안에도 " ―자, 지금부터 저축해서 만박万博에 가자"[13]라는 표어라든가, 중학교를 졸업하고 본토로 단체 취업을 하게 된 '나'가 (본토의 비용으로) 만국박람회 견학을 위해 도쿄로 가기 전 오사카를 경유할 것이라는 내용이 등장한다. 흥미로운 것은 오키나와 전투(정확히는 '집단자결')를 경험하지 못한 세대인 '나'의 포지션이다. '나'는 복잡하게 얽힌 기성세대의 인식 혹은 '집단자결'을 경험한 이들의 생각을 온전히 이해하지 못한다. 다만 분명한 것은, 이러한 '나'에게 카메라를 들이대며 웃어 보이라는 방송 관계자들이나 오사카 만국박람회에 오키나와 학생들을 초대하는 것으로 생색을 내려는 본토의 위정자들이나 모두 오키나와와 본토의 '새로운 교류'와 '친선'을 강요하는 '위선'적인 제스처라는 것을 '나'는 분명하게 간파하고 있다는 점이다. 더 나아가 본토와 오키나와 관계 속에서의 '나'의 포지션은 곧 작가 사키 류조의 포지션과도 겹쳐진다. 예컨대, 나하에서 새로 산 날짜를 볼 수 있는 시계가 4월 27일에서 4월 28일로 넘어가는 것을 감격적으로 맞이하는 '나'의 모습은 그런 점에서 매우 상징적이다. 그도 그럴 것이 이 4월 28일이라는 날짜는 1952년 샌프란시스코 강화조약이 발효된 날로, 오키나와의 입장에서 보면, 미 점령으로부터 독립한 본토와 달리 본토로부터 잘려나가 미군의 통치하에 그대로 남겨진 '굴욕의 날屈辱の日'이기 때문이다. 보통 '위령의 날'이라고 하면 오키나와 수비군사령관 우시지마 미쓰루牛島満가 자결한 1945년 6월 23일을 '종전終戦'의 의미를 담아 '위령의 날慰霊の日'이라는 이름으로 기념해 오

13 佐木隆三, 앞의 책, 87쪽.

고 있는데,[14] 사키 류조는 6월 23일이 아닌, 4월 28일 '굴욕의 날'을 '합동 위령제'의 날로 삼음으로써 본토의 위선적이고 기만적인 행태를 한층 더 증폭시켜 보이고 있다. 또한, '집단자결'을 둘러싼 용어 문제에 있어서도 앞서 살펴본 야마시타 이쿠오의 사유 방식과 또 다른 의미에서 자각적이다. 사키 류조의 경우, '집단자결'의 의미를 섬 주민의 '자발'적인 결단이라며 군의 관여와 책임을 회피했던 구수비대원의 주장을 비판적으로 그리고 있으며, '집단자결'이라는 용어대신 당시 주민들 사이에서 통용되던 '옥쇄', '옥쇄장玉碎場'이라는 표현을 사용하고 있다. 이 용어를 둘러싼 문제는 전후 오키나와에 대한 본토의 태도를 가늠하는 중요한 리트머스 시험지라는 것은 이어서 논의할 소노 아야코의 사례에서 확인할 수 있을 것이다.

2) 『잘려나간 시간』

그렇다면 소노 아야코는 '집단자결'을 어떻게 묘사하고 있을까? 결론을 서두르자면, 소노 아야코의 『잘려나간 시간切りとられた時間』(1971)은 이 두 작품과 다른 시각, 즉 구旧일본군과 일본 우파의 입장을 대변하고 있어 주목된다.

소노 아야코의 오키나와에 대한 관심, 정확히는 '집단자결'을 둘러싼

14 '종전'의 함의가 담긴 '8 · 15'만을 기억하고 기념해오고 있는 본토와 달리 오키나와에서는 '6 · 23 위령의 날', '4 · 28 굴욕의 날'을 기억하고 기념해 오고 있다. 참고로 '6 · 23 위령의 날'이 오키나와의 법정휴일로 정해진 것은 복귀운동이 활발하게 전개될 무렵인 1962년부터다. 福間良明, 「沖縄における「終戦の日」」, 川島真 · 貴志俊彦 編, 『資料で読む 世界の8月15日』, 山川出版, 2008, 49쪽.

일본군의 가해책임을 둘러싼 문제의식은 1968년 여름부터 『주간 현대週刊現代』의 기획으로 오키나와 현지에 머물며 취재한 것이 계기가 되어 구체화되었던 것으로 보인다. 본토와 오키나와 각지를 돌며 관련자를 만나고 방대한 분량의 기록을 수집하는 수고를 아끼지 않았다고 한다. 베테랑 기자 네 명과 취재반을 꾸려 오키나와 현지를 집중적으로 취재한 결과물은 『희생의 섬—오키나와여학생의 기록生贄の島—沖縄女生徒の記録』이라는 제목으로 1969년 4월 3일부터 7월 31일에 걸쳐 『주간 현대』에 연재되었으며, 이듬해 1970년 3월에 고단샤講談社에서 단행본으로 간행되었다. 내용은 부제에서 알 수 있듯이 오키나와 전투에 간호부로 동원되었던 오키나와 6개 고등여학교 생존자들을 비롯하여 미국과 일본 양국의 관련자들 약 200여 명의 증언을 담고 있다. 도카시키섬에서 있었던 집단자결을 취재하여 『어떤 신화의 배경 – 오키나와 · 도카시키섬의 집단자결ある神話の背景 –沖縄·渡嘉敷島の集団自決』이라는 제목으로 『제군!諸君!』에 연재하는 것은 1971년의 일이다.[15]

이 글에서 소노 아야코는 오키나와 전기戦記를 대표하는 『철의 폭풍鉄の暴風』(1950)에 수록된 증언과 기록이 현지를 취재하고 쓴 글이 아니라고 주장하며 집필자 중 하나인 오타 료하쿠太田良博와의 논쟁을 불러일으켰다.[16] 이에 오타는 바로 『류큐신보琉球新報』 지상에 반박문을 게재한다. 이

15 1971년 10월호부터 이듬해 9월호까지 연재. 이후, 1973년에 문예춘추사(文藝春秋社)에서 『'집단자결'의 진실(「集団自決」の真実)』이라는 제목의 단행본으로 간행되었다.

16 소노는 『철의 폭풍』은 필자인 오타가 집단자결지인 도카시키섬을 방문해 취재하지 않고, 직접 체험한 적 없는 단 두 명의 증언을 바탕으로 만들어진 '신화'라고 단언한다. 중요한 기록인 미군상륙 날짜(27일을 26일로)를 잘못 기재한 것은 그 하나의 예증이며,

후, 1985년 4월에 재점화되어 오타의 비판, 소노의 반론, 오타의 재비판 형식으로 한 달여 간 계속된다. 소노와 오타의 입장 차이는 명확하다. 즉 '집단자결'을 명령한 주체가 '일본군'인가 아닌가를 둘러싼 '진실' 공방으로, 오타는 집단자결이 권력에 의해 강제된 것이라는 주장, 소노는 주민의 자발에 의한 것이라는 상반된 입장을 보인다.

『어떤 신화의 배경』에서 소노가 주장하는 바의 진위 여부는 이토 히데미伊藤秀美의 『검증 어떤 신화의 배경検証 ある神話の背景』(紫峰出版, 2012)을 참고할 필요가 있다. 특히 '집단자결'과 '주민처형'에 관해 기술한 부분은 오키나와 민중의 전기를 완전히 배제한다든가 증언 및 인터뷰 대상을 자의적으로 취사선택한 정황이 엿보인다.[17] 그로부터 20여 년이 지난 2005년 오에 겐자부로도 유사한 문제로 민사소송에 휘말리는데, 여기에도 소노의 주장이 깊이 개입되어 있다. 1970년에 간행된 『오키나와 노트』(岩波新書)에 기술된 '집단자결'이라는 용어[18]에 내재된 일본군의 강제

이 '신화'로서의 『철의 폭풍』이 유족회의 『도카시키섬 전투개요』를 거쳐 『도카시키섬 전쟁 양상』으로 그대로 답습되고 있다는 주장이다. 그런데 이토 히데미의 『검증 어떤 신화의 배경』에 따르면 미군상륙 날짜가 26일 밤일 가능성도 배제할 수 없다고 한다. 그 진위가 어떠하든 정작 소노 자신이 중요한 논거로 삼고 있는 『진중일지』 역시 여러 버전이 있어 주의 깊은 검증이 요청된다.

17 소노 아야코는 감정을 앞세운 소모적인 논쟁으로 일관했다고 한다. 최근 간행된 이토 히데미의 『검증 어떤 신화의 배경』은 소노의 주장이 부당함을 조목조목 반박하고 있어 주목할 만하다. 伊藤秀美, 『検証 ある神話の背景』, 紫峰出版, 2012.

18 『오키나와 노트』에 '집단자결', '자결'이라는 용어가 등장하는 부분은 다음과 같다. "그런데도 '국체호지(国体護持)'를 위해 오키나와 민중들을 희생시킨 태평양전쟁 막바지의, 그 어떤 명분도 찾을 수 없는 오키나와 전투의 비참함을 굳이 다른 증거로 제시할 필요가 있을까? 게라마(慶良間) 열도에서 벌어진 7백 명이 넘는 노약자들의 집단자결에 관해서는 우에치 가즈부미(上地一史)의 『오키나와 전쟁사(沖縄戦争史)』가 명확히 기

성을 구일본군과 유족 측이 문제 삼은 것인데, 이때 유력한 논거로 삼은 것이 바로 소노의 『어떤 신화의 배경』이었던 것이다.[19]

지금부터 살펴볼 소설 『잘려나간 시간』은 『어떤 신화의 배경』을 연재하기 한 달 전인 1971년 9월에 중앙공론사中央公論社에서 간행되었다. 그런 의미에서 『잘려나간 시간』은 소설(픽션) 형식을 취하고 있지만 소노가 취재를 통해 수집한 증언, 인터뷰 기록물인 『어떤 신화의 배경』을 그대로 반영한 르포르타주에 가까운 내용으로 채워져 있으리라는 점은 어렵지 않게 추측할 수 있을 것이다.

술하고 있는 바, 본토에서 온 일본인 군대는 자신들이 살아남기 위해 "부대는 지금부터 미군에 맞서 장기전에 돌입한다. 따라서 주민은 부대의 행동에 방해가 되지 않도록, 또 부대에 식량을 제공하도록 깨끗이 자결하라"는 명령을 내렸다고 한다." 大江健三郎, 앞의 책, 69쪽.

19 아카마쓰 요시쓰구(赤松嘉次) 대대장 측 유족이 오에 겐자부로와 출판사 이와나미서점(岩波書店)을 상대로 민사소송을 제기하나, 오랜 법정 공방 끝에 2011년 일본 사법부는 최종적으로 오에의 손을 들어주었다. 책이 간행된 지 무려 35년이나 지난 시점에서 뜨겁게 점화된 이른바 '오키나와 집단자결 재판'은 집단자결을 둘러싼 논리가 어떻게 충돌하고 균열을 일으키는지 보여주는 좋은 사례라고 하겠다. 무엇보다 재판 과정에서 '집단자결'이라는 용어를 일본군의 책임을 명확히 한 '강제된 집단사(強制された集団死)'로 고쳐 부를 것을 제안한 데에서 한층 더 확고해진 오에의 입장을 확인할 수 있을 것이다. 그 입장의 일부를 옮겨보면 다음과 같다. "나는 『오키나와 노트』에서 일본군, 오키나와의 제32군, 그리고 두 개의 섬 수비대가 그 수직구조, 7백 명에 가까운 도민에게 '집단자살'의 죽음을 강제한 '죄'를 (여기서 주의를 요하는 것은 오사카지방법원에서 '집단**자결**'(강조는 원문)이라는 말을 사용하기에 나도 거기에 따라 진술서와 그것을 바탕으로 한 증언에서 그 용어를 사용해 왔다. 그러나 나는 오키나와에서 오랜 세월 논의해 온 여성들을 포함한 비전투원 도민들의 자살을 자결이라 부르는 것은 부당하다는 논의 쪽이 설득력이 있다고 생각한다. 따라서 이 글 이후부터 나는 강제된 집단사라는 말을 사용하고자 한다) '신(神)의 시점'에 선 것이 아닌, 인간의 눈으로 비판했다. 이 전쟁범죄가 한 개인의 (그가 악인이었기 때문에) 일어난 것이라고 나는 생각하지 않기 때문이다." 岩波書店 編, 『記録・沖縄「集団自決」裁判』, 岩波書店, 2012, 11쪽.

소설은 「낚시꾼釣師」(1장), 「여자女」(2장), 「신부神父」(3장)로, 크게 3장으로 이루어져 있다. 각 장의 제목에서 볼 수 있듯 세 명의 등장인물을 통해 20여 년 전 도카시키섬에서 발생한 '집단자결'의 실태에 접근해 들어간다. 이들 세 명의 공통점은 도카시키섬이라는 지극히 제한된 공간에서 '집단자결'의 비극을 동시간적으로 경험한 자들이라는 것이다. 처음 만난 사이임에도 끊임없이 서로의 기억을 확인하고 상기시키는 장면에서 같은 경험을 공유한 자들만이 갖는 강한 유대감을 읽어낼 수 있다. 먼저 소설 전체를 아우르는 역할을 하는 '낚시꾼'은 본토 출신으로 오키나와 전투 당시 일본군 병사로 도카시키섬에 들어와 있던 인물이다. 당시의 일본군의 입장을 대변하는 한편, '여자'와 '신부'가 경험한 '집단자결'의 기억을 끌어내는 역할을 한다. '여자'는 '집단자결'의 소용돌이 속에서 부모를 비롯한 가족 대부분을 잃었고, 자신의 손으로 어린 두 딸을 죽음으로 몰아넣은 장본인이기도 하다. 현재는 민박집을 운영하며 홀로 살아가고 있다. 마지막으로 '신부'는 '낚시꾼'과 마찬가지로 본토 출신이며, 도카시키섬에 포교를 위해 들어왔다가 전화에 휘말린다. '집단자결'을 결행했으나 목숨이 끊어지지 않아 고통스러워하며 자신을 죽여 달라고 애원하는 이들과 마주해야 했던 경험이 있다. 무엇보다 이 소설에서 눈에 띄는 것은 '집단자결'을 도모했거나 목격한 이들의 고백이나 증언이 하나같이 담담하다는 사실이다.

> "우리 집은 미타케(御嶽) 아래에 있었어요. 큰어머니와 큰어머니 딸과 나를 제외한 6명이 모두 죽었죠. 아버지, 어머니, 큰아버지, 남동생, 우리 딸 둘."

"4월 1일, 바로 그날 밤이군요."

"그래요, 그날 밤."

"남편은요?"

"남편은 이 지역 사람이 아니에요. 그 무렵은 자바에 있었어요. 돌아온 후 헤어졌어요. 예뻐하던 딸이 둘이나 죽었으니까요. 더 이상 이곳에 머물 이유가 없었겠죠. 게다가, 그 딸 둘은 내가 죽였어요."[20]

자신의 손으로 어린 두 딸을 죽여야 했던 충격적인 상황을 고백하는 장면임에도 '여자'의 비통함이나 슬픔은 전혀 감지할 수 없다. 자바에서 귀국한 남편에게도 '여자'는 아무런 내적 동요 없이 "내가 죽였어요"라고 말한다. 그뿐만이 아니라 '집단자결'의 순간을 더없이 평화롭고 아름답게 묘사한다.

"내 손으로 와카바(若葉)와 시오(潮)를 죽여야 한다고 생각했어요. 나는 입고 있던 몸빼의 끈을 풀었어요. 그것을 와카바의 목에 감고는 끌어안았어요. 나는 꼬옥 끌어안았어요. 이 아이가 태어난 이래 이렇게 힘주어 끌어안은 적이 없었죠."

"예뻤어요. 그때가 와카바 생애 중 가장 예쁜 모습이었죠. 발버둥도 치지 않았어요. 나의 품 안에 조그맣고 가냘프게. 나는 와카바가 또 다시 내 몸 안으로 들어오는 듯했어요. (…중략…) 나는 와카바를 발아래에 뉘이고 마찬

---

20 曽野綾子,「切りとられた時間」, 中央公論社, 1971.(『曽野綾子撰集』 2, 読売新聞社, 1976, 389쪽)

가지로 시오의 목에도 끈을 감았어요. 시오는 발버둥 쳤어요. 그리고는 갑자기 구역질을. 뜨거운 액체가 코에서 입으로 흘러나왔어요. 나는 보지 않았어요.(…후략…)"[21]

또한, '집단자결'을 일본군 병사와 아내의 사이를 의심한 남편의 질투에서 비롯된 것으로 묘사하는 장면도 등장한다. 방위소집병이던 이시카와石川는 부대에서 나눠준 수류탄을 들고 부대를 이탈해 아내와 2남 2녀, 그리고 가족 이외의 노나미野波라고 하는 일본군 소위와 함께 '집단자결'을 결행한다. 결과적으로 이시카와 일가족은 전멸하고 노나미는 손목이 절단되는 부상만 입고 살아남게 된다. 일본군과 오키나와 주민이라는 조금 색다른 조합의 '집단자결'의 사례는 '낚시꾼'의 입을 빌려 다음과 같이 그려진다.

그런데……그것은 ['자결장'으로 불러낸 일 – 인용자] 이시카와가 노나미 소위를 가족처럼 친밀하게 여겼기 때문이 아닐까. (…중략…) 이시카와 일가의 자결 소식을 들었을 때, 그는 가장 먼저, —몇백 분의 일의 확률이라고 해도—그것은 이시카와 방위소집병의, 노나미에 대한 복수의 살인미수였을지 모른다는 생각이 떠올랐다. 아니면 이시카와는 가족의 목숨을 담보로 해서 노나미의 희롱을 저지하고 아내를 지켜내고자 한 것일지 모른다.[22]

---

21 위의 책, 413쪽.

22 위의 책, 391쪽.

'집단자결'에 대한 다소 낯선 방식의 묘사는 이 외에도 더 있다. '집단자결'이 군의 명령에 의한 것인지, 주민의 자발에 의한 것인지를 둘러싼 문답이 오가는 장면이 그것이다.

> "자, 먼저 손님께 질문하겠는데, 당신들 군은 명령을 내리지 않았나요?"
>
> 여자의 눈동자가 빛난다.
>
> "무슨 명령?"
>
> "자결하라는 명령"
>
> 낚시꾼은 소리를 낮춰 웃었다.
>
> "군은 그럴 만큼 당신들에게 친절하지 않을걸요."
>
> 여자는 긍정도 부정도 하지 않은 채 가만히 낚시꾼을 바라본다.
>
> "순전히 내 생각이지만, 솔직히 말하면, 내 의식 안에는 당신들 일 따윈 전혀 들어 있지 않았어요. 그 당시 절박한 상황에서 살아 있는 게 좋은 건지, 죽는 게 나은 건지도 모르는 판이었고.
>
> (…중략…)
>
> 민초(民草), 라는 말을 입에 올리고는 곧 거뒀다. 다른 사람은 어떻게 생각할지 모르지만, 그 날 섬 주민들은 그들에게는 잡초 이상도 이하도 아니었을 게요.[23]

"군의 명령으로 죽지 않아도 되는데 죽었다, 라는 건가?"

23 위의 책, 408쪽.

"그런 면도 있지만."

"있지만, 그래서 어쨌다는 거죠?"

"무리하게 죽은 것도, 기뻐하며 죽은 것도 아니에요. 그런 건 모두 훗날 설명을 위해 만들어진 말에 불과하죠."[24]

일본군이 섬 주민들에게 자결하라는 명령을 내렸는지를 묻는 '여자'의 단도직입적인 질문에 '낚시꾼'은 '집단자결' 명령을 내릴 만큼 시간적 여유가 있었던 것도, 섬 주민들에 대한 관심이 있었던 것도 아니라는 말로 대답을 대신한다. 자국민을 보호해야 할 군의 역할을 사실상 방기한 것은 물론, "당신들"이라는 거듭된 표현에서 오키나와와 일본, 섬주민과 일본군을 구분하려는 인식도 엿볼 수 있다.[25]

"무리하게 죽은 것도, 기뻐하며 죽은 것도 아니"라는 두 번째 인용문의 경우, 표면적으로는 군의 논리와 민중의 논리 사이에서 균형을 유지하려는 것처럼 보이나, 앞서의 이시카와 일가나 여자, 신부의 사례에서 보듯, '집단자결'을 실행으로 옮긴 것도, 그 명령을 내린 것도, 그리고 '집단자결'을 피해 간 (실패한 경우 포함) 이에게 '비겁자'라는 낙인을 찍어 집단에서 배제해 간 것도 모두 오키나와 주민 자신들이라는 것을 분명히 함으로써 일본군의 책임을 면피하려는 작가의 의도를 읽어내는 일은 그

---

24 위의 책, 417쪽.

25 군의 명령이 아닌 섬 주민들 스스로에 의해 '집단자결' 사태가 발발한 것임을 유도하는 장면, 이를테면, "자, 그럼 묻겠는데, 당신들 섬사람들은, 그 날, 무엇하러 미타케에 올라간 겁니까?"라며 '여자'를 추궁하는 장면에서도 "당신들"이라는 용어가 등장한다. 위의 책, 407쪽.

리 어렵지 않을 것이다.

마에노 소토키치前野外吉는 이 소설의 해설에서 "가해자와 피해자를 명확히 구분하는 '고발'의 입장만으로는 알 수 없으며, 복잡하고 미묘하여 심도 있는 해결이 어렵다는 것을 간파"한 작품이자, "집단자결 문제를 내면과 신앙 문제로 전위시킨 작품"[26]이라고 높이 평가하였다. 마에노의 지적을 새삼 빌릴 것도 없이, '집단자결'이라는 인류 역사상 몇 안 되는 비극적 사태는 가해와 피해의 대립만으로는 설명 불가능한 일본(군)과 오키나와(주민) 내부의 차이와 차별을 노정하는 동시에, 그동안 암묵적으로만 존재해 오던 오키나와 내부의 불가항력적인 불신과 갈등과도 마주하게 했다. 오키나와 내부의 갈등, 분열 양상은 앞서의 사키 류조의 소설 안에서도 확인한 바 있다.

그런데 문제는 소노 아야코의 소설 속 등장인물들은 하나 같이 이렇듯 복잡하게 얽힌 가해와 피해의 구도를 제대로 내면화하지 못하고 있다는 것이다. 자신의 두 딸을 죽음으로 몰아넣어야 했던 복잡한 내면을 일체 드러내지 않았던 '여자'나 자국민을 보호해야 할 군의 역할에 대한 인식이 부재한 '낚시꾼', 그리고 여기에 더하여 '집단자결'의 비극을 특정 종교의 신앙심으로 수렴해 가는 '신부' 등이 그러하다.

> "죽여줘! 죽여달라고! 아파, 아프다구! 신부님! 당신이라면 가능하잖아요!?"

26 前野外吉,「解説」,『曽野綾子撰集』2, 앞의 책, 465쪽.

그 사람은 신부도 면식이 있는 마을 여자였다. 그녀는 머리와 함께 반쯤 찢겨진 귀를 어지럽게 늘어뜨리고 있었다.

(…중략…)

신부는 칼 한 자루, 낫 한 자루 갖고 있지 않았다. 얼마 후 신부는 자신의 주머니에 들어있던 수류탄을 생각해 냈다.

그것은 분명 신부로 하여금 선명한 희생의 냄새를 풍기는 행위였다. 신부는 귀한 수통의 물을 건네듯, 육체적 고통의 해방을 약속하는 한 발 남은 최후의 수류탄을 꺼내들려 했던 것이다. 수류탄을 잃는다고 생각하니 바로 공포감이 밀려왔다. 그러나 반면, 빨간 칠을 한 것처럼 피범벅이 된 여자를 고통으로부터 구하기 위해서는 그때 그것 말고 또 뭐가 있었을까.

(…중략…)

신부는 수류탄을 다시 주머니 속에 감췄다. 그리고 신부는 자신의 행위가 바로 자신을 **구원**하기 위한 것임을 깨달았다.[27] (강조는 원문)

'집단자결'에 실패한 여성이 극심한 고통을 호소하며 자신을 죽여 달라고 애원하지만, 신부는 이를 거절한다. 자신을 '구원'하기 위함이라고 스스로에게 변명하듯, 종교적 입장에서 충분히 취할 수 있는 행동이다. 그러나 종교라는 색채를 걷어 내고 보면 신부 역시 '집단자결'의 가담(가해) 책임에서 벗어나는 위치에 자리한다. 이때 신부가 본토 출신이라는 사실은 시사하는 바가 적지 않다.

---

27 曽野綾子, 앞의 책, 440~441쪽.

3. '좋은 관여' vs. '나쁜 관여'라는 우파의 (무)논리가 향하는 곳

소노 아야코가 소설을 통해 드러내고자 한 바는 마에노 소토키치가 지적하듯 명확하다. 즉, "늘 오키나와는 옳고, 본토는 나쁘고, 본토를 조금이라도 좋게 말하면 곧 오키나와를 배반하는 것"이라거나, "오키나와를 아프게 한 아카마쓰赤松 부대 사람들 편에서 조금이라도 논리를 찾으려 하는 행위 그 자체를 배신으로 간주하고, 파쇼라고 생각하는 것"[28]에 대한 문제제기라고 할 수 있다. 전형적인 극우 논객 소노 아야코는 이를 전후 일본의 "정형적定型的인 사고방식"[29]이라며 비판한다. 오키나와의 일본 '복귀'를 앞둔 민감한 시점부터 오늘에 이르기까지 오키나와의 '집단자결' 문제에 지속적으로 관심을 표명해 온 데에는 이렇듯 전쟁 책임, 전후 책임을 완전히 소거한 형태의 우파 중심, 본토 중심의 문제의식이 자리한다.

지금까지 살펴본 본토 출신 작가들의 세 편의 소설과 '집단자결' 관련 논쟁과 소송 등을 통해서도 몇몇 유의미한 논점을 도출할 수 있었는데, 그중 한 가지만 언급하면, 소노 아야코의 소설에는 부재하고 야마시타 이쿠오의 소설에는 등장하는, 일본군, 오키나와 주민과 같은 시공간에 분명히 함께 했을 '조선인 군부', '조선인'들의 존재이다. 야마시타 이쿠오는 오키나와 주민들이 처한 극한 상황을 묘사하는 가운데 소설 첫 장면부터 '조선인 군부'를 배치한다. 주인공의 어린 딸이 먹다 남긴 고구

28 前野外吉, 앞의 책, 464쪽.

29 위의 책, 464쪽.

마를 건네받을 힘도 없어 그 자리에서 쓰러져 버린 '조선인 군부'의 모습으로 말이다. 그런데 오키나와 출신 작가들로 시선을 돌려 보면, 오시로 다쓰히로, 마타요시 에이키, 메도루마 슌, 사키야마 다미 등은 이른 시기부터 오키나와 내에 함께 존재했던 조선인, 타이완인, 중국인의 모습(주로 '군부'나 '위안부')을 묘사해 왔다.[30] '집단자결'로 상징되는 전후 오키나와 문제를 오로지 군의 명령 여부, 가해와 피해의 틀 안에 가둬버리고 일본 본토와 오키나와의 대립 구도를 만들어 낸 것이 무논리로 일관해 온 우파의 유일한 논리라면 논리라고 하겠다.

소노 아야코와 쌍벽을 이루는 우파 논객 하타 이쿠히코秦郁彦는 2008년 3월, '오키나와 집단자결 재판'에서 오에 겐자부로와 이와나미서점이 승소하자 바로 이듬해에 『오키나와 전투 '집단자결'의 수수께끼와 진실沖縄戦「集団自決」の謎と真実』(PHP, 2009)이라는 제목의 책을 서둘러 간행한다. "군 명령의 유무를 둘러싸고, 전사戦史의 심층에 파고든다!"라고 큰 글씨로 강조한 띠지가 이 책의 성격을 잘 말해준다. 그 가운데 소노 아야코와의 대담(「오키나와의 '비극'을 직시한다 — 역사와 문학의 틈새에서」)이 눈길을 끄는데, 대담 내용은 따로 거론할 필요도 없이 『잘려나간 시간』에서 소노가 어떤 식으로 일본 우파와 구일본군의 입장을 대변해 왔는지 그 실체를 적나라하게 확인할 수 있다. 『잘려나간 시간』 속 피해 당사자들인 오키나

---

30 전후 지금에 이르는 오키나와 안의 조선인의 모습, 특히 오키나와 전투 당시 오키나와와 조선인의 관계에 대해서는 오세종의 다음 책에 자세하다. 오세종, 손지연 역, 『오키나와와 조선의 틈새에서 — 조선인의 '가시화/불가시화'를 둘러싼 역사와 이야기』, 소명출판, 2019.(일본어판은 吳世宗, 『沖縄と朝鮮のはざまで — 朝鮮人の〈可視化/不可視化〉をめぐる歴史と語り』, 明石書店, 2019)

와인의 내면이 그토록 철저히 소거되었던 것도 같은 맥락에서다.

소노의 주장에 손을 들어주며 하타가 비판하는 "나쁜 가해자와 옳은 피해자를 명확하게 구분하지 않고는 견딜 수 없어 하는 '고발'의 논리"[31]는 분명 우파의 공격이 향하는 대극에 자리한 논리이지만, 거꾸로 우파의 (무)논리로 회수되어 버릴 위험성도 간과할 수 없을 것이다. '나쁜 가해자'와 '옳은 피해자'라는 단선적 이해에 대한 경계도 필요하지만, 보다 중요한 것은 일본군이 '집단자결'에 관여했다고 하더라도 '좋은 관여'와 '나쁜 관여'로 구분[32]해야 한다는 우파의 (무)논리가 어디로 향하고 있는지 보다 철저하게 비판하고 주시하는 일이 될 것이다.

31 위의 책, 484쪽.

32 秦郁彦, 「集団自決問題の真実同調圧力に屈した裁判所」, 『沖縄戦「集団自決」の謎と真実』, PHP, 2009, 236쪽.

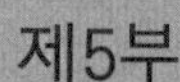

제5부

동아시아의 평화와 연대를 향한 오키나와문학

아시아의 상흔 겹쳐보기

오키나와 전투와 한국전쟁을 둘러싼 문학적 응전방식

1. 두 개의 전쟁 상흔 – 『기억의 숲眼の奥の森』 · 『아베의 가족』

올해(2020)는 오키나와 전투(1945) 발발로부터 75년이 되는 해이자, 한국전쟁(1950~1953) 발발로부터 70년이 되는 해이다. 반세기 이상이 흘렀지만 두 개의 전쟁 모두 과거의 것이 아니다. 오키나와현의 면적은 일본 전체의 0.6퍼센트에 지나지 않는다. 거기에 재일미군전용시설의 70퍼센트가 집중되어 있다. 일상적으로 군대와 접하고 있는 것은 오키나와 전투 체험자에게 전쟁에 대한 기억을 떠올리는 것으로 이어진다. 한국 역시 한국전쟁의 결과로 남북한이 분할 · 대치하는 경계선이 그어졌으며, 그 경계선은 오늘날까지 견고하게 '분단'이라는 냉전의 역사를 지탱하고 있다. 두 전쟁 모두 무고한 민간인들의 희생이 컸고, 그 상흔이 비가시화된 형태로 일상을 지속적으로 개입 · 지배하고 있는 것이 현실이다. 자국을 보호한다는 미명하에 대량의 미군 주둔을 허용하고 있는 점도 동일하다. 이와 같은 공통의 자장들은 두 개의 전쟁이 식민주의의 팽창과 몰락, 그리고 이후 미국의 동아시아 전략이라는 새로운 세계 질서 속에서 해석되고, 이에 대한 성찰적 사유가 공유될 필요가 있음을 시사한다.

지금부터 살펴볼 메도루마 슌과 전상국은 바로 이 오키나와 전투와 한국전쟁으로 인한 외상(상흔)에 누구보다 민감하게 반응해 온 작가라고 할 수 있다. 여러 작품 가운데 특히 『기억의 숲』과 『아베의 가족』이 그러한데, 두 작품에 공통적으로 흐르는 요소를 대략적으로 꼽아 보더라도 다음과 같이 적지 않다. 첫째, 전쟁이 남긴 상흔, 그중에서도 미군(미국인)에 의한 자국 여성의 강간사건을 주요 모티프로 삼고 있는 점, 둘째, 강간의 피해를 입은 여성은 정신이상, 우울증의 수순을 밟으며, 남성의 존재는 자국 여성을 대신해 보복, 응징하는 위치에 서게 되는 점, 셋째, 외부의 폭력에 민감하게 반응하는 동시에 내부의 자기분열적인 모습 또한 놓치지 않고 형상화하고 있는 점(『기억의 숲』에서 사요코의 임신이 미군에 의한 것이 아니라 섬 남성들의 강간에 의한 것임을 암시하는 장면, 『아베의 가족』에서 여동생을 성폭행한 미국인들에게 분노를 느끼는 '나' 자신 또한 과거 여성을 윤간한 경험이 있음을 떠올리는 장면, 한국전쟁 당시 부상 입은 동료 병사와 무고한 민간인을 사살하고 탈영을 감행하는 '나'의 아버지 등), 넷째, 정신이상, 불구, 혼혈, 공동체(가족)의 붕괴, 학교폭력 문제 등을 폭넓게 다루고 있는 점 등을 들 수 있다.

잘 알려진 것처럼 메도루마 슌은 전후 오키나와 사회에 내재되어 있는 다양한 폭력의 징후들, 그리고 그 폭력의 징후들에 맞선 저항 가능성, 지적 상상력을 문학이라는 장에 매몰되지 않고 매우 구체적이고 실천적인 방식으로 드러내 왔다. 이러한 감각은 앞서 말한 식민지와 냉전 이후의 동아시아를 상상하고 이해하는 데에 매우 중요한 참조점을 제공한다.

전상국 역시 한국전쟁을 거치며 마주한 공동체 붕괴와 집단폭력의 양태를 '분단' 이후의 문제로 끌어와 전시-전후를 연속적 시야에서 사유하고자 한 점에서 주의를 요한다.

이 두 작가의 작품을 읽기 위해서는 우선 '대항폭력counter violence'이라는 개념을 염두에 둘 필요가 있다. 이 용어는 『대지의 저주받은 자』에서 프란츠 파농이 제기한 것을 차용한 것인데, 잘 알려진 것처럼 파농은 제3세계를 향해 인간성 타락의 주범인 식민지배자들에게 대항할 것을 호소하여 큰 호응을 얻었다. 메도루마 문학 연구에서는 이러한 파농의 인식을 현 오키나와가 직면한 폭력적 점령 시스템과 연결시켜 사유해 왔다. 또한 식민주의적 폭력에 대한 비판이나 폭력의 기억 문제로 접근하기도 하며, 메도루마 문학의 실천적(행동주의적) 측면을 적극적으로 평가하여 이를 '문학적 보복', '오키나와 리얼리즘'이라는 개념으로 규정하기도 한다.[1]

---

1 관련 논의로는 사토 이즈미(佐藤泉), 「1995~2004의 지층 – 메도루마 슌의 『무지개 새』론(1995~2004の地層 – 目取真俊『虹の鳥』論)」, 新城郁夫 編, 『錯乱する島 – ジェンダー的視点』, 社会評論社, 2008; 오자키 분타(尾崎文太), 「메도루마 슌의 『무지개 새』 고찰 – 프란츠 파농의 폭력론을 넘어(目取真俊, 『虹の鳥』考 – フランツ・ファノンの暴力論を越えて)」, 『言語社会』 5, 一橋大学大学院言語社会研究科, 2011; 다구치 모토이(谷口基), 「불가시적 폭력을 때리기 위하여 – 메도루마 슌의 『무지개 새』론(不可視の暴力を撃つために – 目取真俊『虹の鳥』論)」, 『立教大学日本文学』 97, 立教大学大学院文学研究科, 2006; 곽형덕, 「메도루마 슌 문학과 미국 – 미군에 대한 '대항폭력'을 중심으로」, 『일본문화연구』 56, 동아시아일본학회, 2015; 소명선, 「메도루마 슌의 『눈 깊숙한 곳의 숲』론 – 식민지주의적 폭력의 현재」, 『일본근대학연구』 54, 한국일본근대학회, 2016; 심정명, 「오키나와, 확장되는 폭력의 기억 – 메도루마 슌의 『무지개 새』와 『눈 깊숙한 곳의 숲』을 중심으로」, 『인문학연구』 52, 조선대 인문학연구원, 2016; 고명철, 「오키나와 폭력에 대한 문학적 보복과 '오키나와 리얼리즘'」, 『탐라문화』 54, 제주대 탐

한편, 전상국 소설의 경우, 전쟁문학과 분단문학의 틀에서 주로 논의되어 왔다. 이 가운데 본 주제와 관련이 있는 것으로는, 양공주, 미국이민, GI 등 한국전쟁 이후의 사회상을 미국과의 관련성 안에서 살펴보거나, 전상국 소설 전반에 흐르는 집단폭력이나 집단주의 문제를 1970년대 한국사회의 특수한 자장 속에서 파악하고 있는 논의 등을 들 수 있다.[2]

이상의 연구를 시야에 넣어 본 논의에서 새롭게 시도해 보고자 하는 것은, 각각 개별적으로 논의되어 왔던 『기억의 숲』과 『아베의 가족』을 아시아의 '상흔'이라는 관점에서 겹쳐보려는 데에 있다. 표면적으로는 유사한 형태로 전개되는 듯 보이는 두 작품이 대항폭력을 지탱하는 내적 논리나 방향성에 있어서 확연히 다른 행보를 보이고 있음을 지적하고, 더 나아가 아시아의 '상흔'이 겹쳐지는 지점이 의미하는 바와 공통의 '상흔'을 분유分有함으로써 폭력의 가능성을 불가능성으로 바꿔가는 문학적 응전의 가능성을 모색해 보고자 한다.

라문화연구소, 2017 등이 있다.

2　차례로, 강준수, 「『아베의 가족』과 헤밍웨이의 『누구를 위하여 종은 울리나』에 나타난 폭력성과 인간관계의 회복」, 『인문학연구』 105, 충남대 인문과학연구소, 2016; 엄현섭, 「한국전쟁과 미국 – 전상국의 『아베의 가족』을 중심으로」, 『국제어문』 71, 국제어문학회, 2016; 권명아, 「덧댄 뿌리에서 참된 뿌리로」, 『작가세계』, 1996.봄; 박수현, 「1970년대 전상국 소설에 나타난 집단주의」, 『국제어문』 61, 국제어문학회, 2014; 정재림, 「전상국 소설에 나타난 추방자 형상 연구 –「아베의 가족」, 「지빠귀 둥지 속의 뻐꾸기」를 중심으로」, 『한국문학이론과 비평』 55, 한국문학이론과 비평학회, 2012이며, 그 외에도 유임하의 『분단현실과 서사적 상상력』(태학사, 1998)은 한국 현대소설이 분단문제를 어떻게 인식하고 형상화해 왔는지 그 흐름을 파악하는 데에 참고가 되었다.

2. 『기억의 숲』과 『아베의 가족』 겹쳐 읽기

1) 『기억의 숲』

이 소설은 2004년 가을호부터 2007년 여름호까지 계간지 『전야前夜』에 총 12회에 걸쳐 연재되었던 것을 수정 · 가필하여 2009년 가게쇼보影書房에서 단행본으로 간행되었다. 작가가 『전야』라는 잡지를 선택하여 소설을 연재한 데에는 적지 않은 의미가 있는 것으로 보인다. 왜냐하면 『전야』는 전쟁체제로 기울어가는 일본 사회에 경종을 울리고, 이에 대항하기 위한 사상적 문화적 거점 구축을 목표로 하여 NPO 전야前夜에 창간된 그야말로 진보적 성향의 잡지이기 때문이다. 그런 점에서 작가 메도루마 슌이 추구하는 소설 세계와도 맞닿아 있다고 할 수 있다. 실제로 『전야』의 창간을 전후한 시기는, 미국에서 9 · 11 동시다발 자살테러가 발생하고 곧이어 아프가니스탄 전쟁이 발발하는 등 세계정세가 위태로운 상황이었다. 당시 미국 부시 대통령은 "국민들을 기아상태로 방치하고, 미사일과 대량파괴 무기로 무장하고 있다"고 비난하면서, 북한을 비롯한 이란, 이라크를 '악의 축'으로 지목하였다. 일본도 이러한 흐름에 편승하여 헌법을 어기고 자위대의 이라크 파병을 허용하고, 야스쿠니신사靖国神社 참배를 강행하는 등 한국, 중국과의 관계를 악화일로로 치닫게 하였다.

일본 사회의 우경화 분위기는 오키나와에 대한 인식에서도 그대로 드러난다. 2004년 오키나와국제대학沖縄国際大学에 미군 헬기가 추락하는 사건이 발생한 가운데 오키나와 내 반핵 · 반기지 운동에 대한 부정적 인식이 확산되고, 오키나와 전투에서의 '집단자결集団自決'의 강제성을 부정하는 역사수정주의의 움직임이 가시화되는 것도 이 무렵이다. 소설의 현재 시점이 2005년으로 설정된 것은 바로 이러한 일본 및 오키나와, 그리고 동시대의 세계정세를 민감하게 반영한 것이라 하겠다.

메도루마 슌은 2018년 『기억의 숲』 한국어판 간행에 부쳐 다음과 같은 작가의 말을 남겼다.

> 소설이므로 내용은 모두 허구에 해당하지만, 미군 병사 일행이 섬으로 헤엄쳐 건너와 사요코(小夜子)라는 여성을 강간한 작품 속 사건은 나의 어머니로부터 전해들은 이야기를 바탕으로 한 것이다. 오키나와 전투 당시 어머니는 11세였다. 당시 오키나와 섬 북부에 있는 야가지(屋我地) 섬에 살고 있었다. 섬 건너편 강에는 운텐항(運天港)이라는 항구가 있었는데 일본 해군 기지로 사용되고 있었다. 어뢰정과 특수 잠함정 등이 배치되어 있었기 때문에 항구는 군의 공격 대상이 되었고, 주변 주민들도 덩달아 피해를 받았다. (…중략…) 패전 후, 섬에서의 생활이 다시 시작되었다. 어느 날, 건너편 강가에서 헤엄쳐 온 수 명의 미군 병사들이 하의만 걸치고 마을 안을 배회하는 모습이 어머니의 시야에 들어왔다. 미군 병사들의 목적은 여성들이었고, 이웃집 여성이 미군 병사에게 납치되어 숲 안으로 끌려갔다. 여성이 돌아온 것은 다음 날 아침이었다고 한다. 이런 종류의 사건은 오키나와 각지에서 발생했다. (…중략…) 전쟁으로 인해 마음의 상처를 안고 살아가는 오키나와인의 문제는 소설 「풍음(風音)」, 「물방울(水滴)」, 「기억의 숲」 등에서 내가 반복해서 쓰고 있는 주제이기도 하다. 나는 오키나와 전투가 끝나고 15년 후에 태어났는데 어렸을 때부터 부모님과 조부모님이 들려주는 오키나와 전투 체험을 듣

고 자랐다. 대학에 들어가서 처음 쓴 단편소설도 오키나와 전투를 다룬 것이었다.[3]

전후 오키나와 사유의 출발이 오키나와 전투에서 촉발되었듯, 메도루마 슌의 작가적 출발 역시 "부모님과 조부모님이 들려주는 오키나와 전투 체험"에서 비롯되었음을 피력하고 있다.

소설의 배경은 1945년 오키나와 전투 당시와 그로부터 60여 년이 흐른 2005년 '현재'의 오키나와라는 두 개의 커다란 시간축을 자유롭게 넘나들며 전개된다. 또한 그 사이사이에 베트남전쟁과 9·11테러를 배치함으로써 끊임없이 되풀이되고 있는 폭력의 연쇄성을 상기시킨다. 이를테면, 전시기 미군 병사에 의한 오키나와 여성의 성폭력 사건에서부터 학교폭력(집단따돌림)으로 대표되는 사회 곳곳에 만연한 일상적 폭력에까지 주의를 환기시킨다.

이렇듯 성폭력에서 학교폭력, 전쟁, 테러에 이르기까지 다양한 층위의 폭력을 아우르고 거기에 더하여 전시에서 전후, 현재로 이어지는 긴 시간축을 작가는 어떻게 한 편의 소설에 다 담아낼 수 있었을까? 작가가 선택한 방법은 미군에 의한 오키나와 여성의 강간이라는 하나의 사건을 둘러싸고 이와 직·간접적으로 관련이 있는 시점인물을 다양하게 배치하는 것이었다. 누가 무엇을 은폐하고, 또 무엇이 은폐되어 왔는지, 겹겹이 쌓인 복잡한 사태가 작가 특유의 날카로운 성찰력으로 낱낱이 파헤쳐진다.

---

3 2018년 4월 29일, 오키나와문학연구회 주최로 제주대학교에서 열린 메도루마 슌 강연회 자료집에서 발췌하였다(「메도루마 슌 소설의 힘, 오키나와 문학의 세계성」, 9~10쪽).

오키나와 전투 당시 본도 북부의 작은 섬 해변에서 17세 소녀 사요코小夜子가 여러 명의 미군 병사들에게 윤간당하는 사건에서 촉발되어, 평소 사요코를 염모하던 소년 세이지盛治가 바다 속으로 뛰어 들어가 가해자인 미군 병사들을 작살로 찔러 복수하는 내용으로 요약할 수 있는데, 이 사건을 작가는 여러 명의 시점으로 조명한다. 소설에는 별도의 장 구분은 되어 있지 않지만, 시점인물에 따라 편의상 10개의 장으로 나누어 살펴보기로 한다. 이를 소설의 흐름에 따라 정리하면, 사요코가 성폭행을 당한 장소에 함께 있었던 후미フミ(1장)와 히사코久子(3장·4장), 마을 구장 가요嘉陽(2장), 세이지(1장, 5장), 오키나와 출신 소설가(6장), 폭력의 가해 당사자이자 세이지의 작살에 상해를 입은 미군 병사(7장), 현재(2005년) 학교폭력의 피해를 입고 있는 여중생(8장), 사요코의 여동생 다미코タミコ(9장), 2세二世 통역병 로버트 히가ロバート·比嘉(10장) 등으로 구분할 수 있다.

이 가운데 오키나와 출신 소설가 이야기나 학교폭력(집단따돌림)에 시달리는 여중생 이야기는 오키나와 전투를 경험한 세대도 아니려니와 사요코의 성폭행 사건과도 직접적인 관련은 없지만, 폭력의 연쇄성이라는 측면에서 간접적으로 연결된다. 좀더 부연설명을 하자면, 6장은 오키나와 출신 소설가가 대학 동창 M으로부터 한 통의 영상편지를 받으면서 시작된다. 영상에는 소설가로 성장한 M이 미국에서 알게 된 미국인 친구 J의 사연, 즉 미군 병사 출신 할아버지에게서 아버지로, 그리고 J에게로 이어져 온 작살 촉으로 만든 펜던트에 얽힌 이야기가 담겨져 있다. 그 펜던트는 J의 할아버지가 과거 오키나와 전투에 미군 병사로 참전했을 때 오키나와인에게 찔려 부상을 입게 된 작살 촉으로 만들어진 것이다. 아이러니하게도 그 펜던트를 만들어주며 위로했던 동료들은 전장에서 죽음을 맞게 되고, 부상 탓에 오키나와 전투에서 배제되었던 J의 할아버지만 살아남게 되었던 것이다. 그 후, 늘 어두운 얼굴로 지내던 J의 할아버지는 단순 사고인지 자살인지 확실치 않지만, 교통사고로 50대에 삶을 마감한다. 그 작살 촉으로 만든 펜던트는 J의 아버지에게 대물림되어 아버지는 그 펜던트 덕분인지 베트남전쟁에서 무사히 살아돌아왔다. 그러나 불행은 한 세대 건너 손자대로 이어진 듯, J는 9·11테러에서 목숨을 잃게 된다. J의 할아버지는 다름 아닌 사요코를 강간한 옛 미군 병사이고, J는 그 손자라는 것은 어렵지 않게 짐작할 수 있을 것이다.

마찬가지로 집단따돌림을 당하는 여중생의 이야기도 직접적이진 않지만 넓은 의미에서 폭력이라는 문제와 연결될 수 있다. 학교폭력의 당사자인 여중생의 시선에 포착된 70세 전후로 보이는 후미는 오키나와 전투 체험 세대이다. 사요코가 강간당한 장소에 함께 있던 소녀로, 지금은 나이가 들어 학교를 돌며 후세대들에게 전쟁의 참상을 알리는 일을 해오고 있다. 후미의 전쟁체험에 가장 귀 기울인 이는 학교폭력의 당사자인 여중생이다. 작가는 학교 현장에서 벌어지고 있는 일이라고 믿어지지 않을 정도로 가학적이고 충격적인 행위들을 집요하리만큼 세밀하게 묘사한다. 학교폭력의 한가운데에 놓인 여중생을 위로해 준 것은 부모도 교사도 아닌 바로 전쟁이라는 폭력을 온몸으로 체험한 후미였다. 다음은 8장의 마지막 장면이다.

집으로 들어가 문을 잠그고 현관에 주저앉았다. 어둠 속에서 자신의 몸을 껴안고 떨리는 마음을 억누르고 있으려니, 마음 밑바닥에서 작은 산호 줄기 같은 것이 돋아났다가 다시 무언가에 짓밟혀 잘려나가는 소리가 들려왔다. 이제 됐어. ……. 그렇게 나즈막이 속삭였다. 부드러운 손이 어깨에 와 닿는 느낌이 들더니, 시청각실에서 강연을 하고 있는 여자의 모습이 떠올랐다. 여러분은 앞으로도 쭉 행복하게 지내야 합니다. 약간 쉰 듯한 여자의 목소리가 되살아나면서 눈물이 흘러 넘쳐 멈출 줄을 몰랐다.[4]

위의 장면은 전시 폭력과 일상의 폭력이라는 사태가 어떻게 마주할 수 있는지 보여주는 동시에 일견 동떨어져 보이는 전시 폭력과 일상의 폭력을 함께 자리하게 함으로써 폭력이 내재한 여러 문제들을 실체적이고 현재적으로 사유하게 한다. 이 두 개의 장을 제외한 나머지 장에서는 오키나와 전투 당시 미군 병사에 의한 사요코의 강간사건이 비중있게 다루어진다. 이 부분은 대항폭력이라는 관점과 긴밀하게 연동되며, 전상국의 『아베의 가족』과도 좋은 대비를 이룬다.

2) 『아베의 가족』

전상국은 한국전쟁 체험 세대(당시 11세)로, 한국전쟁을 배경으로 한 소설을 다수 집필한 작가로도 잘 알려져 있다. 그의 대표작 가운데 하나인 「아베의 가족」은 1979년 『한국문학』에 실렸다. 이 소설을 표제작으로

4 위의 책, 219~220쪽.

한 작품집 『아베의 가족』으로 1979년 한국문학상과 1980년 대한민국문학상을 수상하기도 하였다. 한국전쟁의 상흔과 분단이 내포하는 모순을 '아베'라는 상징적 인물을 통해 효과적으로 형상화함으로써 분단소설의 영역을 보다 넓게 확장시켰다는 평가를 받고 있다.[5]

『기억의 숲』과 가장 변별되는 점은 전쟁을 추追체험하는 형태가 아니라 어린 나이긴 하지만 작가의 직접적 체험을 바탕으로 하고 있다는 데에 있다.

> 전쟁 중에 내 눈으로 직접 본 몇 개의 죽음으로부터 나는 자유롭지 못했다. 직접 보지 못한 더 많은 죽음들이 나를 찾아왔다. 데뷔작 「동행」부터 나는 내가 만드는 이야기 속에 어렸을 때 직접 보았거나 아니면 그냥 전해들은 죽음을 그려 내는 일에 탐닉했다. 그렇게 하지 않고는 이야기가 잘 풀리지 않을 것 같은 강박에 쫓기기도 했다. 어쩌면 나는 내 유년 시절에 각인된 그 죽음의 기억들을 소설 만드는 밑천으로 삼았는지도 모른다. 나는 그렇게 6·25전쟁의 악령에 사로잡혀 있었던 것이다.[6]

그렇다면 전상국이 경험한 한국전쟁은 작품 속에 어떤 식으로 투영

---

5 이를테면, 『우상의 눈물 外』에 수록된 해설에서는 "「아베의 가족」은 분단의 아픔을 가족구조의 일상성으로 하강시켜 제시함으로써 분단 문제가 1970년대의 현실에 행사했던 생생한 힘을 조명"한 것으로 평가하고 있다. 신재성, 「한국 사회의 병폐와 소설적 대응」, 『우상의 눈물 外』(한국소설문학대계 47), 동아출판사, 1995, 519쪽.

6 전상국, 「6·25 악령들과의 교접으로 빚은 내 소설들」, 『춘천 사는 이야기』, 연인M&B, 2017, 87쪽.

되고 있을까? 그것은 이웃이나 마을 공동체의 질서를 무자비하게 파괴하고 교란시키는, 작가 자신의 표현을 그대로 빌리면, "6 · 25 악령들과의 교접으로 빚은", 전쟁을 깊숙이 체화한 형태로 나타난다.

> 내가 본 6 · 25의 실상과 주변의 상황은 내게 덧씌워진 악령과도 같았는데, 마을 사람들의 급격한 변화와 흉흉한 살기가 개인의 직접적인 체험보다는 공동체적 생활공간인 이웃이나 마을의 절박한 문제로 인식되었습니다. 어쩌면 이 공동체의 질서를 무자비하게 파괴한 6 · 25의 악령이 내게 소설을 쓰는 신명을 지폈는지도 모르겠습니다.[7]

요컨대, 양반/평민 간의 신분 갈등, 지주/소작인(혹은 머슴) 간의 계급 갈등, 씨족 간의 갈등 등 한국전쟁 이전부터 사회 곳곳에 뿌리 깊게 배태되어 있던 갈등 구도가 남북 이데올로기의 개입으로 한층 더 증폭 · 심화된 양상으로 포착되고 있는 것이다.[8] 『아베의 가족』은 그러한 작가의 문제의식을 한국전쟁 이후로 확장시킨, 그야말로 포스트 6 · 25적 상황을 농밀하게 그려낸 문제작이라고 할 수 있다.

소설은 크게 3장으로 나뉜다. 1장은 한국전쟁 이후 미국으로 이주해 간 '나'(진호)가 4년여 만에 카투사 신분으로 한국으로 돌아오는 장면에서 시작된다. '나'와 '나'의 가족의 미국 이민은 한국에서 양공주였다가

7　김종회, 「역사의 뒤안길, 고향, 화해의 출구를 찾아서」, 『작가세계』 1996.봄, 271~272쪽.
8　엄현섭, 「한국전쟁의 표상과 지역문학의 재인식 – 전상국의 『동행』을 중심으로」, 『국제어문』 60, 국제어문학회, 2014, 447쪽 참조.

국제결혼으로 미국 영주권을 얻은 고모의 초청으로 이루어졌다. '나'의 가족은 표면적으로는 미국 사회에 빠르게 적응하고 있는 듯 보이나, 이민자의 신분으로 겪어야 하는 각종 차별에 노출되고 있음을 여동생 정희가 '깜둥이' 미국인들에게 윤간을 당하거나, 어머니가 깊은 우울증에 빠져 있는 것을 통해 추측할 수 있다. 문제적인 것은, '나'의 시야에 포착된 미국인, 미국 사회의 이중성을 폭로하는 장면들에 '나'(혹은 작가 자신의)가 비판하고자 하는 미국 사회의 인종차별적 요소를 거꾸로 '나' 자신이 내면화하고 있는 역설이 투사되어 나타나는 점이다. 이를테면, '나'가 이민 생활에서 겪은 미국인 유형을 둘로 나누어, "상류 사회를 형성하고 있는 전형적인 미국인"과 "자유분방하면서 반도덕적인 면을 다분히 갖춘 사람들"로 규정하고, 후자를 "한국인보다도 더 철저하게 파렴치하고 난폭"[9] 한 것으로 묘사하는 방식이 그러하다. 말할 것도 없이, 앞서 정희를 윤간한 '깜둥이'나 부정적인 장면에서 어김없이 등장하는 '흑인'이 후자의 유형에 해당할 것이다. 이처럼 유색인종에 대한 미국 사회의 편견과 차별을 무비판적으로 내면화하고 있는 장면은 다음 인용문에서 보듯 소설 전반에 걸쳐져 있다.

> 영내를 벗어나면서 나는 키가 팔 척이 넘는 것 같은 우월감을 맛보았다. 정문의 지피들은 사복으로 바꿔 입은 나를 용케도 알아봐 외출증을 확인하는 일까지 건성으로 했던 것이다. 일을 마치고 나가는 한국인 종업원과 노무

---

9 전상국, 「아베의 가족」, 『우상의 눈물 外』(한국소설문학대계 47), 동아출판사, 1995, 68쪽.

자들이 줄로 늘어서서 옷 뒤짐을 당하고 있었다. 나는 어깨를 펴고 그들 곁을 지나쳐 나갔다. 이 우쭐한 기분은 한 달 전 오산 비행장 트랩을 내릴 때의 그 흥분 상태 그대로였다. 낮은 코, 짧은 키로 해서 어쩔 수 없이 감수해야만 했던 신병 훈련소에서의 그 좌절감이 한꺼번에 씻겨 나가는 기분이었다.[10]

나와 함께 신병 훈련을 받고 한국에 건너 온 깜둥이들마저 이미 돈 버는 방법을 냄새 맡고 코를 벌름거리고 있는 게 구역질이 나 견딜 수 없었던 것이다.[11]

아마 그 흑인은 한국 전쟁이 일어났을 때 참전했던 용사였던 모양이다. 그 늙은이가 만년에 외로움을 느끼면서 왕년의 그 한국전 참전 시절이 마치 영웅의 그것처럼 회자되었기 때문에 그럴 수밖에 없었을 것이다. (…중략…) 어머니를 범한 그들에게 있어서 한국은 아름다운 여인의 나라일 수도 있겠지. 나는 길바닥에 침을 뱉었다.[12]

위의 인용문에서 보듯, 카투사의 신분으로 고국을 찾은 '나'는 더 이상 4년 전의 자신이 아님을 여러 장면에서 확인한다. 주의를 요하는 것은 '깜둥이', '흑인'에 대한 혐오와 경멸이 한국 사회로 돌아오면서 한층 더 극대화된다는 점이다. 즉, 피차별 약소국 이민자 신분에서 미군 소속 카

10 위의 책, 69쪽.
11 위의 책, 69쪽.
12 위의 책, 76쪽.

투사로 '나'의 위치가 조정되면서, 미국 사회에서 겪었던 '나'의 열등감은 불식되고, 한국인의 동경의 대상이 되지만, 그 다른 한편으로는 한국인은 그 하위에, 그리고 '깜둥이', '흑인'의 존재는 그보다 더 하위에 놓이게 되는 것이다.

무엇보다 1장의 핵심은 소설의 제목이기도 한 '아베'라는 이름을 가진 이복형의 존재와 관련된 내용이다. 20대 성인 남성인 아베는 지능이 채 20도 되지 않아 대소변을 가리지 못하는 것은 물론 제대로 걸을 수도 말할 수도 없는 심각한 장애를 가졌다. 할 수 있는 말이라곤 '아-아-아-아베'라는 단편적인 단어밖에 없어서 '아베'라고 불릴 뿐, 제대로 된 이름조차 갖지 못했다. "아베를 우리와 똑같은 사람이라고 생각해 본 적이 없었다", "우리와 한 형제라는 생각을 가져 본 적이 없다", "아베는 우리에게 있어서 한 마리 볼품없는 짐승이었을 뿐이다"[13]라며 이복형인 아베를 철저하게 '나'와 '나'의 가족으로부터 분리 · 배제해온 데에는 한국전쟁이 초래한 여성 수난사가 자리한다. 더 직접적으로는 『기억의 숲』의 사요코가 그러했듯, 한국전쟁에 파병된 미군에 의한 강간이라는 폭력적 사태가 깊숙이 관여되어 있다. '나'의 어머니가 임신한 상태에서 미군 병사들에게 윤간을 당하였고 그 충격으로 온전한 임신과 출산이 불가능했던 것이다. 여기에 더하여 남북 이데올로기의 대립으로 시아버지를 잃고, 장래가 촉망되던 남편 최창배와도 생이별하게 된다. 그 후 '나'의 아버지인 김상만을 만나 재혼하는 과정이 묘사되어 있다.

---

13 위의 책, 73쪽.

이 김상만의 존재 또한 흥미로운데, 이에 관해서는 2장 어머니의 수기에 자세하다. 한국전쟁에 국군으로 참전한 김상만은 탈영을 시도하다 동료 병사를 사살하고 민가에 들어가 일가족을 몰살하는 돌이킬 수 없는 과오를 저지른다. 그로 인해 전쟁 이후 끊임없이 죄책감에 시달린다. 그러던 중 장애를 가진 아베를 기꺼이 자신의 아들로 받아들여 재혼을 감행하고, 여동생의 권유로 미국 이민을 가면서 점차 안정을 찾아가는 인물로 그려진다. 그간의 연구에서는 김상만의 아베를 향한 무조건적인 사랑을 지난 전쟁에 대한 속죄의식, 자기구원이라는 틀 안에서 해석하는 경향이 강한데,[14] 김상만의 행위를 속죄의식이라거나 자기구원이라는 틀에 한정하는 것은 한국전쟁이 배태한 우리 안의 다양한 균열과 모순을 봉인해 버리는 의도치 않은 결과로 이어질 수 있으므로 주의를 요한다. 권력에 복종하고, 타협, 협력하는 오키나와 공동체 구성원, 예컨대, 사요코의 아버지, 구장을 비롯한 마을 사람들 간의 첨예한 갈등 속으로 집요하게 파고들어간 『기억의 숲』과 대비되는 지점이기도 하다.

마지막 3장은 다시 '나'의 시점에서 자신이 버린 이복형 아베의 흔적을 찾아가는 과정과 과거 석필, 재두, 형표와 함께 이웃 여성 유성애를 윤간한 일이 묘사되고 있다. 주요 장면만 언급해 보면, 석필과 재회하여 그

14 예컨대, 권명아는 아베에 대한 김상만의 사랑을 "죄의식과 증오를 보상하고자 하는 욕망의 대체물"이라든가, "자기보존 본능에 의해 타인에게 치명적인 상처를 남긴 죄의식으로 '자기'를 억압한 채 맹목적이고 이타적인 사랑"(권명아, 앞의 글, 66쪽)이라고 규정하고 있으며, 정재림은, 김상만의 행위가 "범죄-죄의식-속죄-구원"이라는 일정한 패턴을 보이고 있음을 언급하고, 이러한 형태가 '나'(진호)나 석필이 형 등 다른 남성 인물들에게서도 유사하게 나타나고 있음을 지적한다. 정재림, 앞의 글, 230쪽.

간의 이야기를 나누던 중 유성애가 석필이의 형수가 되었다는 사실을 알게 된다. 서클활동으로 대학을 제적당하고 수감되기도 했으나, 실은 석필과 달리 수재라는 소리를 듣던 장래가 촉망되던 형이다. 그런 형이 동생과 불미스러운 일에 얽혀 있는 걸 알면서도(강간사건 당시 경찰서에 끌려간 석필의 보호자 역할을 했다) 유성애와의 결혼을 결심하게 된 이유는 무엇이었을까? 그 배경에 대한 설명이 부재한 것은 차치하더라도, 둘의 결혼 소식에 놀라는 '나'에게 "우리 형이 미친 게 아니라 유성애, 바로 우리 형수님이 뻔뻔이스트지"[15]라며 받아치는 석필의 반응은 생소하기만 하다. 가부장제 사고에 깊게 침윤된 석필을 비판하고자 한 것일까? 석필이 형의 행동은 또 어떻게 이해해야 할까? 김상만이 아베에게 무조건적인 호의를 베풂으로써 자신의 과오를 속죄하고 구원을 얻으려 한 것처럼, 석필이 형 또한 동생의 과오를 대신 짊어짐으로써 속죄하려 한 것일까? 그 어느 쪽도 명쾌한 답이 되지는 못할 듯하다. 미군, 미국인에 의한 자국 여성의 강간이라는 동일한 사태에 직면한 『기억의 숲』의 세이지와 『아베의 가족』의 '나'의 대처방식을 통해 그에 대한 답을 가늠해 보고자 한다.

15 전상국, 「아베의 가족」, 앞의 책, 131쪽.

3. 대항폭력의 발현 방식 — 세이지 vs. '나'(진호)

『기억의 숲』과 『아베의 가족』의 중심서사는 미군, 미국인에 의한 자국 여성의 강간사건이다. 그리고 앞서 언급한 것처럼 강간의 피해를 입은 여성은 정신이상, 우울증의 수순을 밟으며, 남성의 존재는 자국 여성을 대신해 보복, 응징하는 위치에 서게 된다. 이때 보복, 응징적 폭력은 가해자 측 폭력에 대응하는 피해자 측의 대항폭력이라고 명명할 수 있다. 『기억의 숲』에서는 세이지, 『아베의 가족』에서는 '나'가 대항폭력의 주체가 된다.

『기억의 숲』의 세이지는 자신이 유년시절부터 흠모하던 사요코가 미군에게 성폭행을 당했다는 사실을 접하고 바다로 뛰어들어 가해자인 미군들을 향해 작살 공격을 감행한다. 미군의 심장을 겨냥해 작살로 상해를 입히는 다음 장면은 이 소설의 하이라이트라고 할 수 있을 만큼 비중있게 다뤄지며 사실적인 묘사가 뛰어나다.

> 심장을 겨냥해 찌른 작살이 빗나가 배를 찔렀지만 결과는 성공적이었다. 공들여 날을 간 작살의 증오는 피부를 뚫고 내장을 찢었을 것이다. 그러나 한 번으로는 부족했다. 아주 고통스럽게 죽어가사 허여……, 두 번이고 세 번이고 배의 피부를 갈기갈기 찢어서 장기가 바다로 흘러넘치게 하고 싶었는데 방해물이 끼어들어 다 하지 못했다. 너네덜이 우리 섬에서 허구정헌 대로 마음대로 해봐, 나가 용서헐 줄 알아? 미국 놈의 썩은 피도 썩은 창자도 고등어

먹잇감이 되민 그만이여……[16]

위의 독백에서 미군에 대한 세이지의 분노와 증오가 충분히 전달되어 온다. 『아베의 가족』 역시 미국인에 대한 증오를 표출하는 방식이 매우 극단적이다. 다만, 세이지의 경우와 달리 강간의 피해 당사자인 어머니의 수기 형식을 통해 간접적으로 발현된다.

나[어머니 – 인용자]는 밤낮없이 그들을 칼로 찔러 죽이는 환상으로 치를 떨었다. 그들의 검고 끈적끈적한 살갗 그 깊숙한 데서 콸콸 쏟아지는 피를 두 손으로 받아 이웃 사람들 눈앞에 보여 주고 싶었다. 내가 그때 살아 있을 수 있었던 것은 가슴으로 치미는 증오와 복수심 그것 때문이었다.[17]

주의를 요하는 것은 위의 어머니의 증오에 찬 목소리가 실은 '나'의 목소리이기도 하다는 점이다. 그도 그럴 것이 미국인들에게 여동생이 윤간당하는 장면을 목격한 '나'의 분노가 아무런 여과 장치 없이 성급하게 과거 어머니의 강간사건을 호출하고 있기 때문이다.

그 깜둥이들은 정희를 윤간하고 있었다. 나는 피가 거꾸로 흘렀다. 출입문을 막아 섰다. 세 놈이 능글능글 웃으며 다가왔다. 나는 품에서 야채 다듬는 칼을 뽑아 들었다. 그리고 그 칼로 왼쪽 팔목에 상처를 냈다. (…중략…) 한국

16 메도루마 슌, 손지연 역, 『기억의 숲』, 글누림, 2018, 43쪽.
17 전상국, 「아베의 가족」, 앞의 책, 70쪽.

에서 재두, 형표, 석필이와 함께 남긴 담뱃불 자국이 있는 근처를 짼 것이다. 팔뚝에서 피가 흘러 현관 바닥에 흥건히 괴었다. 능글능글 웃던 깜둥이 애들 눈이 금세 겁에 질렸다. 깜둥이들은 미개하고 천한 만큼 겁이 많고 비열했다. (…중략…) 손끝으로 불같은 증오가 뻗혀 온몸이 떨렸다. 나는 며칠 전 정희와 함께 어머니의 수기를 훔쳐 보았다.[18]

"어머니의 수기를 훔쳐 보았다"라는 구절이 전후 문맥을 고려하지 않고 불쑥 등장하는 것은 차치하더라도 '나'의 미국인을 향한 분노와 증오가 피해 당사자인 어머니의 그것과 동일할 리 없음에도 수기 속 어머니의 목소리로 묘사되고 있는 것은 문제적이라고 할 수 있다. 아울러 보복 행위가 가해자인 미국인을 향하는 것이 아니라 자기 자신으로 향해 자해한다는 설정도 분석을 요하는 부분이다.

분명한 것은 이들 장면이 사요코의 목소리를 완벽하게 차단하고 오로지 세이지의 직접적이고 실천적인 보복에 의해서만 표출되고 있는 『기억의 숲』과 크게 변별되는 지점이라는 것이다. 이것은 달리 말하면, 한국과 달리 오키나와에 있어 미군에 의한 강간이라는 사태는 더 이상 문학적 상상력이라는 영역에 매몰되지 않음을 의미한다. 작가 메도루마 슌은 '강간'으로 '훼손'된 사요코의 신체를 묘사하는 데 그치는 것이 아니라, 세이지의 양쪽 시력을 모두 잃게 함으로써 기지로 둘러싸여 한 치 앞을 내다보기 어려운 '위기'의 '오키나와' 그 자체를 그려내고자 한다. 그

18 위의 책, 70쪽.

런 점에서 "기지문제로 흔들리는 전후 오키나와 그 자체를 강간이라는 구조적인 성폭력 시스템과의 관련성 안에서 파악할 필요성"[19] 이 있다는 신조 이쿠오新城郁夫의 지적을 『기억의 숲』만큼 강력하게 환기시키는 작품도 없다고 하겠다. 또한, 세이지가 행사한 폭력은 사요코와 오키나와 공동체를 대신하여 "오키나와를 더럽힌 미군에 대한 보복 행위를 가한 것"이자, 메도루마가 소설을 통해 "문학적 보복과 문학적 행동주의"를 표출한 것이라는 고명철의 해석과도 맞닿아 있다.[20]

반면, 『아베의 가족』에서의 강간이라는 설정은 『기억의 숲』의 그것과 조금 다른 양상을 보이고 있는 듯하다. 대항폭력이라는 외피를 벗겨내고 소설 안으로 조금 더 들어가 보자.

> 정희는 놈들의 희롱을 잘 받아 주었다. 그게 정희의 생리였다. 그러다가 일을 당했다. (…중략…) 정희는 이렇게 뻔뻔스럽게 변해 있었다. 내가 한국에서 재두, 형표, 석필이와 함께 벗겼던 계집애는 그냥 울었을 뿐이다.(…중략…) 나는 정희 계집애를 죽이고 싶었다.[21]

> 비록 더럽혀져 죄를 지은 몸이지만 내 뱃속에는 우리들의 씨가, 끝내는 축복받아야 할 최창배 씨 가문의 핏줄이 꿋꿋하게 살아 있었던 것이다. 남편

19 新城郁夫, 『沖縄文学という企て – 葛藤する言語・表象・記憶』, インパクト出版会, 2003, 46쪽.

20 고명철, 「오키나와 – 폭력의 뫼비우스와 문학적 보복」, 『제주의 소리』, 2018.9.9(http://www.jejusori.net/news/articleView.html?idxno=205672[검색일 : 2019.5.19]).

21 전상국, 「아베의 가족」, 앞의 책, 71쪽.

> 이 어서 돌아오고 그리하여 그의 앞에 우리들의 애기를 안겨 준 다음 그 자리에서 죽어도 좋을 것 같았다. 그때까지 축복받아야 할 우리들의 애기가 태어날 때까지는 어떠한 일이 있어도 살아야 한다는 생각이 오기처럼 뻗쳤다.[22]

> 우리가 해치운 그 여자애는 시장통 양장점에서 일하는 계집애였다. 어쩐지 옷이 맵시 있더라니. 우리는 속은 게 분했다. 몸이 그렇게 빈약한 계집애도 있다니. 우리는 경찰서 대기실에 앉아 툴툴거렸다. (…중략…) 도깨비 시장에서 열쇠장사를 하는 유 씨가 자기 딸을 범한 우리들을 위해 경찰관에게 애원하고 있었다.
>
> 내가 잘못했습니다유. 제 에미가 위장병에 걸려 내가 개더러 산에 들어가 사초싹 뿌리를 캐오라고 한 것이 잘못이었지유. 그리고 제 딸년이 옷을 너무 야하게 입고 있었던 것두 잘못이지유.[23]

위의 인용문에서 보듯, 『아베의 가족』 안에는 '핏줄', '가문'에 대한 집착이라든가 여성의 성(정조)을 남성중심의 가부장제 틀 안에 가두는 낯익은 수사가 곳곳에 피력되어 있다. 여동생 정희가 강간을 당하고도 수치스러워하기는커녕 당당해 한다며 분노를 감추지 못하는 '나'의 모습이나, 강간당한 딸의 옷차림을 탓하며 가해자들의 선처를 구하는 아버지의 모습에서 일본군 '위안부' 피해 여성을 정조·순결 이데올로기의 틀 안에 가두고 '민족의 수치'로 오랫동안 부정하고 은폐해 왔던 한국 가부장제

22 위의 책, 110쪽.
23 위의 책, 137쪽.

의 흔적을 찾는 일은 어렵지 않을 것이다. 이것은 또 어머니나 아버지의 존재를 묘사하는 데에 적극적이지 않은, 즉 "결락으로서의 어머니", "기피되는 아버지"[24]의 구도를 즐겨 사용해 온 메도루마의 소설 기법과도 분기점을 이룬다. 이를테면, "미군에게 딸이 능욕당하고도 아무런 저항도 항의도 못하고, 자리에 누워 울음을 삼킬 수밖에 없었던 스스로에 대한 분노와 무력함"[25]을 보이는 사요코 아버지의 모습과 겹쳐 읽을 때, 강간의 피해를 입은 여동생을 오히려 질책하는 '나'의 반응이 문제적이라는 것을 간파할 수 있을 것이다. 왜냐하면, '나'의 경우 가부장제에 인종주의, 순혈주의까지 합세한 조금 더 중층적 형태를 띠고 있는 것으로 보이기 때문이다. 이 글에서는 미처 다루지 못했지만, 이러한 차이를 보다 명확히 이해하기 위해서는 한국과 오키나와의 가부장제의 차이를 면밀하게 살펴볼 필요가 있을 것이다.

4. '심부통각深部痛覚' 혹은 '악령 잠재우기'로서의 글쓰기

헨미 요辺見庸는 『오키나와와 국가沖縄と国家』라는 책에서, 오키나와 문제를 관념과 논리의 문제로 접근하는 것이 아니라, '인간신체人間身体'의 문제로 생각하는 것이 곧 메도루마 문학의 본령이라고 말하며, 이를 '심

24 新城郁夫, 앞의 책, 127쪽.
25 메도루마 슌, 손지연 역, 앞의 책, 231쪽.

부통각'이라는 용어로 정의하였다.[26] 또한, 최근 메도루마 슌 특집호로 꾸려진 『월경광장越境広場』(4호)에서는 그의 문학을 "야생野生의 문학"으로 명명한 바 있다.[27] 두 용어 모두 메도루마 문학의 특징을 잘 꿰뚫고 있는 것으로 보인다. 오키나와 전투로 만신창이가 된 세이지와 사요코의 신체 역시 그런 메도루마 문학의 '심부통각'을 제대로 반영한 것으로 볼 수 있다.

반면, 『아베의 가족』의 경우, 어머니, 여동생의 (강간당한) 신체를 비롯해 정신지체를 앓는 이복형 아베의 신체까지 '나'(혹은 작가 자신)에게 온전히 이해되지 못함으로써 여러 부자연스러운 장면을 연출하게 된다. 그 이유를 "성모마리아를 축복·찬미하기 위해 마리아 위에 얹는, '영광이 깃들라'는 뜻의 라틴어 '아베'란 말을 저주받아 태어난 백치 아이의 이름으로 함으로써 분단에 의해 만신창이로 짓밟힌 우리 민족의 현실을 상징하고 싶었다"[28]라는 작가의 말 속에서 유추해 볼 수 있을 듯하다. 즉, 한국전쟁으로 말미암아 뒤틀리고 왜곡된 '나'의 가족사를 원래대로 되돌림으로써 분단과 이산의 아픔을 극복하고자 한 것이 소설 『아베의 가족』의 가장 큰 의도였고, 이러한 측면이 과도하게 부각된 결과, 다양한 부작용들이 나타나게 된 것으로 보인다. 이를테면, 미국인에 대한 혐오와 경멸을, 그것도 굳이 '깜둥이', '흑인'이라는 비하 표현을 사용하면서까지 유색인종에게만 집중시킨다거나, 아무런 배경 설명 없이 '나'의 고모를 '양공주'로 설정함으로써 미군에 의한 (한국) 여성의 성적 수탈이 갖는 역사적 맥

26 目取真俊·仲里効, 「行動すること, 書くことの磁力」, 『越境広場』 4, 越境広場刊行委員会, 2017.12, 27쪽에서 재인용.

27 「特集 目取真俊 野生の文学, 〈否〉の風水」, 위의 책, 4~117쪽.

28 전상국, 『아베의 가족』, 문이당, 2006, 5~6쪽.

락을 소거해 버리는 것이 그것이다. 무엇보다 민족상잔의 비극으로 일컬어지는 한국전쟁의 비극을 '나'의 아버지를 통해 드러내려고 하지만 그 또한 피상적인 묘사에 그친다. 동료 병사와 민간인을 살해했다는 죄의식에 사로잡혀 무기력한 삶을 살다 별다른 개연성 없이 미국 이민을 통해 일거에 해소되기 때문이다. 전시-전후로 이어지는 폭력적 전쟁 시스템을 고발하는 '미군(미국) 비판'에서 출발하여 '오키나와 공동체 비판'이라는 회로를 경유해 전쟁의 상흔이 각인된 전후적 신체에 대한 이해('심부통각')로 사유가 심화·확장되어 가는 『기억의 숲』과 대비해 볼 때 『아베의 가족』의 한계는 선명해진다.

곽형덕은 『기억의 숲』이 '오키나와 비판'으로 읽혀야 하는 이유를 다음 두 가지 점을 들어 설명한다. 하나는, 구장의 굴욕적인 자세와 마을 공동체 구성원들의 협력적인 자세에 대한 비판이며, 다른 하나는 가부장적인 오키나와 사회가 피해자 당사자인 여성에게 책임을 전가하는 데에 대한 비판이다.[29] 전자를 대표하는 인물은, 미군을 공격하고 동굴로 피해 있던 세이지를 수색하고 밀고하는 일에 앞장선 구장 가요이고, 후자는, 강간의 피해로 심신이 피폐해져 정신이상을 보이는 딸을 집안 깊숙이 가두고 "분노와 혐오, 멸시, 증오, 온갖 부정적인 감정이 몰린 듯한 차가운 시선"[30]을 보내던 사요코 아버지로 대변된다. 미군의 권력에 복종하고, 타협하고 협력하는 구장을 비롯한 오키나와 공동체 구성원 간의 갈등구도는 미군 소위, 통역병 2세가 개입됨으로써 더욱 첨예한 양상으로 나타난

29 곽형덕, 앞의 글, 37~38쪽.
30 메도루마 슌, 손지연 역, 앞의 책, 234쪽.

다.[31] 사요코 아버지가 보인 분노와 혐오의 반응 또한, 앞서 언급한 것처럼 "미군에게 딸이 능욕당하고도 아무런 저항도 항의도 못하고, 자리에 누워 울음을 삼킬 수밖에 없었던 스스로에 대한 분노와 무력함"이 혼재하는 복합적 감정이라는 것은 새삼 강조할 필요도 없을 것이다.

앞서 지적한 몇몇 한계에도 불구하고 『아베의 가족』이 갖는 의미를 찾는다면, "한국전쟁의 후유증이 산재해 있는 비정상적인 사회구조에서 배태된 인물", "음지식물처럼 서식하는 인물유형"[32] 등 전후소설이 갖는 어둡고 암울한 분위기에서 탈피하여 보다 다양한 측면에서 조망하고 이에 대한 문제제기를 시도한 점에 있을 것이다. 그것이 가능했던 것은, 작가의 표현을 빌리자면, "기꺼이 마음을 열고" "6·25의 악령들과 교접"하고, "유년 시절에 각인된 그 죽음의 기억들"과 마주할 수 있었기 때문일 것이다.

> 어쩌면 나는 내 유년 시절에 각인된 그 죽음의 기억들을 소설 만드는 밑천으로 삼았는지도 모른다. 나는 그렇게 악령에 사로잡혀 있었던 것이다. 악령들은 내 영혼의 밑바닥에서 낄낄거리며 나를 유혹했다. 그러할 때 나는 기꺼이 마음을 열고 6·25의 악령들과 교접했다. 때로는 가슴 답답함, 절망, 혐오, 울분이 따르는 그 악령들과의 교접은 언제나 그 고통에 값하는 신명을 가

31 곽형덕은, 오키나와의 청산되지 않은 전쟁협력 문제를 대표하는 인물로 구장 가요를, 그런 구장의 약점을 이용해 마을의 치안을 유지하는 인물로 미군 소위 윌리엄즈를 들며, 이들의 공모관계가 파탄나지 않는 이유에 대해 분석하고 있다. 아울러, 도덕적으로 가장 비열한 위치에 있는 자는 미군 소위가 아닌 오키나와인 구장이라는 지적은 시사하는 바가 크다. 곽형덕, 앞의 글, 37~38쪽.

32 권영민, 『한국문학사』 2, 민음사, 2004, 123쪽.

져다 주었다. 그런 의미에서 작가는 무당일 수밖에 없다. 내가 한때 6·25적 소재의 동어반복에 신명을 낸 것도 결국은 내 속에 깃든 악령들의 시킴에 의한 것이라고 봐도 좋을 것이다. 어쩌면 그것은 악령들을 조용히 잠재우는 일로서의 소설 쓰기에 모든 것을 걸었다는 뜻이기도 하다.[33]

메도루마 슌에게 오키나와 전투가 그러했듯, 전상국에게 있어 한국전쟁은 작가로서의 출발점이자 원형을 이룬다. 그것이 문학으로 표출되는 방식은, '심부통각' 혹은 '악령 잠재우기'라는 각기 다른 용어로 정의될 수 있으며, 앞서 살펴본 것처럼 공동체 안의 모순과 균열을 드러내는 방식 등의 차이도 선명하지만, 전쟁이 남긴 상흔에 누구보다 민감하게 반응하고, 이를 전쟁 이후의 문제로 끌어와 정신이상, 불구, 혼혈, 공동체(가족) 붕괴 문제로 사유를 확장시켜간 점에서 두 용어의 접점 또한 찾을 수 있을 것이다.

5. 아시아의 상흔의 분유分有와 문학적 응전 가능성

이 글의 관심은 오키나와 전투와 한국전쟁으로 인한 상흔에 누구보다 민감하게 반응해 온 메도루마 슌과 전상국의 작품을 아시아의 '상흔'이라는 점에서 겹쳐보려는 데에서 출발하였다. 두 작가의 대표작이라 할

33 전상국, 「한국전쟁, 그 악령을 만나다」, 『춘천 사는 이야기』, 연인M&B, 2017, 245쪽.

수 있는 『기억의 숲』과 『아베의 가족』 사이에는 전쟁이 남긴 상흔, 그중에서도 미군, 미국인에 의한 자국 여성의 강간사건을 주요 모티프로 삼고 있는 점을 비롯해 여러 유사한 접점을 발견할 수 있었다. 그것은 무엇보다 나카자토 이사오仲里効와 메도루마 슌의 최근 대담에서 환기시킨 바 있는, "식민지적 신체성" 혹은 양석일이 말한 "아시아적 신체"라는 측면에서 생각해 보면 쉽게 이해할 수 있을 것이다. "메도루마의 작품을 읽는다는 것은, 전쟁과 점령의 상흔을 통해 오키나와와 아시아의 관련성을 강하게 의식하는 것이기도 하다. 바로 그렇기 때문에 메도루마 씨의 작품이 아시아에서 번역되어 읽히는 것에 주목해야 한다"[34]라는 나카자토 이사오의 발언은 시사하는 바가 적지 않다.

그런데 다른 한편으로는 오키나와 전투를 기점으로 선명해진 오키나와 공동체 내부의 균열과 모순을 드러내는 메도루마식 방식과 한국전쟁이 배태한 우리 안의 균열과 모순을 드러내는 전상국식 방식에서 차이를 보였다. 특히 미군, 미국인의 폭력에 대응하는 방식이 그러한데, 메도루마의 경우 전시-전후로 이어지는 폭력적 전쟁 시스템을 고발하는 '미군(미국) 비판'에서 출발하여 '오키나와 공동체 비판'이라는 회로를 경유해 전쟁의 상흔이 각인된 전후적 신체에 대한 이해('심부통각')로 사유를 심화·확장시켜 간 반면, 전상국의 경우는 미군, 미국인에 대한 혐오와 경멸을 여과 없이 표출한다거나, 동료 병사와 무고한 민간인을 사살하는 김상만의 행위를 '죄의식-구원'이라는 틀 안에 가두어 버림으로써 사사

34 目取真俊·仲里効, 앞의 글, 26쪽.

화私事化화해 버린다거나, 우리 안에 자리한 은폐된 폭력성을 드러내보이고자 했음에도 성찰의 깊이를 갖지 못한 한계를 엿볼 수 있었다. 그럼에도 불구하고 이 두 작품이 갖는 의미는 아시아의 '상흔'이 겹쳐지는 지점과 엇갈리는 지점, 더 나아가 공통의 '상흔'을 분유함으로써 폭력의 가능성을 불가능성으로 바꿔가는 문학적 응전의 가능성을 충분히 보여주었다는 데에서 찾을 수 있을 것이다.

오키나와 여성문학(사)의 동아시아적 맥락

1. '오키나와 여성사'라는 구분
– 동아시아에 가깝고 일본 여성사와 변별되는 지점

일반적으로 일본 여성문학사라고 할 때 거의 예외 없이 히구치 이치요樋口一葉에서 시작해 다무라 도시코田村俊子, 하야시 후미코林芙美子 등으로 이어지는 일련의 계보를 따르기 마련이다. 이는 기왕의 일본문학사가 그러하듯 일본 여성문학사 역시 철저히 본토 중심으로 구축되어 왔음을 의미한다. 그런데 최근 저자를 포함한 여성문학 연구자들이 중심이 되어 간행한 『일본 근현대 여성문학선집』(어문학사, 2019)에서는 일본에서는 시도된 바 없는, 오키나와 출신 여성 작가 사키야마 다미崎山多美의 작품을 수록하였다. 총18권 중 제17권 『사키야마 다미』 (손지연 · 임다함 공역) 편이 그것이다. 이 작품이 『일본 근현대 여성문학선집』에 포함되어야 하는 보다 결정적인 이유는 무엇보다 한국이라는 장소성, 내지는 한국인 독자를 상정한 간행이라는 데에서 찾을 수 있을 것이다. 이 작품도 그러하지만 『달은,

아니다月や, あらん』를 비롯한 여타 작품들에서 사키야마 다미는 꾸준히 한국과 오키나와의 관련성을 이야기해 왔고, 여성으로서, 마이너리티로서의 깊은 공감을 표해왔다. 그 대표적인 예로 전쟁 체험자인 자신의 어머니로부터 전해들은 일본군 '위안부', '조선인 여성'을 그리는 그녀만의 방식을 들 수 있다. 기존의 작가들, 특히 일본 본토(남성) 작가들의 그것과는 매우 다른 양상을 보이는데 여기에는 시대를 조금 뒤로 돌려 구시 후사코久志富佐子나 야마다 미도리山田みどり 등에게서도 공통으로 지적할 수 있는 '오키나와(인)'이면서 '여성', 그리고 더 나아가 '동아시아'라는 역사적 맥락을 민감하게 감지한 그녀만의 감수성이 자리한다.

그도 그럴 것이 오키나와는 전전, 전시, 전후 오늘에 이르기까지 그 어느 국가나 지역보다 문화적으로나 지정학적으로나 동아시아와 분리해서 생각하기 어려울 만큼 밀접한 관련이 있기 때문이다. 그 명칭만 보더라도 1879년 이른바 '류큐처분琉球処分' 이후 일본의 한 현県으로 편입되어 '오키나와'라고 불리게 되는 것도 일본에 의해서고, 그 이전 1429년 성립한 왕부도 중국의 사서史書에서 따온 '류큐'라는 명칭을 사용했다고 하니 싫든 좋든 동아시아를 의식하면서 존재해 왔던 것은 분명해 보인다. 더 나아가 명나라, 청나라를 종주국으로 하여 15세기 후반부터 16세기 후반 무렵까지 동남아시아와 스페인 등을 중계하는 무역이 번성하였는데 이때가 그야말로 류큐국의 황금시대였다. 당시 중국으로부터 받은 대륙문화의 흔적은 지금도 오키나와 곳곳에 뿌리 깊게 남아 있다. 예컨대, 중국에서 유래한 이시간토石敢當(악귀를 쫓는 돌비석) 풍습이나, 오나리신オナリ神 신앙, 영적인 세계와 교신하는 노로ノロ의 존재 역시 동아시

아나 중국 소수민족의 민속, 풍속과 깊은 관련이 있는 것으로 보인다.[1] 오나리 신앙이나 노로 모두 오키나와 여성 고유의 영역[2]으로 현재까지 오키나와의 민간 신앙을 지탱하는 중요한 존재라는 점은 오키나와 여성의 위치를 가늠하는 데에 중요한 척도가 되며, 중국을 비롯한 동아시아를 경유하며 형성된 여성들의 공통분모를 확인하는 데에도 적지 않은 시사점을 던져 준다.

이처럼 오키나와 여성과 동아시아의 관련성에 주목한 것으로 사카모토 히로코坂元ひろ子의 연구가 있다. 사카모토는 위의 오나리신과 노로의 전통이 결코 오키나와 여성의 사회적 우위를 의미하지 않는다고 지적하면서, 1920년을 전후한 시기의 오키나와 여성의 삶의 한 단면을 살펴볼 수 있는 여러 사례를 소개한다. 이른바 '소철지옥蘇鉄地獄'이 상징하듯 동시대 오키나와인들은 남성이고 여성이고 극심한 빈곤의 섬을 벗어나 일본 본토(야마토), 타이완 등지로 일을 찾아 이주해가기 시작하는데, 여성들의 경우 주로 일본인 가정에서 식모살이를 하거나 드물게는 일본인 관료 가족을 따라 식민지하 타이완으로 이주하기도 했다.

1 坂元ひろ子, 「沖縄と東アジア社会をジェンダーの視点で読む－移住, 戦争, 「語ることができる/できない」記憶の問いかけ」, 新城郁夫 編, 『撹乱する島－ジェンダー的視点』(沖縄・問いを立てる), 社会評論社, 2008, 76~77쪽.

2 오나리라는 것은 자매라는 의미로 여성의 영력을 가리킨다. 항해나 전쟁 등 형제, 즉 남성들의 재난을 막아주는 신으로 실제 전쟁이나 재난에 직면한 남성들이 여성들의 머리카락 등을 부적으로 지니고 다녔다고 한다. 노로 외에도 유타(ユタ)라고 불리는 여성 종교인이 있는데, 노로가 국가나 마을의 공적인 제사를 담당한다면, 유타는 일상에서 일어나는 갖가지 액운을 막아주고 점을 봐주는 등 생활 밀착형 종교인이라고 할 수 있다. 오키나와 소설에서 유타의 존재는 빼 놓을 수 없는 중요한 위치를 점한다.

근대 오키나와 여성의 특징 가운데 하나로 '이주욕망移住欲'[3]을 들고 있는 것도 이러한 사정이 자리한다. 그런데 여기서 간과해서 안 될 것은 사카모토가 사례로 들고 있는 야에야마八重山 다케토미竹富 출신 여성들의 존재이다. 이들 여성은 타이완 사회와 철저히 격리된 채 일본 본토(야마토)인들의 차별의 대상이 되어야 했고, 오키나와 본섬으로부터 멀리 떨어져 있어 오키나와 내부의 차별로부터도 자유롭지 않았다. 여기에 식민지하 타이완의 경제력으로부터도 밀려나 이중 삼중의 차별에 노출되었던 상징적인 존재라고 할 수 있다.[4]

오키나와 여성과 동아시아의 관련성은 '오키나와학沖縄学의 아버지'로 불리는 근대 지식인 이하 후유伊波普猷가 집필한 『오키나와 여성사沖縄女性史』(小澤書店, 1919) 안에서도 엿볼 수 있다. 이하 후유는 앞서 언급한 오키나와 여성의 '이주욕망'을 높게 평가한 장본인이기도 하다. "여자는 태어나는 것은 주쿠니一国, 자라는 것은 나나구니七国"[5]라고 하여 오키나와 여성은 예로부터 태어난 고향을 떠나 바다를 건너 여러 나라들로 씩씩하게 뿌리를 내리며 뻗어나갔다고 주장한다. 가쓰카타(이나후쿠)의 지적에 따르면, 이하 후유가 '고古류큐의 여성의 지위'를 논하면서 여성의 '이주욕망'을 강조한 것은 한국이나 중국, 일본 등 동아시아 여러 나라와 마찬가지로 오키나와에도 침투했던 삼종지도, 칠거지악과 같은 여성을 억압하는 유교적 덕목을 의도적으로 전복시킨 전략적 선택이라고 말한다. 요컨

3 勝方=稲福恵子, 『おきなわ女性学事始』, 新宿書店, 2006, 19쪽.

4 坂元ひろ子, 앞의 책, 82~84쪽.

5 伊波普猷, 『沖縄女性史』, 小澤書店, 1919.(伊波普猷, 『伊波普猷 沖縄女性史』, 平凡社, 2000, 77쪽)

대, 아직 유교사상이 침투하지 않은 '쓰마도이콘妻問婚'[6]과 같은 토착문화에 착안하여 이를 유교적 봉건 시대 이전의 고류큐 시대의 주체적인 여성상으로 호명하는 동시에 근대 여성의 바람직한 이상형으로 삼고자 한 것이다.

이처럼 고류큐의 전통 가운데 여성의 주체성을 부각시키고 '이주욕망'이라는 생소한 용어를 동원해 오키나와 여성의 긍정적인 면모로 자리매김하려는 이하 휴유의 의도를 가쓰카타(이나후쿠)는 다음과 같이 정의한다. "이하 후유가 기도하며 그린 '이주욕망을 가진 여성상'은 그가 그토록 염원했던 이상상이다. 그 이미지에 투영된 것은, 해외개척 이민으로부터 방직공장으로의 단체 취업, '가라유키상からゆきさん', 더 나아가 유학留学 · 유학遊学에 이르기까지 실제로 바다를 건넜던 여성들이며, 또 공동체사회에 정주하지 못하고 샤미센三味線을 연주하고 노래를 부르며 구걸하며 여행하는 맹인 여성 고제瞽女라든가 공동체를 벗어나 스스로의 힘으로 무역선에 올라타 일확천금을 꿈꾸며 밀무역을 하던 여성, 혹은 자유민권사상과 사회주의사상 끝에 정치적 망명한 여성들이 그들이다"[7]라고.

'국경'이 없는 '대항해 시대'를 살아간 오키나와 여성의 면면을 가쓰카타(이나후쿠) 역시 높이 평가하고 있는 듯하다. 류큐 출신 여성 통역사나 주리尾類[8]를 비롯해, 『조선연안 및 대류큐섬 항해 탐험기朝鮮沿岸及び大琉

6 남편이 아내가 있는 곳에 터전을 잡는 결혼 형태로, 여계제 전통과 강한 모권을 상징한다.

7 勝方 = 稲福恵子, 앞의 책, 19쪽.

8 오키나와의 유녀(遊女)를 일컬음.

球島航海探検記』(1816) 등에 그려진 '이異문화'에 두려움 없이 '접촉'하고 '월경'하는 씩씩한 '류큐 여성'의 사례를 비중 있게 소개한 것도 그런 맥락일 터다.[9]

1919년 이하 후유가 오키나와 여성사를 집필한 이래 이렇다 할 만한 여성사는 나오지 않았다. 그러다가 1960년대에 들어서 처음으로 오키나와 여성사 집필의 필요성이 제기되고, 미야기 에이쇼宮城栄昌에 의해 1966년 2월 25일부터 101회에 걸쳐 『오키나와타임스沖縄タイムス』에 연재되었다. 그것을 엮어 단행본 『오키나와 여성사』로 간행되는 것은 1973년의 일이다.

오키나와 최초의 여성사를 집필하고, 일본 여성사와 변별되는 오키나와 여성사의 특수한 성격을 오키나와를 '월경'하여 동아시아 이곳저곳으로 뻗어 가는 '이주욕망'에서 찾았던 이하 후유. 그 이하 후유 시대의 집필 방향성과 전후의 그것은 어떤 차이가 있을까? 물론 이하 후유의 논의는 「고류큐의 여성의 지위古琉球に於ける女子の地位」와 「주리의 역사尾類の歴史」 두 챕터에 그치고 있고, 그 사이에 발표한 글들도 「유타의 역사적 연구ユタの歴史的研究」, 「류큐 여인의 피복琉球女人の被服」과 같이 특정 주제와 시기를 대상으로 하고 있기 때문에 집필 방향성을 같은 무게로 가늠하는 것은 불가능하다. 중요한 것은 오키나와 여성사를 일본 여성사와 구분해서 기술해야 할 필요성이 두 시기 모두 요청되었다는 사실이다.

---

9 勝方 = 稲福恵子, 앞의 책, 21쪽.

야마토에서의 본격적인 여성사의 출현은 1938년 다카무레 이쓰에(高群逸枝)의 『대일본여성사(大日本女性史)』 제1권 「모계제 연구」를 기다리지 않으면 안 된다. 이하의 『오키나와 여성사』는 이보다 19년이나 앞선 1919년에 간행되었다. 그런데 이러한 격차를 지적하며, 왜 오키나와에서 먼저 시작되었느냐고 묻는다면, 그것은 야마토(본토)-오키나와를 선진-후진이라는 틀로 보는 고정관념에 사로잡혀 있기 때문이라고 답하겠다. 『오키나와 여성사』는 오키나와 회복을 향한 강한 의지를 원동력으로 삼아 오키나와라는 것에도 불구하고, 아니, 오키나와이기 때문에 가능한 저작이다. 그러한 의지가 그로 하여금 오키나와 여성의 과거를 탐구하는 길로 향하게 했고, 지금까지 없던 미증유의, 여성의 오키나와라는 역사상을 수립할 수 있게 했다.[10]

『오키나와타임스』사로부터 오키나와 여성사 집필 의뢰가 있었던 것은 1960년(쇼와35) 여름의 일이었다. 당시 마침 오키나와의 노로(ノロ) 조사를 시작하면서 오키나와 여성의 특이한 지점에 흥미를 느끼던 참이었고, 필자가 중심이 되어 요시카와고분칸(吉川弘文館)에서 간행한 일본 여성사가 예상 밖으로 인기를 끌어 기분 좋게 집필을 약속했다. (…중략…) 사료를 해석하고 비판함에 있어, 오키나와 여성을 역사라는 학문 위에서 파악하고자 시종 주의했다. 그 역사란, 오키나와 역사를 성립시키는 여성사가 아니면 안 되고, 또한 오키나와 역사가 일본 역사의 지방사가 아니면 안 된다. 따라서 오키나와 여성사는 일본 여성사 내용의 일부라는 입장을 고수해야 한다는 생각

10 鹿野政直, 「解説「沖縄回復への志と女性史」」, 『伊波普猷 沖縄女性史』, 平凡社, 2000, 320~321쪽.

을 관철하고자 했다. (…중략…) 여성사라고 하면 압박받고 학대당하고 어두운 세계에 갇힌 자들의 역사라고 생각해 왔다. 그러한 사실은 틀림없지만 그것이 여성사의 전부는 아니다. (…중략…) 여자에게도 자유가 있고 밝은 빛이 비추는 곳도 있는데 오키나와 여성이라면 더 더욱 말할 것도 없다. 오키나와는 분명 빈곤했다. 그렇기 때문에 남자도 여자도 고통을 맛보았다. 그런 만큼 오키나와 여성은 일본 여성에 비해 더 없이 밝고 더 없이 많은 자유를 누려 왔다. 그것은 일본 여성사는 갖지 못한 오키나와 여성사만의 개성이며, 오키나와 여성사 연구에서 깊은 의미가 있는 일면이다.[11]

첫 번째 인용문은, 2000년 헤이본샤平凡社에서 이하 후유의 여성사 관련 글을 단행본으로 묶어 내면서 가노 마사나오鹿野政直가 쓴 해설이고, 다음 글은 앞서 언급한 미야기 에이쇼의 오키나와타임스사 판 『오키나와 여성사』의 서문이다. 일본 여성사와 다른 오키나와 여성사만의 특수성을 발견하고 이를 부각시켜내려는 점은 공통되나, 그 방향성에 있어서는 서로 극명하게 나뉘는 지점이 흥미롭다. 하나는 일본 여성사와의 철저한 거리두기를, 다른 하나는 오키나와의 역사가 일본 지방사의 일부이듯 오키나와 여성사 또한 어디까지나 일본 여성사의 일부라는 입장을 강조하고 있는 것이다. 어찌되었든 '일본 여성사'와 구분되는 '오키나와 여성사'를 발견하지 않으면 안 되었던 사정이 전전과 전시기의 이하 후유뿐만이 아니라 전후의 가노 마사나오나 미야기 에이쇼 모두에게 자리했던 것은

11 宮城栄昌, 『沖縄女性史』, 沖縄タイムス社, 1973, 1~2쪽.

분명해 보인다.

한편, 전후 현대 부분이 수록된 본격적인 여성사 집필이 시작되는 것은 1980년대 들어서다. 오키나와 전후 여성해방운동사의 궤적을 일목요연하게 정리한 『오키나와 · 여자들의 전후 – 불타버린 땅에서의 출발』(1986), '오키나와 여성사를 생각하는 모임沖縄女性史を考える会'에서 간행한 『오키나와 · 여자들의 '쇼와' – 제3기 여성사 강좌 기록』(1989), 류큐왕국에서 현대에 이르기까지 오키나와 여성을 대표하는 인물을 개괄한 『시대를 수놓은 여자들 – 근대 오키나와 여성사』(1996), 『나하 · 여성의 발자취 나하 여성사(근대편)』(1998), 『나하 · 여성의 발자취 나하 여성사(전후편)』(2001), 가쓰카타(이나후쿠) 게이코의 『오키나와 여성학 사시事始』(2006) 등이 있다.[12] 80년대에 들어서면서부터 남성 필자에서 여성 필자로 바뀌게 되는 점도 주목할 만하다.

전후 현대 여성사를 집필하는 데에 그리고 오키나와 여성의 동아시아적 맥락을 생각할 때에 빼놓을 수 없는 것은 미군의 점령과 군사기지화로 인해 파생되는 여성의 (성적) 위기 문제이다. 일본 본토와 달리 미군의 오키나와 점령은 무려 27여 년이나 이어졌다. 이 짧지 않은 기간 동

12 차례로, 沖縄婦人運動史研究会, 宮里悦 編『沖縄 · 女たちの戦後 – 焼土からの出発』, ひるぎ社, 1986; 沖縄女性史を考える会,『沖縄 · 女たちの『昭和』– 第三期女性史講座記録』, 那覇市首里公民館, 1989; 琉球新報社 編,『時代を彩った女たち 近代沖縄女性史』, ニライ社, 1996; 那覇市総務部女性室那覇女性史編集委員会 編,『なは · 女のあしあと 那覇女性史(近代編)』, 琉球新報社, 1998; 那覇市総務部女性室那覇女性史編集委員会 編,『なは · 女のあしあと 那覇女性史(戦後編)』, 琉球新報社, 2001; 勝方 = 稲福恵子,『おきなわ女性学事始』, 新宿書房, 2006. 이 외에도 『오키나와 여성 이야기(沖縄女性物語)』, 風土記社, 1972 등이 있다.

안 미군의 대対 오키나와 점령정책 또한 여러 차례의 변화와 조정이 불가피했으며, 오키나와 주민들 또한 1956년의 '섬 전체 투쟁島ぐるみ闘争'의 사례에서 보듯 미군의 무차별적 수탈에 역동적으로 대응해 나간다. 유탄과 전투기 소음, 생태계 파괴, 강간 등 미군의 범죄에 대한 오키나와 주민들의 염증, 반기지운동은 여전히 현재진행형이다.

다른 한편으로는 반미감정과 맞물려 일본 본토로의 복귀 염원이 고조되었지만, 현실적으로는 이방의 권력 미군과 미국식 문화와 밀도 높은 접촉을 할 수밖에 없었다. '점령하', '군사기지화'라는 현실은 일본 본토를 비롯한 동아시아 여러 나라가 그러하듯 오키나와의 경우 역시 여성의 (성적) 위기를 통해 부각되어 나타난다. 1955년 6세 소녀가 미군에 의해 강간 살해당한 이른바 '유미코 짱由美子ちゃん 사건', 그로부터 정확히 30년 후인 1995년 미군이 12세 소녀를 집단 강간한 사건은 그 대표적인 사례이다. 분노한 오키나와 주민들은 기지 축소와 미일 지위협정의 재고를 요구하며 대규모의 현민 집회를 열어 무려 8만 5천 명이 집결하였다. 이 비극적인 사건을 계기로 미군의 성범죄와 미군을 상대로 한 매매춘 문제가 전후 오키나와 사회의 수면 위로 드러나게 된 것이다.

전후 유곽제도는 폐지되었으나 매춘부를 의미하는 '특수부인特殊婦人'의 수는 오히려 급증했고,[13] 싫든 좋든 오키나와 사회의 기지경제를 지탱

13 미야기 에이쇼의 『오키나와 여성사』에 따르면, 전시에 유곽은 폐지되었으나, 전후 얼마 되지 않아 요정(料亭)을 만들고 그 한편에서 매춘업(매춘 여성은 주로 주리(尾類))을 했다고 한다. 나하(那覇)의 쓰지(辻), 사쿠라자카(桜坂), 고자시(コザ市)의 센터(センター), 미사토(美里)의 요사와라(吉原), 긴(金武)에 특음가(特飲街)가 형성되었고, 원색의 페인트칠을 한 조립식 주택(プレハブ)이 매춘 여성들의 집합 지대였다고 한다. 외

하는 중요한 산업 중 하나로 성산업이 부상하게 된다. 무엇보다 전후 오키나와 여성들에게 일어난 가장 큰 변화는 GHQ(연합군총사령부, 사실상 미군)의 개입으로 인한 여성정책, 제도의 변화를 들 수 있다. 미군으로부터 선물처럼 여성참정권이 주어졌고, 1945년 9월 16일 오키나와에서도 처음으로 여성 유권자들의 투표권이 행사되었다. 본토에서는 같은 해 10월 11일에 실시되었으니 여성 참정권의 역사는 본토보다 앞선 것이 된다.[14]

전후 여성사, 혹은 미 점령하 여성사의 전개는 패전과 미 점령기라는 격동의 시대를 살아간 여성이라는 점에서 표면적으로는 오키나와나 일본 본토나 크게 다르지 않은 것처럼 보인다. 그러나 점령 기간의 현격한 차이만큼이나 일상생활의 장場 안에 기지가 깊숙이 파고든 오키나와 여성의 삶의 형태는 본토의 경우와 구분될 수밖에 없다.

그렇다면 오키나와 여성문학자들은 1945년 패전과 함께 일본과 분리되어 '오키나와' '여성'으로서 맞게 된 전후의 상황을 어떻게 묘사하고

국인만 상대하는 온리(オンリー)도 급증한다. 전후 상당 기간 매춘 여성의 수를 정확히 집계하지 않았던 탓에 1만, 2만, 혹은 3만까지 추산되기도 한다. 1969년(쇼와44) 3월에 풍속영업, 음식점, 여관을 대상으로 실시한 조사에 따르면, 영업소가 5,114, 종업원 수 15,570, 매춘 여성(특수부인)으로 추정되는 이가 7,362명이었다고 한다. 또, '오키나와 매춘 문제 개선회(沖縄売春問題ととりくむ会)'에서 발표한 수치는, 매춘 여성 7천명, 관리매춘영업소 630여 개소, 전차금(前借金)이 1인 평균 1천 달러에서 8백 달러라고 추산했다. 한편, 일본 본토에서는 1958년 4월 1일부터 매춘방지법이 전국적으로 시행되었고, 매춘 천국이라고 일컬어지던 오키나와에는 1971년에 방지법이 입법되고 이듬해 72년에 시행되었다고 한다. 宮城栄昌, 앞의 책, 368~370쪽.

14 선거권이 주어졌지만 정치에 대한 관심이나 참여도는 매우 낮았다고 한다. 이에 '오키나와부인연합회(沖縄婦人連合会)'에서 1949년 계몽운동을 벌여 같은 해 오키나와의회 해산을 계기로 연합회장을 맡고 있던 다케토미 세쓰(武富セツ)가 군 임명으로 민정의원에 선출되어 오키나와 최초의 여성 현의원이 탄생하게 된다. 위의 책, 342쪽.

있을까? 지금까지 살펴본 오키나와 여성사에 대한 거친 조망을 여성문학과 관련지어 언급해 보도록 하자.

2. 오키나와 여성문학(사) 소묘

그 수는 많지 않지만 착실하게 다져온 오키나와 여성사 영역의 연구 성과와 달리 오키나와 여성문학(사)을 한 권으로 엮은 것은 전무하다. 그러나 오키나와문학사 전체를 놓고 볼 때, 굵직한 여성 작가가 존재한다. 우선 1930년대를 대표하는 작가로 구시 후사코久志富佐子를 들 수 있는데, 1932년 6월 『부인공론婦人公論』에 게재된 「멸망해가는 류큐 여인의 수기滅びゆく琉球女の手記」는 오키나와 여성이 직면한 시대적 위기감과 고뇌를 성찰적이고 예리하게 간파한 문제작이다. 근대 일본 제국에 병합된 이후 위기에 빠진 오키나와를 본토와의 대비에 그치지 않고 조선이나 타이완이라는 '피억압 민족'까지 폭넓게 시야에 넣어 사유하며, 그 위에 '여성'이라는 위치를 포개 넣음으로써 이중삼중으로 피차별의 위치로 내몰린 사태를 비판적으로 조망한다. 오키나와 남성 지식인='류큐 인텔리' 계층이 무비판적인 동화주의를 향해 내달리던 30년대라는 점에서 구시의 성찰력은 더욱 빛을 발한다.

구시 후사코 이후 주목할 만한 여성 작가로 야마다 미도리山田みどり가 있다. 야마다 미도리의 「고향ふるさと」이라는 작품은 1950년 4월 『우루마 춘추うるま春秋』 창간을 기념한 '1만 엔 현상창작모집' 입선작이다. 미 점령

초기에 해당하는 1950년 무렵의 오키나와 북부 산간 지방을 배경으로 하여 20대 초반 여성들의 사랑과 연애, 결혼에 대한 내용을 담고 있다. 동시대 여성들의 꾸미지 않은 내면을 엿볼 수 있어 흥미로운데, 오카야마岡山, 고베神戸 등지의 본토로부터 귀환引揚하여 한 목소리로 '고향' '오키나와'의 후진성을 토로하고, 오키나와 현지 남성에 대한 노골적인 무시와 경멸을 피력하는 형태로 그려진다. 오키나와 밖을 벗어나 본 적이 없는 현지 남성은 애초부터 철저히 배제되고, 그나마 타이완에서 사업을 하다 귀환했다는 쇼이치昌一라는 남성에게 여성들의 관심이 집중된다. 이것은 본토는 물론 타이완 등지의 '외지'보다 훨씬 낙후되었던 1950년대 오키나와 사정을 대변하는 것으로, 그러한 인식이 오키나와 사회 전반에 팽배해 있었음을 엿볼 수 있는 대목이다. 더 나아가 근대화, 문명화의 정도가 가부장제를 근간으로 하는 남녀의 위계질서는 물론 식민지 질서까지 전복시킬 만큼 강한 힘을 발휘하고 있었음을 의미한다. 실제로 여성에 대한 멸시나 가정폭력, 고부간의 갈등 등 가부장제에 신음하는 여성들에 대한 묘사는 일본 본토나 한국, 중국, 재일 여성 작가들의 작품의 단골 소재라고 할 수 있는데 오키나와의 경우는 조금 다른 듯하다.

시대를 80년대로 앞당겨 보면 작가와 주제가 보다 다양해진다. 우선 여성 작가의 수가 80년대에 들어서면서 눈에 띄게 증가한다. 그 배경에는 오키나와타임스사沖縄タイムス社에서 주관하는 신오키나와문학상新沖縄文学賞, 류큐신보사에서 주관하는 류큐신보단편소설상琉球新報短編小説賞, 규슈예술제문학상九州芸術祭文学賞 등 각종 문학상이 제정되는 등 여성 작가들의 배출 구조가 확대된 것과 관련이 있을 것이다. 주요 작가와 작품을 대략적으로 열거해 보면, 나카와카 나오코仲若直子의 「귀성 이유帰省の理由」(1979), 기샤바 나오코喜舎場直子의 「어머니들과 딸들母たち女たち」(1982), 요시다 스에코吉田スエ子의 「가라마 정사嘉間良心中」(1984), 나칸다카리 하쓰仲村渠ハツ의 「여직공의 노래女綾織唄」(1985), 시라이시 야요이白石弥生의 「일흔두 번째 생일잔치生年祝」(1986), 다바 미쓰코田場美津子의 「가면실仮眠室」(1985), 나카와카 나오코仲若直子의 「바다 달리다海走る」(1980), 야마노하 노부코山入端信子의 「도깨비불鬼火」(1984)·「허공야차虚空夜叉」(1984), 가와이 다미코河合民子의 「하지치[류큐 여성들의 문신]를 하는 여자針突をする女」(1993)·「청명 무렵清明の頃」(2002), 가바무라 아스카香葉村あすか의 「병문안見舞い」(1987), 다마시로 준코玉城淳子의 「운케데비루ウンケーでーびる」(1994), 고토 리에코後藤利衣子의 「에그エッグ」(1995), 이레이 가즈코伊禮和子의 「출관까지出棺まで」(1996)·「결별訣別」(2001), 모리오 미즈키もりお みずき의 「우편마차 마부郵便馬車の馭者」(2005), 이하 마사코伊波雅子의 「기저귀당 달린다オムツ党 走る」(2011), 사토 모니카佐藤モニカ의 「카디건カーディガン」(2014) 등을 들 수 있다. 현대 오키나와 사회의 병폐, 인간소외, 고독, 불안, 불신, 생활고, 여성의 삶, 노년의 삶 등이 이들 작품을 관통하는 공통 키워드라고 할 수 있다.

이때, 오키나와 남성인물의 경우, 야마다 미도리의 「고향」에서처럼 부정적인 것도 긍정적인 것도 아닌 거의 존재 자체가 드러나지 않는다. '복귀' 이후 새롭게 등장하기 시작한 본토 남성 역시 긍정적이지 않으며 속을 알 수 없거나 사기꾼의 이미지로 묘사되고 있다. 무엇보다 문제적인 것은 시라이시 야요이와 같이 본토 출신 여성 작가가 그리는 오키나와와 여성의 이미지다. 본토 여성의 차별적 시선(오리엔탈리즘) 속에 나포되어 오키나와 여성을 표피적인 이미지로만 전경화하고 있는 한계가 명확히 보인다. 이 외에도 젊은 미군 병사와 늙은 오키나와 출신 창부의 정사라는 독특한 소재의 요시다 스에코의 「가라마 정사」 류의 소설도 오키나와이기에 가능했을 터다.

이렇게 대략적으로 살펴본 바로도 알 수 있듯, 오키나와 여성 작가의 작품에서 무엇보다 흥미로운 것은 미국을 비롯한 일본 본토, 조선, 타이완 등 전전, 전시, 전후를 관통하는 동아시아의 맥락이 너무도 자연스럽게 그리고 깊숙이 침투되어 있다는 점이다.

3. 동아시아 접촉의 장場으로서 '오키나와', 그 안의 '여성'

1) 일본/오키나와, 조선·타이완/오키나와

일본 제국의 식민지 지배하에 놓이게 되면서 오키나와 역시 남양군도, 타이완 등지로 극심한 빈곤으로부터 탈출하기 위해, 혹은 (강제) 노동을 위해, 전쟁을 수행하기 위해 오키나와 밖으로 이동하는 일이 잦았다. 또 같은 이유로 조선, 타이완 등지에서 오키나와 안으로 유입되어 오는 경우도 빈번했다. 이것은 곧 제국주의의 폭력이 오키나와에만 미쳤던 것이 아니라, 한국, 타이완, 베트남, 그리고 남양군도에 이르기까지 동아시아 지역 전역으로 파급되어 갔음을 의미한다.

최근 간행된 오세종의 『오키나와와 조선의 틈새에서』(2019)[15]가 선명히 밝히고 있듯, 전시(정확히는 오키나와 전투)와 전후를 관통하며 오키나와를 살아간/살고 있는 '오키나와의 조선인'이 놓인 위치는 그야말로 중층적이고 복합적이다. 이들 오키나와의 조선인은 오세종의 말을 빌리자면, 식민지 역사 속에서, 오키나와 전투 속에서, 그리고 미군 점령하에서 불가시화되고 때에 따라서는 희미하게 가시화되기도 하지만 그마저도 상황에 따라 끊임없이 변화하는 유동적이고 불확정적인 존재들에 다름 아니다.

지금부터 살펴볼 「멸망해 가는 류큐 여인의 수기」와 「고향」 안에도 틀림없이 존재했을 '조선인'을 비롯한 마이너리티 민족들의 흔적을 확인할 수 있으며, 「고향」의 경우는 같은 오키나와 출신이더라도 본토와 타이완을 경험한 오키나와인과 그렇지 못한 오키나와인을 구분하고 차이를 둠으로써 제국이 구축한 문명의 위계를 보다 공고히 하는 경향을 보인다. 두 작품 공히 경제적 궁핍으로 피폐해진 생활, 일자리 부족으로 인한 오키나와 밖으로의 노동력 이주, 류큐 고유의 풍속과 관습을 야만시하는 실상이 피력되어 있다. 그런데 이에 대응하는 방식은 확연한 차이를 보인다. 그것은 문명화와 젠더 위계에 비판적, 자각적인가 아닌가의 문제와도 맞닿아 있다.

먼저, 「고향」에 등장하는 20대 초반의 여성 등장인물 아키코明子와 지에千枝의 시선에 포착된 '고향' '오키나와' 안으로 들어가 보자.

---

15 오세종, 손지연 역, 『오키나와와 조선의 틈새에서 – 조선인의 '가시화/불가시화'를 둘러싼 역사와 이야기』, 소명출판, 2019.(일본어판은 呉世宗, 『沖縄と朝鮮のはざまで – 朝鮮人の〈可視化/不可視化〉をめぐる歴史と語り』, 明石書店, 2019)

아키코는 마음껏 고향의 모습을 상상했다. 앞으로 펼쳐질 생활에 대해 이것저것 생각하다보니 기분이 오락가락 진정되지 못한 마음을 안고 부모님과 남동생과 함께 고향으로 돌아왔다. 고향이라고 해도 그녀의 주위에는 언어라든가 옷차림, 생활양식 모두가 확연히 다른 사람들이었다. 그들의 옷차림은 낡아서 더러워진 바지와 상의, 무릎까지 올라오는 깡뚱한 옷, 거기다 맨발이었다. 그리고 남자나 여자나 똑같은 행동거지, 똑같은 말투, 아름다운 주변 경관과는 딴판이었다. 그런 거칠고 세련되지 못한 사람들 가운데 할머니라든지 숙부, 숙모, 사촌오빠라는 이들이 있었다. 그들은 귀향한 아키코 가족들을 향해 각자 인사를 건넸지만 그 목소리는 어딘지 꽥꽥대는 기러기 울음소리와 닮아 있었다.[16]

아키코가 도시인의 눈으로 그들을 보면, 그녀의 눈에는 이 마을 사람들 모두가 바바리즘(バーバリズム)으로 보였다. 길에서 놀고 있는 아이들은 여름이 되면 알몸으로 다닌다. 그리고 유난히 배가 볼록 튀어나와 있다. 콧물을 질질 흘리는 아이, 학교도 가지 않고 자기 몸집만 한 아기를 질질 끌듯 등에 업고 놀고 있는 아이들이 많았다. 아이들의 어머니들은 가슴을 풀어 헤치고 머리는 산발을 하고, 끈으로 동여맨 큰 바구니를 등에 지고는 맨발로 걷고 있다. 아버지들은 찢어진 바지를 입고 괭이나 낫을 메고, 짐수레를 끌면서 걷고 있다.

"아아 어떻게 이런 생활을 할 수 있지?"

(…중략…)

16 山田みどり,「ふるさと」,『うるま春秋』, 1950.(沖縄文学全集編集委員会,『沖縄文学全集』7, 図書刊行会, 1990, 18쪽)

일 년 중, 제사를 지낼 때 이외는 하루도 쉬는 날이 없다고 한다. 항상 굶주림과 싸워야 하는 곳에서는 자연스럽게 식생활 이외의 생활은 무시되기 마련이다. 아이들을 돌보다 보면 밭일에 소홀하게 된다. 좋은 옷을 입어도 흙투성이가 될 수밖에 없다. 공부로는 밥을 먹고 살 수 없다. 그래서 기댈 것은 체력뿐이다. 그렇다, 힘든 노동을 견딜 수 있는 강한 힘이나 근육이 필요한 것이다. 그렇게 그들은 의식하지 못한 사이에 바버리즘적인 생활을 강요받고 있다.[17]

젊은 처녀들이라도 농업 이외의 지식을 갖춘 사람은 몇 없었다. 그뿐 아니라 그녀들의 말투와 행동이 거칠고 교양이 없다보니 그런 사람들과 겉으로만 어울리는 척했다. 아키코는 그들의 말투와 행동을 볼때마다 반발심이 솟구쳤고 마음속은 항상 고독했다.[18]

지에는 고향의 생활방식과 사람들을 모두 백안시했다.

"이놈이나 저놈이나 어쩜 저렇게 다 똑같을까? 그들은 다른 지역에서 온 사람들이 "정말 이 마을 사람들은 열심히 일하는군요, 대단해요. 나는 오키나와 이곳저곳을 돌아다녀 봤지만 이렇게 열심히 일하는 마을은 본 적이 없습니다. 정말 대단하네요"라며 조소 섞인 입에 발린 말들을 그저 순진하게 받아들여, "내가 정말 대단한가?"라고 생각한다. (…중략…) 나는 이 마을의 생활 따윈 정말 싫다. 비록 이곳에서 생활하고 있지만 절대 여기 생활에 물들지 않

17 위의 책, 19쪽.
18 위의 책, 20쪽.

도록 조심해야겠다."[19]

'바버리즘'이라는 직접적인 표현을 거론할 것도 없이, 오카야마, 고베 등지의 본토 체류 경험은 낙후된 '고향' '오키나와'를 '발견'하는 계기로 작동한다. 문명화된 제국에서 멀리 떨어질수록 그리고 식민지이지만 제국의 문명의 세례를 받은 도시에서 멀리 떨어질수록 고향 오키나와는 부負의 개념으로 부정되고 비판의 대상이 된다. 그런 의미에서 타이완은 본토만큼은 아니지만 오키나와 여성들에게 매력적으로 어필된다.

쇼이치(昌一)는 몸집이 큰 청년이었다. 키가 크고 골격도 거칠었다. 날카로운 눈매와 꾹 다문 입술을 한 인상은 사람들로 하여금 쉽게 다가가기 어렵게 하였다. 게다가 과묵하고 술을 마시지 않으면 입을 열지 않는 성격이어서 상대하기가 여간 까다로운 게 아니었다. 타이완에서 무슨 사업인가를 한다면서 술만 마시면 타이완에서 살았던 이야기를 했는데, 종전 후 많은 일본인이 생활고에 시달렸지만 자신은 사람들을 부리면서 호화로운 생활을 했다고 말하곤 했다. 그리고 조만간 오키나와에서도 중대 사업을 일으킬 것이라고 큰소리를 치고 다녔다. 이러한 이야기가 아키코나 지에의 귀에도 들려왔다. 그의 말대로 그는 귀향 후 한 달 정도 지나자 여러 가지 물건을 남부에서 떼어와 팔거나 배터리를 구해와 마을에 전등불을 밝히기도 했다. 26살이라는 젊은 나이에 이런 일을 시작하자 마을 청년들 사이에서 그를 숭배하는

19 위의 책, 20~21쪽.

이들이 생겨났다. (…중략…) 청년회 여자들 사이에서도 쇼이치야말로 진짜 남자다운 사람이라는 평판이 자자했다. 그렇게 그는 모두의 관심을 끌게 되었고, 지에나 아키코도 한번쯤 어떤 사람인지 이야기를 나눠 보고 싶다는 생각을 했다.[20]

내 눈에는 쇼이치는 그저 하찮은 사람이지만 지금의 아키코에게는 최고의 존재일지 몰라. 그래도 아키코가 고통스러운 이 마을에서 평생을 살아갈 생각이라면 쇼이치와 함께 하는 편이 좋을 거야. 적어도 그는 이 마을 일반 청년들보다 레벨이 훨씬 높으니까.[21]

타이완에서 귀환한 쇼이치를 "하찮은 사람"이라고 폄하하지만, 오키나와 청년들보다는 "레벨이 훨씬 높"다고 평가하는 것은 지배/피지배의 논리로 제국이 즐겨 사용한 문명화의 위계질서를 피식민자 스스로가 확고히 하는 사태에 다름 아니다. 이때 일본/오키나와, 본토/고향, 도시/지방의 차이를 무비판적으로 일본→타이완→오키나와라는 수순의, 또 하나의 위계질서로 연동시켜 가는 것에 주의를 요한다. 왜냐하면 이러한 인식은 제국의 근대 문명화의 논리가 어떻게 오키나와를 억압·차별해 왔는지에 대한 비판을 비껴가게 되는 것은 물론, 오키나와 여성이 놓인 상황에 대해서도 눈감아버리게 되기 때문이다.

그런데 구시 후사코는 1930년대라는 매우 이른 시기에 이미 이러한

20 위의 책, 22쪽.
21 위의 책, 32쪽.

우려를 간파하고 있었던 듯하다. 1932년 6월 『부인공론婦人公論』에 게재된 「멸망해가는 류큐 여인의 수기」(이하 「수기」로 표기함)는 제목에서 알 수 있듯, '멸망해가는 고도滅びゆく孤島' 오키나와를 배경으로 한 작가 자신의 자전적 소설이다. '나'는 오키나와 출신임을 숨기고 '내지'에서 성공한 숙부나 아직도 궁핍한 생활에서 벗어나지 못하고 입신출세한 숙부를 동경하는 고향 친척들의 모습을 회상하면서 '몰락'해 가는 '류큐인'에 대한 감회를 토로한다. 여기서는 앞서 「고향」에서 보았던 일본→타이완→오키나와라는 도식은 성립되지 않는다.

> 조선인이나 타이완인처럼 자신들의 풍속습관을 있는 그대로 드러내면서 내지에서 생활할 수 있는 대담함을 류큐 인텔리들에게선 찾아 볼 수 없다. 항상 버섯처럼 한 곳에 모여 있으려고 한다. (…중략…) 류큐의 많은 노래들 속에는 비통한 마음을 쥐어짜는 애조(哀調)가 서려 있다. 그렇지 않으면 난센스한 가사와 자포자기한 재즈를 닮은 가사가 조화를 이루어 완성된다. 몇 백 년 이래의 피억압민족에게 쌓였던 감정이 이러한 예술을 만들어 낸 것일지 모른다. 나는 이런 석양이 지는 풍경을 좋아한다. 이 몰락의 미(美)를 닮은 내 마음 속에 침잠되어 있는 그 어떤 것을 동경한다.[22]

위의 인용문은 같은 '피억압 민족'인 '조선인'이나 '타이완인'의 경우와는 또 다른 오키나와 역사만이 갖는 특수성을 짐작하게 한다. 「수기」

22 久志富佐子, 「滅びゆく琉球女の手記」, 『婦人公論』 1932.6.(沖縄文学全集編集委員会, 『沖縄文学全集』 6, 図書刊行会, 1993, 97 · 102쪽)

의 화자 '나'는, "류큐 인텔리들"의 비극의 원인을 "자신들의 풍속습관을 있는 그대로 드러내"지 못하고 '오키나와=일본인'이라는 것을 계속해서 입증하지 않으면 안 되는 데에서 찾고 있다. 흥미로운 것은 「수기」가 『부인공론』에 게재된 직후, 재경 오키나와현학생회 대표와 현인회, 그리고 작가의 실제 숙부가 보인 비판적 반응과 이에 대한 구시 후사코의 대응이다. 구시 후사코는 이듬해 7월 『부인공론』에 「『멸망해가는 류큐 여인의 수기』에 대한 석명문『滅びゆく琉球女の手記』についての釋明文」이라는 제목의 글을 게재하기에 이른다.

> 대표 여러분께서는 우리를 차별대우하고 모욕한다고 말씀하시지만, 그 말을 그대로 뒤집어 생각하면 아이누나 조선 사람들에게 인종적 차별을 가하는 것이 아닌가 합니다. 제가 생각하기에는 오키나와인이 아이누 인종이면 어떻고, 야마토 민족이면 어떻습니까. 어느 쪽이든 경우에 따라서는 다소 비뚤어진 부분이 있더라도 인간으로서의 가치는 물론 본질적으로도 아무런 차이 없는 모두 같은 동양인이라고 믿습니다.[23]
>
> 저는 고향을 악의적으로 쓰려고 했던 것이 아니라 문화의 해악에 빠지지 않은 류큐 사람이 얼마나 순정한가를 쓰고자 한 것이니, 부디 당황해 마시고 잘 생각해 주셨으면 합니다. 하지만 제 거친 문장이 사회적 지위에 오르신 여러분들께 그렇게 강한 울림을 드렸다니 새삼 황공한 마음입니다. 그 점은 깊이 사죄드립니다. 지위가 있는 분만 큰 소리로 아우성쳐대고, 최하층에 있는

23 위의 책, 102쪽.

사람이나 학식이 없는 사람은 무엇이든 지당하신 말씀이라며 따르는 것이 당연시되는 오키나와에서, 저처럼 교양 없는 여자가 제 할 말을 다 하니 필시 어처구니없게 여기실 줄 아오나 위에 계신 분들께서 멋대로 우리를 마음대로 휘두르고 조정하지 말아주셨으면 합니다.[24]

같은 피억압 민족인 조선이나 타이완, 아이누와 거리를 두고 싶어 했던 당시 오키나와 지식인들의 이중적 인식을 에둘러 표현한 것이자, 오키나와와 타이완에 이어 일본 제국에 새롭게 편입된 조선을 마이너리티 문제로 인식하고 식민지배가 수반하는 뿌리 깊은 차별에 대한 깊은 공감과 예리한 성찰력을 간파할 수 있을 것이다. 또한, 비판에 대해 해명하는 과정에서 자신이 본토의 차별에 더하여 '여성'이라는 데에서 오는 젠더 위계까지 감수해야 하는 이중삼중의 마이너리티라는 것을 명확하게 인지하게 된다. "사회적 지위"라든가 "교양이 없는 여자"라는 우회적 표현은 제국이 구축한 문명화의 위계뿐만 아니라 오키나와 내부의 계층 위계, 젠더 위계에 저항해 가고자 하는 구시 후사코의 강한 의지로 읽을 수 있을 것이다.

2) 동아시아 (여성) 연대의 가능성

구시 후사코의 시대를 앞서간 성찰력은 동아시아의 연대 가능성을 상상하기에 부족함이 없어 보인다. 지금부터 살펴볼 사키야마 다미 역시 여러 작품에서 한국과 오키나와와의 관련성을 이야기해 왔고, 여성으로서, 마

24 위의 책, 103쪽.

이너리티로서 공감을 표해 왔다. 앞서 소개한 『일본 근현대 여성문학선집』 제17권에 수록된 『운주가, 나사키』[25]도 그 가운데 하나이다.

소설은 총 7개의 에피소드로 이루어져 있으며, 홀로 사는 직장 여성인 '나'에게 의문의 파일이 배달되어 오면서 시작된다. 그 가운데 「기록y」, 「기록z」, 「기록Q」에 관한 의문을 풀어가는 과정이 차례로 그려진다. '나'는 집안에 혼자 있을 때면 어김없이 시마고토바シマコトバ(섬말)로 말을 건네는 (모습은 없고 소리만 있는) 정체 모를 목소리에 떠밀려, 출근도 포기하고 파일에 기록된 '묘지'를 찾아 길을 나선다. 그 과정에서 오키나와 전투에서 억울하게 죽어간 이들과 만나고 이들을 위로하는 의식을 행한다. 전쟁의 기억이 응축된 역사의 증인들의 뼈에서 생성된다는 'Qmr세포'의 존재는 작가의 상상력이 돋보이는 부분이다. 역사와 시대의 편견에 물들지 않은 온전한 기억의 진실만을 추출한 이 'Qmr세포'를 현재를 살아가는 사람들의 의식에 주입한다는 상상력은 지난 전쟁을 잊지 않고 기억하고 계승해가고자 하는 작가의 강한 의지를 반영한 것이다.

이 작품에서 특히 두드러지는 것은 표준일본어에 저항하는 오키나와어를 비롯한 동시대 마이너리티 민족 언어가 갖는 힘이다. 사키야마는

---

25 이 작품은 문예지 『스바루(すばる)』에 게재했던 단편을 모아 「운주가, 나사키(うんじゅが, ナサキ)」라는 제목으로 『문학2013(文学2013)』(日本文芸家協会 編, 2013)에 수록하였고, 이후 2016년에 하나쇼인(花書院)에서 단행본으로 간행되었다. 단행본 말미에 붙은 초출 일람표에 따르면, 「운주가, 나사키」(『すばる』, 2012.12[「배달물」·「해변에서 지라바를 춤추면」]), 「가주마루 나무 아래에서」(『すばる』, 2013.10), 「Q마을 전선a」(『すばる』, 2014.5), 「Q마을 전선b」(『すばる』, 2014.9), 「Q마을 함락」(『すばる』, 2015.6), 「벼랑 위에서의 재회」(『すばる』, 2016. 1) 등 2012부터 2016년 사이에 발표된 작품을 수록하고 있다. 소설의 타이틀인 '운주가, 나사키'는 '당신의 정'이라는 뜻의 오키나와어다.

표준일본어가 아닌 마이너리티 언어 사용자가 차별에 일상적으로 노출되어 왔음을 표준일본어를 상징하는 '질서정연한 N어의 세계'와 오키나와어를 상징하는 '야비하고 케케묵은 옛 Q마을 말'에 빗대어 폭로한다.

이처럼 질서정연한 표준일본어 사용을 거부하고, 오키나와 시마고토바, 그것도 오키나와 안에서도 통용되기 어려운 이도離島의 시마고토바를 사용하여 전전, 전시, 전후를 관통하며 형성되어온 견고한 언어체계에 균열을 낸다. 이 같은 방식은 사키야마 다미 특유의 문학적 색채를 결정짓는 요소라고 할 수 있다. 여기에 고마워コマオー, 괜찮아ケンチャナ, 많이 많이マニマニ, 기쁘다キップタ 등의 가타카나로 표기한 한국어까지 틈입하면서 작품 속 언어체계는 더 한층 어지럽게 흐트러진다. 자신이 구사할 수 있는 몇 안 되는 한국어 가운데 특히 좋아하는 단어들이라는 작가의 직접적인 언급도 있었지만, 낯선 시마고토바와 아무런 위화감 없이 작품 속에 자연스럽게 녹아들고 있는 장면은 그 어떤 말로도 설명이 불가능하다. 실제로 전전 · 전시에 오키나와에 동원된 일본군 '위안부'나 군부 등 조선인들과 일상에서 마주할 기회가 적지 않았음을 상기할 때, 시마고토바와 조선어, 그리고 표준일본어가 뒤섞이는 상황은 상상하기 어렵지 않을 것이다. 사키야마의 대표작 가운데 하나인 『달은, 아니다月や, あらん』(なんよう文庫, 2012) 역시 자신의 어머니에게서 들었던 조선인 일본군 '위안부'의 이야기를 모티브로 하고 있다.

사키야마 다미의 작품세계는 일본 본토의 독자는 물론이고 오키나와 내 독자들에게도 쉽게 다가가기 어렵다고들 말한다. 그 때문인지 평론가나 연구자들은 사키야마 다미가 즐겨 사용하는 낯선 시마고토바를 이

른바 '다미 고토바多美ことば'라는 표현에 빗대어 그 해독(번역) 불가능성을 이야기해왔다. 그러나 사키야마의 소설이 난해하게 여겨지는 것은 단순히 시마고토바를 해석하고 못 하고의 문제만은 아닐 것이다. 사키야마의 소설 안에 인종, 젠더, 언어, 역사가 착종되고 복잡하게 뒤엉켜 있는 것은, 작가 자신과 그 (조)부모님 세대가 바로 그렇게 착종되고 복잡하게 뒤엉킨 시대를 살아갔기 때문이며, 불가피하게도 오키나와의 역사와 오키나와인의 삶이 바로 그 한가운데에 위치해 있었기 때문이다.

> 사실 「달은, 아니다」는 꽤 많은 시간이 걸렸던 작품입니다. 저의 어머니는 미야코 섬에서 어린 시절을 보냈는데, 어머니가 저에게 들려주신 이야기들 가운데에는 미야코에 살던 종군위안부들의 생활도 포함되어 있었습니다. 그녀들이 어떻게 먹고 지내며 어떤 옷을 입었는지, 그리고 얼마나 힘든 생활을 하였는지까지. 그 가운데 특히 저에게 강렬하게 남아있었던 것은, 작품에도 썼습니다만 위안부 할머니가 쏟아 내는 말들입니다. 사람들이 위안부들을 놀리거나 하면 그녀들은 작품 속에 쓴 것과 같은 말을 퍼부어댔던 것이죠.[26]

> 최근의 기지 문제만 보더라도 말이죠. 정치적 대립은 어쩔 수 없이 생기기 마련입니다. 그런데 당신은 일본인이고 나는 오키나와인이다, 하는 전제를 두고 이야기를 하면 양자 사이의 대화는 궁핍해질 수밖에 없어요. 아무런 생산성이 없죠. 결국 상대를 비난, 비판하는 것으로 끝이 납니다. 그런데 이

26 사키야마 다미 · 김재용, 「작가와의 대담」, 『지구적 세계문학』 7, 글누림, 2016, 369쪽.

를 문학적으로 생각하면 어떻게 될까요? 현실적인 대립 관계를 어떻게 문학적으로 해소시켜 나갈 것인가 하는 문제는 참으로 어려운 숙제라서 저도 잘 모르겠어요. 그러나 최근에는 이를 어떻게든 풀어보자고 생각하고 있습니다. 예를 들면 일본과 오키나와 관계에 동아시아라는 시점을 도입하면 어떻게 될까? 하는 식으로 말이죠.[27]

구시 후사코가 그러했듯 사키야마 역시 조선이나 타이완이라는 동아시아 구도 안에서 오키나와라는 존재, 여성이라는 존재를 끊임없이 상대화하고 중층적으로 사유해 왔음을 간파할 수 있을 것이다. 그런데 질서정연한 언어를 파괴하는 소설적 기법을 구사하는 여성 작가는 사키야마만이 아니다. 일본 본토, 재일을 비롯한 동아시아 여성 작가들이 시도하고 있는, 질서정연한 언어를 파괴하고 이에 저항하는 '그녀들의 말'이 '지금'도 계속되어 오고 있음을 놓쳐서는 안 될 것이다.

4. 질서정연한 언어를 파괴하는 '그녀들의 말'이 향하는 곳

이 글을 착안하게 된 것은 '전후 동아시아 여성서사는 어떻게 만날까 – 한국, 중국, 일본, 오키나와, 재일'이라는 테마로 개최된 한 학술대회에서의 발표가 계기가 되었다. 이 자리는 국내 연구자뿐만 아니라 일본

27 위의 책, 370쪽.

연구자들이 자리를 함께 하여 역동적인 동아시아 여성문학(사)의 과거, 현재, 미래를 가늠해 보자는 의도에서 마련된 것이었다. 5개 지역의 여성문학(사)을 한 자리에서 발표한다는 기획이 흔치 않은 만큼 다소 범박한 키워드지만 '전후', '동아시아', '여성'에 집약시켜 보자는 발표자들 간의 사전 논의가 있었고, 총 8편의 발표가 이루어지게 되었다.[28]

여기서 저자가 담당한 역할은 오키나와 여성문학(사)을 동아시아적 맥락에서 살펴보는 것이었다. 이 글 1장에서 기술한 바와 같이 한국, 중국, 일본, 재일과 변별되는 '오키나와 여성사'라는 구분 혹은 특징은 '동아시아에 가깝고 일본 여성사와 변별되는 지점'에서 찾을 수 있었다. 전시 구시 후사코나 전후 야마다 미도리, 현재 가장 활발하게 활동하고 있는 사키야마 다미 등 오키나와 여성 작가들에게서 공통적으로 보이는 요소 가운데 하나는 '오키나와인'이면서 '여성', 그리고 더 나아가 '동아시아'라는 역사적 맥락을 매우 민감하게 포착하고 있다는 것이다. 여기에 더하여 기지촌, 양공주, 팡팡, 혼혈아 문제 등으로 대표되는 신식민지 시대의 미군(미국)의 존재가 동아시아 여성서사를 관통하는 중요한 키워드라는 점, 그리고 재일, 오키나와 여성서사에 두드러져 보이는 특수한

28 한국일본학회 산하 한국일본문학회 추계학술대회(2019.12.20, 인천대)의 기획테마로 마련되었으며, 발표 주제는 다음과 같다. 백지연 '분단체제의 여성서사와 동아시아의 사유 – 한국 전후 여성소설을 중심으로', 임우경 '중국혁명과 노라, 그리고 여성문학사 – 딩링과 장아이링을 중심으로', 오성숙 '전후 일본 여성문학의 출발 – '패전' '민주주의' '성'을 중심으로', 손지연 '오키나와 여성문학(사)의 동아시아적 맥락', 윤송아 '재일여성문학을 읽는 몇 가지 키워드 – 이산과 식민체험, 가부장제 마이너리티', 이다 유코 "사소설'로부터 멀리 떨어진 곳에서 『8월의 저편』과 함께', 미쓰이시 아유미(光石亜由美) '한일합작소설 『사랑 후에 오는 것』 – 국경을 넘는 시도', 소명선 '사키야마 다미론 – 동아시아 여성서사를 연결하는 문학의 '말''.

언어, 말의 문제도 엿볼 수 있었다.

이 가운데 '사소설'이 '일본문학'을 대표하는 것으로 알려져 있지만 유미리의 『8월의 저편8月の果て』의 경우 그것과 멀리 떨어져 아시아로 시선이 향하고 있다[29]는 이다 유코飯田裕子의 지적은 오키나와 여성문학을 사유하는 데에도 유효한 논점을 제공한다.

무엇보다 유미리로 하여금 한국어와 일본어가 뒤섞인 형태의 글쓰기로 이끌어 간 것은 '재일'이라는 경계의 위치, 디아스포라성에 기인한다는 것, 유미리의 글쓰기 방식이 기왕의 소설 형식을 뛰어넘는 다층적이고 혼성적인 문제로 많은 이들로부터 높은 평가를 받기도 했지만, 다른 한편으로는 일본어 독자로 하여금 읽기 어렵다는 비판적 평가가 공존한 데에서 오키나와 여성 작가 사키야마 다미를 떠올리지 않을 수 없을 것이다. 이렇듯 질서정연한 언어, 표준일본어를 파괴하는 '그녀들의 말'이 나란히 동아시아를 향하고 있음은, 동아시아에 잠재하고 있는 트라우마의 기억을, 그리고 여성들의 경험을 동아시아라는 사유의 틀 안에서 함께 고민하고 사유할 필요가 있음을 강하게 환기시킨다.

29 이다 유코(飯田裕子), 「'사소설'에서 멀리 떨어져 『8월의 저편』과 함께(「私小説」を遠く離れて『8月の果て』とともに)」, 『전후 동아시아 여성서사는 어떻게 만날까 — 한국, 중국, 일본, 오키나와, 재일』(한국일본학회 산하 한국일본문학회 추계학술대회 자료집), 2019, 73쪽.

오키나와문학 연구의 현장을 말하다

사토 이즈미佐藤泉 × 손지연 대담

일시 2019년 12월 23일(월), 15:00~18:30
장소 도쿄 워싱턴 호텔 본관 · BARON[1]

나쓰메 소세키에서 출발한 사유가 동아시아와 만나다

손지연 바쁘신 가운데 시간을 내주셔서 감사합니다. 사토 이즈미 선생님과는 몇 해 전 오키나와 류큐대학琉球大学에서 개최된 한 학회에서 처음 뵈었습니다. 그리고 작년(2019)에 경희대학교 글로벌 류큐 · 오키나와 연구소가 주최한 심포지엄에서 뵈었으니 '오키나와'가 우리의 인연을 만들어 준 것 같습니다. 심포지엄 후, 제주 4 · 3 답사를 함께하면서 더 많은 이야기를 나누었는데, 오늘 이 자리는 '오키나와'와 더불어 '제주'라는 공통의 관심사를 나누는 뜻깊은 시간이 될 것 같습니다. 오키나와, 한국(제주), 일본(도쿄)을 넘나들며 선생님을 뵈었던 '장소'들에서 이미 오늘 어떤 이야기가 오고갈지 대략 가늠이 갈 듯합니다. 본론에 들어가기에 앞서 선생

1 일본어로 진행된 대담 내용은 하타나카 아이(畑中愛, 경희대) 선생님의 도움을 받아 정리했습니다. 감사의 마음을 전합니다.

님의 연구의 출발점이 된 작가와 작품, 그리고 최근의 연구 관심사에 대해 여쭙고 싶습니다.

사토 이즈미 손 선생님과의 인연이 되었던 장소에 그런 의미가 있었군요.(웃음) 저는 학부와 석사과정에서 나쓰메 소세키夏目漱石를 전공했습니다. 주로 소설을 읽었는데 점차 소세키의 평론으로 관심이 옮겨갔습니다. 소세키는 일본의 근대라는 테마를 만들어간 인물입니다. 강연 「현대 일본의 개화現代日本の開化」(1911)에서 보듯 일본의 개화=외발적인 것, 빌려온 근대라는 명제에 입각해서 말이죠. 일반적인 의미의 근대가 아닌, 일본의 근대 문제를 본격적으로 다루기 시작한 것은 아마도 소세키가 처음이 아닐까 합니다. '내발적内発的'이라든가 '외발적外発的'이라는 용어도 이 문제를 풀어가기 위해 소세키가 고안해 낸 것이겠지요. 근대란 무릇 진보, 발전, 주체성의 시대라고 입을 모을 때, 소세키는 '일본의 근대'는 서양이라는 타자의 역사를 좇아가야만 하는 시대, 자신의 역사를 잃어버리게 된 시대라고 말했습니다. '근대란 무엇인가'라는 명제를 둘러싼 비평이라든가, 일본 국어교과서에 근대가 어떻게 기술되고 있고, 또 반反근대가 어떻게 규정되고 있는지 등, 일본 전후사戦後史의 메타히스토리를 살펴보는 일에 관심을 갖게 되었습니다. 소세키는 일본의 근대에 문제제기를 한 점에서 중요한 사상가이기도 하지만, 그 이상으로 중요한 것은 사상가로서 그가 가진 맹점을 살펴보는 일이 될 것입니다. 소세키의 사유는 서양의 근대와 일본의 근대 비판이라는 두 개의 축으로 형성되어 있습니다. 서양과 동양이 아닌 서양과 일본만을 대상으로 하고 있죠. 이때 그가 가진 커다란 맹점은 바로 일본 이외의 아시아에 대한 문제입니다. 서양의 강한 힘에 이끌려 근대화를 추진해가야 한다는 것은 일본만의 문제가 아니라 아시아 전반에 걸친 문제임에도 소세키의 시야는 오로지 서양과 일본에 한정되어 있었습니다. 소세키만이 아니라 다른 일본 지식인들 역시 마찬가지였습니다. 그 후, 마침 냉전이 종식되고 일본에서도 '동아시아'라는 용어가 등장하게 됩니다. 저 또한 그 무렵부터 소세키의 한계라든가 맹점을 인식하게 되었던 것 같습니다. 그런데 돌이켜 생각해보면, 일본의 경우 동아시아라는 말이 자연스럽고 매끈한 형태로 등장한 것은 아니었습니다. 동아시아라는 말을 입에 올리는 것은 일종의 터부였습니다. 그도 그럴 것이 동아시아라고 할 때, 그것은 일본의 문맥이라면 '동아'라든가 '대동아'라는 근대 이래의 일본의, 철저히 자국 중심주의 발상으로 만들어진 지역질서이기 때문이죠. 타이완을 식민지화하고, 조선을 식민지화하고, 그리고 대륙 중국으로 침략해 간, 그 필드가 바로 동아시아였기 때문에 일본 지식인들의 경우 새삼스럽게 냉전이 끝났다고 해서 동아시아라는 말을 꺼내기 어려웠던 분위기로 기억하고 있습니다. 뭐랄까 일종의 주저함 같은 것이 있었습니다. 그럼에도 냉전종결 당시는 미국 일극주의一極主義가 문제시되던 시기였고, 유럽에서 EU가 만들어진 것처럼 우리 쪽에서도 동아시아라는 시야를 확보할 필요성이 2000년대인가, 아니면 더 빠른 90년대 무렵부터 대두되었던 것 같습니다.

대략 이러한 과정을 경유하며 동아시아에 대한 문제의식을 갖게 된 것 같습니다. 또한, 『옥중 19년獄中19年』을 쓰신 서승徐勝 선생님을 비롯한 자이니치在日 분들 덕분에 우리들 시야의 한계를 인식할 수 있게 되었죠.

사상적인 의미에서 자이니치의 존재는 매우 큽니다. 이 분들이 중심이 되어 냉전기 동아시아 각지에서 국가폭력이나 민중학살로 인한 상흔을 파헤치는 작업이 90년대 무렵부터 전개되었는데, 이 또한 저에게는 매우 충격적이었습니다. 우리가 알고 있지 못한 장소에서 심각한 일이 벌어졌다는 사실을 처음 접하게 되었습니다. 제주 4·3사건이라든가, 한국전쟁에서의 민간인 학살, 타이완의 2·28사건과 50년대 백색테러 등등. 거기서 부상하는 것은 역시 동아시아의 냉전 문제입니다. 우리가 '동아시아'라고 칭하는 것은 무엇보다 일본 제국주의가 만들어낸 질서인 동시에, 그러한 부負의 유산을 이어받은 미국이 냉전전략의 기초가 되는 반공 블록을 형성해 간 장소이기도 합니다. 그 장소 이곳저곳에서 민간인 학살이 일어난 것입니다. '동아시아'는 그와 같이 국가폭력의 상흔이 지층처럼 겹겹이 쌓인 장소인 것입니다.

냉전기 한반도에서 발발한 한국전쟁도 그렇습니다. 당시 민간인 학살이나 제주 4·3사건이나 완전히 봉인된 역사이지 않았습니까? 광주 5·18도 마찬가지고요. 너무나 처참했기 때문에, 더더군다나 국가에 의한 폭력이었던 탓에 모두가 입을 다물 수밖에 없었을 겁니다. 김석범 선생님의 표현을 빌리자면 '기억의 말살', '기억의 자살'이라고 할 만한 말이죠. 4·3 비극의 기억은 당시 정권에 의해 '타살'된 것이나 마찬가지입니다. 거기다 사람들은 그 기억을 스스로 지워내야 했습니다. 자신들의 기억을 스스로 봉인하고, 잊어버린 것처럼 살아간 것이 아닌 정말로 잊고 살아가야 했던 기억의 드라마가 자리합니다. 그런데 우리들 일본인이 감격하고 압도되었던 부분은 한국은 민주화가 진전될 때마다 그러한 지워졌던 기억을 발굴해 갔다는 점입니다. 자신들의 힘으로 민주화의 역사를 만들어 가고 그때마다 하나하나 봉인된 역사를 해제해 간 매우 다이나믹한 전개라고 할까. 그러한 움직임이 전혀 없는 일본 사회에 살고 있는 저로서는 감동 그 자체였습니다. 그것은 달리 말하면 일본 사회에서는 전혀 경험해 보지 못한, 스스로 민주화를 이뤄본 적이 없음을 의미할 것입니다. 자신만의 역사를 갖지 못한, 즉 진정한 민주주의를 갖지 못한 나라가 바로 일본이 아닐까 생각합니다. 패전 후, 미 점령군이 민주주의를 주입한 그 상태 그대로 머물고 있는 겁니다. 스스로 민주화를 이루지 못한 나라는 민주화가 서서히 공동화空洞化되어 갑니다. 그 막다른 골목이 바로 지금 이 시대라고 생각합니다.

손지연 선생님의 연구이력을 말씀해 주시면서 일본의 근현대사, 더 나아가 동아시아의 근현대사에서 빼놓을 수 없는 중요한 사유의 지점들을 정확히 짚어 주셨습니다. 나쓰메 소세키 문학에서 근대에 대한 사유를 배우고, 거기서 일본적 근대를 (재)가늠하고 비판하는 시야를 거쳐, 아시아의 근대와 재일의 문제를 경유해 동아시아의 냉전에 대한 사유로, 그리고 민간인 학살, 국가폭력이라는 자장으로 넘어와 제주 4·3, 광주 5·18 문맥까지 관통하는 선생님의 문제의식은 매우 흥미롭고 또 중요한 작업이라고 생각합니다. 무엇보다 나쓰메 소세키로 입문해서 여기까지 다다르게 된 과정이 드라마틱하다고 할까요.

사토 이즈미 제가 대학원에 다닐 무렵은 국민국가 비판이 유행했어요. 국가는 상상된 공동체라고 모두들 말했죠. 그런데 바로 그 무렵 일본에서는 우파의 역사수정주의 운동이 확산일로에 있었고, 전전戰前 일본을 긍정하는 세력이 나타나기 시작했습니다. 일본의 내셔널리즘은 제국의 내셔널리즘이자 다민족 멸시의 팽창주의 내셔널리즘이다 보니 그것을 넘어서기가 쉽지 않았습니다. 그렇게 글로벌화를 외치며 자신을 잃어갈 즈음 과거를 바꿔 쓰기 시작합니다. 미화해 가기 시작한 것이죠. 그런데 지식인층의 내셔널리즘 비판은 이러한 흐름을 바꿔놓지도 멈추게 하지도 못했습니다.

손지연 그럼에도 모두 다 넘어서자고 말해 왔죠. 내셔널리즘을 넘어서자고. 제가 일본에 유학하던 시절까지도 국민국가 비판이 유행했어요. 피식민지의 경험이 있는 그리고 여전히 분단국가로 남아 있는 한국의 경우 국민국가 비판이라든가 내셔널리즘 비판이라는 틀로는 설명할 수 없는 복잡한 구조였기 때문에 제 입장에서는 오히려 일본의 내셔널리즘 구조는 비교적 비판하기 쉬웠던 것 같습니다.

사토 이즈미 맞습니다. 일본의 전전 내셔널리즘을 비판하는 것은 어려운 일이 아니라는 손 선생님의 지적은 매우 중요해 보입니다. 일본은 국가가 주도한 내셔널리즘밖에 경험하지 못했습니다. 아시아 각지에서 일어난 민중 내셔널리즘, 저항 민족주의를 경험하지 못했습니다. 따라서 아시아의 역사에 대한 공감과 이해가 깊지 못한 것일지 모르겠습니다. 전후 일본은 과거의 내셔널리즘을 부정했지만 그것은 일본 군국주의라는,

어떤 의미에서는 단순한 내셔널리즘 부정에 그치고 있습니다. 그렇기 때문에 내셔널리즘에 집중해야 했던 사람들의 심정을 헤아릴 수 없었을 거라고 생각합니다.

손지연 당연한 말이겠으나, 국가 레벨의 내셔널리즘은 해체시켜 마땅한 경우가 많지만, 민중 레벨의 내셔널리즘을 구별하지 않고 모두 해체시켜 버리게 되면 곤란한 상황이 벌어질 수 있습니다. 재일을 둘러싼 문제계처럼 말이죠.

사토 이즈미 그렇습니다. 자기해방의 의미를 내포한 아시아의 민중 내셔널리즘과 제국 일본의 내셔널리즘을 같은 층위에서 비판해서는 안 됩니다. 일본에서의 내셔널리즘 비판은 일반적인 내셔널리즘 비판이거나 표피적인 비판에 머물고 있어 내셔널리즘이 갖는 복잡성이라든가 가능성, 그리고 공포가 수반된 것이라는 점을 제대로 이해하지 못했던 듯합니다. 90년대 중반 이후의 내셔널리즘 회귀에 그토록 무력했던 것도 그렇고.

손지연 그런 분위기 속에서 재일이나 오키나와 문제를 다뤄오고 계신 선생님의 연구가 갖는 저력이랄까, 의미를 정말 크게 느끼지 않을 수 없습니다.

사토 이즈미 아닙니다. 제가 한 일은 아무것도 없습니다. 김석범 선생님, 서승 선생님의 영향을 받았을 뿐입니다.

'도쿄'라는 중앙의 위치에서 '오키나와'를 말한다는 것

손지연 지난해 11월, 경희대학교 글로벌 류큐·오키나와 연구소 주최로 '오키나와학은 가능한가 – 포스트 이하 후유 시대의 도전과 전망沖縄学は可能であるか – ポスト伊波普猷時代の挑戦と展望'라는 테마의 학술대회를 개최한 바 있습니다만, 그 자리에 선생님도 참석해 주셨습니다. 선생님의 발제에서 특히 인상 깊었던 것은 '도쿄'라는 중앙과 그곳에 서 있는 자신의 포지션을 계속해서 질문하는 장면이었습니다. 이른바 도쿄의 중앙이 어떤 위치에 있는가를 생각하지 않을 수 없다는 것, 냉전기의 일본은 자신들을 평화와 경제적 번영의 나라로 상상하고 그려왔고, 또 같은 시기 한국에서, 제주도에서, 오키나와에서, 그리고 타이완에서 어떤 역사적 고통이 가해졌는지, 그곳에 사는 사람들에게 얼마나 풍부한 저항운동의 문화가 생겨나게 되었는지 일본은 전혀 인식하지 못하고 있다는 스스로에 대한 성찰력과 날카로운 문제의식을 보여주셨습니다. 그런데 이렇듯 도쿄(중앙)에서 오키나와를 이른바 연구 대상으로 삼게 될 때 느끼는 "불편한 마음居心地の悪さ"은 비단 선생님에게만 한정된 것은 아니라고 생각합니다. 한국에서 오키나와를 연구할 때 역시도 동아시아의 냉전하에서 국가폭력과 그에 대응하는 저항운동이라는 관점에서 오키나와를 바라보게 됩니다. 그러한 방법으로서의 오키나와, 도식으로서의 오키나와로 (물론 의도한 것은 아니라 할지라도) 우리 안에서 소비해 버리는 것은 아닌지. 저의 경우는, 오키나와문학을 읽고 글을 쓰는 이른바 연구 대상으로서의 오키나와에 머무는 것이 아닌, 오키나와가 안고 있는 현안들에 깊이 공감하고 그것을 우리 안의 문제와 연결시켜 미국을 포함한 동아시아로 시야를 확장시켜

가려는 노력을 부단히 해왔습니다. 문학 밖으로 나가 발로 뛰며 오키나와의 현안들을 살펴보다 보면, 어느 틈엔가 다시 문학 안으로 돌아와 있는 제 자신을 발견하곤 합니다. 예컨대, 기지문제만 하더라도 일상이 전장화된 오키나와의 상황을 답사를 통해서, 신문자료 등을 통해서 실체적으로도 접하기도 하지만 그것이 구체적으로 주민들의 생활에 어떤 영향을 미치는지 온전히 체감하거나 이해하기란 매우 어렵습니다. 한국 내 강정기지문제에 평소 관심을 갖지 않았던 제 자신을 반성하게 되고, 그런 점에서 저는 이 책에서 다루고 있는 오키나와 소설들에 많은 빚을 지고 있습니다.

사토 이즈미 말씀에 깊이 공감합니다. 말하자면 제가 도쿄로부터 오키나와를 사고한다는 포지션에 의식적이라면, 손 선생님은 한국에서 오키나와를 사고하는 포지션에 서 계신 것이라고 생각됩니다. 물론 같은 맥락은 아니겠습니다만. 무엇보다 일본은 오키나와에 미군기지 부담을 떠넘기고 전후의 '평화와 민주주의'를 외쳐왔습니다. 그 허위를 반성하지 않으면 안 됩니다. 한국은 오키나와에 군사적 부담을 준 것은 아닙니다만, 그렇다고 해서 한국에서의 연구가 그러한 위치를 의식하지 않아도 된다는 의미는 아닐 것입니다. 동아시아라는 틀에서 보면 강정과 헤노코가 연결되어 있듯 말이죠. 군사기지가 자리한 장소에 대해 상상력을 발휘하는 일은 비판적 연구가 짊어져야 할 책임이라고 생각합니다.

상상력과 문학의 중요성은 저도 깊이 느끼고 있습니다. 고백하자면 저는 오키나와문학에 대한 논문은 거의 쓰지 않습니다. 연구라는 이름으

로 대상화하거나 객체화해서 사물화해 버리는, 요컨대 소유해 버리고 소비해 버리는 데 그치지 않을까 하는 우려 때문입니다. 기본적으로는 "오키나와를 연구하지는 않는다. 운동으로 말한다"라는 주의입니다. 본래 운동도 하고 연구도 해야겠지만 그것이 쉽지 않습니다. 도쿄에서 이른바 '티칭 오키나와ティーチイン·沖縄'라는 모임을 만들고 참여하게 된 것도 그 때문입니다.

손지연 선생님의 포지션은 그 자체로 의미하는 바가 크다고 생각합니다. '티칭 오키나와'라는 것은 어떤 모임이죠?

사토 이즈미 2004년에 오키나와국제대학沖縄国際大学에 미군 헬기가 추락하는 사건이 있었습니다. 대학 캠퍼스 안에 헬기가 추락한 겁니다. 사고를 접수한 일본 경찰과 오키나와 경찰이 추락 현장으로 달려갔는데 들여보내 주지를 않는 겁니다. 미군이 가로막고서 말이죠. 이것은 오키나와가 여전히 식민지 상황이라는 사실을 너무도 선명하게 보여주는 사건이었습니다. 그런데 다음 날, 신문기사들을 보니 올림픽에서 일본 수영선수가 금메달을 땄다는 보도로 가득 찼더군요. 너무나 충격적이었죠. 헬기가 추락한 사건이 신문 1면에 보도되어야 마땅한데 올림픽 기사라니 말이죠. 도대체 이 상황을 어떻게 이해해야 좋을지 몰랐습니다. 그것을 계기로 오키나와에 대해 아는 것이 전혀 없으니 이제부터 제대로 공부해 보기로 마음먹었습니다. 둘러 앉아 이야기를 나누는 콘셉트로 '티칭 오키나와'라는 모임을 만들게 되었습니다. '티칭'이라는 용어를 처음 제안

한 사람은 우카이 사토시鵜飼哲 씨였습니다. '티칭'이라는 용어는 베트남 반전운동 시절에 사용했던 것을 가져온 것입니다. 반전의 기억을 다시 떠올리고 서로 이야기를 나눠보자는 의미에서 말이죠. 우카이 씨, 중국 연구자 사카모토 히로코坂元ひろ子 씨, 오키나와 연구자 도베 히데아키戸邊秀明 씨 등이 멤버로 함께 했습니다. 아쉽게도 지금은 모임이 해체되었습니다만.

그리고 또 하나, 티칭 오키나와를 막 시작했을 무렵 아오야마가쿠인青山学院에서 또 하나의 상징적인 사건이 있었습니다. 고등학교 영어 입시 문제에 오키나와 히메유리 자료관 이야기가 지문으로 제출됐는데, 그 내용이 히메유리 학도대ひめゆり学徒隊 생존자 분의 오키나와 전투 체험 이야기를 들었는데 지루했다는 식의 기술이었습니다. 2005년의 일이었는데, 이때가 전후 60년이 되는 해였습니다. 전후 60년이 흐르면서 전쟁에 대한 기억이 점점 사라져 가는 데 대한 경각심을 일깨우기 위한 순수한 의도에서 비롯된 것이라고 믿고 싶지만.

손지연 그야말로 어설픈 문제의식으로 오키나와를 언급하는 것이 얼마나 위험한지 보여주는 좋은 사례 같습니다. 아오야마가쿠인이라면 선생님이 재직하고 계신 대학이기도 한데요. 그에 대해 선생님은 어떻게 대응하셨나요?

사토 이즈미 이제 두 번 다시 오키나와 땅을 밟지 못할 거라고 생각했습니다. 일단 역사학 전공자인 동료 선생님과 함께 평화기념자료관을 찾아가 사죄의 말씀을 드렸습니다. 그 후, 전쟁체험을 계승하기 위한 포럼을 개최하고 오키나와로부터 평화를 생각하자는 취지로 아오야마가쿠인대학에 평화학 강좌를 신설했습니다. 도베 선생님이라든가 우카이 선생님 등 오키나와 관련 연구자들을 섭외해서 릴레이 형식으로 강의를 이끌어가고 있습니다. 수업을 듣고 다카에高江를 방문했다는 학생들도 생겨났으니 나름 효과가 있는 것으로 보입니다.

오키나와에서 발신하는 자립미디어 『게시카지けーし風』에서 『월경광장越境広場』까지

손지연 그럼 이쯤해서 선생님이 관여하고 계신 오키나와발 자립미디어라고 불리는 잡지 『월경광장』에 관한 이야기로 화제를 넘기도록 하겠습니다. 그 전에 오키나와의 출판 미디어가 어떻게 출발했고 어떤 경과를 거쳐 왔는지 먼저 설명해 주시면 『월경광장』의 등장 배경을 이해하는 데 도움이 될 듯합니다.

사토 이즈미 1945년 일본의 패전과 함께 오키나와는 사실상 미국군의 점령하에 놓이게 되었고 주민은 포로가 되어 수용소 생활을 강제당했습니다. 이동의 자유가 주어진 것은 1946년에서 47년에 걸친 시기였습니다. 그 즈음해서 『우루마신보うるま新報』, 『오키나와타임스沖縄タイムス』 등의 신문이 간행되었습니다. 그리고 월간 잡지 『월간타임스月刊タイムス』(1949.7), 『우루마춘추うるま春秋』(1949.12), 그리고 『인민문화人民文化』(1949.3) 등이 탄생했습니다. 이들 미디어가 창간된 것은 1949년으로 오키나와 전투로부터 4년이 지날 무렵이었습니다. 인쇄기, 활자, 용지 확보에 어려움을 겪으며 출발하게 됩니다.

『월간타임스』는 창간 당시 손으로 쓴 글을 인쇄하는 식으로 간행했습니다. 편집 후기에 "활자, 활자, 활자를 갖고 싶다, 연애를 동경하듯 나는 활자를 동경한다"라는 글귀마저 보입니다. 『우루마춘추』는 활자 인쇄로 출발했지만, 활자가 깨져서 군데군데 알아보기 힘든 곳도 많았습니다.

잡지를 간행하기 위해서는 활자와 인쇄소라는 인프라가 필요한 법인데, 그것이 없는 상태로 그야말로 사상이라는 인프라만 가지고 시작한 셈이죠. 그렇게 해서 오키나와의 전후 잡지 미디어가 출발하게 됩니다. 그 후에도 계속해서 오키나와 사상을 구축하기 위한 자신들만의 잡지를 간행해 왔습니다. 『월간타임스』, 『우루마춘추』는 새로운 필진을 구하기 위해 현상모집을 기획하는 등 문학 등용의 창구 역할을 담당하기도 했습니다.

1950년대 초, 류큐대학 학생들에 의해 『류다이분가쿠琉大文学』(1953년 7월 창간호 간행. 휴간·정간을 포함해 1978년까지 총 34호 간행)가 간행되었습니다. 아라카와 아키라新川明, 가와미쓰 신이치川満信一, 오카모토 게이토쿠岡本恵徳 등 반복귀론反復帰論을 주장한 사상가, 나카자토 유고中里友豪, 기요타 마사노부清田政信 등의 수많은 시인과 비평가를 배출했습니다. 1955년 12월에 간행된 8호는 미군의 압력으로 류큐대학 측이 압수해 갔고 활동을 정지시켰습니다.

그리고 『신오키나와문학新沖縄文学』(1966년 4월 창간호 간행. 1993년 5월 종간. 총 95호 간행)이 등장하게 됩니다. 처음에는 '문학잡지'로 출발하여 창작을 독려하고 작가를 배출하는 데 힘을 기울였지만, 복귀 일정이 본격화되면서 '문학잡지'에서 '종합잡지'로 이행되어 갔습니다. '조국일본', '복귀운동'을 근본부터 되묻는 특집호부터 '반복귀론', '속續 반복귀론'을 다룬 특집호에 이르기까지 오키나와 사상가들의 목소리를 담아내는 역할을 톡톡히 하게 됩니다. 지넨 세이신知念正真의 희곡「인류관人類館」이라든가 메도루마 슌의 초기 작품도 모두 이 잡지에 발표되었습니다. 오키나와의 신문 잡지 미디어가 사상과 문학 인프라를 구축하는 데 얼마나 큰 기여를 했는지 알 수 있을 것입니다.

『푸른 바다青い海』(1971년 창간호부터 1985년까지 총 145호 간행), 『류큐호의 주민운동琉球弧の住民運動』(1977년 7월 창간호부터 1990년 12월까지 총 34호 간행) 등이 이와 병행하여 간행되었으나 『신오키나와문학』도 이들 잡지와 함께 1993년에 종간을 맞게 됩니다. 그 사이의 커다란 공백을 계간지 『게시카지けーし風』(1993년 12월 창간)가 메우며 오늘에 이르고 있습니다.

또한, 오키나와의 주요 비평가인 나카자토 이사오仲里効 씨를 주축으로 하여 『EDGE』가 창간되었습니다(1996년 2월 창간호부터 2004년 7월까지 총 13호 간행). 이 잡지는 문학, 음악, 영화, 사진 그리고 오키나와의 언어 상황에 이르기까지 폭넓게 다루었으며, 무엇보다 문화를 통해 오키나와를 바라보려는 예각적銳角的 비평의 장 역할을 해왔습니다. 이 무렵부터 저도 리얼리즘으로 오키나와 잡지를 대하게 되었던 것 같습니다. 『EDGE』는 정말 매력적인 잡지였습니다만, 아쉽게도 2004년에 종간되었습니다.

손지연 저를 비롯한 한국 독자들에게 그야말로 오키나와 잡지의 형성사라고 할 만한 방대하고도 전문적인 내용을 이해하기 쉽게 설명해 주셨습니다. 그럼, 본격적으로 『월경광장』이 나오게 된 배경에 대해 질문 드리도록 하겠습니다.

사토 이즈미 『신오키나와문학』과 같은 비평과 문학이 함께 포진된 잡지의 필요성에 모두가 공감하면서 2015년에 『월경광장』 0호가 창간되었습니다. 오키나와를 둘러싼 정치적, 문화적, 사상적 과제를 생각하는 잡지를 만들어보자고 의기투합한 것이죠. 『EDGE』에서 실력을 발휘했던 비평가 나카자토 이사오 씨, 그리고 작가 사키야마 다미 씨가 '문화 공작자文化工作者'로 움직여 주었습니다. 편집위원은 20대에서 40대의 젊은이들로 각자의 일을 하면서 잡지 간행을 병행하고 있습니다.

가장 최근호인 6호만 간략하게 소개하면, '교차하는 시점'이라는 제목의 특집호로 꾸렸습니다. 타이완 원주민 작가인 파타이의 인터뷰에서부터 한국에서의 오키나와문학 연구 동향, 그리고 오키나와와 마찬가지로 군사기지에 반대하는 타미르인タミル人의 상황, 브라질의 '우치나구치ウチナーグチ' 사용 현황, 오키나와로 이주해 온 타이완 사람들의 궤적을 그린 다큐멘터리 소개 등, 그야말로 사람들이 서로 오고가는 현재, 사람들의 교차점으로서 오키나와가 자리하고 있음을 확인할 수 있을 것입니다. 두 번째 특집은 '오키나와와 천황제'로 꾸렸습니다. 도쿄에서는 천황제를 주제로 한 발표나 연구를 거의 찾아 볼 수 없는데, 오키나와의 경우는 사정이 다릅니다. 이 특집을 통해 저는 새삼 도쿄의 미디어와의 차이, 그리고 도쿄 중앙이라는 사상적 공동空洞의 불온함을 느꼈습니다.

손지연 오키나와에서는 『월경광장』 이전에 『게시카지』 등 자신들만의 잡지를 만들어 온 것으로 알고 있습니다. 선생님께서는 이러한 거점이 있기 때문에 도쿄를 중심으로 한 문화에 쉽게 흡수되지 않을 수 있었다고 높게 평가하고 계신 것으로 알고 있습니다. 소개해 주신 김에 『게시카지』의 간행 배경에 대해서도 알고 싶습니다. 그리고 잡지명이 독특한데 어떤 의미가 담겨져 있는지요?

사토 이즈미 『게시카지』도 한국에서 널리 읽혔으면 하는 잡지입니다. '게시카지'라는 것은 '가에시카제返し風'의 섬말シマコトバ입니다. 그쳤던 바람이 다시 일어나는 자연현상을 일컫는 '게시카지'처럼 동아시아의 폭력의 바람을 오키나와 쪽에서 거꾸로 되받아 일으키겠다는 의지를 표출한 것입니다. 오키나와의 경우 자신들의 잡지를 갖고 있다는 것 자체만으로도 커다란 의미가 있습니다. 사상의 자립이라는 측면에서 보면, 같은 글이라도 도쿄의 예컨대 이와나미岩波의 『세카이世界』에 싣는 것과 오키나와의 『신오키나와문학』에 싣는 것이 다르듯 말입니다. 뭔가 내포하는 의미가 다르달까요, 박력이 확실히 다릅니다. 물론 도쿄에 거주하는 이들을 향해 주장하기 위해서는 중앙 미디어에 쓰는 것이 중요할지 모릅니다. 사키야마 씨나 메도루마 씨 모두 중앙 문예지에 발표하고 있듯 말입니다. 그것과 별개로 오키나와가 자신들의 미디어를 갖는다는 것에 자각적으로 대응해 가려는 것으로 보입니다. 앞서도 언급했지만, 그야말로 아라카와 아키라 선생님을 비롯해 가와미쓰 신이치 선생님, 오카모토 게이토쿠 선생님 모두가 오키나와 미디어를 꾸리고 거기에 글을 발표하지 않았습니까?

『신오키나와문학』이라든가 그보다 앞선 『류다이분가쿠』 지상에 말이죠. 한낱 대학 문예지에 지나지 않을지 모르지만 오키나와에서는 중요한 매체가 아닐 수 없습니다. 이렇게 도쿄와 오키나와의 매체를 비교해 보더라도 알 수 있듯 출판자본주의의 틀에서 성립한 사상에는 아무래도 한계가 존재하기 마련입니다. 중앙 미디어 구조 밖에서 자신이 발언할 장소를 찾지 못하면 사상도 발현되기 어렵게 됩니다. 오키나와는 진작 그것을 간파했기 때문에 어려운 상황 속에서도 자신들의 잡지를 계속해서 만들어 갔던 것입니다. 『게시카지』는 『신오키나와문학』 간행이 중단되고 얼마 안 있어 아라사키 모리테루新崎盛暉 선생님을 중심으로 80년대였던가, 90년대에 등장했습니다. 현재 100호까지 간행된 것으로 알고 있습니다. 주로 헤노코辺野古, 다카에高江에서 전개되고 있는 운동의 현재를 전달하는 역할을 맡고 있습니다. 그래서 종합잡지 형식의 잡지로 『월경광장』을 구상하게 된 것입니다. 『게시카지』처럼 진행형 운동도 좋지만 사상과 문학이 들어간 잡지가 꼭 필요하다고 말이죠.

오키나와문학과 만나는 동아시아

손지연 선생님께서는 한국과 오키나와가 사상적으로 연결될 때, 자연스럽게 동아시아 냉전에 있어 일본, 특히 도쿄 중앙이 어떤 위치에 있는가를 생각하지 않을 수 없다고 말씀하셨습니다. 선생님의 이러한 성찰적 사유에 전적으로 공감합니다. 그 사유의 장場을 문학으로 옮겨보면, 오키나와 문학과 한국문학이 공명하는 부분이 많으리라 생각됩니다. 특히, 4·3문학이라든가 5·18문학과 긴밀히 연결되어 있을 것으로 보입니다. 아시는 바와 같이 최근 경희대학교 글로벌 류큐·오키나와 연구소 '평화와 인권' 연구팀에서 4·3문학을 일본어로 번역·발신하는 작업을 하고 있습니다. 현재까지 현기영의 「아스팔트」에 이어 김석희의 「땅울림」 두 편을 발송해 드렸습니다. 선생님께서는 앞서 일본문학, 재일문학, 오키나와문학을 경유해 4·3문학에 이르게 되었다고 말씀하셨는데, 이처럼 한국에서 오키나와로, 또 일본으로 발신해가는 번역 작업을 어떻게 생각하고 계신지 궁금합니다. 여기에 타이완문학도 시야에 넣고 계신 걸로 알고 있습니다. 타이완문학까지 시야에 넣으면 과연 어떤 독해가 가능할까요?

사토 이즈미 경희대학교 글로벌 류큐·오키나와 연구소의 번역 프로젝트는 정말 훌륭한 기획이라고 생각합니다. 「아스팔트」와 「땅울림」을 속속 일본어로 번역·소개하는 성과를 올리고 있습니다. 무엇보다 번역을 하는 데 있어 '이해하기 쉽게' '읽기 쉽게'라는 편의적 방향으로 흘러가지 않으려는 자세에 경의를 표합니다. '번역'이란 어떤 작업인지 새삼 생각하는 계기가 되었습니다. 그것은 말하자면 한 언어를 다른 언어로 옮기는 편의적인 작업이 아닌 역사의 지층 한 가운데에서 수행하는 상상력의 교환 작업이 아닐까 합니다. 4·3문학이라고 하면 김석범 선생님의 일본어문학 『화산도火山島』가 떠오릅니다. 제주도라는 주제를 일본어로 쓴다는 것. 그리고 무엇보다 원 텍스트 자체가 번역문학이라는 것. 이 두 가지의 불가피한 사정, 혹은 역사가 그 일본어 소설 안에 응축되어 있습니다. 왜 김석범 선생님이 일본에서 살아가야 하는지, 그것은 일본 제국주의의 역사 탓이며 한반도의 분단구조가 빚어낸 중압감 탓이라고 생각합니다.

역사와 문학이 교차하는 곳에, 편의상의 번역이 아닌 사상의 교환으로서의 본질적인 의미에서의 번역이 성립하게 될 것입니다. 동아시아를 제국의 동아시아가 아닌, 우리들의 동아시아로 삼기 위해서는 그런 의미에서의 번역 작업이 반드시 필요하며, 타이완 역시 냉전의 동시성을 경험해 왔다는 점에서 번역의 필요성이 강하게 제기되는 장소라고 생각합니다.

손지연 근대 일본의 경계 영역에 주목한 사유를 풍부하게 해 준다는 점에서 오키나와 연구의 확장성과 가능성을 가늠할 수 있다고 생각합니다. 마지막으로 한국 연구자를 비롯한 동아시아 연구자와 학문적 연대가 필요하다면 어떤 종류의 연대가 있을지 여쭙고 싶습니다.

사토 이즈미 그것은 바로 손 선생님이 시작하신 글로벌 류큐 · 오키나와 연구소의 실천이 말해주고 있지 않을까요. 한국과 일본이 아닌, 한국과 오키나와라는 연구의 틀을 만들어가고 있는 것은 매우 획기적인 일이라고 생각합니다. 한국과 오키나와의 연대의 장에 함께 참여하고 있지만 중앙 일본에 살아가고 있는 저로서는 '오키나와'와 마주하기가 여전히 '불편한 마음'입니다만, 그것은 역사 구조에 기인한 것이므로 그 자체로 중요하다고 생각합니다. 동아시아는 제국이 만들어낸 구조이지만, 그 지표면에는 역사의 흔적, 사람들의 통절한 기억이 떠돌고 있습니다. 그 작은 목소리, 복잡하고 섬세한 목소리를 듣기 위해서는 우선 역사에 의해 만들어진 구조를 선명히 해야 하며, 그뿐만이 아니라 예컨대 문학을 통해 표현되는 깊이와 섬세함을 잃지 않도록 하는 일이 중요하다고 생각합니다.

손 선생님이 진행하고 계신 번역 프로젝트는 그런 의미에서 역사의 절망 속에서 희망을 발견하는 큰 울림이 있는 일이라고 생각합니다.

손지연 긴 시간 함께 고민해 주시고 이야기 나눠주셔서 감사합니다. 기회가 되면 일본 중앙에서 발신하는 사토 선생님의 성찰적 사유가 담긴 글도 꼭 소개하도록 하겠습니다.

사토 이즈미 佐藤泉, Sato Izumi
1963년생. 문학박사(와세다대학). 아오야마가쿠인대학(青山学院大学) 문학부 일본문학과 교수. 주요 저서에 『소세키 정리되지 않은 〈근대〉(漱石 片付かない〈近代〉)』, 『전후 비평의 메타히스토리 – 근대를 기억하는 장(戦後批評のメタヒストリ – 近代を記憶する場)』, 『국어교과서의 전후사(国語教科書の戦後史)』, 『1950년대, 비평의 정치학(一九五〇年代, 批評の政治学)』, 『이향의 일본어(異郷の日本語)』, 『전쟁 기억의 계승 다시 이야기하는 현장에서(戦争記憶の継承 語りなおす現場から)』 외 다수. 이 가운데 『국어교과서의 전후사』는 『일본 국어교과서의 전후사』라는 제목으로 한국에서도 번역 · 소개되었다.

초출일람

제1부 '경계'에 선 오키나와

「변경의 기억들 – 오키나와인들에게 '8 · 15'란 무엇인가?」, 『일본연구』 35, 중앙대학교 일본연구소, 2013.

「오키나와와 일본, 두 개의 패전 공간」, 『일본어문학』 62, 일본어문학회, 2013.

제2부 아이덴티티 교착의 장–일본과 미국, 그리고 오키나와 사이

「류큐 · 오키나와(인)의 아이덴티티 형성사 – 문학 텍스트를 중심으로」, 『日本學硏究』 33, 단국대학교 일본연구소, 2011.

「패전 전후 제국/오키나와 청년의 중국체험과 마이너리티 인식 – 오시로 다쓰히로(大城立裕) 「아침, 상하이에 서다」를 중심으로」, 『한일군사문화연구』 23, 한일군사문화학회, 2017.

「오시로 다쓰히로 문학에서 '미군'이 내포하는 의미 – 오키나와 · 미국 · 일본 본토와의 관련성을 시야에 넣어」, 『일본연구』 39, 일본연구소, 2015.

「일본 제국하 마이너리티 민족의 언어 전략 – 오키나와(어) 상황을 시야에 넣어」, 『日本思想』 30, 한국일본사상사학회, 2016.

제3부 젠더로 읽는 오키나와 점령서사

「'점령'을 둘러싼 일본(적) 상상력 – 미 점령 초기 텍스트를 중심으로」, 『일본문화연구』 53, 동아시아일본학회, 2015.

「젠더 프레임을 통해 본 미 점령기 오키나와 소설 – 오시로 다쓰히로와 히가시 미네오를 중심으로」, 『어문론집』 55, 중앙어문학회, 2013.

「전후 오키나와 소설에 나타난 젠더 표상의 반전(反転) – 일본 본토 복귀 이후의 변화 양상을 중심으로」, 『日本文化學報』 59, 한국일본문화학회, 2013.

「유동하는 현대 오키나와 사회와 여성의 '내면' – 오키나와 및 본토 출신 여성 작가의 대비를 통하여」, 『비교문학』 61, 한국비교문학회, 2013.

제4부 오키나와 전투와 제주 4 · 3, 그리고 기억투쟁

「오키나와 전투와 제주 4 · 3사건을 둘러싼 기억투쟁 – 오시로 다쓰히로 「신의 섬」과 현기영의 「순이 삼촌」을 중심으로」, 『비교문화연구』 41, 경희대학교 비교문화연구소, 2015.

「전후 오키나와(인)의 성찰적 자기서사 『신의 섬(神島)』 – '오키나와 전투'를 사유하는 방식」, 『한림일본학(구 한림일본학연구)』 27, 한림대 일본학연구소, 2015.
「오키나와 '집단자결'을 둘러싼 일본 본토(인)의 교착된 시선」, 『비교문화연구』 57, 경희대학교 비교문화연구소, 2019.

제5부 동아시아의 평화와 연대를 향한 오키나와문학

「아시아의 '상흔' 겹쳐보기 - 오키나와 전투와 한국전쟁을 둘러싼 문학적 응전방식」, 『비교문학』 78, 한국비교문학회, 2019.
「오키나와 여성문학(사)의 동아시아적 맥락」, 『일본학보』 122, 한국일본학회, 2020.

인명 찾아보기

주제어 찾아보기